請把門鎖好

既晴

評審特別推薦——

驚慄小說的絕妙之作

作家／倪匡

一向看小說，只將小說分成兩種：好看的和不好看的。

當然在這兩者之中，還可以分出等級，例如好看的就有：很好看、極好看……等等不同程度的好看。

在看了《請把門鎖好》這篇小說之後——看了兩遍，絕少小說會看兩遍，因為生命是如此短促而要看的小說是如此之多，要把寶貴之極的時間，安排得盡量看多些小說——想替這篇小說定一個等級，立刻想到的是：精采絕倫。

常被用來形容小說精采的句子是：不看到最後，不知道結果。

而這篇小說卻是：即使看到最後，還是不知道結果！

所以不只是精采，而是精采絕倫。

小說用非常細膩、寫實、推理的手法開始。乍看，以為是推理小說，然後漸漸融入魔法，進入夢幻式的境界，卻又再度向現實發展，然後最終仍然歸入魔幻。作者寫作技巧非常高超，使得讀者在閱讀的過程中，情緒完全為小說所操縱，在現實世界和魔幻虛境中來回奔馳，以致在極度地震撼下，難以分清何者是虛、何者是實，因而迷惑，所以才會有看到最後，還是不知道結果的感覺產生——那是小說巨大的震撼力所造成的暈眩。在這種情緒下，一再反覆咀嚼小說的情節，還是很難能夠令人平靜下來。

必須用寫實手法來表現的現實推理和可以肆無忌憚隨意妄想的魔法鬼怪，在寫作的方法上，本來應該是水火不相容的，可是在本篇卻又結合在一起，將讀者帶入可以接受、感到真正和現實世界並列的詭異境界，顯得出奇的融洽。作者表現的寫作能力，情況像超高溫的火，將水分解成為氫和氧，前者自燃，後者助燃，使原來的火從紅色變為青色——這種情形叫什麼來著？對了，叫：爐火純青。

小說的懸疑關節恰到好處，一環緊扣一環，層出不窮，一直到最後，仍然有意料之外的變化，如果將小說歸入「驚慄小說」這一類，作者深得寫作此類小說之三昧。

無法在這裡引用小說的內容來說明作者運用文字的佳妙——因為即使只引用一小段，就會透露了一些內容，而由於小說結構之緊湊，這些內容又無可避免必然和小說的情節有關，所以也一定會破壞讀者閱讀小說的趣味。只是希望讀者在閱讀小說的時候，盡可能將小說文字的描述，在自己腦中化為畫面，尤其是騎車趕去殯儀館的那一段，就可以感受到極度的淒厲、恐怖、緊張、戰慄的氣氛。

介紹這篇小說，只能這樣。或許會認為這些全是閒話，是的，是閒話。而若要「閒話少說、言歸正傳」，那唯一的方法，就是看這篇小說，投入到小說中去。

看了這篇小說之後，每個人可能都會有自己的讀後感。若問：「你的是什麼？」回答是：「我會把門鎖好！我會把門鎖好！我會把門鎖好……」

舊版自序——

微名的作者與微名的夢

在跨過未成年與成年間的界線之前，我走進交通大學彼時尚屬低矮的舊圖書館，見到了疊擠堆壓的滿目藏書。走道由於書櫃的擺設緊湊而異常狹窄，我彷彿感受到架上的群書正準備自兩側朝我倒過來。我循著圖書分類號依序瀏覽成排的書名是否符合朋友隨口說好的條件，找到之後再小心翼翼地將書抽出來，同樣的動作重複一、兩個小時後，我抱著一堆書以學生證的條碼「刷卡出場」。

不知道為什麼，有些書名氣如雷貫耳我竟不想借，有些書沒沒無聞卻讓我奮不顧身衝向櫃檯。我曾想，或許書與人的緣分即在於此，冥冥中存在著隱性的連結。讀完一本與自己有緣的好書，一如與那素未謀面的作者經歷心靈的交流。

傾讀之餘，我也有了創作的初衷。

——在未知在某一天——也許是一年後，也許是一百年後；某個地方——也許在台北市的光華商場，也許在月球上的電子資料庫；某個人——不論性別，因為不知名的理由而讀完我的作品，感覺還不錯，所以隨手翻開扉頁，對陌生的作者稍微投注一點點關心……

這樣就可以了。因為我的作品，使得時空完全相異的某人和我有過一瞬間的思維共鳴，就像我現在所讀、所愛的那些作家一樣。

而今天，這一連串的夢終於有了起點。謝謝皇冠雜誌社願意給我開始做夢的機會，也謝謝六年來在身邊支持我、鼓勵我的人們。

新版自序——

再一次的出發點

一部作品在發表二十年後還有機會重新修訂，並以全新的風貌問世，對我來說，是非常喜悅的事。這代表了兩件事——我依然繼續創作著，繼續為寫出有趣的故事而努力；時至今日，這部作品依然能引起讀者的興趣。無論是哪一件，都很值得喜悅，更何況是兩件。

自從《請把門鎖好》發表後，我在很多地方都聽到有人在談這本書，場合形形色色，它廣泛的穿透力，經常出乎我的意料之外，甚至，一直到現在都還有人在讀。今年逝世的科幻大師倪匡先生，曾給予這本書極高的讚譽，我想這必然助揚了大眾對這本書的好奇心，他的肯定也令我時時惕勵，告訴自己必須精益求精，追上這份期許。

《請把門鎖好》既不是傳統認知中的犯罪小說（或稱推理小說），也不是傳統認知中的恐怖小說（或稱驚悚小說），在獲獎的當時，它是一個中文大眾文學中前所未見的類型小說複合體。依循類型小說的邏輯，進而超越類型小說的邏輯，它揭示了這樣的故事型態，在中文創作裡是有可能發生的。

這二十年來，在皇冠文化的奧援下，成為作家的我，得以進行各式各樣的創作探索。藉由種種嘗試，我渴望獲得一些啟發，學習類型小說創作在類型脈絡、大眾性、文學素養上的表現技藝，研讀故事的構成理論，立足在踏實的基礎上，設法尋求創新。這個探索過程充滿了不確定性，令人戒慎恐懼，所幸有許多讀者一路上鼓舞我，台灣與日本文壇前輩們對我的提攜、同輩及晚輩們對我的友好，點點滴滴，讓我不感覺寂寞。我發現自己一直沒有被遺忘，也一直被相信能繼續寫出好作品，對此我充滿感激。

目前我完成了總共十部作品。我刻意地為每一部作品設立了不同的目標，主題、敘事形式，盡可能做到不重複，挑戰不曾寫過的路線，並限制自己不使用已然熟悉的手法，以磨練小說技藝的每一個面向。同時，我也經歷了工作、結婚、育兒等人生階段，品嘗到一些苦澀，一些甘美，一些挫折，一些快意。透過這些生命航道上的體驗，我想我應當變得更成熟了，也更了解什麼是人，以及，領悟到小說創作之於這個世界的意義。

再度將《請把門鎖好》的舊稿從電腦中開啟，一股灼熱的悸動湧自胸口。這是我作家生涯的起點，也是支撐我寫到此刻的原動力。時光流逝，故事中的許多場景如今已不復存在，但這也使它烙下了特定時代的印記——那是我們對類型文學的理解才剛進入啟蒙的時代，也是我們對本土大眾小說的認知才剛建立自覺的時代。今天本土類型文學經過長年演化，已是百花燦爛，生長出截然不同的風景。因此，經過十部作品的累積，我希望可以重返這個起點，擁抱這份創作的初衷，將它擴展為更完整的世界觀，編織它面對當代的閱讀品味。

這項翻修工程約莫進行了半年多，年少的記憶不時浮現腦海，我想起當年一邊寫稿、一邊留意參賽截止日的緊迫感，也許這將是自己對那段青春的最後一次回顧，但我終須保持冷靜，客觀地自我解析，思考哪些段落該保留、哪些描述該調整。我反覆思索著如何突破原版情節的既定框架，重新打造心底的想像空間，不知不覺，修改的幅度超過我的想像，我忘卻了字數、忘卻了死線，沉浸在全然無拘無束的自在中，那正是創作時最素樸的快樂。

這本書能夠大功告成，有太多的感謝——平雲先生的知遇，婷婷的寬容，維鋼的細膩，台灣犯罪作家聯會裡摯友們的不離不棄。不辭路途遙遠，在各種活動到場支持，為我加油打氣的讀者朋友。溫柔的妻子，給了我充裕的創作時間。

未來我能做的，將是以這部新版的《請把門鎖好》為再一次的出發點，繼續地創作，繼續為寫出有趣的故事而努力。

CONTENTS

楔子

Prologue

1

以下是心理學家卡爾・榮格（Carl Jung）的學說。

人類的心靈共有三個層次。最上頭的一層，稱為個人意識（personal consciousness），這是人類透過感知能力所獲得的自我覺察，這一層掌管了個人在現實世界的心智活動，個人的認知、記憶、自主意志，都出自這個層次。往下的第二層，稱為個人無意識（personal unconscious），這個層次是個人意識的延伸，本質上是個人曾經體驗過的意識，受到時間、或是突如其來的變故所影響，這些意識被遺忘、被壓抑而消失，然而，這些意識的能量仍然存在，並在個人沉睡後以夢境重新顯現。

自古以來，夢就掌控了人類的潛意識。經過了數千年，人類依然對夢感到困惑、感到難以理解，「日有所思，夜有所夢」並不能解釋夢境的全貌。因為，夢的組成並不全然來自個人無意識。個人無意識，僅僅是整個潛意識的表層。人類心靈的第三層——最底層，稱為集體無意識（collective unconscious）。這個層次，不屬於個人被遺忘、被壓抑的意識，而是所有人類都無法覺察的意識。

榮格將集體無意識稱為原型（archetype），它是人類與生俱來的本能、思維，起始於人類肇生的太初之時，在演化過程中不斷累積的生命體驗之總和。所有人類分享同一個潛意識心靈，在沉睡後共享一個大夢。個人將在這場大夢中看見神話、看見傳說、看見祖靈、看見遠古生物，遭遇那些在現實世界中絕無可能的體驗。

相對的，在西方神秘主義者的眼中，他們則相信所謂的靈體（spirit）概念。當我們的肉體處於睡眠狀態時，靈魂將會脫離肉體，飄遊到靈界的國度，而夢境就是我們造訪靈界時的遭遇，並在清醒前化為混亂、殘缺、扭曲的記憶。在靈界神遊之際，我們會接觸到死去親友的亡魂、幻想世界中的奇禽異獸，甚至煉獄底層的惡魔。其間的所見所聞，將透過各種物事的象徵，告訴我們未來的預言及現實世界的真相。

兩相比較，我們將會發現驚人的相似性。個人意識即是靈魂。靈魂在沉睡時的肉體出竅，即是進入了潛意識的領域。在靈界見到死去的親友，那屬於個人無意識。然而，如果再踏進靈界的深處，將會看見超越個人經驗的異象，那正是集體無意識的大夢。

集體無意識，是人類共有、共享的最底層心靈。夢境裡的種種幻象，是祖先傳承給我們的記憶，當我們清醒後，這些幻象仍然暗伏在我們的意識深處，成為我們在現實世界中思考、行動時的提示符號。這樣的提示符號，或許是幾何圖形，或許是色彩，或許是一段音樂，當我們在現實世界中偶然觸及時，我們對靈界的記憶復甦——或應該說，集體無意識發揮作用了，於是，我們不自主地、無意識地接受符號的控制。

事實上，這就是所謂的魔法。

神秘主義觀點的魔法，是運用靈性力量對現實世界進行操縱的一種手段。施展魔法者藉著個人的精神念力，通過咒語、符籙，召喚神祇、惡魔、亡魂，或大自然的力量，為己所用，改變、轉化或消滅目標。從人類心靈層次結構的角度來解釋，魔法就是運用集體無意識的行動符號，對個人意識進行操控。

魔法來自人類遙遠的記憶——那鑲嵌在我們心靈深處裡的集體無意識，它永恆地控制著我們的意志、我們的思維，以及我們的行動。

2

我下了床，走出寢室。低頭看了看錶，現在是清晨五點。

一踏上走廊，我突然感覺一陣寒意。不知道是因為天色未亮，或是因為農曆年後來襲的那波寒流餘威仍在。若非如此，這個季節的高雄，氣溫其實是十分舒適宜人的。我拉起衣領，留住頸部的熱氣。

來到醫院的中庭，草坪上已經有幾個正在做伸展操、散著步的人了。他們見到我，有的展露笑容，對我用力揮手，有如多年不見的老友；有的視若無睹，彷彿我不曾存在——事實上，他們究竟是真的看不見我、或是刻意忽略我，還是無法控制自己的眼周肌肉，才會導致視線僵直……我想，我永遠不會知道。

我一邊沿著草坪的邊緣漫步，逐漸習慣颼冷的空氣，愈走愈快。我身上的肌肉、神經，慢慢地從睡夢中甦醒。很好。在這座醫院裡待得久了，虛度著每日毫無變化的例行公事，我需要拾回一種精神上的主導權，一種自我意識清晰、但與現實世界仍然保持著一定距離的昂揚感。

對我來說，這是一項熱身運動，心理上的熱身運動。我的手掌開始溫暖了起來。我可以感覺得到，自己已經慢慢卸下病患的身分，儘管我還暫時無法離開這裡。是的，前不久，今年元月中旬，我才因為健康狀況惡化，住進高雄市區的一家醫院休養。

高雄市是我出生的地方，然而，由於工作之故，我已經有十幾年沒有回來了。

十多年前，我從中山大學畢業以後，孤身北上發展，全心全意地投入才剛進入資訊戰國時期的新聞界。起初，我只是個在八卦週刊裡倒茶、開車、搬器材、跑龍套的小弟，經過業界的長期洗禮，我逐漸磨練出對時代脈動的敏銳嗅覺，將過去行走各行各業、蒐集巷議街談的採訪經驗，轉戰小說創作，融入各式各樣的陰謀論，在現實的基礎上進行虛構，終致大獲成功，現在已成為年收入四、五百萬的暢銷書作家。

我的處女作，是一部談論兩岸關係的預言小說。故事廣涉政治、經濟、軍事等面向，為了出版這本書，我徹底運用新聞業內的人脈，在媒體中製造出一種氣勢，一種如夢似真的幻覺，彷彿所有人都在談這本書，而書中情節的弦外之音，將導向這座島嶼的未來——因此，每個人都必須面對、都必須瞭解。這項宣傳策略做得好極了，遠遠超出了我的想像。

這部作品一發表，立即招致危言聳聽的批評，所有的媒體開始大肆追查我寫作素材的來源，是否牽涉真正的國家領導人或政府首長，因為我影射他們很可能全是間諜。幾位形象或有重疊的政界人士，陸續發表「No Comment」的聲明，劃清界線，強調與我毫不相識。其實，這完全在我擬定的宣傳計畫之內——間諜怎麼可能承認自己是間諜？狗仔隊瘋狂挖掘我的人際關係，想從我的日常交遊找出我與政府高層互通有無的證據。

當時，我剛剛升任新聞週刊主編，而週刊被迫承擔這無端飛來的滿城風雨，造成了我與上司之間的緊張關係。我很乾脆地遞了辭呈，婉拒了上司的慰留，對新聞工作不再留戀。故作灑脫的我，事實上早做過盤算，第一本書的版稅豐厚，而過去這些年所累積的寫作素材、人脈，未來將足以讓我在小說創作的領域裡站穩腳步。

暫時離開職場的我，在家中足不出戶，專心寫作。我更弦易轍，不再涉及政治議題，改寫柔性的都會男女情色小說。這一次，故事的素材取自藝文、影劇圈。同樣的，媒體又開始替我為故事中的人物對號入座，一口咬定我換了方式在影射某幾位文壇、影業大老，以及曾經紅極一時的女星。我立即撰文否認，但經過幾回紙上論戰，爭議延燒到網路上，反而助長了我的知名度。

我太熟悉媒體的操作了。我知道小說這樣寫，一定會點燃烽火。台灣人喜歡午後在茶水間議論是非，他們需要談資。一時之間，我接到許多邀請，找我開專欄、找我演講，他們知道我的腦袋裡藏了太多上流社會的秘密。他們非挖出來不可。

就這樣，我搖身一變，成了博古通今的思想新貴、言論領袖。我原本以為，未來的日子將會一帆風順地過下去。然而，事態的發展卻逐漸失控，出乎我的意料之外。我昧於名利，終至迷失。我宛若天天戴上光鮮亮麗的假面具，不停說著違背良心的話，不停寫著不合意志的文章。在這種雙重人格的生活下，我時而感覺焦慮，時而感覺麻木。

那段日子，我彷彿永遠都是醒著的，不是在寫稿、就是在講話。我不記得自己在節目錄影的中場休息是否假寐過，也不記得搭車時吃了兩個便當，或是完全沒吃。即使躺在床上，我的腦中也在反覆琢磨著隔天的企劃案。

突如其來地，我病了。不，並不是突如其來地，而是理所當然地。我的身體終於承受不了壓力的反彈。原本我以為我可以任意玩弄媒體，但我終於反被媒體所噬。

於是，我決定返回高雄靜養，遠離台北的高壓轟炸。結縭七年多的妻，對我離開台北市的決定，一度難以置信。幾年前，我的父親、母親陸續去世後，他們住的老屋子租給了遠親，我忙於工作，再也沒有回鄉探訪過了。不過，這次雖然回了高雄，但我並未回老房子，而是直接辦妥入院手續，住進這家位於市區的醫院。此外，妻還得照顧兩個小孩上學，所以無法陪我一起南下打點我住院時的生活起居。

理所當然地，我的這番舉動，引起了媒體的議論紛紛。妻是個不喜歡拋頭露面的人，但她這回卻主動替我擬好聲明稿，為我做了解釋。她告訴媒體，她的丈夫只想寫一些單純的故事，單純能讓讀者喜歡的故事。故事裡面沒有暗藏任何玄機，更不用說什麼含沙射影的弦外之音了。

妻的發言，頗讓媒體意外，也許是因為她溫婉靜默的態度，與我侃侃而談、處處機鋒的公眾形象截然不同。此舉也讓媒體停火，相信我真的是壓力過大而需要休養，暫且不再追究我返回高雄是否有其他目的。

如今，我終於可以清靜了。

3

穿過中庭草皮，我來到圍牆的邊緣。眼前有一張長椅，此時，正是第一道陽光灑落在長椅上的瞬間。長椅上，一個年輕男子正坐著，他上身前傾，兩臂各倚在左右大腿上，低頭凝視著雙手捧著的一樣物品，小心翼翼地，彷彿那是一項蛋殼雕製品。我走近他，他才察覺到我，抬起頭來，對我笑了笑。

「王大哥。」

「早安，昨晚又沒睡啊？」

「嗯，坐啊。」

他稍微挪了身子，留下讓我就坐的空間。在同一個剎那，我注意到他的手空了。他迅速地把原本捧在手上的物品收起來了。整個過程，像是一次出於反射動作的魔術表演。

我坐下來。不過，這次我不再假裝沒有看見。毋寧說，他沒有在我接近前立刻把東西收妥，其實是想要勾起我的好奇心。他是故意讓我看見的。

「小吳，剛剛你手上拿的東西，那是什麼？」

「……什麼東西？」對方微笑的表情毫無改變。

「說真的。」我苦笑，「我不知道那是什麼。我只是看見你拿著。」

「好吧。」

他抬起雙手，貌似打呵欠地伸展背部，一面把視線投向中庭逐漸變多的病患人群，但並沒有離去的舉動。我知道，今天他願意告訴我了。這是出於記者的直覺。他只是在看其他人距離我們有多遠，有沒有把我們的交談當成一個視而不見的背景。

我採訪過很多人。根據我的實務經驗，世界上沒有什麼事情是不能講的，即使是再可怕的內幕、再丟人的隱私，也全都一樣。重點只有三個：在什麼場合講、聆聽的對象是誰，以及，最關鍵的——在什麼時間點講。所謂的時間點，就是得經過情緒的醞釀，在內心整理好了，才能夠以最精采的方式說出來。愈是重大的秘密，告白者愈是希望以最動聽的口吻、最撼人的節奏把故事講好。

「你要回去睡了嗎？」我問。

「還沒。長期值夜班了，已經變成一種習慣啦，怎麼改都改不掉。」他說：「警察當久了，一到半夜精神就愈好。深夜的案件特別多，非得保持警覺不可。醒著就是醒著，醫院裡再怎麼規定作息時間也沒用。」

「我寫稿也常常熬夜，但就是無法適應日夜顛倒的生活啊。」

小吳——吳劍向，是一名刑警。我們並不住在同一間病房，不過，認識了他兩個多月，他已經成為我休養期間日常的說話對象。吳劍向與我的年齡相差七、八歲，雖然年輕，但由於職業性質的緣故，自警校畢業後即開始和社會上三教九流的各色人物打交道，累積了相當豐富的辦案經驗。我的工作雖然是記者，但主力一直是政治線——包括政治人物及社運人士，偶爾到財經圈串場，離開職場後才開始接觸影視行業，沒什麼機會認識警界朋友，倒滿喜歡聽他侃侃而談。

事實上，從我首次聽到他介紹自己是個刑警，就對他充滿了興趣。經過了短暫的休息，我閒不下來的腦袋，又像是豎起雷達一樣，開始到處尋找下一本書的主題了。無可否認地，我確實企圖在他身上挖掘有沒有什麼寫作的新素材。

我以前從來不曾讀過偵探、推理小說。對於這類小說，我的印象就僅止於偵探在刑警與跟班的協助下，經歷各種冒險後，將兇手繩之以法而已。我有個好友很愛讀，經常推薦書給我，但我聽過他的說明，反而更提不起興趣。這種故事的劇情模式大多差不多，不外乎就是找人問話、收集線索，然後發現破綻後就真相大白了。好友聽我這樣吐槽，當然不太開心，說我永遠無法領略邏輯之美。是啊，我寫書只要能賺錢就好，管他邏輯美不美。更何況，世界上充斥著光怪陸離的事，不合邏輯的一大堆。

不過，好友之間的閒聊，抬槓居多。面對偵辦過真實罪案的刑警，我並沒有將這種膚淺、偏頗的看法說出口。在現實生活中，有沒有破案，可是關係到被害者家屬的傷痛能否平復，以及法律、人權、正義能不能彰顯的大事。在這段時間的言談當中，吳劍向入院前必然是個非常熱愛工作的人，偵辦刑案極為堅持執著，無論如何也要揪出那些刁鑽狡猾的犯人。

「……對了，上次我們談到的那個案件，犯人進了看守所不到一年，在工廠裡與獄友發生爭執，被鐵管打成重傷，保外就醫，但入院一個多禮拜左右就死了。」

吳劍向開口，接續前一次的談話。在天亮未亮的清晨時分，兩人坐在這張長椅上，交換彼此入院前的聽聞，是一個月以來我們養成的默契。起初我們並沒有每天聊，他是個徹夜不睡的人，在長椅上坐到天亮，吃過早餐後才回房睡覺，而我則是在入院後調整了一段時間的生活作息，變得早睡，才終於能在天亮前起床。就像今天這樣。

「案發後，我還被獄方找去，確認他身上的傷痕，哪些是新傷、舊傷。根據調查，他從一進監獄，經常找人單挑。其他囚犯也不想惹麻煩，把事情壓下來，不讓獄方知道。你看，這就是典型的——人，終究會死於自己的信心。」

「監獄裡怎麼會有鐵管？」

「那是很久以前某個囚犯趁著一張床壞了要丟掉時，偷偷從床腳上拆下來的。這根鐵管一直藏在獄中，偶然被他找到了。可是，誰知道是真是假。」

他提到的這名犯人，以前是個武術館的拳師，被逮捕的原因是活活把人打死，兇器是一根鐵管。據說他經常向友人吹噓，曾經到中國少林寺學過棍法。

——人，終究會死於自己的信心。

「既然說到這個案子，小吳，我覺得……」我忍不住開口：「現實生活中的殺人兇手，絕大部分甚至連最基本的想像力都沒有。」

「殺人需要想像力嗎？」吳劍向微笑。

「當然需要。否則他們不會這麼輕易被逮捕。我們也談過很多案子，比方說，上週聊到的竊車、製造偽鈔與詐欺的案件，他們的犯罪手法就極富想像力，總是能巧妙地操控人類的盲點，讓人在驚訝之餘，還多了一絲佩服。」

「我是個刑警，沒辦法佩服犯人，但我不反對你的看法。」

「可是，你跟我說過的殺人案，犯人都是在衝動下突然下手的，不但毫無計畫可言，犯案後也是馬上逃逸，完全沒有思考善後，試圖滅跡、脫罪的可能性。而且，他們被逮捕以後，只要警方稍加威嚇訊問，就立刻俯首認罪了。」

「說得倒是沒錯。謀殺，與其他犯罪不同，是一種精神壓力最為沉重的犯罪類型。我認為，這跟動機的本質有關。謀殺的動機，出發點往往是來自犯人的困境，無論是現實上的困境，或是精神上的，而不是從現實中獲得什麼好處。從這個角度來看，這其實是一種不得已的選擇。」

「不得已嗎？」

「不得已，不代表是對的。」

「哦。」

「總而言之，為了逃脫眼前的困境，兇手必須立即採取行動。這個迫切性，將會導致兇手無法冷靜思考，於是在衝動下殺人。或者，兇手為了擺脫困境，通過某個機制讓自己處在一個無法冷靜思考的狀態，比方說喝酒、服藥，進而製造了衝動，犯下謀殺。

「不過，作案之後，原本的困境可能是解除了，但取而代之的是新的困境，也就是謀殺行為本身。精神壓力從未消失。一旦面對警方的偵查，很容易情緒失控，暴露破綻。」

「你說，謀殺往往是來自犯人的困境。可是，世界上也有『快樂殺人』的兇手，為了追求異常的快樂而殺人，難道這也是一種困境嗎？」

「我認為，是。有大量的研究指出，快樂殺人的兇手，童年都是極不快樂的，他們曾經是身體或精神受到虐待，或是得不到父母的關愛。他們在成長的過程中，發現只有透過謀殺的過程才能逃脫內心的夢魘。但我要特別聲明，縱使童年過得極不快樂，也僅有非常少數的人，長大後會變成快樂殺人的兇手。」

「那麼，你沒有碰過事前策劃縝密、心防難以突破的兇手嗎？」

「有是有。」

「告訴我那個案件的詳細經過好不好？」

我知道自己的語氣中透出喜悅。因為，談到這個話題的時間點，終於到了。

沒想到，吳劍向此時搖搖頭。

「但那個案子是由我的學弟接手，我並未直接參與，我所知道的部分都是聽來的。坦白說，我不知道詳細的偵辦過程，還有印象的，都是一些很片段的瑣事，畢竟我只是支援而已，唯一還記得的，就是兇手的名字了。這樣也可以寫成小說嗎？」

「啊？」

「王大哥，我知道你是個作家，經常找我聊天，一定想從我這裡獲得一些寫作題材。」

「是這樣沒錯……」我有點不好意思。「確實啦，只記得兇手的名字，是沒辦法寫小說的。小吳，你不會介意吧？」

「沒關係。但是，我看過你在房間內擺放的書，都是一些財經、時事分析類的書，裡面連一本推理小說都沒有啊。我想，你應該沒有閱讀這種書的習慣吧……你怎會想寫推理小說？」

「想不到，你注意了我房裡的書。」

「不好意思，刑警的老毛病又犯了。」

我誠實地回答他：「正如你說的，我不讀、也完全不懂推理小說。不過，我認為只要從你這裡問到一件過程曲折的謀殺案，據此所寫出來的故事，應該就是精采的推理小說了。」

「過程曲折的謀殺案？」

「是啊。」

「精采的推理小說？」

「是啊。」

「不一定，」吳劍向再次搖搖頭，「這是不一定的。」

「這話怎麼說？」我不懂他的意思。

「其實，」他沒有直接回答我的問題，顯然，他還沒有完全放下心防，仍在琢磨該不該告訴我，那個他心中最重要的故事。「你可以寫竊案或經濟犯罪事件啊？」

「我最感興趣的還是謀殺。小吳，剛剛你也提到了，謀殺的本質，與其他犯罪是不同的。它予精神上的壓力從不曾消失。我認為，唯有這種題材能真正激起讀者的共鳴。」

「哦。」

吳劍向起身，眼睛凝視著我，目光突然一變。

此時此刻，他謎樣的另一面在我的眼前揭露了。然而，在這麼近的距離與他遽地陡變的眼神對上，這還是第一次，令我不由得心生一股莫名所以的恐懼。

在白天，吳劍向的言談舉止一切正常，是個朝氣蓬勃、神采奕奕的青年。不限於自己的工作專業，只要詢問他的意見，都能從他口中聽到有趣的獨特觀點，這也是我喜歡找他聊天的主因。然而，不知何故，只要一入夜，他就會變得沉默寡言，刻意與所有人保持距離。在這種時候，他的身上就像是掛起「禁止接近」的招牌，不必說話就讓人退避三舍。我無法得知他是如何製造出這種氣氛的。

「好吧。」吳劍向恢復溫和的笑容，坐回長椅。「王大哥，你看過這個東西吧？」

他從口袋取出一塊黃黑相間的固體。

那正是他在我尚未靠近以前，雙手把玩著的東西。

固體本身的體積不大，約略只有成人的手指頭大小。質地堅硬、表面粗糙、紋理複雜，像是一塊自異國陌土掘出帶回的小石子。

原來，每到深夜時分，吳劍向獨自坐臥在自己的病床上，低頭專心把玩觀覽著的，就是這顆小石塊。醫院熄燈時，他仍沒有就寢的打算。他不打擾院內的作息，一個人穿過中庭草皮，來到圍牆邊緣的這張長椅上坐下，繼續捧著這顆小石塊，直到天亮。

我看著他手上的小石子，驀地又想起了一件事。有一回，我在三更半夜因尿急而醒來，眼睛一睜開，竟發現他靜悄悄地端坐在我的病床邊緣！我嚇了一跳，連忙問他究竟怎麼了，而他則沒有出聲，漠然地站起身離開我的病房。

當時，在朦朧月光的映照下，他手上握著的，應該也是這顆石塊吧。

我早就對他這種行為感到好奇，但卻一直引不出話頭問他。沒想到，他居然主動提起那顆奇特的石頭。

「原來是一顆石頭。」我這時才發現自己出了神，連忙點了點頭。「剛剛你一直不告訴我這是什麼。」

「抱歉。我不是有意隱瞞的。這只是一種潛意識的自我防衛。」

「沒關係。對你來說，我想它具有特別的意義？」

「嗯。如果你真的要寫謀殺案，我願意告訴你一個我親身體驗的事件。」他將小石塊舉到我面前，說：「和這個東西有關的奇特案件。」

「真的嗎？」

我想湊近一點觀看，但吳劍向的態度，讓我有一種不可接近的距離感。他現在是讓我知道這顆石頭的存在了，但不代表我可以仔細觀看它。

「不過，這個案件沒辦法寫成推理小說。」

「沒辦法寫成推理小說？」我一時滿頭霧水。

「嗯，不可能變成推理小說。」

「不要緊、不要緊……我不是非寫推理小說不可，只要有讀者愛看，什麼都好。」我的神態有點返老還童，像小孩子即將拿到聖誕禮物般興奮。心念稍轉，我隨即脫口而問：

「但，既然是謀殺案，為什麼沒辦法寫成推理小說？」

Chapter 1

眩暈密室

Vertiginous Locked-Room

1

要說明這一連串的怪奇事件，我想起點應該可以追溯到二〇〇〇年的三月二十五日吧。高雄市三民分局在當天凌晨六點四十七分，接獲到一通奇怪的報案電話，一位住在隸屬管區範圍內的民眾，聲稱在起床後，發現昨夜放置在客廳的捕鼠籠，捕獲了一隻深紅色的老鼠，要求警方派人處理。

接到這通電話的就是吳劍向，那夜他是值班警員之一，當時年紀二十八歲，一線四星。而與他共同留守的，是劍向的學長方立為，年長一歲。兩人在警專讀書時已經認識，同屬柔道社，經常一起練習。當報案電話鈴聲響起時，劍向正在準備升等考試，立為則研究著開鎖道具。

「劍向，」立為的語氣興奮。「你看……只要這樣做，普通的喇叭鎖一瞬間就彈開了！」

「等一下，有電話。」

劍向無視立為稍感失落的表情，放下筆接了電話。由於擔心民眾投訴警察服務品質不佳，分局長曾多次要求，電話響兩聲以前必須接聽，局內眾警員私下抱怨連連，不過，這卻是劍向的一貫做法。與其他只想領穩定薪水、親睦鄰里的同事不一樣，他希望能盡快升遷，早日獨當一面。年輕氣盛的他，認為迅速接聽報案電話，親臨第一線進行調查，就能搶得破案、立功的先機。

「喂，您好。這裡是三民分局。」

「警察先生，我在家抓到一隻大老鼠！紅色的！家裡有一隻大老鼠！警察先生，有一隻老鼠全身是紅的，出現在我家，好可怕……」電話裡的聲音十分急促，同樣的意思，以不同的語句講了好多次，像是大賣場常出現的可錄音廉價布偶。劍向可以輕易想像得到，在電話另一端，報案者正以顫抖的手指緊握著話筒，以及隨之抽搐的捲線。劍向本應集中注意力，仔細聆聽對方的陳述內容，但此刻內心竟浮現一種荒謬的幽默感。

難怪有人說過這麼一句話——恐怖與滑稽，僅有一線之隔。

劍向先確認了報案者的姓名，戈美瑤。

「我住這裡二十多年了，家裡一直很乾淨啊，從來沒有出現過老鼠！」

「請告訴我您的住家地址，我們立刻過去。」

接到報案電話的第一要務，並不是要報案者詳細說明到底發生了什麼事。在報案者情緒不穩的情況下，說得再多，尤其是透過看不見對方狀況的電話，得到的也只是破碎、扭曲的資訊，不僅浪費時間，還可能因為這些過度主觀的資訊，先入為主地產生錯誤的第一印象，日後對案情的判斷造成負面影響。

這個時候應該做的，就是請對方冷靜下來，明確告知案件發生的所在地，然後迅速趕到。無論發生過什麼事，或是即將發生什麼事，現場的狀況，到了現場再說。眼見為憑。

記下戈美瑤的姓名、地址後，劍向並沒有馬上出發。的確，過多的主觀資訊，對案情處理是不利的。然而，報案者反覆強調的事情，仍然具有重大意義，很可能隱藏著關鍵線索。劍向必須確保沒有聽漏每一個細節。劍向掛掉電話後，放慢播放速度，把電話錄音聽了兩遍。

「紅色的大老鼠？」一旁的立為聽了，也不禁失笑。「聽都沒聽過。搞不好只是絨毛玩具——樓上不小心把整人禮物掉落到報案者的陽台上了。」

「如果是這樣就好了。但聽起來她並不像開玩笑。」

「要不要轉環保局？抓老鼠應該是他們的業務。可是，他們上班時間還沒到。」

「反正局裡沒什麼事，我過去看看好了。」

「只是一通惡作劇電話，不需要特地跑一趟吧。」立為不置可否地聳了聳肩，「抓老鼠這種事，也不是刑警的工作啊。」

「反正又不遠，就去看一下而已，也好讓報案人安心。」

「值班時間快結束了，你不打算補個眠啊？」

「學長，我的份你幫我補吧。」

劍向一邊說著，一邊起身。他抓起辦公桌上那串鑰匙往分局大門口走，頭沒有回，只舉起手示意向立為道別。

一出分局，冰涼的空氣迎面而來。時序剛剛進入春季不久，高雄市的日間已經開始升溫，預告即將進入熱帶地區的典型氣候，但此時是尚未完全天亮的清晨，溫差仍然很明顯，蒼白的路燈燈光籠罩在門口的停車場，彷彿一層薄霧。這層清冷而透明的薄霧，打散了馬路上的街景，將城市的喧囂隔絕在外。

劍向會對這通莫名其妙的報案電話充滿好奇，其實是有原因的。

報案內容本身，確實很像惡作劇。然而，他並不像立為那樣，只聽得到報案人語氣混亂的電話錄音。在五分鐘多的交談中，他聽到對方說話的語氣，內藏極深的恐懼，而且不斷加劇。劍向記得自己回應時對來電內容曾透露些微遲疑，卻在下一個瞬間，就感覺到對方的驚慌陡升，害怕對方以為自己瘋了。這不是他的錯覺。彷彿漂流在北極圈的冰山，隱沒在海平面下的危機，永遠多出眼能所見太多太多——而，只要聆聽者稍有不信，縱使冰山的邊緣僅僅崩塌了一小角，也將掀起超乎想像的駭浪。

這段直接交談的應對過程，是旁觀者立為光聽錄音帶沒有辦法體會的。劍向堅持自己接聽報案電話，原因即在於此。

在聽到戈美瑤聲音的一瞬間，劍向的脊椎突然一陣冰冷的戰慄，然而，那絕不是因為冬季餘威尚存的緣故。

事實上，那是他從小就擁有的第六感。

記得小學二年級，在一次到山區郊遊的活動中，正當師生們很愉快地野餐時，他因為身體突然發冷而離開樹蔭去曬太陽。結果不到一分鐘，方才坐著的位置突然砰的一聲巨響，一根粗大的樹幹重重地落在地上，壓傷了三位小學生，而其中傷勢最重、大腿出現複雜性骨折的，正是剛剛坐在他身旁的女同學。

劍向將鑰匙插入鑰匙孔，發動摩托車，並跨身坐上。他催促機車油門，左轉彎驅車向清晨的建國路。

一夜沒睡，但此時頭腦卻十分清醒。

還有一次，是國中剛畢業的事。劍向全家第一次出國，到泰國、新加坡等東南亞國家玩一個禮拜，結果一家人在小港機場的大廳候機時，他忽然感到從後背處湧起一股極強的寒氣，令他立即倒地，昏迷不醒。為了送醫急救，一家人只好被迫取消出國行程。一送到醫院，醫生卻診斷不出所以然來，讓他在院內住了三天進行觀察。沒想到，看了次日的電視新聞才發現，他們原本預定搭乘的那班飛機，在起飛後居然遭到歹徒劫持，差一點釀成墜機的悲劇。

劍向曾仔細回想這兩樁事件，那股引發戰慄的寒氣，是從脊椎處竄出的。此後，對於身體的特殊警訊，他便開始特別留意，與生命安危是否有所關聯。考進警專後，曾經於某次體育課，在游泳池畔一陣冰涼遽然來襲，但後來什麼事情也沒發生——不，精確地說，他沒有進行深入調查，其實他並不知道身邊是否有人發生與自己有關的重大意外。

此刻，建國路上有零星的車流、行人，與他以往在同樣時間外出巡邏的情景並無差異。摩托車的頭燈在夜色中劈出一道光芒，被逐漸放亮的日光稀釋了，狹窄的視線也跟著展開。大老鼠已經被捕鼠籠逮住，到了現場後該做的，大概只有安撫戈美瑤的情緒而已，其實沒必要火速趕去，而劍向亟欲知道的，仍是脊椎深處突如其來的那股令人戰慄的寒氣，究竟為何而來。

根據地址，戈美瑤住在建國三路與南台路交叉口附近的一棟公寓裡。南台路上就正對高雄中學大門，距離三民分局還不到兩百公尺。這一區鄰近明星高中，治安狀況相對單純，劍向在周邊的岔路、小巷內巡邏過上千次，馬上就找到戈美瑤所住的公寓地址。

劍向他把機車停妥在騎樓下，進入公寓大門。

這棟公寓共有六層樓，戈美瑤住三樓。一樓入口處有一間小管理員室，接待的窗口位在大門右側，管理員年約六十，戴了老花眼鏡正在讀剛送來的早報。他的坐姿端正，予人才剛從軍職退下來不久的氣勢。劍向出於職業習慣性地看了窗口名牌——管理主任，值班時間週一至週五，早上六點到晚上六點，謝絕推銷云云。

「您好，三民分局。」劍向亮出隨身證件。

「警察先生，請問有什麼事？」

「三樓住戶戈美瑤女士，剛剛電話報案，我需要上樓處理。」

「哦，請警察先生自行上樓吧。不過，電梯壞了，要麻煩您走樓梯。」

管理員的視線回到報紙上。看來，管理員不但沒有特別的反應，甚至相當冷淡，也不問報什麼案。這引起了劍向的興趣。他決定停下來多問幾句。

「您與戈美瑤女士熟嗎？」

「哈哈，熟啊。」管理員這才顯露出一大清早就得值班的疲憊。他輕哼一聲，收起報紙。

「戈太太跟大家都熟，她常打電話到一樓抱怨東抱怨西的，把管理室當客訴中心了。」

「她都抱怨些什麼事？」

「有人溜進去她家，動過她家裡的東西之類的。」

「家裡遭小偷嗎？」

「不，什麼都沒丟。她根本講不出個所以然。但管理室這裡有備份鑰匙，自然嫌疑最大。這她說的。後來管委會開會決議，不再保管住戶的備份鑰匙。」

「她一直是這樣？或者，是從什麼時候開始抱怨的？」

「從一年前開始的？記得是她的丈夫過世以後的事。年紀不大，不到五十歲吧，肝癌，酒喝太多，也拖好一陣子了。原本我們是看她一個人住，多少主動關心她一下，沒想到，還被她誤解是對她有意思哩。真是的……」

「她一個人住？」

「是啊。她有兩個兒子，都大學畢業了，一個到美國發展，一個在台北。」

「她向管理室抱怨過老鼠的事情嗎？」

「有啊……難不成，她為了這件事報警？」

「對。」

「真是的……對啦對啦，三天前她就講過一次了，還到家庭百貨行一口氣買了二十幾個捕鼠籠，真讓人以為她沒工作閒得發慌，開始做捕鼠籠批發生意了。她要我們跟每個住戶說明公寓裡有老鼠，每戶放兩個抓老鼠。神經病嘛。我們怎麼可能打擾住戶，引起住戶恐慌？而且，這是老公寓了，有老鼠很正常吧。」

「她報案時說，她在這裡住了二十多年，從來沒看過老鼠。」

「喔……是這樣啊……」

「有其他住戶抱怨過老鼠的事嗎？」

「沒有啊。」

「你們看過其他住戶買了捕鼠籠嗎？」

「這……也沒有。」

「你曾在公寓裡親眼看過老鼠嗎？」

「我又不住這裡，當管理員也還不滿三年，確實不知道有老鼠正不正常啦……但是，這裡是老公寓了嘛，有老鼠哪是什麼新鮮事。」

聽著管理員最後這段證詞，劍向心想，老公寓有老鼠確實是常見的事，但戈美瑤堅持二十多年來從沒看過老鼠，倒是加深了劍向的好奇心。雖說，老鼠是怎麼出現的，並不在刑警的工作職權範圍內。

「不過，戈太太的性格一直是這樣啊，整天緊張兮兮的，喜歡把沒事當有事，小事當大事。」

經過故障停用的電梯門口，劍向往裡面的樓梯口走去，管理員彷彿想繼續辯解似的，有氣無力地說了這句話。

樓梯又矮又窄。以劍向身高一百七十八公分、體重八十五公斤的壯碩體格而言，上樓彷彿是鑽身通過一條傾斜的隧道，頭頂上的燈泡還亮著，但牆壁、天花板都已布滿灰塵，陰暗的走道一片泛黃，有如挖煤的礦坑。

穿過這條狹窄、陡峭的樓梯步道，令劍向有一種兩邊的牆壁逐漸往雙肩壓縮的錯覺。轉角處設有小窗，年代久遠，卻保留了這棟公寓在新成之時也曾一度引領風華的餘韻，玻璃積了厚重的污垢，彷彿讓透入的天光陷入霧霾，光束間有細碎的灰塵，像蜉蝣般飛舞、游動著，反使整個隧道更顯得陰暗。

這個場景，忽然令劍向有一種既視感。

正式成為刑警後不久，劍向曾經參與過一場毒販追捕行動。毒販藏匿在鼓山區一處集合住宅裡，用夾心木板做了許多小隔間，讓旗下的酒店小姐住在裡面，餵毒進行控制。線報指出，毒販還擁有大批走私自中國的改造槍枝。

在警專時代，劍向雖然受過搜捕基本訓練，但那終究是設置在學校框架內的課程。追捕行動的變數太多，多數狀況下僅能憑藉前輩的耳提面命，以及自身的經驗。警專並沒有教他如何穿梭在每一層樓都是單薄木板隔間，所剩的走道空間僅能容許一人通過，而每一間不是藏匿著耽溺毒品而奄奄一息的女孩，就是持槍埋伏的兇惡毒販。

那是一場罕見的大型聯合追緝行動。當時，帶領他那個小隊的刑事組組長高欽福，提醒他在狹窄空間中行動的重要原則：武器必須緊貼自己的身體，以防敵人竄出擊落或搶奪。看到人影，寧可先躲避、防衛，絕不能先攻擊——台灣的法律重視人權，對警察的用槍時機有諸多限制，反而沒有辦法保護行動中的警察。

當然，這裡沒有「敵人」。

若真有「敵人」出現，也不會奪槍、攻擊，只會在腳邊亂竄。

事實上，這次的第六感，強度遠遠超過以往的經驗。當劍向在分局裡掛上話筒的那一剎那，兇猛的惡寒自脊椎瞬間直衝全身，劇烈的戰慄對他強襲而來，差點令他從椅子上撲倒於地板。所幸當時立為學長正專注在開鎖技巧的練習，沒有發覺他的異狀。

這究竟是告訴我「我若留在警局將遭遇危險」，還是「我必須遠遠地避開這棟公寓」？

劍向正值沉思之際，已經來到三樓。公寓一層四戶，只有一台故障停用的電梯，前後各設了拱形大窗，整體裝潢有一種附庸古典歐洲的優雅風格，但舊式格局如今看來已經顯得有些局促擁擠，木質窗框的雕紋，似乎經常擦拭，與樓梯走道裡積滿灰塵的小窗截然不同，地板上鋪了暗茶色的地毯，有清潔劑過度使用的痕跡。

劍向走向三〇一室，這是戈美瑤在電話中所報的住家地址。他正準備按下三〇一室的門鈴之際，房門突然啪一聲迅速打開，著實讓他嚇了一大跳。

在他眼前，赫然出現一位年約五十歲左右的中年婦人。

婦人的身形消瘦，穿著單薄的睡衣。臉孔畫了稍嫌濃烈的妝，特別強調挺立的鼻子，劍向不難想像得到她青春時代的美貌。但現在的她，臉頰已然凹陷，頭髮的染色過度鮮豔，有一種洋娃娃玩偶的工業量產感，缺乏自然的光澤。也許她想留下往日風采。黑眼圈相當嚴重，像是經常哭泣或為失眠所苦而留下的痕跡，這必然是長期壓力下的影響。她的眼神黯淡，卻堅持地透露出一股嚴以律己的執著。

婦人必然是一直緊盯著大門的窺視孔，等待他的來臨。

「我等你很久了！」婦人說：「警察先生。」

2

「請問是……戈美瑤女士嗎？」

「是！我是！是我報案的！」戈美瑤睜圓雙眼，神情膽顫心驚。她急躁地立刻將劍向拉進房裡，一點都不給劍向問候致意的機會。

劍向進了房間，眼前是一個裝潢別致的客廳，與公寓外的破舊大異其趣。家具、擺設不多，從窗簾、桌几、沙發、立燈、書櫃，都選擇了統一的暖色系，樣式極簡，兼具實用性與美感，呈現出一種嫻靜的氛圍。書櫃裡，整齊地擺著許多食譜，廚房空間不大，但系統櫥櫃的設計十分精緻，冰箱、烤箱、電磁爐、微波爐、咖啡機等廚具一應俱全，牆邊吊著素雅的圍裙，標示了她平常的嗜好。

戈美瑤如同一位在生活中徹底實踐藝術品味的專家，這個獨居的小天地，正是她長年用心創造出來的、象徵她心中的美好世界。

然而，過於整潔的空間，家中物品毫無使用感，缺乏居家生活的溫度，像是一間遭到建設公司遺忘、長年沒有拆除的樣品屋。就連牆邊的矮櫃上，擺著幾幅相框，角度也跟櫃子的正面全然平行對齊。很顯然，戈美瑤鎮日悉心照料這些家具、擺飾，物品都做好分門別類，生活習慣更是一絲不苟到極致，東西使用過後，一定放回原處。

依照這種家務整理水準，確實很難想像會有老鼠出沒。

劍向的職業習慣，每到一個新地點，就會自然在腦中勾勒出這個地點的空間，便於記憶，並且連結過去的辦案經歷——戈美瑤的房間裡若發生刑案，鑑識人員的拍照、建檔倒是很輕鬆，讓他不由得聯想，對警察來說，這恐怕是最理想不過的兇案現場了。

「警察先生，」戈美瑤說：「我一直從窗口往馬路看。你能夠來，真是鬆了我一口氣……」

「這是警察應該做的。」

「可是，為什麼你停好車進了公寓到我家門口，花了五分鐘四十秒？」

劍向聽到戈美瑤的質疑，不由得一愣。

「我知道電梯壞了。」戈美瑤沒有等劍向回話，態度急促地追問。「但是一般人走上來，頂多只需要一分鐘吧？警察先生，為什麼你多花了四分鐘？」

「我在一樓碰見管理員，問了他一些事。」

「什麼事？關於我的？」

「不，只是關於這棟公寓有沒有其他住戶看過老鼠的事。」

「那管理員怎麼說？」

「他只有說，沒有其他住戶看過。」

「哼！他會後悔的。」

劍向不知道戈美瑤所指何意，但他也沒有興趣再細問下去。他迅速轉入正題，問：「那隻老鼠在什麼地方？」

「在這裡。」

很奇妙地，戈美瑤的語氣，並不像電話中那樣恐懼。也許是因為警方已經到場處理。戈美瑤所指的方向是客廳內側的畸零角落，從門口是無法直接看到的。

劍向往她手指的方向望去，他對眼前的景象不由得瞠目結舌。

捕鼠籠裡那隻老鼠，單純形容是一隻大老鼠，恐怕太輕描淡寫了。光是體積，即是一般翻弄垃圾廚餘的家鼠兩倍以上，已經相當於一隻幼貓的體形。

巨鼠想必是飢餓至極，才會硬擠進這個空間狹窄的小捕鼠籠就擒。捕鼠籠的底部、周邊的地板，細碎的肉塊、骨片四處散落，應該是老鼠吃剩的誘餌殘渣，這些肉塊的邊緣處有猛力撕扯的斷面，顯示了巨鼠的齧齒像剃刀一般銳利。此情此景，與房裡恬適美好的周遭，構成了可怖的反差。

此時此刻，巨鼠正在設法離開那只對牠而言非常擁擠的陷阱。捕鼠籠裡的空間，無法容納牠身軀的全部。巨鼠的尾巴與左後腿硬生生地被夾緊在捕鼠籠之外，顯然是前腳剛踏入陷阱後，後半身仍在籠外，正要抓食誘餌，機關隨即觸發，導致尾巴與左後腿被硬生生地緊夾於籠外。裝設了彈簧的籠門在啟動閉鎖的瞬間，箝住了巨鼠的左後腿，關節部位被扣死在籠口的邊角處。從巨鼠的行動狀況來判斷，牠的左後腿很可能已經骨折。

籠門雖然有一定程度的閉鎖性，但巨鼠的抵抗力更強，牠蜷曲著身體，想回頭與籠門的彈簧對抗。然而，籠內過於狹窄，使巨鼠在轉身時卡住，形成了頭尾皆朝向籠門、動彈不得的異樣姿勢。牠的兩隻前腳奮力扒抓著強力彈簧，彈簧與籠門的接合處逐漸有鬆脫的現象，而牠受傷的左後腳無力地刮搔地面，長尾像鞭子般不停揮甩搖擺，在米色磁磚地板上，顯得格外怵目。

終究，戈美瑤在家庭百貨行購買的小捕鼠籠，並不是設計於抓捕這種體積的老鼠的。巨鼠之所以無法脫困，僅僅是由於牠的身軀過於碩大，轉身時被卡住，而左後腿發生骨折，無法與另一條腿一起出力踢開整個籠門。

更令人難以直視的是，巨鼠身上的毛皮，有一半出現多處結塊，這些結塊，好像因為某種濃稠、猶如深紅色油漆的液體，糾結為一團一團的毛球，另外一半的毛皮整個完全脫落，暴露在粉紅色表皮上的，是罹患嚴重皮膚病的爛瘡。隨著巨鼠的猛力掙扎，捕鼠籠不斷地撞擊牆角，發出刺耳的喀噹聲響，在反覆撞擊下，籠子開始扭曲變形，逐漸撐出一些足以轉身的空間。原本籠口的鐵絲網，因為變形而有散開的傾向，銳利的邊緣在巨鼠用力掙扎下刺穿了牠的皮膚，濺出斑斑血跡。事實上，這種狀態更令人無法放心接近，巨鼠好似隨時都有可能破籠而出。

此時，巨鼠的動作遽然停止了。

劍向與戈美瑤互看一眼。

他們沒有交談，但心照不宣地知道，巨鼠已經發現了他們正在看牠。

這是動物與生俱來、敏銳至極的感知能力。

巨鼠的眼睛，與劍向直接對上。牠牢牢地瞪視著劍向，視線沒有游移，似乎在觀察眼前這名巨大異類的一舉一動。很明顯地，先前牠沒有把戈美瑤視為威脅。鼠頭的毛髮散亂，外皮腐爛的鼻下，看得到一道深刻的撕裂傷，幾乎將牠的嘴唇割開，露出濁黃色的長齒。

接著，巨鼠掙扎的動作變得更快，眼神也遽然猙獰萬分。

劍向側目看了戈美瑤一眼，發現她也正注視著自己。

她開始說話。但怪異的是，她毫不激動，而是全然的冰冷，語氣猶如死屍一般。

「這隻老鼠很恐怖。」

劍向勉強地答話：「我同意。」

「警察先生，我不是這個意思。我要說的是，我聞到這隻老鼠的身上有一股特殊的腥味。」

「特殊的腥味？」劍向對戈美瑤的話大感詫異。

「結婚前，我曾經當過護理師。我是在醫院裡認識我先生的。他在醫院裡住了一個月，出院時向我求婚。我馬上就答應了，也立刻辭了工作，全心準備婚禮。他是個事業有成的貿易商，醫院同事們都很羨慕我。我們婚後的生活很幸福，生了兩個兒子。」

不知為何，戈美瑤開始談起自己的私事。

劍向並沒有立即制止她。他認為，這是戈美瑤為了逃避現實的一種心理防衛機制。

「但是，我並沒有讓我先生知情。我答應嫁給他，並不是因為我愛他。真正的原因，我從沒有告訴過任何人。可是，我現在想告訴你。」

「戈太太，有什麼事，妳可以等我們處理完老鼠再說。」

「不。我想要現在說。我報案要警察過來處理老鼠，也包含這件事。」

「是嗎？」

「其實我不怕老鼠跑出籠外。老鼠曾經離我多近，你是想像不到的。」

「好吧，我聽妳說。」

「謝謝你，警察先生。當時，我遇見我先生時，我才剛從護專畢業沒多久。我年輕時長得很漂亮，一到醫院報到，就有實習醫生向我告白了。是啊，那時我滿腦子只想嫁給醫生。如果沒有發生那件事……我的人生，說不定完全不同呢。」

「發生了什麼事？」

「那時候，有一個重症病人需要動緊急手術，割除四分之三的胃部，否則活不過三個月。但是，那個病人只相信民俗療法，寧可到廟裡求香灰吃，也不肯接受手術。病人的態度很果決，孩子們都拗不過她。

「某天，就在醫院終於說服她的孩子們，同意讓她動手術時，她竟然從病房逃走。院方立即聯絡了家屬，但經過調查，發現她並沒有到任何一個孩子的家裡。後來，家屬報警尋人，但同樣音訊全無。」

「後來呢？」

「經過了兩個月，那個病人的家屬終於放棄繼續尋找，醫院的工作很忙碌，我們也都忘了這件事，連在護理站聊天時也不會再提到了。後來，那年的十二月初，醫院要我們為院內小朋友準備聖誕節活動，我便到醫院的儲藏室去找道具。沒想到……我在儲藏室裡，發現了那個病人的屍體。

「送進醫院、最後在院內過世的病患，狀況當然有很多種。長期臥病的、車禍傷重的，我都遇過，我以為我已經習慣了。但是，那是我第一次見到，全身被老鼠啃得精光的屍體。醫院的儲藏室有兩個，我去的是比較舊的，平常完全沒有人去。那裡有個對外的窗戶，正對傳統市場，老鼠就是從那裡跑進來的。

「警察先生，你絕對想像不到，全部爛光的屍體，氣味到底有多麼難聞。處理人員無論噴灑多少除臭劑，都沒辦法把那股臭味消除。原本要追我的那個醫學院實習生，不知什麼原因，後來跟我保持距離。他從來沒有明說，但那一定是因為我發現了腐屍，身上有洗不掉的臭味。

「這一切，都是心理作用吧？我先生不知道這件事，開開心心地與我結婚，也從未抱怨過臭味的事。但也許，實習醫生放棄追我的原因，跟臭味一點關係也沒有，只是單純喜歡上別人而已。無論如何，從發生那件事以後，我特別注意清潔工作。我的身上，絕沒有屍臭味。」

原來如此。這就是戈美瑤把住家維持得如此乾淨的原因。

「可是，這股臭味，一直留在我的鼻子裡，未曾消失過。那就是，當時爬在病患身體上的老鼠，嘴裡所散發出來的腥味。警察先生，我告訴你，這隻老鼠一定是吃屍體長大的。牠的毛皮上黏著深紅色的液體，一定是血跡。

「警察先生，拜託你。你一定要想辦法抓到這隻老鼠，找出藏在我家裡某個地方的屍體。我真的、真的沒辦法跟屍體睡在同一個房間裡。這才是我真正打電話想報的案。」

「妳為何一開始不明說？」

「我不能。你們一定會認為我瘋了。我得想一個聽起來怪異、但處理起來不麻煩的理由，警方才願意來一趟。只要警察來了，一看到老鼠身上的血跡，一定會相信我的。」

戈美瑤所談及的往事，她極端敏銳的嗅覺，混雜了她的心理創傷，讓劍向無法判斷她的話裡有幾分真實。但是，正如同他的辦案原則，現場的狀況，在現場判斷。眼見為憑。巨鼠身上的暗紅色污漬，對他而言確實具有說服力。

「我明白了。」

在戈美瑤提到往事的同時，劍向的目光仍然鎖定在捕鼠籠內的巨鼠上，分秒不移。此時，他知道捕鼠籠已經撐不了多久。

「戈太太，」劍向的語氣沉著，「我很高興妳打了報案電話。妳的判斷非常明智。」

「警察先生，謝謝你。」

「不過，我們的時間不多了。請妳到走廊上一會兒。這隻老鼠，我會負責將牠處理掉。」

劍向問：「有沒有黑色的垃圾袋？」

「有。」

從戈美瑤手中拿到黑色的垃圾袋以後，劍向請她離開三〇一室，把門關上，準備獨力應付這頭怪鼠。捕鼠籠的狀況愈來愈不穩定，他必須迅速行動。

事實上，這是劍向從未處理過的場面。與兇惡的通緝犯相比，巨鼠予人的生理嫌惡感，大於實質的生命危險。他從口袋裡掏出手套戴上，一步一步走向捕鼠籠，在腦內模擬接下來該怎麼處置巨鼠，以及巨鼠可能會做出什麼反抗。

巨鼠的感應靈敏，一看到劍向靠過來，牠被籠子卡住的身軀竄動得更厲害，長滿瘜肉的鼻頭下，鋒利的黃色門牙閃著潮濕的亮光，並發出尖銳的吱吱聲。

劍向力求鎮定，以右手用力提起捕鼠籠的提把，他感覺到沉重的地心引力，以及巨鼠企圖逃脫的搖晃。巨鼠受傷的左後腿掛在半空中無力地擺盪，右後腿試圖踢開籠門，籠內的兩隻前爪則奮力抓爬著籠壁的間隙。

浴室稱不上遠，但劍向的每一步都走得小心翼翼，保持重心的穩定。籠子被提上空中後，巨鼠既有的姿勢無從施力，沒辦法透過撞擊壁面來破壞籠子，遂開始運用身體的重量開始搖晃，企圖製造甩出籠外的離心力。劍向與巨鼠的距離一下子拉近，可以看見牠猩紅色的皮膚潰爛，充滿皺褶，一股難聞的氣味衝向鼻間，令劍向不得不閉氣，也就難以分辨戈美瑤所稱的腥味到底是不是屍臭。巨鼠沒有迴避劍向的目光，兇狠地瞪視著，前爪拚命刨抓籠子的內壁示威。

正當劍向往浴室走去準備溺斃怪鼠時，捕鼠籠突然一沉，老鼠右腳終於彈出籠外，發出刺耳的金屬摩擦聲，形成肚子被籠門夾住的情況，怪鼠的叫聲因而更為淒厲。同時隨著籠子搖晃的結果，巨鼠粗壯的右後腿攀附到劍向腿上，尖銳的爪子勾扯著他的褲管。

此時，劍向感覺到，巨鼠打算藉此施力，撐開籠門的開口，讓上半身也逃出來。他在驚嚇受迫之際，抽出腰際的警棍往老鼠的尾部猛力一打，老鼠骨盆部位的骨頭遽然斷裂，發出清脆的聲響。這是劍向長久接受訓練的反射性動作，無關對象是人是鼠。

巨鼠的上下半身，彷彿成為兩種生物。上半身死命掙扎，發出悲慘的哀嚎，形體扭曲的下半身則一逕不停地顫抖、痙攣著，失禁的尿液帶著鮮紅的血色，有如污濁的茶水般四處噴濺在浴室的地板上。至此，巨鼠終於無力脫離捕鼠籠了。

劍向進了浴室，這是一個不到三坪，僅有浴缸的房間，一樣有著戈美瑤風格的整齊擺設，毛巾、浴巾、衛生紙，香皂、洗髮乳、潤絲精、洗面乳等個人清潔用品，在洗臉槽旁的棚架上各歸定位。棚架下則擺了洗潔劑、水管疏通劑。室內傳來一股強烈的芳香劑的香氣，與巨鼠的臭味混合，反而更令他難以呼吸。

劍向無暇細想，立刻在排水孔堵了塑膠塞，將浴缸上方的水龍頭旋轉到底，也等不及水流傾瀉注滿，就直接將捕鼠籠浸入浴缸裡。

巨鼠在水位逐漸升高之時，兩隻前腳胡亂划行，努力探求籠子上方的空間，此時的叫聲，也再不像是痛苦的哀嚎，而是拒絕臨終的尖聲怪叫。冷水很快地淹沒了巨鼠的耳朵、牠的嘴，牠伸長的鼻頭。水面上浮起一團一團的氣泡，在水龍頭的激流中消失。

牠的末日終於降臨。

巨鼠的動作完全靜止了，整個身軀沉入浴缸底部。原本齜牙咧嘴的口唇微開，隨著浴缸內微小的漣漪上下浮動，兇狠猙獰的雙眼也失去焦點。

方才充斥浴室的尖聲怪叫，此時仍迴盪在劍向的耳際。

跌坐在浴缸邊好一陣子，劍向發現自己終於能呼吸了。他閉上眼睛，等待著自己的心跳慢慢地舒緩下來，這才能站起身子。

他深吸了幾口氣，再次望向籠內的巨鼠，確定牠已經死透。

這時，劍向發現浴室內的馬桶旁放了一只水桶。他心中有點後悔，剛剛要不是被差點逃出籠外的老鼠嚇了一跳，應該把籠子丟進水桶裡的。

日後，戈美瑤必然不可能在淹死過巨鼠的浴缸裡沐浴吧。

這種處置方式，絕對不能告訴身在門外的她。

不過，以後她怎麼沐浴，其實已經不關他的事了。依照他對戈美瑤的了解，也不難想像，別說是浴室，這間公寓很可能會被她整個打掉重做。

無論如何，事情總算解決了。劍向再次將籠子提起，連帶巨鼠的屍體整個投進黑色垃圾袋。和剛剛的張牙舞爪不同，巨鼠的眼神空洞，紅色的舌頭外露，癱軟的軀體規律地滴著水，尾巴筆直垂在空中。

鼓脹的黑色塑膠袋發出沙沙聲響，予人巨鼠還在不停蠕動的不快感。

就在劍向準備將浴缸的水全部放掉時，注意到缸裡的水面上浮著一層液體。

——這真是血跡嗎？

劍向回想起這隻怪鼠的毛皮上沾滿暗紅色的黏液——但他發現自己實在不願意馬上打開垃圾袋，再看一眼那頭噁心的死老鼠。

3

收拾過鼠屍後，劍向又花了一點時間打掃浴室，擦去浴缸的水漬，將鼠毛、尿液清理乾淨，也順便處理了客廳地板上的碎肉殘骨。只是，他沒有把握能夠完全復原。

全部的清理工作完成後，已是清晨九點。

然而，這只是偵查工作的開始。

巨鼠上的血跡，暗示戈美瑤所說的話可信度頗高。他必須先將鼠屍帶回局裡，請鑑識組的同事檢驗過毛皮上的液體成分是否真的是血液，胃內是否有殘留的消化物後，才能再考慮進一步的行動。

戈美瑤進了家門，立即追問劍向。儘管她徹夜未眠，但精神仍然相當亢奮。

「警察先生，你已經抓到老鼠了。牠的毛皮上，的確有血跡，對吧？」

「上面確實有深色的不明液體。我會帶走鼠屍，針對毛皮做進一步的化驗。戈太太，請好好休息。一有新消息，我們會立即通知妳的。」

「不行。警察先生，我還不能讓你走。」

「我們保證會盡快處理這個案件，妳不會白白空等的。」

然而，戈美瑤沒有被劍向的話術說服。

「我說過，客廳裡有屍體。你離開以前，必須替我找出來！」

「這……」

頓時，劍向詞窮了。

他剛進戈家的時候，曾經想像著這戶整潔得難以安心居住的公寓，對警方來說，其實是最理想的犯罪現場——與犯罪有關的任何線索，在這裡是無法隱匿的。那麼，問題來了，這間乾淨得一塵不染的房子內，怎麼可能出現一隻散發惡臭、黏滿血跡的巨鼠？

劍向承認，他也對這個不解之謎充滿好奇。只是，畢竟他負責的是刑事案件，目前尚且沒有證明與巨鼠相關的這一切和犯罪有關，無法像私家偵探那樣想接委託就接。更何況，整個客廳裡空蕩蕩的，戈美瑤顯然不看電視、不聽音樂，家具只有一張桌几、一張沙發，頂多再加上與接鄰的廚房之間的書櫃，生活極簡得完美無缺，到底能在哪裡藏匿一具屍體？

「警察先生，拜託你。」戈美瑤態度堅毅地說，「我住在這裡非常久了，從來沒看過老鼠，更何況是這麼巨大的。客廳裡一定有屍體，你一定要幫我找出來！」

又來了。相同的意思，以略有差異的語句反覆強調。跟報案電話的講法一模一樣。

劍向對戈美瑤有些改觀了。她似乎懂得利用自己的處境來取得優勢。

「……好吧。我現在就調查。」

劍向走向大門，以玄關為起點，以沿著牆壁開始檢查。他在腦中勾勒出巨鼠的身形，確認牆角、牆面是否有可供出入的洞口。戈美瑤非常愛惜家中的裝潢，牆面底部鋪設的裝飾木條，狀況維持得非常好，絲毫找不到鬆脫之處。部分的牆面貼了素雅的壁紙，完全沒有破損。接下來是天花板，吊燈的接口極小，並無動物出沒的痕跡。客廳的通氣窗、冷氣口，也沒有發現任何破口。劍向打開通氣窗向外檢查，窗外是大樓背面的防火巷。

「戈太太，妳第一次在家中看見老鼠，是三天前的事，對吧？」

「你問過管理員這件事？」

「對。他說，妳到家庭百貨行去買了二十幾個捕鼠籠，要分發給各樓層住戶。」

「我必須抓到那頭老鼠。我說過，牠身上有股腥味，那是屍體的氣味。我第一次看到牠，就聞到那股惡臭了。但是，牠突然消失了。所以我才必須去買捕鼠籠。」

「剛剛妳也看到了，這個客廳我已經檢查過一次。既然妳當時曾在家目擊老鼠的蹤跡，那就表示，牠曾經以某種方法進來，又以某種方法逃走。很可惜的是，我並沒有找到一個足以容納身體那麼大的老鼠穿過的通道。」

「這就是我想知道的答案啊！不然我幹嘛報警？」

「除了……一個非常明顯的通道。」

「什麼通道？」

「大門。」

除了大門，劍向認為應該沒有其他能讓巨鼠穿過的通道了。

「戈太太，妳是否曾經忘了將大門關好？」

「警察先生，你想要告訴我，因為我忘了關門，老鼠趁機從外面跑進來？」

「這是唯一的可能。」

「你錯了！不可能！我非常確定，無論在任何時刻，我一定會把大門鎖好。你知道嗎？大概從一年前我先生過世以後，我就開始一直有一種強烈的感覺，有某個身分不明的人，能夠自由進出我的房間。前一天晚上明明關緊的瓦斯，隔天早上卻發現瓦斯在漏氣；前一天晚上明明關了的燈，隔天卻是亮著的！還有水龍頭、電扇的開關，連房門都曾經被打開過！像今天早上，廚房裡的流理台上居然出現了一大片水漬，跟三天前的狀況一模一樣！但是，我做完菜以後，一定會收拾廚餘、用抹布擦拭乾淨啊……而且在三天前，流理台排水口的濾網還被人翻過……沒錯，我清洗流理台時，也會連濾網一併清理，但我事後都會將濾網放回原位啊！總之，不管我多麼小心地檢查過一遍，都沒有用！」

劍向想起，管理員的確曾經提到過同樣的事。然而，更令劍向關注的是，相較於戈美瑤面對巨鼠時的淡漠態度，現在她才顯露出歇斯底里的一面。

「所以，這已經變成我的日常習慣。為了確認家中的東西是否被那個不明人士動過，我丟棄了大部分的家具，留下來的必要家具，也一定要排得整整齊齊。每天晚上睡覺以前，也務必小心謹慎，關好所有門窗。廚房、臥室的門，我全都會關好的。

「可是，我所做的一切完全沒用！那個潛入我家的不明人士，仍然在我家穿梭自如，移動我的家具，亂碰我的東西。警察先生，你可以看得出來，那隻老鼠身上的黏液是最近才沾上的。我嚴重懷疑，這名不明人士在三天前曾經潛入我家，在我家客廳藏了一具屍體，同時，他開了門，引來那頭老鼠，而老鼠在飢餓之餘，開始吃掉那具屍體。」

戈美瑤的想像力，已經令她的情緒失控。

「戈太太，請妳冷靜一點。」劍向不讓她繼續激動下去，「屋裡的擺設簡單，家具也不多，藏不了什麼屍體的……」

「不然，那一定是那個潛入我家的陌生人，侵入我家以後，又把屍體帶走了，但那隻大老鼠卻留了下來！」她不禁哭叫了起來。

「這……」劍向一時之間答不出話來。

儘管戈美瑤的話前後有些矛盾，但劍向實在拗不過她，只好先請戈美瑤坐下來，並允諾他會想辦法。

「我到樓下去問問管理員，跟他借一下昨天晚上大樓裡的監視器錄影帶，檢查看看是不是真的有入侵者。」

於是，劍向勸過戈美瑤，暫別三〇一室，走回狹窄樓梯下的大樓玄關。

「警察先生，您忙了真久。辛苦了。」

管理員一見劍向下樓，主動打了招呼。他顯然很在意戈美瑤的報案進度。

「我想調錄影帶。」

管理員有點訝異，「有這麼嚴重嗎？」

「戈太太報案，說有人入侵她的家裡。警方得協助確認她的證詞。一下子就好，我想這不會造成你太大的困擾。若需要警方配合你們的程序，先發搜索票給管委會也可以。」

「不用、不用。我們可以先配合啦。」

「好。請問監視器有幾台？設在哪幾個地方？」

「八台。一樓的前後門、資源回收處，各樓層走道都有一台。」

「都能正常運作嗎？」

「可以啦……只是偶爾會突然自動關機……這就是所謂的高科技嘛，哈哈。」

管理員拿了錄影帶，逐一以錄放影機將昨晚監視器錄到的內容播放出來。劍向以遙控器快速迴轉、邊看邊找，卻發現架設在各樓層各主要走道的監視器畫面皆無異常。所有出入的人，都是管理員熟知的住戶，更重要的是，在三樓走道上，在晚間十點左右，戈美瑤自己曾經短暫出門購物，一直到今晨七點劍向到訪，並沒有其他人打開過三〇一室。

也就是說，除非從三樓通氣窗凌空進入，否則「有人將屍體帶進三〇一室又帶走」這種說法是絕對無法成立的。戈美瑤所堅持的判斷，終究是一場空想。

——那麼，老鼠究竟是怎麼出現的？

劍向一直對自己的辦案、擒兇能力深具信心，沒想到，居然解釋不了老鼠入侵之謎。

劍向上樓，回三〇一室。

「監視器怎麼樣？」戈美瑤急問。

「昨晚沒有人進過妳家。」

「真的嗎？……會不會是監視器的錄影帶被偷換過？」

「編輯錄影帶的影像也需要時間。妳昨晚出門到我來訪之間，只有九個小時。我不認為時間足以讓這個陌生人將屍體搬進搬出、編輯錄影帶後又完成掉包，還能完全不被發現。

事實上，這棟公寓有八支監視器，每支我都看了，沒有任何一戶在這段時間有異常行動。」

戈美瑤無語了。她也不是個毫無理智的人。

劍向要自己冷靜地思考，一定有什麼地方遺漏掉了。他決定與戈美瑤一起對整個屋子再進行一次地毯式的搜索。這一次，不只客廳，其餘的房間也是，各扇房門、所有的家具，都必須徹底檢查。但是，整個三〇一室就好像是個巨大密閉鋼筋水泥箱，居然連一點血跡都找不到，更別說是屍體了。

——無法解釋。太不可思議了。

——到底是怎麼一回事？三〇一室裡，還有什麼地方能讓老鼠出入？

劍向特別檢查了戈美瑤再三強調的廚房，但流理台外觀並無異狀。不過，他發現廚房的垃圾桶裡丟棄了大量的食材、餐點。

「我平常的興趣是做精緻的高級料理。」戈美瑤解釋：「……我知道，是有點浪費。但料理沒做好，還是得丟掉啊。」

他真的都確認過了，完全沒有遺漏。

「警察先生，你還沒吃早餐吧？要不要我做給你吃？」

劍向在搜尋過程中全神貫注，完全沒注意到時間。經戈美瑤一提醒，他才發現自己已經飢腸轆轆。

「不麻煩的話……」

「不麻煩。我昨天去市場買了包子，稍微蒸一下就很好吃。」

「謝謝。」

「我畢業以後，在醫院急診處服務。一整天聽著救護車的嗚笛聲，每個病患送來時狀況都已經很危急，也遇過許多情緒崩潰的家屬……那時，支撐我工作下去的，說來好笑，是醫院外有個賣包子的攤販。真的很好吃。

「結婚後，只要一入睡，我仍然會誤以為自己還睡在護理站，一醒來馬上就要處理急診。我先生對我很好，會特地到那家攤販去買包子回來給我。不過，現在孩子都獨立了，我先生也去世了，那種焦慮感好像又回來了。」

劍向心想，也許戈美瑤要求管委會不再保管備用鑰匙、買捕鼠籠、向警方報案，原因都是同一個。她需要有人與自己談話。在房內神出鬼沒的陌生人，也是這樣想像出來的。

但是，巨鼠並不是想像出來的。

劍向吃著溫熱的包子，聆聽著戈美瑤提到在護專時的趣事，回想起自己在學生時代時，也讀過幾本偵探、推理小說。教授刑事偵查的老師，經常要學生們閱讀優秀的推理作品，以培養大家對搜查線索與邏輯推理的能力。

不過，當時讀過什麼，現在一本也想不起來了。

開始工作以後，面對的是真實案件，已經不再是小說裡虛構的情節。

現在唯一還記得的，是名偵探夏洛克・福爾摩斯的名言。

「當所有的不可能性都被排除，無論所剩下的是什麼，也不論它的可能性有多低，都一定是真相。」

劍向現在已經想不出任何解法了。虛構的小說情節，反而成了唯一的救生圈。

那麼，在這個事件裡，究竟哪裡還存在著可能性極低的真相？綜合他看到的所有事實，是否能導出一個難以想像卻入情入理的解答？

一、從管理員處，可知昨夜三〇一室沒有任何人潛入。

二、房裡沒有任何可供巨鼠進入的洞穴。

三、戈美瑤自稱，長久以來一直有人潛入家中。

很明顯地，第一點和第三點根本就是矛盾的。監視器紀錄證明，戈美瑤的說法不符現實。那麼，她是在說謊？或者，有其他的解釋，可以說明她的證詞有其合理性？反過來說，監視器要在短時間調包，有可能做得到嗎？

至於第二點，實地勘察的結果也與垃圾袋裡的鼠屍互不相容。

也就是說……也就是說……

彷彿被雷擊中般，劍向的腦袋靈光乍現，終於發現謎底的全貌！

劍向站起身來，朝著廚房裡正在做菜的戈美瑤走去。

「戈太太。」

「……警察先生，怎麼了？」

劍向可以清楚聽見自己激昂澎湃的心跳聲。

「請妳告訴我——在這棟公寓裡，有哪一位房客是妳很久沒有遇到的？」

4

同日，上午十一點二十分。

一輛警車在建國路與南台路交叉口停住。

車門打開，下來三名警察。

「紹德，你開車會不會太快啦？」

坐在副駕的警察，是補眠不足的刑警方立為。

「劍向學長活生生叫你起床？」從駕駛座下車的，則是劍向的學弟鄭紹德。「看來『大老鼠命案』好像不單純喔。」

「別鬧了，大老鼠命案的『兇手』不就是劍向嗎……」立為順勢打了一個呵欠。

坐在後座的，是三民分局的刑事組組長高欽福。

高欽福說：「小吳的直覺一向很準，他把大家都找來，我想一定有他的道理。」

時間已近正午，三人頭頂的烈日好似亟欲擺脫春天一樣，燒灼著將近熱帶邊緣的高雄市。

他們立即進入公寓大樓。

「三民分局。」高欽福在管理員眼前亮出證件，「我們來處理三樓報案。」

「到底怎麼回事？」管理員開始驚慌：「怎麼來了那麼多人？」

「我們查清楚以後就會告訴你。」

立為按了電梯，才看到故障停用的公告。「嘖，電梯居然故障！」

一行人步行上樓。一到三樓，就看到劍向獨自站在廊道出口處，已然等候多時。

「劍向。」

「組長，不好意思，請你特地跑一趟。」劍向說：「請大家都來，其實是希望這個案件可以分工合作迅速解決。」

「嗯，」高欽福點點頭，「那你想要怎麼進行？」

「首先，要請紹德幫我把這隻老鼠的屍體帶回局裡，給鑑識組的同事鑑定一下鼠屍毛皮上所沾的液體是不是人血……」

「嗄？」紹德說：「要我抱著大老鼠的屍體上車啊？好過分。」

「你跟鑑識組的趙哥比較熟嘛，要跟他強調，這件事得請他盡快處理。」

「知道啦。」

「去過鑑識組以後，記得申請搜索票，再找管理員通知管委會。」

「好。可是，我聽立為學長說，三〇一室你不是取得住戶同意，已經搜查過了？」

「我們要搜索的，是樓上的四〇一室。」

「四〇一室？」

劍向沒有直接回答紹德的疑問。

「立為學長，我希望能借重你的開鎖技術，幫我把四〇一室的鐵門打開。」

「沒問題，」立為說：「但我現在昏昏欲睡的，可不保證能夠破我個人的開鎖紀錄喔。」

事實上，立為是南台灣警界開鎖的頂尖高手，年紀雖輕，為了案件偵查已開過兩千多個各種型式的鎖，在前後幾期的同學裡唯他獨尊。像這種老舊公寓的鐵門大鎖，對他而言是芝麻小事。

「最後是組長——我要向你報告這個案件的來龍去脈……」

這時候三〇一室的大門打開。是戈美瑤。

「警察先生，你的同事們都到了，要不要請大家進來坐坐？我提早做了午餐。」

「戈太太，我是三民分局刑事組組長，高欽福。」高欽福客氣地說：「不好意思，我們還在工作，這樣太打擾了。」

「你們可以一邊討論案情，一邊吃午餐。」

高欽福看了劍向一眼。

「戈太太，很抱歉。偵查中的案情，必須保密……」劍向解釋。

「我把知道的全都告訴你了，為什麼你不告訴我事情的真相？」

「因為……因為這個事件的背後並不是一個令人愉快的真相。我怕妳聽了會受不了。」

「是我打的報案電話。我必須知道真相。」

「小吳。」高欽福的語氣溫和，「你找了整組人馬過來，表示事態相當嚴重。」

「是。」

「那麼，明天案子上了社會版，記者會怎麼寫，我們也都想像得到啦，保證更讓人嫌惡一百倍。與其讓戈太太明天從報紙上看到，更讓她受不了，不如先告訴她，讓她先做好心理準備。她是報案人，應該讓她知道真相，她的壓力會小一點。」

「這……好吧。」

劍向面有難色，仍然答應了。

高欽福辦案經驗豐富，也不是個做事呆板、死守規定的人。劍向承認，他說的有道理。於是，劍向與高欽福隨著戈美瑤進入三〇一室。立為則帶著開鎖工具前往四樓。至於紹德，只好皺起眉頭，一個人手提那只外形詭異的黑色垃圾袋下樓。

當高欽福等三人在客廳處坐好之後，劍向開始詳細描述事件的經過。

「……那隻巨鼠身上，所沾的黏液是血液的可能性極高。也就是說，在這裡很有可能存在著一具屍體！」

「果然沒錯！」戈太太迫不及待地問：「那麼到底是在哪裡？」

「當然是在四〇一室。」

「為什麼？」

「戈太太，」劍向設法維持語調的平靜。「接下來我要揭露的真相，包括出現在妳家裡的巨鼠、包括四〇一室的屍體，這一切的謎團，與妳個人的事情息息相關，請妳保持平心靜氣，千萬不要再驚慌恐懼，因為事情全都過去了。」

「……跟我有關？」

「請妳保證，妳願意平心靜氣地聽。」

「我會的。」

劍向的眼神投向高欽福，向他確認。高欽福點點頭。

「戈太太，事實上，妳會夢遊。」

戈美瑤聽了不禁雙眼瞪大，臉色突變，嘴唇亦不住顫抖。

「也就是說，妳曾經提到過的，前一天晚上確定關緊的瓦斯，隔天早上卻發現瓦斯在漏氣；或是明明關上的燈，隔天卻亮著，其實那都是妳在睡夢中起身下床所做的事情。

「所謂夢遊，正式的醫學名詞應該是叫做『睡遊症』，以兒童及女性罹患的機率較大，特別是精神焦慮不安的人。在一般的狀況下，夢遊者的行動會如同白天的日常生活一樣，開燈、開門、四處走動，並且使用一些家電用品。妳所認為的入侵者，其實是夢遊中的妳，因為妳不知道那是妳自己做的，所以就認為是別人做的了。」

「那麼，這又和四〇一室的屍體有什麼關係？」

高欽福見戈美瑤的情緒尚未平復，於是便逕自詢問。

「戈太太罹患夢遊，這個前提一成立，謎團的其餘部分，就可以輕易逐一解明了。」

劍向走向客廳與廚房之間的門。

「昨天深夜，戈太太再次出現夢遊的狀況。她從臥房起來走動，曾經開了廚房的門。

那隻老鼠就是趁她開門的短暫時間，從廚房迅速溜到客廳裡頭的。」

一想到那頭噁心的大老鼠在深夜從腳邊跑過去，甚至共處一室，自己卻渾然未覺，戈美瑤驚駭得頭皮發麻，她險些尖叫出聲，緊緊咬住下唇。

「那麼，為什麼是從廚房？」高欽福繼續追問。

「客廳沒有任何出入口。事實上，其他房間也都沒有。我已經查過了。原本，我認為大門就是唯一的出入口，但檢查過昨天晚上到今天早上的監視器紀錄，大門從未被人打開過。那麼，唯一的出入口，就只有在廚房了。」

「……為什麼？」戈美瑤終於出聲了。

「戈太太，是妳提供的線索。妳告訴我，昨晚睡覺以前，非常確定自己整理過廚房，還用抹布將流理台擦拭乾淨。可是，今天清晨卻發現流理台有一大片水漬。當然，這也有可能是妳夢遊時打開過水龍頭所造成的。但是，這讓人注意到一個重要的破案關鍵。

「廚房流理台的排水孔——這就是巨鼠唯一的出入口。流理台上的水漬，更可能不是妳打開水龍頭造成的，而是大老鼠穿過排水孔時，濕淋淋的身體在流理台上所殘留的痕跡。」

「有可能嗎？這頭老鼠的體積這麼大，怎麼可能穿過流理台排水孔？」

「我認為，三天前老鼠穿過排水孔時，身體並沒有現在那麼大。或者應該說，老鼠的體積原本也不小，但牠極其飢餓，削瘦得能夠穿過排水孔。妳在夢遊時，會到廚房裡清理流理台，流理台的濾網，就是妳在夢遊時打開的，而這提供了老鼠進入廚房的出口。」

「原來是這樣！」

「妳在廚房的垃圾桶裡，丟棄了許多食材，這成為老鼠豐富的食物來源，才使牠長回原來的體型，甚至變得更胖。但是，妳在昨天深夜夢遊時放老鼠進了客廳，又關上廚房的門，老鼠回不去廚房，只好去吃捕鼠器裡的誘餌。」

「……我明白了。」戈美瑤輕嘆一聲。

「體型這麼大的老鼠食量不小，所以我想牠原來的食物供給來源應該已經罄盡，因此才會餓得跑到這裡來找捕鼠器裡的誘餌以填飽肚子。我認為，老鼠並沒有離開原來的地方太遠，而既然排水孔是老鼠的通道——大樓裡所有公寓的排水孔都是相通的，所以我才會問……」

「在這棟公寓裡，」戈美瑤接著說：「有哪一位房客是我很久沒有遇到的。」

「沒錯。」劍向解釋，「戈太太，妳的直覺非常準確。那隻老鼠確實是以屍體為食物，而屍體應該就是在大樓的某一個房間裡。無論屍體就是大樓的某個住戶，或者，那名住戶在自己的房裡殺人棄屍，目前沒有工作的妳，應該會已經有一段時間沒有遇過那名住戶才對。我認為，這名住戶要不是已經遇害，否則就是已經逃逸無蹤，總之，找出那個房間是最重要的。」

「四〇一室的住戶，」高欽福問：「正好符合『失蹤已久』的條件？」

「是的。我打電話回局裡以前，已經問過管理員，更確定四〇一室的住戶，最近從來沒有出現過，一直無消無息。我去過一趟四樓，敲了半天門，無人回應。而且，這棟大樓的管委會前陣子決議，不再替住戶們保管備份鑰匙，管理員也就沒辦法替我開門確認，只好麻煩你們，把立為叫醒來幫我開門了。」

「我以為……我的夢遊已經痊癒了……」戈美瑤突然說：「沒想到，這個病隔了三十幾年，居然又復發了……」

「戈太太，原來妳知道自己會夢遊？」

「不……我只有非常模糊的記憶。小學時父親曾經告訴我，我在深夜經常會毫無意識地自行下床開冰箱。我一直以為他是要我乖乖睡覺，才說這種話嚇嚇我的。沒想到是真的……」戈美瑤的聲音哽咽。

現場陷入一陣沉寂。劍向不免感嘆，長年下來，戈美瑤一直很害怕自己精神不夠正常，已經嚴重到極度焦慮的地步，殊不知焦慮過度也是一種精神上的病態。

「警察先生……還是要鄭重謝謝你。」戈美瑤面對劍向，「你的推理能力真強，我們才認識一個上午，你就解決了我這輩子長久的疑惑。」

「其實，那是……」

正當劍向不知如何回答戈美瑤的同時，門鈴響了。戈美瑤於是點頭示意，起身去開門，走進來的是立為。

「怎麼樣？」高組長問：「門鎖打開了嗎？」

「打開了。」

「四〇一室裡……真的有屍體嗎？」

「組長，鐵門的門鎖是打開了。」立為的神色並無興奮之處。「不過……還是進不去。」

「為什麼？」

「我想，應該是——有人從裡面以其他東西把門封死了。」

5

下午兩點半，公寓大樓四樓。

隊伍最前頭的指揮官，是已經戴上了頭盔、護目鏡的刑事組組長高欽福。在他身後有一隊三人小組，同樣身著頭盔、護目鏡，再加上防護手套、防護衣、防護褲、硬式膠鞋，各自攜帶一只沉重的鐵箱，裡頭裝有電鋸、鐵鉗、油壓剪、乙炔槍、破門錘、護盾、頭燈等執行破壞任務時必備的各式道具。

「行動！」

此前，高欽福找來一名女警來三〇一室陪伴、安撫戈美瑤，並打電話尋求破壞小組支援。高欽福並沒有留在戈美瑤家，而是回到分局用餐，他必須報告分局長，在午餐會報時間與其他小組組長一起討論下午要繼續進行的偵查計畫。

不知何故，經過了一整個上午的工作，劍向仍然毫無睡意。不像立為，上午已經沒有睡飽，再加上既然不是開鎖，而是要強行破壞鐵門，他就不打算參與，回家補休了。他常說：「需要開鎖的房間，再來找我。用開鎖以外的方法把門打開，不關我的事。」

門後面到底有什麼，他也毫無興趣。他有興趣的，只有鎖本身。

「我看我真的要連你的份一起睡啦。好睏……」

另一方面，劍向則繼續留在公寓裡，在管理員的協助下偵訊大樓住戶。高欽福臨走前曾問，他是否也回去稍微補休一下？但劍向堅持留下，高欽福只好順著他了。

戰慄——每當劍向感覺些許疲憊，身體就會本能性、自發性地戰慄起來，興奮他的精神。那彷彿是自脊椎竄出的寒氣後伴隨而來的「餘震」，不停地刺激他、催促他繼續行動。

在他搜索戈美瑤的屋內、監視器錄影帶前，都曾經體驗到強度不一的戰慄。在戰慄尚未完全平息前，他同時感受到一種醍醐灌頂的快感、一種撕心裂肺的痛楚，兩者交相混雜，令他的意識保持清晰。

管理員找來四〇一室房東、同一層樓的其他三戶住民，以及曾經目擊過這名住客，與其交談過的住戶到管理室來，由劍向依序偵訊。

「房客的名字叫鍾思造。」在楠梓加工區工作的房東說，「他兩個月前搬進來的。租金我算他很便宜，我爸留給我的房子也很老舊了，太貴也沒人要租。便宜租，多少有點收入啦。」

在房東提供的契約裡，附有鍾思造的身分證影印本。他生於民國六十七年，現年二十二歲，役畢，戶籍地在高雄縣鳳山市。

「他是個很活潑、很積極的年輕人啊。一搬進來，就到處遞名片。」住在鍾思造斜對面的四〇四室住戶，是一個七十多歲的老婦人，女兒已婚，偶爾會帶孫子來看她。她翻出當時鍾思造給她的名片，在三多路上的一家視聽器材店當銷售服務人員。他曾經問她，家裡如果有收起來不用的舊相機、舊攝影機、舊錄影帶、舊光碟什麼的，都可以交給他回收處理，他可以補貼一點錢。

管理員補充，鍾思造好像有一個女朋友，曾跟他一起在這裡住過一陣子。但兩人經常神秘兮兮的，不太願意被人看到或被詢問他們的事情。

「最近一個月，那個女友好像再也沒看到了。」另一位鄰居補充。「我以為他們已經搬走，因為都沒看到他出現在公寓裡了。」

「不，他還住在這裡哦。應該是辭職了，整天關在家裡。」

「我曾經聽過，四〇一室在三更半夜裡，會傳出奇怪的聲音——不，不，不是那種親熱的呻吟聲啦，是一種很低很低的敲擊聲，聲音忽大忽小的，還有很壓抑的呢喃聲，好像有人在房裡竊竊私語，或者說，好像在唸經。這也是最近一個月的事。」

「有一次我看到他外出。不確定是多久以前了，只記得是某個傍晚。他走路的樣子很匆忙，手上提了一只黑色的大型袋子，而且好像不想被人看到。」

最後——沒有任何人在這一個禮拜內，在走廊或樓梯上遇到過鍾思造。

收集過住戶們的證詞。劍向心想：從他鎮日躲在房內、行色極為匆促的行為舉止來看，鍾思造是在躲債嗎？但這並不能解釋，三更半夜裡從他房內傳出來的怪異聲響。

物證方面，劍向從管理員室找出的監視器錄影帶。管委會規定，錄影保存日期至少十天。劍向想爭取時間，於是找了分局裡其他同事幫忙，瀏覽、記錄四樓十天以來，每日二十四小時的監視紀錄。

結果發現，在三月十九日——也就是六天前，鍾思造曾經短暫外出過一次。外出的時間，是清晨六點四十八分；而回來的時間則是在一個小時左右以後——七點四十一分。當時鍾思造同樣是行色匆匆，手上同樣提了一只大黑袋外出與進門。

從監視器的畫面看起來，鍾思造幾乎是以逃亡的姿態離開房間的。他好像是在畏懼由背後追來的什麼一樣，拚命往前奔跑；而回程時，動作仍然顯得膽怯，而且似乎十分不願意再回到房裡。

其餘的時間，四〇一號房皆鐵門深鎖。

於是劍向繼續追查在十九日當天其餘樓層的監視器錄影帶，結果只確定鍾思造沒有到大樓裡的其餘樓層，只是迅速衝出大樓玄關右轉，不知目的地為何。

另一方面，紹德也帶回了鼠屍的初步鑑定報告。一切和劍向的猜測十分接近，巨鼠毛皮上所沾的黏液是腐敗人血的可能性相當大。另外，解剖鼠屍後發現，其胃腸裡亦遺留了尚未消化完全的腐肉。但腐肉的來源為何，還需要進一步化驗。

在管理員室耗了一個下午的時間，劍向回到四樓向高欽福報告，已經是下午四點多了。然而，破壞小組的工作進度並沒有想像中的那麼順利。

在任務執行過程中，小組成員先以破門錘打擊門鎖處，門鎖雖然遭到破壞，但眾人仍無法將門板推開，猜測很可能門鎖後方還有其他阻擋裝置。於是，再使用乙炔槍將門鎖整個燒穿，沒想到，門板依舊文風不動。

經過商議，小組決定斷開鐵門的鉸鍊，看是否能把這個門板拆除下來。大門是向內開的，鉸鍊並不外露，門板與門框間的縫隙相當細，小組必須先破壞門框邊緣，才能看到裡頭的樞紐，沒想到執行到一半，油壓剪損壞，卻發現鉸鍊的位置被灌上水泥了。也就是說，想要拆卸整張鐵門，是不可行的。高欽福也從來沒見過以這種方式封住的鐵門。

警方面對這片難纏的鐵門，經過幾輪破壞都無法成功，小組成員已經顯現疲態。於是，劍向主動提議接手，絲毫不覺得倦怠，其實這又是「戰慄」的影響。劍向愈發覺得，這個案件好像從一開始就是衝著自己來的。

據說每個優秀的刑警，在他們偵辦一生中最重大的案件時，都會有神秘的心電感應介入，適時給予神來一筆般的協助。這也就是為什麼許多有名的案件，其偵辦過程都曲折離奇直至山窮水盡之處，唯獨憑恃著刑警鍥而不捨的強大意志力才得以柳暗花明、水落石出的主因。

這些名警探都說，就在搜查窮途末路之時，突然感覺心底出現一個聲音提供支援及指點，受此啟發，案情接著就立刻豁然開朗了。若非這種神秘訊息，再強悍的警探面對永遠毫無頭緒的刑案恐怕也會宣告放棄。

想必，此刻一生中未曾體驗過如此強度的戰慄感，正是在暗示這一點嗎？

劍向一面戴上防護衣具，一面告訴自己。

——因為我，案情才會進展至此。

——這個案子是我的。

直到下午五點，破壞小組總算將鐵門鋸開一個三十幾公分見方、能讓成年人爬行的正方形通道，撤掉這片門板後，才發現在鐵門背後，堵著一口鐵櫃，以櫃背將通道擋死。鐵櫃沉重異常，沒有辦法直接推開，也無法判斷鐵櫃裡到底放了什麼重物，或是後方還有其他的障礙物，高組長指示破壞小組繼續破壞櫃壁。

電鋸的高分貝噪音在四樓廊道上四處飛散，即使戴上了防護耳罩，依然十分吵雜不堪，劍向沒有執行過這類任務，不到十分鐘就開始全身顫抖、無法施力的症狀，不過，他的加入仍然給了破壞小組成員喘息的餘裕，他們繼續輪替接手作業，以維持迅速的效率。

所幸，堵在鐵門後的櫃壁並不算厚，經過不到二十分鐘的時間，破壞小組將櫃壁打穿，洞開了一個三十公分見方的通行孔。然而，當他們將櫃壁的鐵板移除的瞬間，突然有大量稜角尖銳的石塊自孔洞傾瀉而出，小組成員不得不紛紛閃避。

石塊飛散在四〇一室門口前方走廊，宛如山崩場面。很顯然，鐵櫃裡裝滿了石塊。

「什麼跟什麼嘛！」

高欽福眉頭深鎖，在眾警員的喧嚷下一言不發。

這個案子，比想像中更為離奇。

劍向偵訊過公寓住戶，也檢查過監視器紀錄，確認四〇一室的住戶鍾思造自六天前的早晨就沒有離開過公寓，再加上那頭巨鼠的狀況顯示牠可能吃過屍體，這表示鍾思造仍然生存的可能性非常低。

鍾思造每次外出時，必定攜帶的黑色大袋子，其原因也就不難推測了，他將石塊、水泥裝進袋子帶回家，並在屋內製作水泥、堆砌石塊，還把自己封死在房間裡。

為什麼他要將自己封死在房間裡？

鍾思造將四〇一室建築成銅牆鐵壁般的密室，這不啻是一種自殺的行為。然而，若是真的要自殺，為何非使用這麼極端的手段不可？

破壞小組的成員合力將鐵櫃裡的石塊清理出來，把整個走道堆得一片狼藉，有如飽經土石流摧殘的橫貫公路。警員們都滿頭大汗，並且對四〇一室的疑惑愈來愈深。

不久，他們終於清空鐵櫃裡大部分的石塊了。然而，經過了數小時的作業，破壞小組眾成員已經疲累不堪。

劍向率先伏倒爬進鐵門的方洞，將鐵櫃深處的櫃門打開。他掏出口袋裡的筆型手電筒往前方照了照，馬上回頭往外面大叫：「沒問題！全都打通了！」

聽到劍向這麼喊，走廊上的所有警員都發出振奮的歡呼。辛苦了大半天，總算突破了這座密封的堡壘。

「鑑識組到了沒？」高組長即刻下令：「換手！劍向，你立刻帶三個弟兄進四〇一室！鑑識組，立刻確認裝備是否齊全，隨後跟上！」

劍向匍匐前進通過冰冷的鐵櫃內壁，屈身起立於鐵門的另一側。眼前是全然的一片闃暗。公寓裡一點燈光也沒有，他手持手電筒四處照耀，房間裡各種物品雜亂無章，茶几、板凳等家具任意傾倒在牆角，大量的垃圾棄置一地。他回頭望向門口處，鐵櫃的橫幅大於門面，將大門整個遮住，而高度並不足以遮住大門。劍向稍做檢查，發現上方間隙約十公分，當然，這是人無法出入的寬度。

四〇一室的房廳格局與樓下三〇一室並無相異之處，正對面是客廳，左前方則是浴室。廚房在廳廊末端，右轉彎可通往主臥房及儲藏室。

劍向不屬於鑑識組的一員，在一般情況下，不應該比鑑識組更早進入現場，以免污染現場鑑識資訊。然而，此案的犯罪現場特殊，出入不易，所以由他帶著先鋒組領頭進入，確保現場不會出現意外狀況，鑑識組則隨後將鑑識相關器材搬入，再開始作業。

三名員警尾隨劍向進入，在急促的行動下，密閉空間裡的悶窒空氣令他們產生耳鳴，讓人呼吸無法順暢。四人規律地輕輕喘息，靜待身體適應。

「偵查開始！」

員警們各自依其既定賦予任務，散開至各隔間展開調查，橙黃色的手電筒光暈在立方體空洞中如流螢般飛舞。一名警員沿著大門邊牆摸索，試圖找出玄關正上方的日光燈開關。

劍向快步奔至臥室，赫然發現臥室房門已遭嚴重破壞。門面的木芯板夾層折斷外露，門框邊的鉸鍊扭曲變形，理應置於客廳的電視機與書桌倒塌在門口一旁，螢幕的映像管玻璃碎裂，彷彿電視機與書桌原本封堵房門之後，卻被一股強大的怪力強行破門而入。

如此景象，好似有一場颱風在臥室裡肆虐過。

同時，劍向微微聞到一股陰冷的臭味，那絕對是屍臭——他知道，屍體一定在這裡。

臥室盡頭的角落立著一個衣櫥，櫥門微開，緊鄰著一張單人床。床上有兩顆枕頭，其中一顆的枕芯被利刃割裂過，內裡的填充棉花蹦出，散落床面，染血的枕套則掉在一旁。

暗藍色的被單亂七八糟地塞在床下，一把水果刀丟在被單旁。劍向蹲下來審視這把刀子，才注意到臥室地板與被單上血跡斑斑，而刀面及刀把上沾滿乾涸的血液。

劍向的胸口怦怦作響，他緩緩伸手去拉扯被單。在手電筒的照射下，劍向看到被單上的血塊面積越來越大，並發散出一股腥臭的味道。

難不成鍾思造的屍體就包裹在床單裡？

隨著整床被單漸漸拉出，劍向的精神也愈加緊繃。然而，劍向的預期心理卻慢慢落空，因為他並沒有感覺到屍體的重量。

出於意料之外的是——被單上黏附著一隻長滿白蛆的手腕！

劍向不禁暗叫一聲，但他很快地強作鎮定。忍住嘔吐感定睛細看，這是一隻右手的手腕，其上的蛆蟲正微微蠕動，在腐肉中翻滾，並隨著重力的牽引，慢慢像米粒般在地板上散開，爛肉如潮濕的黏土般欲由手骨上脫落，食指、無名指的指骨清晰可見。

顯然，水果刀應該是切斷這隻右手的兇器，只是手腕末端已然腐殘不堪，無法辨識刀傷的切口。但是，劍向見到此情此景，腦中不由得迸出大量的疑問。

——這隻手腕的主人是誰？是鍾思造嗎？

根據現場的人證、物證，住這間房裡唯一的一個人，就是鍾思造。

——切斷手腕的人又是誰？

如果是鍾思造不斷躲避的追殺者，是無法進入這間密室，也無法離開的。

——難道是鍾思造自己嗎？

水果刀的刃面並不寬，鍾思造要以這把刀切斷整隻手腕，必須使出極大的力氣。他真的有勇氣這麼做嗎？如果他這麼做了，又會是出於什麼原因？

正當劍向蹲下，以手電筒燈光檢視地面上的手腕，腦中遽然陷入一片混亂。原本卡住緊鄰在衣櫥門板的床單尾端，櫥門受床單牽引，迅即打開，一具屈膝蜷縮的人屍從裡面遽然彈出，朝劍向撲過來。劍向突然被人屍壓倒，驚駭萬分之餘，用力上推，人屍遂翻臥在床頭上。

劍向感覺到渾身一陣惡癢，原來人屍也被蛆蟲布滿，撒了他全身都是。他立刻起身，揮去身上的蛆蟲，發現人屍少了一隻右腕，在手電筒的照射下，人屍的眼球已經缺失，頭皮也大片地脫落，其臉型與鍾思造身分證上的大頭照神似，死者應該就是鍾思造沒錯。

此時，一頭大老鼠從屍體的腹部鑽出來，前爪撕扯著屍體所剩不多的爛肉。這時，劍向才終於看清楚，鍾思造的體腔已經呈現一大塊一大塊的空洞，白骨盡露。這隻大老鼠一直躲在屍體內食肉。

大老鼠爬上屍體的側身，雙眼緊盯著眼前陌生的異類。牠的體型，顯然超過劍向今天上午親手淹死的巨鼠，而且絲毫沒有恐懼害怕的樣子，開始往劍向的方向爬過來。

劍向看到這具腐屍，才恍然明白——兩隻大老鼠在這個房間裡爭食屍肉，已經把屍體上能挖取的肌肉、臟器、眼球、腦幹，所有能吃的，全都吃得差不多了。接著，勝者為王、敗者為寇，體型較小的老鼠被驅趕到臥室外，飢腸轆轆之餘只好另覓生路，自排水孔逃出。事實上，那隻體型較小的老鼠，其飢餓的身軀已是廚房排水孔所能容納的極限了。

眼前的這頭巨鼠，體積更大，在吃完這具腐屍以後，是沒辦法逃出這個房間的。也就是說，牠將不再有食物的來源。

所以，眼前的巨鼠之所以不畏懼人類，反而一直看著劍向……

這是因為，牠終於發現了新的食物來源。

Chapter 2

餓魔

Hungry Devil

1

映入眼簾的，是一整片的白。

劍向恢復意識以後，張開眼睛，發現自己在病床上甦醒。

起初，他沒有辦法控制視線，也沒有辦法順利起身。他看得到身旁的點滴瓶、連接著右手腕的透明管線，以及從點滴針頭傳進體內的溫熱。他所穿的，並非平常執勤時所穿的便服，而是醫院的睡衣。他所看到的這一切，都不是他自己決定的。此時，凝視著病房天花板的白，是他這時候唯一能做的。

劍向只知道，他經歷過一次記憶斷片。他記得，在上次失去意識以前，他正在偵辦一樁密室腐屍案。當他與破壞小組一起打穿宛如水泥牆般厚重的四〇一室鐵門後，他衝進臥室，發現了死者的屍體，最後一個畫面，是腐屍上站著一隻碩大的巨鼠。

——接下來，發生了什麼事？

他的雙臂、前胸都纏上繃帶。可以想見，他必然與巨鼠發生了纏鬥。確實，他感受到一股劃過左手前臂內側的長條狀傷口，特別刺痛、發癢。不過，他至少能夠確定，自己並不是戰敗的那一方。

對了——當時有一股戰慄，衝向他的腦門。是這股戰慄，讓他失去意識的……

這時，劍向的耳邊傳來熟悉的聲音。

「學長，你醒了。」那是紹德正在講話。

「嗯……抱歉，我現在連坐起來的力氣都沒有。」

「沒關係。」

「現在感覺怎麼樣?」
「感覺還沒死。」
「好極了。」紹德說,「我幫你帶了水果。等你體力恢復再吃。我也帶了你的私人物品,錢包和手機。」
「謝謝。今天……是幾月幾號?」
「我很高興,你沒問今年是哪一年。今天是三月二十七日,現在晚上八點半。」
劍向感覺有些意外。
「我睡了整整兩天?」
「你在昏倒之前,已經超過三十個小時沒睡了。事實上,你昨天也有醒來一陣子,不過,我想是因為藥物的關係,你很快地又睡著了。」
「……什麼藥啊?」
「消毒藥水、點滴、各種營養劑,還有各種抗生素、各種血清。那頭巨鼠,很可能是多種傳染病的帶原體,醫生說務必謹慎,避免傷口發生感染。」
劍向笑了笑。
「那我是怎麼離開現場的?」
「我沒有親眼目睹,但據說學長非常神勇,過程很刺激哦。」紹德坐到病床邊,劍向才看清楚他的臉。「我聽偵查小組的學長說,他們進了鍾思造的房間後,現場到處都是石塊,又找不到電燈開關,根本沒辦法行動。但你卻能迅速進入臥室,馬上找到鍾思造的屍體。」
「我先前在三〇一室找了一整個上午的老鼠洞啊,對房間布局太熟了嘛。」

「真的很厲害！」紹德繼續說，「當學長們聽見打鬥聲，趕到臥室時，只見你把大老鼠壓制在地上，用警棍狠狠地把大老鼠整個打扁——不是誇飾法，是真的扁了。大老鼠的內臟、骨頭、腦漿，全都打到噴出來了，連警棍也快被你打裂了。」

「我不記得這一段了……當時，我可能已經失去意識了吧？」

「你的衣服全被大老鼠抓破了，臉上、身上都是血，也分不清是你的血，還是大老鼠的血。總之，學長們先用現場的毛毯、墊子把你包住，再設法把你從臥房搬到四樓走廊上，可是，中間必須經過打穿的鐵櫃……學長，你知道我們怎麼辦到的嗎？」

「大家把我硬拉出去的？」

「不是。我們怕你傷得更重，不敢這麼做。答案是，你自己爬出去的。」

「真的嗎？我全都不記得了。」

「所以我才說，你真的很厲害啊！」

聽了紹德的描述，劍向自己也難以想像，他怎麼可能在失去意識之後，還能將巨鼠打倒、獨自爬出四〇一室？他只能認為，是那股戰慄感取代了他的意識，指揮他接續的行動了。

「紹德，那我什麼時候可以出院？」

攻破四〇一室，只是密室腐屍案的起點，接下來的調查行動，才是案情發展的關鍵。是劍向發現這個案子的，他不能把未來的時間浪費在醫院裡。

「醫生說，血液檢查至少還需要一週，確定沒有感染、體力完全恢復後才能出院。」

「不行，一個禮拜太久了。」

「學長，你現在這個樣子，根本沒辦法出院啊。」

「我……」

「放心吧，這就是我來探望學長的目的。」紹德從背包裡搬出一疊文件夾，放到病床的床頭櫃上。「組長特別交代我，搜查會議結束後，要把當天的調查結果帶過來給你讀。組長說，你現在住院人雖然不能到，但腦袋還是可以協助調查。」

在調查行動如火如荼的情況下，高組長還能顧及劍向的立場，讓他感覺很溫暖。

「不用擔心，我每天都會來。你不要覺得我煩就好。」

紹德一面說，一面拉了一張放在牆邊的椅子靠近病床。坐定後，開始翻起床頭櫃上文件夾的第一本。

「目前的調查進度到哪裡了？」劍向迫不及待地問。

「首先，鍾思造四〇一室腐屍案，在三月二十六日——也就是昨天，我們在搜查會議上，討論後終於決定這是一起命案。」

「……討論後終於決定？什麼意思？」

「認為是自殺的、認為是他殺的，兩方的意見都有，而且都無法說服另一方。」

「怎麼會這樣？」

「最後，分局長跳出來說話。他說，已經有媒體開始報導這個案子了，如果警方沒有百分之百把握的情況下，將這個案子判定為自殺案，媒體可能認為警方想大事化小、不願全力調查，不利警方形象。所以，才決定是他殺案，開了記者會正式發布。」

「可是，為何無法判斷？」

「根據法醫的驗屍報告，現場那隻包裹在被單裡的右手，確定屬於衣櫥裡的死者所有。還有，儘管右手腕腐爛的現象相當嚴重，但是經過精密的檢驗，仍然判斷得出來，右手腕關節處的斷面，是利刃以怪力斬斷的。」

「兇器是現場的水果刀嗎？」

「對。臥房裡發現的水果刀，使用的時間並不長。我們在現場找到大賣場的發票，證明水果刀是鍾思造在自家製造密室前不久買的，也就是說，這是一把新刀。經過鑑識，發現刃部有許多缺口，表示最近曾砍過堅硬的物品。而且，與右手手骨的斷面進行比對，比對結果相符。還有，鍾思造是右撇子，自斷右手的可能性很低。另外，刀刃與刀柄有嚴重的鬆脫現象，意味著斬劈的力道，確實強得很不尋常。」

「有沒有一種可能，是鍾思造製造了某種特殊機關，類似斷頭台那樣的東西，先將刀刃從刀柄上拆卸後裝上，以這個機關來砍斷自己的手腕？」

「如果有的話，應該可以在裝設這個機關的地方發現血液的噴濺痕。但是，鍾思造的血跡僅出現在臥室，那麼，我們可以判斷，假使有這種機關，只可能裝設在臥室。」

「對。」

「但是，臥室裡沒有這種機關的痕跡。臥室裡重量足夠的物品，有櫥櫃、床，上面可以找到大量血跡，但血液的型態並不是噴濺痕。」

「如果是包著床單來砍劈呢？」

「我們在床單上，並沒有發現刀刃劃傷的痕跡。」

劍向心想，看來自斷手腕是不可能了。

「那麼，我們可以判定，這是他殺案嗎？」

「如果是他殺案，就會出現一個根本性的邏輯矛盾——犯罪現場，是從裡面密閉的。學長，你也參與了現場的作業，四〇一室的大門，不但鉸鍊被水泥封住，鐵門也被鐵櫃整個堵死，鐵櫃裡堆滿了石塊。這是從外面沒辦法製造出來的機關。」

「水泥固化也需要時間，難道沒辦法做什麼手腳嗎？」

「鐵門後方還有鐵櫃。鐵櫃是以背部緊貼大門的，寬度也比大門還寬、高度稍微低於大門。在這種情況下，要怎麼從外面堵住？」

「有沒有辦法用繩索拉呢？」

「鐵櫃裡裝滿了石塊，繩索是拉不動的。當然，先拉著鐵櫃貼近門口，接著填滿石頭，再裝上水泥未乾的門鎖和鉸鍊，同樣也是不可能做到。鐵櫃與大門上方的空間，測量後發現只有十公分高，人根本無法通過。」

「其他出口呢？」劍向思索了一陣。「我記得，戈太太的客廳有通氣窗，通氣窗外有一條防火巷。對了，臥室也有小窗。這些窗戶的大小，人是可以通過的。」

「每一個房間的對外窗，我們都調查過了。鍾思造顯然是痛下決心，非把自己封死在自己家裡、堵塞一切出入口不可。前後的每一扇對外窗，也都從裡面釘上了重重木條，完全遮住窗戶。這麼一來，兇手在屋裡布置了門口的鐵櫃以後，根本無法逃逸啊。」

「沒辦法先釘上木條，再裝上窗戶嗎？」

「人在外面，要怎麼把釘子從裡面釘牢？更何況，外面也沒有站立的空間，只能浮在半空中了。除非出動吊車、大樓清潔升降機，可是，管理員、全體住戶，都從來沒有在自家公寓外看到過這種東西。」

「所以……這是密室謀殺案了？」

「沒錯。」紹德點了點頭。

「我以為我一輩子不會碰到這種命案。」

「我也是。」

其實，從紹德一開口，劍向就知道，四〇一室腐屍案很可能會導向「密室謀殺案」，而這是他最不希望看到的偵查方向。他逐一檢討每一個微小的細節，甚至提出相反的意見，都是為了避免讓「密室謀殺案」變成唯一的結論。

密室謀殺案，是推理小說中的慣用橋段，然而，一旦發生於實際的命案，將會變成偵查行動的死結。案件調查是團體戰，必須考慮到各組人馬的任務安排，再透過搜查會議的結論，層層推進，你沒辦法同時安排兩個邏輯自我矛盾的偵查方向。

根據案件現場的狀況，現在連自殺、他殺都無法達成共識，選擇以他殺進行調查，則會出現密室謀殺案的邏輯矛盾。搜查小組未來要面對的處境，恐怕非常不樂觀。

紹德沒注意到劍向陷入沉思，逕自繼續解釋。

「今天我們做了一次命案現場重建的模擬，釐清是否有任何方式可以進出四〇一室，最後構成警方最後所發現的密閉狀態。結果，我們忙了一整天，即便是百分之五十的復原度，都沒有辦法做到。更何況，除了密室本身以外，還有其他更嚴峻的狀況證據——學長，你也曾經檢查過四樓走廊監視器的錄影帶，對吧？命案發現前六天以來，沒有人和鍾思造一起進入四〇一號房，更沒有人偷偷離開。」

紹德無奈地搔了搔頭，把文件夾放回床頭櫃。

「無論這個事件再怎麼不可思議，一定有某個合理的答案。我認為，在這個世界上，不存在無法以邏輯解釋的事。但是，這個案子……實在是太困難了！我連睡覺時都不停地想，還是想不透。」

劍向知道，紹德是個「理性至上」的樂天派，辦案過程中，喜歡用邏輯解釋一切問題。

相對地，自己則更相信偶然、巧合，以及冥冥中的神秘力量。

「對了，學長。那天你在戈太太家，破解了大老鼠為何出現在屋內的謎團。真是太精采了。到底怎麼辦到的？」

「也沒什麼。」

「那麼，學長你對這個密室有什麼看法？」

「這……」劍向勉強輕笑一聲，「喂，我還在住院呢，問這種問題，你就想讓我腦袋累得更出不了院呀？」

「不是、不是啦！對對對，我來醫院，其實應該是來報告搜查進度，而不是來問問題的。」

紹德不好意思地笑一笑，又抽出床頭櫃第二本文件夾。

「說明過了現場狀況，接下來是關於死者的調查。」

「死者確定是鍾思造本人嗎？」

「我們先根據鍾思造的身分證影本，查了他的戶籍資料，老家在鳳山，父母親都過世了，唯一的親人是他的姑姑。由於死者的屍體外觀狀況不佳，不適合認屍，我們請他姑姑協助，翻出鍾思造三年前自費的牙醫就診紀錄。根據這份紀錄，可以得知鍾思造的左側下顎第一小臼齒是銀鈀材料製成的義齒，這一點和四〇一室的屍體相符。」

「那麼，能夠確定鍾思造死亡時間的範圍嗎？」

「事實上，不太容易。」紹德翻閱文件夾，停在法醫報告那一頁。

「鍾思造體腔內的內臟、肌肉，都被那兩隻噁心的大老鼠吃光了，屍體只剩下骨頭、部分皮脂而已，法醫沒有辦法從胃腸內的食物決定死亡時間。那隻截斷的右手腕尚稱完好，但因為包著床單，腐敗現象所產生的熱氣加速臂肉的腐爛，也大幅影響判斷的範圍。」

「有其他方法嗎？」

「我們在四〇一室的廚房裡，找到一大堆肉類罐頭，以及幾個大垃圾袋，裡面裝滿吃剩的空罐殼與飯、麵等速食調理包的廢棄塑膠袋。現場也留下購物發票。他去了六次超市、兩次藥局。從食物消耗的速度來推估，法醫非常保留地告訴組長，鍾思造的死亡時間，位於三月十九日至二十二日間，也就是鍾思造最後一次出現在大樓監視器當天起算三天內。」

「聽起來，沒有辦法估計得更精確了。」

「由這些垃圾的數量來看，鍾思造在四〇一室裡足不出戶已經待了三週左右。我們還找到一疊郵局提款存根聯——在這段時間內，他使用僅存的郵局存款購買大量的食物、五金木工材料與工具等，獨力建築完全封閉的空間。」

「屋內有任何日記之類的東西，說明他為什麼這麼做嗎？」

「沒有。我們有發現一本筆記，上面只記載了施工需要購買的材料以及時程，但不知目的究竟為何。」

看來，還是走進死巷了。

「以上，是法醫的調查結果。」

「我明白了。」劍向深吸一口氣。「聽起來不太順利。」

「是啊。組長也很煩惱。」紹德的語氣倒沒有沮喪的感覺。「不過，他在搜查會議上說，遇到這種怪異案子，必須要保持理智，對案子進行精確的拆解，把目前能做的事情完成。」

「……怎麼說？」

劍向倒是相當好奇。

他在高欽福的旗下做事，極少遭遇到這麼詭異的案子。

「死者生前無法理解的行徑、違反邏輯的犯罪現場……這些，都是混亂我們判斷的因素。倒不是說，解決不了就放著不管。」此時，紹德露出佩服的神情。「而是組長認為，一旦我們的心思都放在這些難解的問題上，就會忽略我們能解決的問題。」

事實上，刑事組長高欽福一直是劍向與紹德兩人良師般的長官。雖然年紀已近退休，但辦案經驗豐富，縱使缺乏年輕人神來一筆的巧思，不過偵查方向的切入角度常具備高度的洞悉力。

「經過了兩天的調查，很明顯，主要的問題——死者、現場，確定陷入瓶頸了。組長說，偵查方向，必須拉回現實面。最後，決定了三個方向。」

「是哪三個方向？」

「第一個，錢。無論鍾思造為什麼想打造這個密室，他都需要錢。毋寧說，世界上所有的行動，都與金錢有關。組長要我們清查現場所有的統一發票與郵局提款存根，核對日期與金額，這樣才能界定出鍾思造生前外出的活動範圍是在哪一帶。另外，我們也必須去訪查他曾經購物過的店家。」

「這對案情有幫助嗎？」

「不曉得。但是，組長認為，無論偵辦什麼案子，錢是一定要查的。」

「也對。」

「第二，人際關係。鍾思造搬進四〇一室時，有一份視聽器材行的工作。可是很奇怪，他後來忙著打造密室，也不去上班了。但為什麼老闆、公司同事也沒有主動來找他？」

「組長……果然敏銳！」

「我們從四〇四室的老婆婆那裡，拿到了鍾思造的名片。結果，根據地址——那家視聽器材店，在三多路上沒錯——去拜訪，結果卻出人意料之外。老闆聲稱，鍾思造在去年十月開始工作，但只做了兩個多月，就突然不來了。沒過多久，店裡失竊了一些視聽器材，損失不算大，老闆立即報警，一度懷疑是他偷的，但警方查了現場找不到指紋，沒有真憑實據，最後不了了之。」

「真沒想到。」

「總之，當鍾思造搬進四〇一號房時，其實他早就不在視聽器材店上班了。大概是房東或管理員問過他的職業，他不想引人注意，才偽稱剛找到工作不久的吧！當我們問起鍾思造的交友狀況，老闆只說一無所知。還有，我們在四〇一室客廳裡置物櫃裡，找到了一些攝影器材。老闆比對了產品序號，確認是店裡的失竊物。」

「關於這一點，他的姑姑怎麼說？」

「什麼都沒辦法說。她只能不斷跟老闆道歉。老闆也是個通情達理的人，鍾思造都成年了，老闆沒有理由要求她賠償。」

「除此之外，四〇一室裡有沒有找到通訊錄或電話簿一類的東西？」

「沒有。」

「我就知道。」

「還有一點。置物櫃裡的攝影器材，包裝都完好無缺，可是，有一台DV攝影機被拆封，似乎曾經被使用過——電池充過電，機器的日期時間做過設定。可是，機器裡並沒有錄影帶。我們在房裡也找了半天，連一捲錄影帶都找不到。真是太奇怪了。沒有錄影帶的攝影機要怎麼使用？難道他把錄影帶都丟掉了嗎？」

劍向的心底，隱約地浮現不安。

「我在詢問大樓住戶時，一直有一種強烈的感覺。鍾思造表面上是個好青年，實際上行事神秘，沒有人能摸清楚他是個什麼樣的人。」

「鍾思造的所有行徑，都刻意地不讓人知道他的職業、交友狀況，更詭異的是，在死前他甚至藏匿或銷毀其個人通訊錄，使用過攝影機，但卻沒有錄影帶，對警方而言，這簡直是有心在製造無頭懸案嘛！」

「確實很古怪。」

「不過，回到第一點，就會發現一件可疑的事情。鍾思造既然早就辭掉視聽器材店的工作很久了，也沒偷走太多值錢的東西，那麼，他的生活費究竟從哪裡來？」

「我同意，這是個很有價值的調查方向。」

劍向儘管這樣說，但語氣稍有遲疑，接著又沉思了片刻。

「對了，紹德。管理員、大樓住戶都提過，鍾思造生前曾有一個曾經與他同居的女朋友。找得到她嗎？」

「賓果——第三點，女人。事實上，我們翻遍整個四〇一室，連一張女性的照片都找不到。其他學長去詢問了大樓住戶的證詞，設法摹畫女子素描，但各住戶的說法有很大的出入。這些證人也都坦承，他們並沒有看清楚女子的長相。目前能確定的只有，女孩子的年紀在二十歲左右，留著一頭長髮，身高範圍在一百五十五至一百六十公分之間，經常穿著白色洋裝。」

「那麼，鍾思造的生活費，會是從這名女子那邊取得的嗎？」

「你是說……」

「坦白說，這只是一項猜測。」

「學長，我知道你想講什麼了。」紹德的眼睛睜大，露出驚訝的表情。「在鍾思造打造密室之前，女子就失蹤了。而鍾思造很長一段時間沒有工作了，那麼，是不是有可能……」

「鍾思造殺了他的女朋友，奪走了她的錢。」

「……我明天會立刻向組長報告！」

紹德收起文件夾，呼了一口氣。看來，最初兩天的調查進度，他已經說明完畢。

劍向的身體，此時依然無法自由活動。但正如高組長所期望的，聽完這次簡報，他的頭腦已經活絡起來，隨時可以迎接挑戰。

「等我出院以後，馬上就可以加入大家的調查。」

「不。」紹德低聲說：「組長要我來，不是要你加入這三個偵查方向的。」

「為什麼？」

「今天晚上，組長在搜查會議結束後，把我留下來。他私底下告訴我，其實還有第四個偵查方向。組長說，他真正需要你協助的，是第四個偵查方向。」

「第四個？」

「坦白說，這真是一個怪異的偵查方向……」

劍向以眼神表示不解。

「五年前，已經判處死刑的連續殺人狂——『噬骨餓魔』洪澤晨。」

2

一八八八年八月七日清晨五時，一名妓女瑪莎・塔布拉姆（Martha Tabram）被人發現陳屍於英國倫敦東區（East End）的喬治廣場，全身刀傷共三十九處。同月三十一日凌晨三時，另一名妓女瑪莉・安・「波莉」・尼可斯（Mary Ann "Polly" Nichols）死於附近的巴斯克巷，喉嚨被利刃猛力割開慘死。

此後兩個月內，東區又發生多起同樣以妓女為殺害對象、手法同樣殘暴的連續兇殺案，造成當地居民人心惶惶不安，令倫敦蘇格蘭警場（Scotland Yard）大為震撼。由於案件發生的地點均位於東區的白教堂（Whitechapel）地區，這名神秘兇手也被稱為「白教堂兇手」。當時的倫敦東區，是個龍蛇混雜，貧民、惡徒及娼妓聚居之處，治安狀況本就不佳，倫敦警方也因對這一連串的謀殺案毫無頭緒而飽受指責。

案件急轉直下的關鍵，出現在同年九月二十七日。當天，中央新聞通訊社（Central News Agency）接到一封署名「開膛手傑克」（Jack the Ripper）的來信，內容以紅墨水書寫，信中明白表示自己是白教堂地區的連續謀殺案真兇，信中寫著：「我接下來要做的工作，就是把那位女士的耳朵剪掉。」報社原本認為這只是惡作劇，不以為意，到了九月三十日凌晨，伊麗莎白・斯特萊德（Elizabeth Stride）被人發現死在杜特菲爾德廣場，同日稍晚，凱瑟琳・埃多斯（Catherine Eddowes）被人發現死在鄰近的斜接廣場，兩人都是妓女，也都遭人割喉，兩人遇害時間十分接近。此外，埃多斯腹部被劃開，左腎遺失，喉部刀傷切斷了一部分的耳垂，與信件的宣告相符，引起警方高度重視。

十月一日，中央新聞通訊社又收到第二次來信，同樣以紅墨水書寫，從信中非下層社會的用詞研判，顯為同一人所為，並充滿挑釁意味，聲稱「隔天還會再幹兩件大事」，一般咸認，即是斯特萊德與埃多斯兩樁案件——警方推斷，信件寄送有一至二日的延遲。於是，在媒體的大肆披露下，開膛手傑克成為全英國人恐懼的神秘潛伏者。在布滿濃霧的倫敦，隱藏著一個神出鬼沒、嗜血成性的殺人魔。為此，白教堂地區的居民組成了「白教堂保安委員會」，自力維護治安，十月十五日，委員會收到一封標題為「來自地獄」的信件，以黑墨水書寫，信中附了半顆腎臟。警方檢驗後，證實是埃多斯的腎臟。兇手驚世駭俗的行徑，引發了社會大眾的高度恐慌。

然而，開膛手傑克的殺人行動並未停止。同年十一月九日，瑪麗．凱里（Mary Kelly）被房東發現遭分屍橫死於租屋房內。這樁謀殺案的兇殘程度，遠遠超過前案——兇手不僅將她剖腹，取出子宮，還割下她的耳朵與鼻子，切除她的乳房，並將這些器官排列成人臉的模樣。

警方研判，瑪麗在死亡前慘遭長達三小時以上的虐殺。然而，就在警方認為開膛手傑克將進行更殘暴、規模更大的兇殺計畫時，傑克的行動斷然中止，自此永遠銷聲匿跡，徒留世人不曾停息的猜疑。

現代的連續殺人魔，出現於十九世紀末，至今大約一百年左右。

誠然，更早的人類歷史上，並非不曾出現過知名的連續殺人魔。例如，在十五世紀的法國，有吉爾．德．雷男爵（Gilles de Rais），他曾經為了鑽研煉金術，不惜使用黑魔法召喚惡魔，但數次試驗後卻均告失敗，於是轉而綁架、殘殺了約八百名兒童，企圖獻祭給惡魔，最後，他被施以絞刑。他也是《格林童話》中的連續殺妻者「藍鬍子」的人物原型。

倫敦紐蓋特監獄日誌《紐蓋特紀事》記載了一則舊事。十五世紀的蘇格蘭地區曾出現過一個食人家族，大家長索尼．賓恩（Sawney Bean）住在海濱的洞穴內，他的妻子艾格尼絲．道格拉斯（Agnes Douglas）曾被指控為女巫，兩人生下八個兒子、六個女兒，子女之間又近親通姦，共有十八名孫子、十四名孫女，全都未受教育。他們經常集體出動，狙擊旅人，殺人後分屍，製成燻製肉品食用，二十五年間，據傳超過千人受害。蘇格蘭國王詹姆士六世出動軍隊，逮捕賓恩家族，終於揭露兇案全貌，由於罪行邪惡至極，未經審判，全員直接處以極刑。

十六世紀匈牙利王國的巴托里．伊莉莎白（Báthory Erzsébet）伯爵夫人，為防止肌膚衰老，率領她的僕人誘拐、虐殺了六百五十名少女。那些少女被關進一種稱為「鐵處女」的特殊刑具，是一座直立容器，刑具內的大量鐵釘會貫穿身體，流出來的鮮血通過一道水管，流向一座浴池，供她洗浴。最後，她被判處無期徒刑，三年後病死於獄中。後來，愛爾蘭作家約瑟夫．謝里丹．勒．法紐（Joseph Sheridan Le Fanu）以她為人物原型，創造了女吸血鬼卡蜜拉。

這些極端事例，在歷史上並不多見。然而，進入現代文明後，連續殺人魔的數量卻出現了爆炸性的成長。以社會學的角度觀之，當生活型態從農業進入工商業，機械的自動化，使人類的時間獲得解放，生命不再受到威脅，開始產生了精神的需求，渴望自由、娛樂，都市的興起，滿足了這些需求，同時，也使人際關係變得冷漠、疏離。

再加上小報、廉價雜誌等新興媒體的崛起，導致了價值觀的模糊化與複雜化，對傳統道德開始質疑、無視，個人的慾望、妄想持續滋長，精神狀態發生異常，心智發展變得扭曲，主觀意識過度伸張，都市生活空間的密集化，終於引發了陌生人之間的暴力行為。

與開膛手傑克幾乎同時，連續殺人魔如時尚流行般地在全球各地肆虐。

一八七〇年代，美國波士頓市的哲西．帕莫洛伊（Jesse Pomeroy）被捕，檢方起訴他割斷兩名兒童的喉嚨及生殖器致死，並凌虐、重傷害超過七名兒童，被害者的年齡在四歲至十歲間，而帕莫洛伊被判無期徒刑時，年僅十四歲，是美國最年幼的連續殺人魔。

一八九〇年代，人稱「法國開膛手」的約瑟夫．瓦謝（Joseph Vacher）犯下至少十一件虐殺案，被害者有七名女子、四名少年，全是在偏僻的鄉間落單的牧羊人，他以利刃對他們戳刺、剖腹，並且加以姦淫。

一九二〇年代，德國「漢諾威屠夫」佛利茲．哈爾曼（Fritz Haarmann）至少殺了二十四名年輕男子，他先將他們勒死，肢解後把屍塊丟棄在萊茵河；出現時間稍晚的「都瑟多夫吸血鬼」彼得．庫爾滕（Peter Kürten），九歲就曾故意造成兩名朋友溺斃，成年後姦殺九人、重傷害超過三十人。

一九七〇年代，美國「山姆之子」大衛．波克威茲（David Berkowitz）持槍隨機殺人，被捕後，聲稱鄰人所養的黑狗被六千歲的遠古惡靈附身，教唆他連續殺人；一九九〇年代，日本的宮崎勤綁架、殺害四名女童，被捕後辯稱是動畫角色「老鼠人」要他殺人；中國「訥河屠夫」賈文革搶劫殺人，分屍、烹食了四十二名被害者，將碎屍殘骨埋入地窖。

事實上，同樣在一九九〇年代，高雄市也曾經出現過一個震動華人世界的連續殺人魔。

當時的高雄市，稱為台灣的「首惡之都」亦不為過，也許是民風剽悍野放、氣候炎燥炙熱，容易激起人類衝動亢奮的一面，各類大小刑案不一而足，是台灣人印象當中治安最差的城市，曾有人戲稱，旅客搭乘火車抵達高雄站，會聽到站內廣播的提醒：「高雄到了、高雄到了，下車的旅客，請不要忘記穿上你的防彈衣！」

一九九四年夏天，以高雄市新興區為主要範圍，擴及鄰近的三民區與前金區等地，三個月內一共發生了十二起手法兇殘且相仿的連續命案。和外國大多數連續殺人狂命案的主要不同點在於，被害者並不是幼童或婦女，卻清一色全是老年人。

這些老人的年紀都在六十歲以上，獨居，伴侶都已逝世，兒女外出工作或各自成立家庭，沒有同住，大部分曾任職公務員、國營企業，教育程度相當高，靠退休金的利息及收入豐渥的兒女匯款，偶爾跟團出國旅遊，過著輕鬆寫意的退休生活。

命案全部都發生在午夜，平均每週發生一樁，頻率極高。被害者臨死前都遭到虐殺，兇手皆以長時間進行屍體的肢解作業。他除了以利刃割斷被害人的喉嚨之外，並且斬斷其四肢，以各種木工道具割除身軀的肉塊，並在暴露的骨骼上留下咬痕。兇手還蘸上死者的血，在命案現場的牆上寫著意義不明的大字。

「不行」

殺人後割肉啃骨的變態行為，實在過於駭人聽聞，整個高雄市籠罩在恐怖氣氛之中，媒體替這名身分不明的連續殺人狂取了一個外號——「噬骨餓魔」。

然而，就在高雄市警局束手無策之際，一封提供命案關鍵線索的來信改變了警方的窘境。這封來信，是當時旅美返台的精神科醫師李敢當所寄。

這封長信明白指出兇手是典型的精神病患，經常進出醫院，且具有十分強烈的反社會人格。他的年紀在二十五歲到三十歲之間，童年曾經被成年人虐待，受過高等教育，單身獨居，沒有固定、長期的職業，在工作上也表現平庸，充滿挫折感。

他的工作與老年人息息相關，表面上相安無事，卻將他們視為洪水猛獸。殺人的手法雖然慘無人道，但在犯案時皆經過細密的計畫。

這封來信，精準地指出兇手的特徵，給高雄市警局帶來無比的衝擊，市警局總局長立即拜訪李敢當醫師。李敢當醫師旅居美國多年，與當地犯罪學家研習先進的罪犯側寫（profiling）偵查技術，並十分樂意協助警方辦案。

對當時的台灣警界而言，罪犯側寫是一項既陌生又新奇的辦案方法，不少人對其成效深感難以置信，但這卻是世界上能夠對付這種身分不明的連續殺人兇手之唯一途徑。

事實證明，數月間在清查過高雄市內各大小醫院的精神科病患資料後，警方終於縮小了嫌犯範圍，最後逮捕了讀過大學、在老人之家當義工，並且經常擔任老人臨時看護的二十九歲青年洪澤晨。

洪澤晨的身材頎長、面貌清秀、言行舉止彬彬有禮，與一般人心中連續殺人狂兇狠、暴力的刻板印象截然不同。此外，他並沒有當過任何一名被害者的看護。但是，無論從齒模的比對、命案現場的模擬來檢視，都罪證確鑿地指出他就是唯一的兇嫌。

在精神科醫師李敢當對他的數次訪談中，洪澤晨坦承犯下這十二起血案。他說他竊取了老人之家的老人個資，偷偷進行調查，才鎖定下手的目標。他還自稱在幼年時期父母雙亡，並曾經遭到老人性侵。在他的成長過程中，對於老人的權威他從來不敢違逆，而在另一方面，他也坦承明明知道這些老人毫無生產能力卻又霸占社會資源，自己居然一點都不敢反抗，因而產生了嚴重的自我厭惡感。

上了大學以後，兒時的陰霾仍未消散，導致他的人際交遊難以順遂。洪澤晨沒有住校，沒有參加社團，甚至不選修分組討論的課。他沒有志趣相投的朋友，總是獨來獨往，與人保持距離。然而，他也是從大學才開始到老人之家當義工的。李敢當分析，他耽溺於童年的傷害，難以克制地接近老年人，發展出幽微痛苦的自虐情結。

隨著這種扭曲的情感像癌細胞般增長擴大，洪澤晨終於開始發狂。畢業後，他到處打短期零工以維持基本收入，但從未中斷過老人之家的義工。他的犯罪計畫應是從這時開始萌芽的。他根據自各老人安養機構竊得的資料選出合適的對象，於午夜時分入侵被害者家中，進行殘暴的殺戮行為。

關於割肉啃骨的變態舉動，洪澤晨對李醫師的說法是，唯有如此，才能排解他看到老年人的嘔吐感。他長期受到老人的壓制，反過來吞食老人身體的肉，可以讓他重新獲取主導權。但李醫師卻指出，這其實是一種混合暴力發洩與性愛的行為。

再者，他更渴望的是，能夠得到全國矚目，並讚許他清除社會無用渣滓的義舉，但顯然全國的反應與他的期盼截然不同，這也是他不斷持續犯案的另一動因。

洪澤晨在一年內求處死刑，並在隔年農曆春節前槍決。

然而，高雄市民們驚惶的餘悸，依然不曾消失。

3

當天深夜，劍向疲倦地入睡後，做了一場惡夢。

起初，他發現自己置身於一座城市，這座城市只有一條漫長的馬路。馬路兩側的大廈林立，但所有的大廈都沒有入口。在大廈與大廈之間設置了圍牆，圍牆是由石塊、水泥砌成的，高度超過三公尺，因此，劍向無從得知，圍牆的另一面究竟有什麼。

忽然，劍向發現馬路的另一端，站著一名身穿白色洋裝的長髮女子，那女子背對著他，看不清楚臉孔。劍向感受到一股引力，彷彿只要碰觸到她，所有的秘密都能揭曉。他走向她，但她卻迅速往另一個方向逃離。劍向對她呼喊，才發現自己完全發不出聲音，他太想知道女子的真實身分了，於是向前追去。然而，女子未曾回頭，持續奔跑著，速度愈來愈快，兩人的距離變得遙遠，劍向只能看見她的背影，以及飛揚散亂的長髮。

馬路開始出現彎道，那是極為曲折、急轉的彎道，圍牆的高度完全遮蔽劍向的視線，使劍向失去了女子的蹤影，他唯一知道的，是馬路沒有其他岔道，只要他一直跑，終究能追上那名女子。這時，劍向發現彎道突然急遽地朝著一邊傾斜，使劍向的步伐變得不穩，接著，彎道變得更斜了，劍向只能扶著圍牆撐著身體，才能緩慢前進。

不知走了多遠，原本垂直的圍牆，角度緩慢傾斜變平，終於取代了馬路，成為地面，劍向便踏著圍牆，繼續往前奔跑。接著，劍向身後的圍牆，開始崩裂、坍塌了，散落的石塊，墜入深不見底的淵藪。他發現，自己彷彿已經跑進一個異次元，圍牆逐漸化為螺旋、化為迴廊，劍向被捲入了一個扭曲的空間。

在迴廊的終點，劍向看到一扇紅色的門。那是一棟紅色房門的屋子。白衣女子就站在屋前等待著。女子的臉側著，好像在偷偷瞟看從後跟上的劍向，但劍向仍然看不見被烏黑直髮遮掩的臉孔。女子不待劍向靠近，她隨即打開房門進入。

劍向趕到以後，他發現紅色的房門門鎖根本打不開，他著急地拚命旋轉那只喇叭鎖握把，但門把絲毫不為所動。

然後，他發現整只門把都是鮮血。原來是他的手掌在流血。門把也不停滴著血。

就在這時候，門鎖突然開了，他立即開門進入，想追上那位神秘的白衣女子。劍向發現白衣女子就蹲踞在門後走道的盡頭。

他慢慢走過去，看見白衣女子回頭。但，隱藏在烏黑長髮後的臉孔，卻是一隻老鼠的臉，老鼠正在享用屍肉，牠的雙手黏滿腐肉敗血。

巨鼠在一瞬間轉身朝他飛撲而來，劍向下意識地舉起警棍反抗。一陣纏鬥之後，他定睛一看，看到了遭木棍擊斃、血肉模糊的人臉。

那張女人的臉鼻梁歪折、唇齒暴裂，在他懷裡，眼神空洞，不斷發出陰冷的笑聲。劍向驚駭地退開。然而，女人的眼睛漸漸變得全黑，猶如被墨水所淹沒。女人的眼睛愈變愈大，在臉孔上形成了兩個巨大的空洞。

空洞深不見底，最深處彷彿開始出現漩渦，愈來愈強烈，終於將他整個人吞噬……

醒了。

劍向的額頭、脖頸滿是汗水。原來自己仍置身病床上。病房外的走廊十分安靜。他發現，自己可以略微坐起身來了。

身體機能恢復的速度，比想像中更為迅速，甚至，此時此刻他感覺精神狀態更甚以往。但他並不知道，這是由於三十個小時不睡、再一口氣睡了兩天，生理反應發生錯亂而產生的欣快感，或者是，「戰慄」其實是一種興奮劑，對他造成衝擊、致他失去意識，甦醒後的精神會變得更為強韌。

一旦身體機制恢復運轉，伴隨而來的是各種感官的開關逐一打開了，所有的生理需求開始作動。劍向感覺到極度飢餓、極度口渴，下半身也湧起一股尿意。他試著轉身，坐到床緣，確認點滴的透明管線沒有胡亂纏捲在手臂上，雙腿施力，終於順利站了起來。

劍向扶著點滴架，緩慢步行到病房的廁所內。身上的傷痕仍隱隱發痛，但這並不妨礙他的行動，甚而，這樣的輕微疼痛，是一種良性刺激，能使他更為清醒。

打開燈，進了廁所，劍向看見鏡中的自己。表情有些狼狽，頭髮蓬亂，但整體比想像中好一些。然後，他洗了臉、上過廁所，這些日常生活的單純動作，確認了自己行動上毫無問題。他回到病床，桌頭櫃上是紹德留下來的搜查報告。

——第四個偵查方向。

劍向知道，他必須透過這些日常生活的單純動作，至少建立起一些微薄的自信，才有勇氣重新翻開眼前的卷宗。

五年前，劍向初到任三民分局，加入高欽福帶領的刑事組。那是他第一天報到的事，分局裡的冷氣故障，高雄市夏季的酷熱，令他記錄案情重點的筆記本被汗水浸濕。每日的搜查會議，固定從下午五點半開到晚上九點，組員必須分批離開分局大樓，避免被媒體圍堵。

洪澤晨——高雄市的第一個連續殺人魔。十二起虐殺案。

當時，分局清空了一整層樓約莫一半的房間，用來陳列老人虐殺案的證物。這些案件的犯罪地點遠近不一，於是，一箱又一箱從犯罪現場運送過來的大量證物，設法在各個房間裡將犯罪現場重現，方便進行兇手殺戮手法的比對工作。

專案小組的全體成員，也被嚴格要求改變吃飯時間。這並非為了團隊紀律，而是配合搜查會議的開會時間，所有人執行任務、參加會議前必須空腹，以免犯罪現場的證物、被害人的照片等相關資料引起組員反胃。總局長也特別商請市內各大醫院，派出諮商心理師、精神科醫師到局內支援，照顧組員的心理健康。

劍向的工作，即是整理這十二起虐殺案的法醫解剖、現場鑑識資料。肢解的骨頭名稱、創口的切割型態，他都必須再三閱讀，確保繕寫內容無誤，因為這全是將兇手繩之以法、不可或缺的定罪關鍵。這些專有名詞，曾一度成為他的夢魘，在眼前徘徊不去。每一名被害者的死法都是以雷同的手法屠殺，每天晚上的搜查會議結束後，他必須翻開從法醫室送來一大疊的解剖資料，反覆地、反覆地將這些同樣的字詞謄寫到搜查報告中，用原子筆寫、用電腦打字，一遍又一遍、一遍又一遍。而在真相大白、人魔伏法的多年之後，他原本以為，他已徹底遺忘這些卷宗的存在。

直到現在。

紹德交給他的，事實上，是他親手整理過的卷宗。

他想起在醫院會客時間即將結束之際，與紹德道別前的對話。

「學長，你知道，法醫和組長私交很好。」

「嗯。」

「法醫很了解組長的做事方式——把對的資料，交給對的人。事實上，鍾思造的驗屍報告被法醫分成了兩份……不，應該說，一開始確實只給了一份，但法醫在進一步的檢查前，就告訴過組長會有第二份。組長在搜查會議上，分發給大家的資料，只有第一份。」

「為什麼？」

「組長說，要調查鍾思造的背景、來歷，第一份就夠了。裡面的內容，死亡時間、義齒紀錄等等，這些我們剛剛都談過了。」

「那麼，第二份的內容是？」

「關於鍾思造的骨頭。」紹德的語氣有些顫抖，強作鎮定。他儘管與劍向只差一歲，但並沒有參與過重大刑案的實務經驗。其實，他對高雄市那些案子也相當瞭解，但全是透過書面資料的閱讀才知道的。劍向可以想見，紹德翻開洪澤晨案的卷宗時，會受到多麼強烈的衝擊。

「骨頭的……什麼？」

劍向感覺到自己的胸口湧起一陣悶塞感，令他呼吸困難。

「法醫透過顯微鏡，在鍾思造的骨骼表面上發現許多細碎的刮痕。在屍體體腔內部外露的骨骼表面，都找得到同一種的刮痕，範圍幾乎涵蓋了體腔內所有面積，而且角度、長度、深度、間隔都很接近。可是，老鼠的爪子硬度不足，那絕不是老鼠撕扯屍肉的過程中能夠造成的。」

「現場硬度足夠的東西，只有……」劍向不由得喉嚨緊繃。

「只有那把水果刀。」紹德低垂著視線，似乎想掩飾內心的不快。「法醫針對骨頭刮痕與水果刀鋒做了精確度較高的比對，研判鍾思造體腔內的血肉、內臟，都是被這把水果刀——或說是同一型的水果刀，以相同的力道緩慢地割除、挖掏出來的。老鼠爭食的時候，這些血肉、內臟，早已全都被挖出來了。」

「紹德，你的意思是說，在鍾思造死亡之後，現場有某個人，拿著他購買的水果刀，極為專注耐心，精確地、緩慢地將他的血肉、內臟都挖出來？」

「是。這個人很可能就是兇手。」

「換句話說，組長從拿到法醫的第二份報告以後，就知道這是他殺，不可能是自殺了。」

「對。但在案情大量疑點尚未澄清前，他不想追加新證據，引起混亂。」

「我懂。」

病房內，遽然陷入一陣漫長的沉默。

最後，劍向還是決定主動開口。縱使紹德不曾參與過洪澤晨案，他應該也明白，這個案子對分局的許多同事來說，是一道烙印在心底、永難消弭的陰霾。時過境遷，沒有人願意再談了。紹德是個敏銳的人，他知道談這件事需要等劍向準備好。

劍向想偵辦四○一室腐屍案，終究必須面對洪澤晨案。

「可是，洪澤晨已經死了。」

「對。一九九五年，高雄第二監獄刑場。」紹德回答。「槍決。」

「而且，他下手的對象，全是老人。」

「對。平均年齡六十九歲。最年輕被害人六十三歲，最年長八十五歲。」

「除了這兩點以外，殺人手法與『噬骨餓魔』一樣。」

「對。當然，洪澤晨本人不可能犯案。」

「模仿犯。」紹德吞了吞口水，「一個熟悉洪澤晨犯案手法的崇拜者。」

「這名模仿犯——假使真的有這個人，那麼，無論他再怎麼崇拜洪澤晨，也不可能根據警方公布的線索，模仿得這麼完整。當時為了保護被害人的尊嚴及隱私，警方保留、隱瞞了許多命案現場的細節，直到現在也從來沒有披露過。」

「組長知道這一點，所以他沒有拿到搜查會議上講。」

「但是，組長告訴了你，還要你轉告我。」

「這是一條不能公開的偵查方向。組長希望由你獨立進行偵查，再由我向組長匯報。他說，這條偵查方向，除了你以外，沒有其他人辦得到了。」

「哦。」

——或許高組長早已看出，自己對這個案件的熱中程度？

其實，這也是警界的傳統慣例：案子是由誰挖掘出來的，最重要的偵辦方向就由誰來負責。如此可以避免爭功的後遺症。

所以說，高組長認為從洪澤晨案著手，是最可能找到出路的方向了。

「學長，在你出院以前，需要什麼資料，我都可以帶過來。」

可是，處理這麼一條不能公開的偵查方向，高組長並沒有跑一趟醫院，親自告訴他這件事，而是請紹德轉述……這又是為什麼？

——組長在擔心我！

一定是。一直以來都是這樣。

在刑事組裡的年輕探員之中，立為的個性比較隨興淡然，只喜歡鑽研開鎖技巧。劍向與紹德則不同，均屬於調查能力傑出、辦案態度執著的組員。然而，兩人的個性截然不同，劍向偏向感性，義無反顧；紹德偏向理性，冷靜自持。

——組長希望我與紹德合作，一起進行調查。

劍向是紹德的學長。高組長定然認為，劍向對洪澤晨案的理解最深，是這條偵查方向的不二人選，但他仍然需要一個不曾參與洪澤晨案、沒有先入為主的搭檔，紹德正是最適合的副手。另一方面，紹德經過這個案子，獲得最全面的磨練，未來將很快能獨當一面，此時，劍向就是最好的貼身學習對象。

在劍向的印象裡，紹德很少將情緒置入案件中，也一直對自己的推理能力極有自信，甚至，稱之為自負亦不為過。在案情討論過程中，紹德曾經主動問起，劍向是如何破解大老鼠之謎，並進一步導出四〇一室內有一具屍體的。

但是，劍向閃避了這個問題，沒有正面回答。

紹德也沒有繼續追問。

——因為，紹德很在意我的推理。這是一種似有若無、沒有明說的競爭意識。

不過，事實上，劍向的心中有一個秘密，一直沒有說出口。

那才是他能在瞬間推導出戈美瑤患有夢遊的真正原因。

破解戈美瑤家的謎團，靠的並不是推理。

那只是因為……因為……

——我在小時候，也曾經夢遊過。

所以劍向才能說出「夢遊，正式的醫學名詞叫睡遊症」這樣的話來。「以兒童與女性罹患的可能性較高」，他在國小時曾有過夢遊經驗，為期一年多。

不單是推理，而是知道。

其實，劍向自己也十分在意，調查戈美瑤家的謎團，恢復了童年對夢遊的記憶。

更令他難以釋懷的是——突破四〇一室後，他立刻進入鍾思造的臥室。

劍向在紹德面前確實說了謊。他說，三〇一室的布局與四〇一室相同，他當天在戈美瑤家查了一整個上午，所以能夠迅速進入鍾思造的臥室。這並非實情。縱使房間本身的布局一樣，家具的擺設也完全不同——戈美瑤的家具非常少，並不像鍾思造的家裡堆滿了製造密室後所剩的各種垃圾。

劍向的行動，彷彿早就預設好目的地一樣，彷彿早就知道鍾思造的臥室位置一樣、彷彿對室內動線瞭若指掌一樣。

甚而，他在一進入臥室以後，就伸手拉動床底的被單，發現那隻右手腕。床底是臥室的隱密之處，被塞入床底的被單，要在第一時間發覺是很困難的。即使看到了，也絕不是進入現場後會立即觸碰的物品。彷彿他早就知道，床單裡包著一隻右手腕，被藏在床底一樣。

這是絕無可能的。

更重要的是，破壞現場——不，即使只是稍微更動現場狀況，在鑑識組進行採證後、完成撤收之前，都是刑事鑑識工作的大忌。而他竟然毫無猶疑地這麼做了。鑑識組同仁並不知情。他們還以為，劍向是在踏進臥室後就立即遭到巨鼠的攻擊，發生激烈的搏鬥，造成現場一片混亂，他在抵抗、掙扎之際，拉出床底的被單，發現被單裡的右手腕。

紹德來訪後，他們討論過一個小時的案情。但，關於那些難以自圓其說的行動，劍向一句話都說不出口。才剛開始，他已經對未來的搭檔有所隱瞞了。然而，目前分局同僚仍然將他視為英雄，他生怕一說，將失去繼續參與此案調查的正當性。

此外，對劍向而言，更使他迷惘的是，他與巨鼠展開搏鬥以後的事情。

劍向在腦中殘存的最後一個影像，是那頭巨鼠的雙眼。那雙眼睛，在他的記憶裡變成兩個愈變愈大的黑洞，吸入他的意識。

他知道接下來他一定有什麼行動，絕不只是與巨鼠發生搏鬥。但他完全想不起任何細節。

就好像是在夢遊一樣。

與戈美瑤相同——劍向感覺到，童年曾經發作過的夢遊症，現在再度復甦了。

因為剛做過惡夢。夢境和現實那時還有點混淆。

忽然，劍向已經想不起，那場惡夢，到底是在紹德來訪以前，或是之後做的。他甚至開始連做了幾回惡夢都分不清了。

4

「你還醒著嗎？」

深夜的單人病房裡，劍向坐在病床上，獨自翻閱著洪澤晨案的調查紀錄。他湊近床頭櫃的檯燈邊，在病房內唯一的光源下，全神貫注，檢查鍾思造解剖報告與此案的關聯性。因此，他沒有立即聽見從門外傳來的女聲。

「抱歉，打擾你了嗎？」

「啊。沒有、沒有。」劍向放下卷宗，將文件夾闔上。「請進。」

劍向抬頭一看，門外站著一位年輕的護理師。她推著一輛手推車，走進病房，說：「身體感覺怎麼樣？」

「好多了。」

「點滴瓶快空了，我來幫你換。」護理師胸前的名牌上，寫著她的名字——林婉純。她輕輕碰觸他的右腕，開始更換點滴瓶。她留著短髮，神情有些害羞，不好意思地對劍向笑一笑。「我的經驗還不夠，做得不好要請你見諒。」

「沒關係。」

她不經意地看到了床頭櫃上的卷宗。劍向連忙將文件夾翻到背面蓋上。上面寫的，並不是什麼讓人愉快的標題。

「沒關係的。」婉純說，「我去大體解剖室上過課。」

「跟那個……還是有點不一樣。」

「我知道你是刑警啦，出任務受傷才住院的。是昨天電視新聞上報導的那個案子。」

「已經上新聞？」

「……感覺是很困難的案子。」

「是啊。」

婉純的聲音稚嫩，給人一種很柔軟的好感。劍向突然這麼想，如果是住院，也希望是破案後再住，能夠完全放鬆地休養，與聲音如此柔軟的護理師交談。然而，他現在的腦中，被洪澤晨案整個占據了，精神正處於極為緊繃的狀態，他實在無法與婉純專心說話。

「對了……習慣值夜班了嗎？」

劍向感覺到婉純想要留下來與他聊天，勉強擠出這個問題。

「哈哈，還沒有。我是早睡早起型的。」

「我倒是滿習慣的。電視上的案子，是我值夜班時接到的報案電話。」

「真的！」

婉純開心地笑了。儘管劍向知道，正在進行偵查的案件，不能對專案小組以外的人透露，然而，他卻無法抑止內心的衝動。他不由自主地，想要藉由這種方式，釋放積鬱已久的精神壓力。翻開洪澤晨案那一刻，他才察覺到，這個案子給他帶來了深沉的心理創傷，他需要尋找紓解的方法。因此，現在他希望能像一個尋常的普通男人，發生了值得炫耀的事，就眉飛色舞地宣揚，開心享受年輕女性崇拜的目光。

洪澤晨案偵破後，刑事組並沒有迎來真相大白的喜悅，一年內，有好幾位學長離職、請調他處，而十二個家庭的悲劇，也像野獸的爪痕般，在高雄市劃出一道永難復原的傷口。當年，他只是因為年輕，才能強壓心中的恐懼，藉由投入下一個案子來試圖遺忘。

「我記得第一天到醫院實習的時候，剛好到一個國中小男生的病房要去照顧他，他因為盲腸發炎剛動完手術。一走進病房，有位穿著樸素的女人，就很大聲地問候她：『伯母好！』結果你知道嗎？她居然是那個小男生的姊姊……」

「那怎麼辦？」

「哪能怎麼辦，就超丟臉的啊。那個國中小男生也笑翻啦。」

「我看她弟弟一定會笑到手術傷口裂開，要動第二次手術！」

「對耶！他真的這麼說！」

談著談著，話題已經愈談愈遠。

但，劍向正希望如此。他渴望用這種方法來逃離現實。

「吳大哥，你真的很忙。這麼晚了，還在看案子的資料。」

「睡得太久，找點事情做。」

「那你……可以告訴我，那是什麼案子嗎？」也許是知道自己探觸到了警察的工作機密，婉純的語氣遲疑起來：「我看到卷宗上的字，好像寫了連續殺人案……」

果然。她留在病房裡聊天，真正好奇的是洪澤晨案。

但劍向並不討厭她這樣。毋寧說，這才是一般人面對殘虐案件的正常反應。

「啊，對不起。我好像問了不該問的事。」

她注意到劍向沒有馬上回應，後悔地補了一句。

「不要緊。這是六年前的案子，一年後，犯人也執行了死刑。一切都結束了。」劍向連忙解釋。然而，所謂的結束，只是現實世界的一種形式。縱使沒有發生四〇一室腐屍案，這個案子依然存續在案件關係人的心靈深處。

「那就好。」她鬆了一口氣。但她似乎沒有細究，老早以前就結束的案子，卷宗為何出現在這裡。不過，劍向也不想多做解釋。「六年前，我還在讀國中呢。」

「妳記得那時發生過什麼案子嗎？」

「不記得了。」婉純的回答極為純真，純真得竟讓劍向產生一股心痛。

「那妳如果想聽，我就現在告訴妳。」

「好。」此時，婉純的身上發出傳呼器的震動聲。「……學姊在叫我了。對不起，打擾你這麼久。」

「沒關係。」

劍向稍感失落。確實，他想談洪澤晨案，想把他的感受告訴對方。不過，他同時也覺得鬆了一口氣。他不確定自己是不是能平和地把這段往事說出口。

「啊，差點忘了。你送洗的衣服回來了。」婉純從手推車上拿出一個半透明的塑膠袋。「我替你放在衣櫃裡？」

「謝謝。」

「衣服裡有一件隨身物品，送洗的時候，我先幫你拿出來分開放了。」

「……哦？」

劍向聽了，不禁有些疑惑。警察執勤時受傷，警察證、手槍、警棍等隨身物品，會在送醫時特別交由警務行政人員，以免遺失而遭不肖人士違法使用，同時，他們也會連手機、皮夾、錢包等私人財物一併保管。

「這給你。」婉純遞給劍向一個可愛的小紙袋。「我怕摔壞，幫你包好了。」

「謝謝。」劍向立即從紙袋裡將東西拿出來。那是一卷錄影帶。

這並不是一般錄放影機所使用的ＶＨＳ錄影帶，而是手持式ＤＶ攝影機專用的錄影帶，長六・六公分、寬四・八公分。劍向知道，錄影帶一定是放在長褲的腰際暗袋。這個暗袋的設計相當隱密，行政人員只會檢查警務物品後收妥即可，所以並沒有注意到這卷小型的錄影帶。

劍向的心跳遽然加速。他體內的那股戰慄，又開始波動起來。

對。紹德說過——四〇一室裡的ＤＶ攝影機開過機，但卻連一捲錄影帶都找不到。不是找不到。而是這唯一的一捲被他帶走了。

「那麼……請早點睡吧！明天見囉！嘻嘻！」

婉純的心情愉快，準備離開病房。或許，對她來說，值大夜班在病房裡與尚未入睡的病患輕鬆聊天，也是為自己打氣的方式。

「等一下！」

「啊，怎麼了嗎？」婉純停下腳步。

「我需要妳幫我一個忙。」

「……什麼忙？」

「現在，我必須離開醫院。」劍向的語氣嚴肅，甚至有一股威嚇。「我有非常重要的事情，必須立刻進行調查。」

招魂術

Chapter 3

Necromancy

1

劍向順利出了醫院玄關，到路口附近攔了一輛計程車。

他坐上計程車後座，向司機說明目的地，身體的緊張感仍未消失。

此刻，時間臨近午夜。

婉純一開始即面有難色，說他還沒有獲准出院，病患深夜擅自離院，是違反醫院規定的。當然，劍向並不需要她的提醒。於是，劍向說服婉純，這卷ＤＶ錄影帶對他手上的案子影響至關重大，他必須馬上趕回專案小組檢查。

最後，婉純同意了。劍向向她保證，會在下一次的查房時間前趕回來。兩人的交談雖然短暫，然而，劍向知道她會答應幫他。對於刑警的工作，她顯然抱持著濃厚的興趣。在她的想像中，她必然覺得，自己如果能幫上案子什麼忙，那一定是一件很有意義的事。劍向感到有些抱歉，他自私地利用了她的憧憬。

劍向立刻更衣，穿好鞋子，將錄影帶放進腰間暗袋。婉純先他一步離開病房，先替他確認走廊上的動靜，再請他出來。兩側所有的病房房門都關上了，頭上的日光燈只打開幾盞，也聽不到人的說話聲或腳步聲。

婉純領著他，輕聲地帶他經過夜班護理師值勤的櫃檯。

「還好，阿長現在不在。」她說，「走樓梯。」

沒想到，才一轉角，朝著兩人迎面而來的，是一名戴著眼鏡、年近三十歲的護理師。

「妳在幹嘛？沒聽見我找妳嗎？」

「……學姊。」

「請問這位是？」她問。婉純低頭，不知該如何回應。

「您好，」劍向趁對方還沒注意到婉純的異狀時，立刻插話：「我是沈光仰的朋友，想探望他，所以向她詢問在幾號房。」

「先生，很抱歉，現在已經過了會客時間。」她嚴肅地回應：「另外，我記得沈光仰先生在三天前已經辦了出院手續。」

「這樣啊？那真是不好意思。我再打電話和他聯絡好了，謝謝妳。」劍向自在地說：「對不起，可以請這位小姐帶我離開嗎？我忘了出口在哪。」

「……好吧。」護理師看了婉純一眼，「學妹，妳快一點。」

「好！請跟我來。」

婉純隨即帶劍向快步離開了那位護理師。

「吳大哥，你怎麼會知道沈光仰……」婉純好奇地問。

「住我病房的前一個病患。名牌還沒收。」劍向回答，「職業習慣，我看到就記住了。」

婉純笑了。

劍向走進電梯。希望她喜歡這個短暫的小冒險。

然而，劍向要計程車司機載他前往的目的地，並非分局專案小組。

他終究沒有告訴婉純實話。

計程車上，司機隨口寒暄幾句政治性的時事，似乎很有刺探乘客政黨支持傾向的興趣。劍向有一搭沒一搭地漫應著。此時此刻，他的心思全在那捲神秘的錄影帶上。

司機刻意的熱情攀談，終於結束了。這個時間點，並不適合談政治。在逐漸安靜下來的車廂中，劍向從暗袋中拿出了錄影帶，以拇指與食指捏起這個黑色的小立方體，舉在面前端詳。

ＤＶ錄影帶。帶寬六．三五厘米，錄影時間六十分鐘。

比起Ｖ８、Ｈｉ８或Ｄ８攝影機所用的八厘米錄影帶更為輕巧。

關於數位攝影機的知識，劍向的瞭解並不多。真正了解的人，是他的弟弟。

劍向的弟弟今年二十歲，目前剛分發到新竹湖口當兵。除了長假以外，他並不常回家，而是待在北部朋友的家裡打發時間。他對Ｅ世代流行的數位產品懷有極高的興趣，入伍前的工作薪水大多花在時尚的手錶、最新款的行動電話、ＰＤＡ、數位相機、ＤＶＤ錄放影機上，現在全都堆在家中他的房間裡。

記得小弟也買了一台ＤＶ攝影機，應該可以播放這捲錄影帶吧。

因此，劍向要去的不是分局辦公室，而是自己的家。

紹德曾告訴他，鍾思造在視聽器材行工作僅僅兩個多月，便偷走了店內的攝影機。在他家客廳的置物櫃裡，警方找回這些失物，發現其中有一架ＤＶ攝影機曾被拆封過。然而，屋內卻連一捲錄影帶都找不到。那麼，這捲ＤＶ錄影帶，裡頭是否藏著與案情有關的線索？

劍向陷入沉思，在記憶中尋找著關於這捲錄影帶的記憶。完全沒有。唯一的可能，只有衝進四〇一室、踏入鍾思造臥室之後的空白時刻了。當時，他望著巨鼠的雙眼，忽然間，那雙眼睛變成兩個深不見底的黑洞，吸入他的意識，其後，他從醫院裡醒來。他反覆思索，設法在兩個斷點之間，在記憶的片段中尋找蛛絲馬跡。

——無論如何，這捲錄影帶一定就是我在那個空白時刻拿到的。

不，不對。他進入四〇一室後，立即直奔臥室，並沒有在客廳多做停留。而在進入臥室與巨鼠搏鬥後，他就此陷入昏迷，絕對沒有機會在客廳置物櫃取出錄影帶。

劍向努力回溯他一連串的行動，在電光石火的記憶中，終於，他捕捉到關鍵的片段。

並不是在空白時段拿到的。

他一進臥室，最先注意到的是那把水果刀。他蹲下來審視水果刀上的血跡，注意到臥室地板處的被單也染有大片血跡，然後伸手去拉。

就是這個舉動，違反了「保持犯罪現場原貌」的偵查準則。

接下來，他看到了包裹在被單裡、長滿蛆蟲的右手腕。

當時，他的腦中曾經陷入一片混亂。

——那隻截斷的右手腕，正握著這捲DV錄影帶——於是，他伸手扳開手腕，拿出錄影帶，放進了身上的暗袋——因而他拉扯了被單尾端，牽引了被單卡住的衣櫃櫃門，人屍才從衣櫃內彈出。

——是的，這才是正確的記憶。

真正讓劍向的記憶發生錯亂的，不是巨鼠、不是屍體，而是截斷的右手腕。

洪澤晨案的第一件虐殺案。

現場鑑識的影像紀錄，是劍向整理的。這是他參與此案的第一件任務。

在犯罪現場，同樣有一隻截斷的右手腕。

洪澤晨肢解第一個被害老人的屍體，在長時間進行精確、細膩的作業過程中，他割斷了死者的右手腕，以這隻右手腕自慰，做為享樂、提振精神之用。警方在這隻右手腕上檢測出乾掉的精液。這也是洪澤晨的定罪鐵證之一。

當時，高雄市警局正開始使用DNA技術、進行犯人身分鑑定不久，起初只將洪澤晨案當作是一件殺人手法異常殘虐的特殊命案而已，既然犯罪現場留下的右手斷腕上有兇嫌的精斑，只要徹查被害者周邊的人際關係，真相大白應無懸念。

沒想到，經過一個禮拜的搜查，取得了死者身邊五十餘人的ＤＮＡ進行比對，竟然沒有一人相符。同時，又發生第二樁犯罪手法類似、被害者年齡相近的案件，警方才赫然發現，此案的嚴重性超乎想像，這是連續殺人魔的隨機殺人案，單靠ＤＮＡ技術是抓不到兇手的。

正當警方偵查走入迷宮、束手無策之際，精神科權威李敢當醫師提出罪犯剖繪技術，才終於鎖定洪澤晨的身分特徵，將他逮捕到案。那時劍向也從來沒聽過罪犯側寫技術，對它的興趣十分濃厚，便一面進行專案小組下達的嫌犯篩選工作，一面研究李敢當醫師提供給警方的資料。

時隔六年，台灣警界現在已不再對罪犯剖繪技術感到陌生，然而自洪澤晨後，犯罪行徑類似的神秘連續殺人魔卻也不再出現第二位，使得這項技術未能繼續在台灣實證、實用化，成了單純援用諸多外國案例的純理論研究。

沒想到，鍾思造解剖結果的第二份報告，居然與洪澤晨案有關。

而高組長也認定，這是一條必須追究的偵查方向。

已經死刑伏法的連續殺人魔，犯罪手法重現……這樣的關聯性，潛藏著令人恐懼的可能性。

在調查這十二起虐殺案的過程中，當時警方清查的涉案關係人總數超過五百人，在逮捕洪澤晨之後，為了確認他的罪嫌，又追加偵訊了一百多人，然而，警方所整理的這些名單裡，並沒有出現鍾思造的姓名。

被逮捕前的洪澤晨住在三民區，鍾思造也住在三民區，但鍾思造的老家在鳳山，親屬關係單純。以目前劍向所持有的資料來看，他們各自的親屬、朋友，並不存在任何交集。

現在，鍾思造被模仿洪澤晨犯罪手法的兇手殺害了——這意味了下列三種可能：

一、認識洪澤晨的人，模仿了他的手法進行隨機殺人。

事實上，這種情況的可能性不高。警方曾訪談了他的親戚、學校老師及同學、職場同事，以及與他有過接觸的人，所有人都對洪澤晨的兇行感到無法置信。他們所瞭解的洪澤晨，是一個沉默寡言、溫和有禮的青年，與旁人保持著一種僅止於寒暄、互不深交的淡漠距離。這也使他們口中的洪澤晨，形象都十分單一、膚淺，缺乏明顯的情緒。警方認為，洪澤晨本身即是一個難以與他人建立親密關係的人，他刻意對外人製造了流於表面的友善感，毫無親疏遠近的差異，來隱藏自己內心黑暗的一面。

除了警方的調查外，當時新聞媒體也挖了不少難以查證真偽的小道消息。有幾家電視台，甚至想要建立一個不同於一般大眾所理解的形象：洪澤晨是一個在倫理社會結構下被忽視、人際關係遭到邊緣化的「棄嬰」——一個精神性的「棄嬰」。媒體認為，當洪澤晨在現實中無法與旁人產生聯繫，很可能將自我投射在網路上。於是，他們尋訪了國內、國外在網路上與洪澤晨有過交集的人，得出同樣的結論：洪澤晨在網路上沒有與任何人成為朋友。他之所以上網，只是為了取得肢解屍體的知識，他沒有問過任何人的隱私，任何人想探詢他的隱私，也都被他拒絕了。

換句話說，洪澤晨的殺人手法，是無法被他所認識的人模仿的。

二、認識鍾思造的人，模仿了洪澤晨的手法向親友行兇。

若不考慮洪澤晨案的人際網絡，回歸四〇一室腐屍案本身，出於利害關係的強烈衝突，鍾思造遭到某個與他有密切關係的人所殺，這才是現實度較高的推測。

畢竟，在洪澤晨案發生後，社會大眾也曾經一度產生恐慌，認為將引起模仿效應，台灣也將與美國、歐洲一樣，正式進入「連續殺人魔社會」的時代，亦即，連續殺人魔、隨機殺人案，將成為日常生活中的一種普遍性的狀態。然而，這樣的情況並未發生。

洪澤晨案在發生的當下，對社會引發的巨大恐懼，是真實存在的。也許，大多數的台灣民眾是健忘的，無論發生多麼駭人的案件，一兩年後就會成為塵封的記憶。但是，對於犯罪謀策者來說，媒體的影像、文字紀錄，將成為學習的資料庫。

高組長對這兩個案子的聯想，的確值得深思，但是，縱使行兇者與洪澤晨毫無交集，他仍有可能細膩地整理當時媒體留下的資訊，並以想像力填補空白的環節。警方所看到的相似性，其實只是因為犯人推測恰好正確而形成的巧合。更何況，在案發現場中找不到鍾思造交友關係的線索，這不一定表示鍾思造的日常行徑神秘低調，更高的可能性是，這些被抹消的人際關係證據，其實是出自兇手之手。

不過，這項推測，卻也有無法解釋的矛盾。兇手在模仿洪澤晨的犯罪手法後，又在四○一室製造出一個牢不可破的密室。固然，從公寓大樓的監視器紀錄來看，是鍾思造自己進行了決絕的土木工程，將自己封鎖在房內，但不可否認的是，兇手仍然必須設想出一個進入密室的辦法，而這必然需要經過詳盡的計畫。

兇手的心思既是如此細密，必然會盡其所能地誤導警方的偵辦方向。那麼，他為何選擇模仿一個早已槍決的死刑犯？這樣的誤導方式，顯然缺乏現實性。

三、不認識洪澤晨的人，模仿了他的手法向陌生人行兇。

劍向一想到這個可能性，全身就忍不住顫抖。這表示——高雄市又將再度被籠罩在連續殺人魔威脅的陰霾中。如前所述，當時媒體曾大肆報導，留下了為數可觀的犯行紀錄。

認識鍾思造的利害關係人可以模仿，毫無關係的人當然也能做到。

這個神秘兇手，必然徹底研究過洪澤晨案，並重現了當年的犯罪手法。這不是單純的模仿效應。模仿效應會在案件發生後不久、在社會大眾關注的高峰期發生，與原案相比，模仿效應下所發生的犯行均是粗糙、拙劣的，只能算是一種速成的複製品。然而，要能夠模仿到連鍾思造骨骼表面上的刻痕都維妙維肖，進而引起資深法醫的注意，必然是做過了極深刻的功課。很有可能，這也就是為什麼鍾思造案與洪澤晨案相隔六年之久的原因。一名局外人，進行犯罪手法的研究、分析、計畫、練習，確實需要數年的時間。

這名兇手已經超越了模仿的層次。

這是一種崇拜——對洪澤晨的崇拜。

更讓人不願意繼續想像的是，這名兇手是理智的。他沒有留下指紋、毛髮，以及其他可供鎖定身分的生理性證據。四〇一室不僅構成了一個物理上無法出入的密室，在鍾思造死亡時間判定範圍的時間帶，三樓的公寓監視器也沒有拍到任何人進出四〇一室的影像。

劍向甚至可以往下深思，鍾思造生前約一個月內的怪異行徑，是否也能解釋為他在被殺之前曾經受到這名兇手的威嚇，從而替兇手搭建了一個完美無缺的死亡陷阱？而這一切的一切，都出自於兇手天衣無縫的計畫？

一個無懈可擊的完全犯罪。

一個瘋狂與理智兼備的神秘兇手。

高組長一定也想到這個最險惡的可能性了。洪澤晨案，曾是三民分局的傷痕，他不希望悲劇再次重演，所以，沒有在搜查會議上提出來檢討。於是，高組長在會議結束後單獨告知紹德，並要他立刻到醫院轉告。因為，高組長現在能夠信賴的只有他們兩人。他們兩人，是具備獨立搜查能力、唯一有可能承受洪澤晨案衝擊的優秀幹探。

而劍向自己，則是唯一對洪澤晨案曾有過深入研究的刑警。

2

二十幾分鐘後，計程車抵達苓雅區和平一路的住宅區，劍向的家是一棟四層的透天樓房。這裡和高雄市的商圈不同，一過十點，絕大多數的住戶都熄燈就寢。劍向由於工作的關係，在下班返家後，所面對的經常是燈火已滅的玄關。

劍向付過車錢，下了計程車，穿過漆黑的街道，看到住家門口兩旁擺設的盆栽。那是母親平日的嗜好，她從公務員退休後，每天悉心照顧這些千日紅、黃波斯菊、百日草等植物。劍向掏出鑰匙，打開家門門鎖，鑰匙在鎖孔內發出只有他能聽見的金屬撞擊聲。

年邁的父母親已然沉睡，現在是晚上十點四十分。

父母睡在三樓主臥室，他與小弟在二樓各有一個房間，即使夜歸，也不必擔心會吵醒早就進入夢鄉的雙親。劍向靜悄悄地上了二樓，打開小弟的房門、點亮日光燈，將收到櫥櫃裡的攝影機紙盒整個取出。他打開盒子，將裡頭的機器、電池、插座、接線等各項附件全部拿出來。

在小弟買到那台攝影機時，曾興高采烈地對劍向說明這台機器的操作方法。雖然劍向對此並不特別熱中，但也曾幫了小弟一些忙，一起在幾位親戚的婚禮上擔任婚攝，拍攝新郎新娘向大家敬酒的過程。

一場婚禮的流程全部跑完，幾乎會耗費一整天的時間，接下婚攝，中途稍事休息、用餐、上廁所的餘裕也很有限，對體力是很大的考驗。不過，劍向從事刑警這份職業，平常就有健身、鍛鍊體能的習慣，並不覺得特別辛苦。真正麻煩的，是婚禮影像的剪輯。這部分的工作，則是由小弟獨自處理，劍向坐在一旁提供建議。

VHS放影機是無法播放DV錄影帶的，只能使用DV攝影機來播放，並透過其上的液晶視窗觀看，或者是，外接視訊線，連到電視螢幕、電腦螢幕上。若需要進行影片剪輯，就必須使用電腦，將儲存在錄影帶裡的影像，透過一種規格特殊的1394線，接到電腦另外加裝的影像擷取卡，將影片轉為電腦檔案，才有辦法處理。剪輯完畢的檔案，再以DVD燒錄器轉錄到DVD空白光碟上，方便攜帶。

總之，這是一件麻煩的工作。

在案件偵辦過程中，一旦發現DV錄影帶的證物，通常都是直接將錄影帶送交資訊組，由資訊組轉錄為DVD檔案後交還給刑事組，刑警不需要處理這些瑣碎的作業。

然而，在鍾思造案中，劍向卻不願意這麼做。他私心地認定，這個案子是他揭露的，理應由他偵破。但，在意識不明的情況下，他私自夾帶了犯罪現場的DV錄影帶，這已經違反刑事偵查程序；其次，他現在必須住院接受觀察，小組其他成員已經開始擴大調查，他不希望自己在這個時候無所建樹；第三，高組長請紹德轉達要劍向單獨進行偵查，所以，他可以自我說服——他的偵查任務必須秘密進行，不能讓資訊組知情。

劍向認為，他有必要在第一時間掌握DV錄影帶的內容。也許在錄影帶中，所有的線索都會有共同的交點。一旦他確認之後，他會在出院後，尋找適當時機提供給分局同事。

影像擷取、剪輯、轉檔等影片製作流程，劍向的小弟非常熟練，因此，房間裡的設備一應俱全。劍向也曾看小弟操作過。他不必進行剪輯，只需盡快轉錄為DVD，把握時間趕回醫院。

劍向打開電腦，一邊對照使用說明書、一邊回想小弟說明過的記憶，將ＤＶ錄影帶裝入攝影機，插上外接電源，裝上１３９４線，連上電腦的影像擷取卡。開機畫面顯示過後，劍向開啟影像擷取程式。最後，打開攝影機電源，程式顯示電腦已找到這台外接攝影機。

劍向戴上全罩式耳機，開始影像擷取，以一倍速模式播放錄影帶。在按下ＰＬＡＹ鍵之後，他沒有忘記立即拿出筆記本，準備一面觀看影帶一面記下所看到的聲音、影像。

電腦螢幕上，出現黑色混亂視訊，隨著微弱的雜音狂亂地飛舞著。

幾秒鐘後，畫面穩定下來，轉變為彩色的場景。

一開始，鏡頭以極近的距離拍攝著一張座椅，畫面突然晃動起來，好像有人正要把攝影機提起。劍向聽見鏡頭外有人在說話，但聲音既微弱又模糊，也有女人的聲音，好像是在笑。

劍向稍微把電腦的音量調高。

聲音清晰起來，他這才分辨出背景聲音並不是中文。然而，聽起來也不像英文。

鏡頭隨即一陣旋轉，畫面上出現了火車座椅，一位亞裔容貌的年輕女子正熟睡著，額頭貼著劉海，靠在車窗的玻璃上，彷彿剛剛看著窗外風景，看著看著不小心睡著了。車窗外的天氣非常晴朗，明亮的陽光照進車廂，在她的唇蜜上閃爍著微光。她的嘴角上揚，似乎做了美夢。

這名女孩的目測年紀約二十歲上下，留有一頭長髮，臉型是小巧的瓜子臉，畫上淡妝，穿了一件白色長袖上衣，頸部戴著一串銀質項鍊，肩膀隨著車廂的行進，輕輕搖晃著。透過車窗的反光，可以看到車廂裡有幾名高大的歐美籍乘客穿過走道，他們的穿著輕便、休間，其中有人戴了墨鏡，有人拖著行李箱，像是正在度假旅行。

車窗外可以見到一片西式平房，地點似乎是位於城鎮近郊，跟著火車前進的景色逐漸流轉，看得到坡地的草原上蓋了農舍，幾頭牛隻掠過，轉瞬即逝。這名女子似乎正在某個歐美國家自助旅行。拍攝她的人坐在她的身旁，應該是她的友人，然而，拍攝者只是將鏡頭對著年輕女子，靜靜地記錄她的睡容，自己完全沒有入鏡。車廂玻璃的反光影像過於模糊，與女子混在一起，無法分辨此人是男是女。

行進的車廂畫面，一直單調地持續著，拍攝的位置、距離完全沒有改變，鏡頭前僅僅以年輕女子的睡容為中心，以及她身後不斷高速飛過的原野景色。

影片播放了大約三分鐘，影片切換了。

下一段畫面是一家戶外咖啡廳，鏡頭前仍是同一名女子。她捧著咖啡杯，眼睛注視著店外的步道上，在磚石鋪地的市集廣場前，停了許多鴿子。兩名金髮碧眼、一男一女的幼童，像是一對姊弟，在步道上興奮地來回奔跑、嬉鬧著，故意跳進鴿群的聚集處，讓鴿子到處飛舞，發出開心的喊叫聲。女子的目光澄澈柔和，看顧兩名幼童玩耍，兩名幼童玩著玩著，也注意到她了，便跑過來拉她一起玩。她蹲在他們的身邊，笑顏綻放，與他們拍著手，玩著不知名的遊戲。稍遠處有一名男子，饒富興味地看著他們玩。

這一段影片環境音吵雜，蓋過了女子與幼童的對話，鏡頭從頭到尾沒有移動，看起來完全不是手持。劍向推測，攝影機大概是放在咖啡廳的桌上吧。兩段影片都給人一種偷拍的感覺。

這捲DV錄影帶很可能是鍾思造拍攝的，那麼，畫面上的女子，或許是他的失蹤女友。根據公寓住戶的證言，鍾思造的女友恰好在二十歲上下，也留著長髮，身材相當纖細，與影片中的女子條件大致符合。

此外，劍向注意到ＤＶ錄影帶的拍攝時間——顯示在畫面的左下角。假使攝影機的時間設定是正確的。第一段是一九九八年九月十二日上午八時五十分，第二段是同日下午三時三十分——儘管並不知道時區為何。距離現在，已是一年半前左右了。

假使鍾思造是錄影帶的掌鏡人，那麼，他與影像中的女子已經交往超過一年半了。他搬進四〇一室的時間是今年一月。這就表示，他們在搬進來以前曾經出國旅遊。也就是說，只要調查鍾思造前年九月的簽證紀錄，必然可以循線查出他去了哪個國家，以及同行女子的身分。

第二段影片大約八分鐘，接著，影片還有第三段。

鏡頭行進著，穿過教堂的門口，進入微暗的禮拜堂，拍攝者經過左右兩排長椅的走道，來到長椅的第一排。一名女子獨自坐在長椅上，畫面裡只見到她的背影、她的長髮。從身形來看，無需贅言，這是同一名女子。

鏡頭繼續移動，拍攝者來到女子的身旁坐下，鏡頭拍著她的側臉。她閉上眼睛，雙手交握，正在祈禱著。她的側臉低垂，念念有詞，又不自覺地微笑著。鏡頭的距離拉得更近，她的睫毛、唇間輕顫著，宛如精靈的舞動。拍攝者沒有出聲，甚至連呼吸都暫止了，讓女子虔誠地、自在地祈禱，這份溫柔的守候，不禁讓劍向感覺到一股微小的妒意。

然而，掌鏡者原本完全靜止的手，不知為何卻搖晃了起來，此時，女子發覺身邊有動靜，立即睜開了雙眼。一瞬間，她露出了驚慌的表情，定睛一看，立刻故作生氣地笑了，甜美地對著掌鏡者捶打起來。劍向聽見了女子發出了一聲嬌嗔。畫面到此停止。時間是九月十四日下午四時，片長僅五分鐘。

從女子親暱的舉動來看，掌鏡者必然是她的戀人。當然，家人、朋友也不無可能，但機率最高的就是戀人。

第四段影片，緊接在後。九月十五日上午十一點十三分。畫面一轉，螢幕上呈現了晶瑩的藍色。場景是一處海灘，藍綠色的水波猶如散發著光芒的寶石，沿著岸邊，連著一整排彩色的海灘傘，遮蔽了耀眼的陽光。海岸的不遠處，有幾艘遊艇停泊，身著泳裝的遊客全是歐美面孔，各自群集，在海灘上愉快地游泳、戲水。

掌鏡者似乎坐在海灘傘下，拍攝著岸邊的人潮。然而，這回女子並未出現在鏡頭前。這時候，女子出現了，她穿著比基尼泳裝，坐在掌鏡者的海灘椅旁。寶藍色的比基尼突顯了她纖細而柔軟的曲線，令人炫目。這也是她第一次意識到鏡頭的存在，第一次正對鏡頭。她對著鏡頭撥弄額前的劉海，似乎與掌鏡者對話，可是，劍向卻完全聽不見兩人的聲音。劍向檢查了電腦、攝影機放影功能，才確定這段影片並未錄下任何聲音。

劍向不懂唇語，無法得知兩人究竟說了什麼。從女子的表情來看，他們談得很開心。接著，女子的肩頭開始帶著節奏，輕輕搖擺著。女子唱起歌來。劍向的精神不由得變得恍惚，她唱著沒有旋律、沒有聲音的歌曲，劍向卻感受到自己的心靈被深深沁透。這是他有生以來從未感受到的奇異體驗。

此時，掌鏡者的手再度晃動了，比第三段影片的晃動更加劇烈。女子起初以為對方是在惡作劇，但晃動沒有停止，女子便伸出手，想來扶住攝影機。但攝影機還是掉落了，鏡頭頓時出現一陣旋轉。

電腦螢幕回到一片漆黑。

影片到此全部結束，片長四分多鐘，仍然沒有拍到掌鏡者的長相。

劍向陷入沉思，情緒久久無法自那靜默的歌聲中離去。

掌鏡者若是鍾思造，那麼，他一定與影像中的女子極為相愛。但是，鍾思造已經死亡，女子卻行蹤不明。劍向不免感到一陣悵然，處於熱戀時期的兩人，男方竟死於非命，真不知道當警方找到女子時，通知她此一噩耗，她會有什麼樣的反應。另一方面，卻又無法排除容貌如此動人的年輕女子涉有重嫌的可能。

緊閉雙眼，劍向甩了甩頭，努力淡去女子留在腦海中的影像。

這個時候非保持冷靜不可。

無論如何，他取得了案情的關鍵線索，儘管並非出於正當的偵查程序。時間已經很晚了，他應該回醫院睡一覺，待明天紹德到醫院探訪時，再請他將這項證據轉交給高組長。他想，高組長會原諒他的。

劍向開始準備收拾眼前的視聽器材，雙手突然停了。他必須再看一次帶子。

鍾思造在臨死之際，依然緊緊握著這捲帶子，甚至手腕被斬斷。

這意味著他深愛著她。

或者——這是他的死前留言。

3

次日，凌晨二時。

劍向收妥了小弟的視聽器材，將ＤＶ錄影帶收進腰間的暗袋，並把轉錄的ＤＶＤ藏進自己房間的書房抽屜後下方，輕聲下樓。他反覆瀏覽了數次影像內容，依然無法確定拍攝地點，只能確定是某個歐美國家，於是，便筆記了影像中一閃即逝的路標、商店，留待日後再繼續追查。

回到夜色之中，劍向準備步行到五福一路攔計程車。然而，甫一出門，他立刻感覺到背後有人影跟隨，一回頭，就見到一名身形詭異的陌生男子從路口處朝他走近。巷道邊的高腳路燈，光線呈現著無機般的灰白色，令男子的身影更顯蒼白。

「警察先生，我等你很久了。」

對方的聲音有一種刻意掩飾的不安。

劍向難以判斷男子的來意為何，立刻提高警覺，與對方保持距離。

「抱歉，時間緊迫。我不得不以這種方式來找你。」

「請問你是？」劍向謹慎地問：「你怎麼知道我是警察？」

「我先自我介紹，」男子說：「我叫夏詠昱。不過，我想我的名字並不重要。」

「你想做什麼？」

「我想提供一個重要線索。」

「什麼線索？」

「關於四〇一室謀殺案的破案線索。」

男子的回答，令劍向不得不更加提防。每一樁重大刑案發生後，警方都會收到許多惡作劇民眾胡亂提供的假情報。然而，對方在這樣的時間、這樣的地點、這樣的情境下提供破案線索，無論是真是假，都不得不說是極為異常的。

「警方有報案專線。夏先生，但你並沒有打電話報案？」

「打電話報案，沒有辦法提供這項破案線索。」

「……我不懂。」

「應該這麼說吧，沒有比現在更適合提供這個線索的時間了。」

「……現在？凌晨兩點？」劍向完全無法理解男子的話中含意。

「好。我知道、我知道。我選擇現在這個時間來找你，確實不太恰當，但是，請你一定要相信我，我能夠提供破案的關鍵。」

由於街燈的角度背光，劍向無法認清對方的長相，只能看到他戴了一副無框眼鏡。他的身材頗為瘦小，身高大約只有一百六十五公分而已，說話的語句雖然十分清晰，但不知為何給人一種不斷顫抖的非真實感。

「好吧。」劍向決定耐心詢問。「那麼，你想提供什麼樣的線索？」

「我現在……也無法確定。」

「……什麼？」

「不過，只要你願意和我去一趟四〇一室，我就可以告訴你。」

男子的回應，令劍向不禁感覺荒謬。

「夏先生，很抱歉，我不能答應你。首先，我完全不知道你的來歷……」

「我的來歷和我的名字一樣，並不重要！」

「我確實是偵辦這件謀殺案的警員之一，但你究竟是怎麼知道的？」

「這……這也不重要！」夏詠昱的語氣變得相當慌張。

「你到底能提供警方什麼線索？」

「我……我……」

夏詠昱沉默了，但他愈靠愈近，劍向注意到他的臉孔夾雜了恐懼與混亂。

「到底是怎麼回事？」

「警察先生，如果我說我是下一個被害者，你現在會願意帶我去四〇一室嗎？」

劍向一瞬間呆住了。劍向的心底不由得浮出無數的疑問——為什麼這個男人會知道自己即將遇害？他認識兇手，或是知道兇手的犯案模式？

「為什麼你知道自己是下一個被害者？」

「基於某種原因，我就是知道。但我現在不能說。我現在告訴你，你也不會相信我。總之，我們到了四〇一室，你自然就會知道的。」

「……你知道兇手是誰？」

「我不知道。而且，這一點也不重要。」

「你的意思是說，你不知道兇手的名字？那你知道兇手的職業，或是其他特徵？」

「我完全不知道。」

「你是被害者的朋友？」

「不是！我完全不認識他。」

「兇手會回到四〇一室？」

「我不知道！警察先生，請不要問我那麼多問題。這些事我都不知道，也都不重要！」

夏詠昱激動地說，「我只能說抱歉，時間緊迫，我才不得不用這種方式來找你。目前我也只知道一件事，只要『現在』去了四〇一室，就可以找到破案線索！」

「非得是現在不可嗎？」

「對。」

「為什麼？」

「必須是現在就對了。」夏詠昱無視劍向的問題，一副這些都無關緊要的態度。他低頭焦急地看了看錶。「真的沒時間了。我連一天都不能再等了。」

自始至終，劍向都完全無法理解夏詠昱謎語般的解釋。

「難道說……跟那個女孩子有關？」劍向突然想起DV錄影帶中的神秘女子。夏詠昱所謂的破案線索，既然與鍾思造無關，那麼就可能與神秘女子有關了。

「警察先生。」夏詠昱聽了，情緒稍微鎮定下來。「你看過那捲DV錄影帶，是嗎？」

「……沒錯。」

劍向遲疑了一陣，決定承認這件事。目前這是連專案小組都還不知道的事，然而，既然夏詠昱知道DV錄影帶的存在，也知道帶子裡的那名神秘女子，劍向認為，他總得先釋出某些有價值的資訊，予以試探，才有機會從對方口中得到更多情報。

「那你有帶在身上嗎？」

劍向沒有立即回答。他不清楚夏詠昱問這麼多的目的為何。

「沒關係，你不用回答。事實上，那捲DV錄影帶是那個女孩子的，」夏詠昱解釋：「裡面有解開謎團的關鍵，但是，只有她能解釋那些影像的意義。警察先生，請你帶我到四〇一室，破案的線索——雖然我還不知道那是什麼，但我相信，線索一定會指引我們找到她的。到時，我們把DV帶還給她，她就會告訴我們所有的真相。」

「那麼，你也看過錄影帶的內容了？」

「我與她一起看過那捲帶子。在她失蹤以前。」

「你知道那個女孩子是誰嗎？」

「我不知道。」

「你見過她，但卻不知道她是誰？」

「我只是……她請我幫忙播放那捲帶子。我有機器。」

確實，這種帶子需要DV攝影機才能播放。劍向想起，鍾思造也有DV攝影機，必然是他與那位神秘女子交往期間出國前購買的——然而，他在視聽器材店工作時又偷走了一台。這代表他原本那一台遺失了？或者，鍾思造並非掌鏡人？劍向變得無法確定了。

「好吧。我明白了。」劍向被夏詠昱說服了。他檢查過DV錄影帶，確實認為那名神秘女子極可能握有破案關鍵，無論鍾思造是不是掌鏡人。「我帶你去。」

「我開了自己的車，停在那裡的轉角。」夏詠昱說：「我們快點走吧！」

坐上夏詠昱的車，劍向在助手席上發現他握著車鑰匙的右手在抖動。

這個男人在害怕什麼？

打從一開始，夏詠昱的行徑就讓劍向心生諸多疑惑。從他的口氣上聽起來，他好像完全不認識兇手或被害者，因為從頭到尾他的說詞一貫是「能提供警方破案的線索」，而非「能協助警方逮捕兇手」。他甚至說，兇手一點也不重要。

夏詠昱認為兇手不重要，又說他不知道兇手是誰。不知道兇手是誰，要如何判斷兇手到底重不重要？而且，他自稱是下一個被害者，不知道兇手是誰，要如何知道自己即將遇害？他的說法不但違反常識，邏輯上更是充滿矛盾。

此外，既然他知道案發地點是在四〇一室，為什麼不自己一個人進去調查線索？縱使警方在命案現場設置了「禁止進入」的布條，他仍可大膽潛入，而沒有必要在這種午夜時分要求警方陪同。

——為什麼必須是現在？

總之，疑點太多太多，夏詠昱心急如焚，卻又守口如瓶，終於使劍向放棄繼續追問。只要到了四〇一室，所有的問題終究都能揭曉吧。而車內的布置十分簡單陽春，劍向也沒有辦法看出夏詠昱可能的職業或身分，夏詠昱在一上車以後便緊握方向盤，出神地瞪著擋風玻璃，一副極力以沉默壓抑不安的模樣。

深夜的交通稀疏，他們很快地抵達現場。

兩人進入公寓一樓玄關，經過無人值班的管理員室，走樓梯上了四樓。四〇一室門口旁貼了一張專案小組的告示，提醒住戶警方正在對此處進行蒐證，切勿接近以免影響警方調查、發生法律問題云云。兩道交叉的黃色塑膠布條，擋住了鐵門下側的方形黑洞。

案發僅經過兩日，專案小組還沒有足夠的時間清理走廊外的石堆、拆除鐵門背後的櫃子，所以尚無法由內側將門打開。也就是說，兩人仍必須爬過方洞才能進入室內。

「我先進去！」夏詠昱不等劍向阻止，就屈身鑽進洞內。

一轉眼，夏詠昱已經消失。

「警察先生，快！」他的聲音從四〇一室內側傳來，形成低沉的迴音。

劍向只好馬上隨後通過。

方洞的大小雖然沒有改變，但稍微做過修整，破口邊緣已不再那麼銳利，劍向不必穿上防護衣具，也能順利通過。不過，現在劍向不是執勤時間，他沒有隨身攜帶筆型手電筒。走廊的燈光相當陰暗，使洞口顯得更為漆黑。

劍向爬入四〇一室內部，攀著牆壁慢慢起身。

他發現夏詠昱並未站在洞旁，而此時眼睛因為剛接觸闃黑的環境，視線呈現半盲狀態。

「……夏詠昱？」

劍向感覺到背後似有異常的氣息，頓時有危險的預感。他想立即轉身，但後腦突然襲來一下重擊，將他打倒在地。趴倒在地的劍向並未立即失去意識，他想讓自己重新站起來，或至少能翻身遠離攻擊者的位置，全身卻使不上力，只能暗自叫苦。

「抱歉，警察先生。」夏詠昱的聲音，聽起來有一股森冷的險惡感。

——夏詠昱果然別有所圖……

此時，後腦受到第二次重擊，劇痛使劍向的意識遽然中斷。

劍向並未失去意識太久。他感覺自己被夏詠昱拖行著。夏詠昱的身材瘦小，拖行劍向壯碩的軀體似乎頗為吃力，走走停停。散布在地板上的碎石，不時掠過他的臉頰，一陣一陣地傳來粗糙的刺痛感，但後腦的疼痛餘威尚存，又蓋過了臉頰的刺痛，令他不由得發出呻吟。

不知過了多久，劍向的眼前突然出現炫目的強光，臉頰不停地被拍打，他才從半昏迷狀態逐漸清醒。夏詠昱正以手電筒照射他的雙眼，將他摑醒。劍向的意識逐漸恢復，感覺到一股緊繃的力量纏住全身。這時，他終於發現，自己的胸口正貼在床上，頸部、雙手、雙腳從背後被繩索綑住，並且綁在四個床角。

這裡是鍾思造的臥室。

而劍向正趴倒在鍾思造的床上，姿勢如同鍾思造從衣櫃裡彈出後的陳屍狀。不過，由於床單、被單、枕頭都已送往鑑識組採檢血跡，這張床僅剩下一層堅硬、冰涼的夾心床板。

劍向艱難地抬起頭來，看到夏詠昱手持手電筒站在面前。

「請原諒我，我不是故意的。」夏詠昱的聲音抑制不住顫抖，彷彿身處極地。「我有非常重大的原因逼使我不得不這樣對待你。原本，我是希望在醫院就把這件事情解決的。」

「你知道我住院？」

「當然。我一直在監視你。你被送到醫院的前兩天，意識還沒有清醒，所以警方派了人在門外守著。我找不到機會接近病房。」

「為什麼？」

「我需要這個。」在手電筒的光暈下，劍向看到夏詠昱手上拿著一個黑色方塊。那是藏在自己身上暗袋的ＤＶ錄影帶。「你恐怕無法想像，為了拿到這捲錄影帶，我花了多大的工夫。對你來說，那只不過就是在犯罪現場裡找到的一件證物而已。我本以為，只要你進了醫院，這東西很容易就拿得到——都怪那個小護士，做了多餘的事。」

「你需要這捲錄影帶，是為了還給錄影帶中的那個女孩子嗎？」

「不是。你被騙了。」

「什麼？」

「我騙了你啊。」夏詠昱冷酷地笑了笑：「事實上，我現在根本不在乎她。那個女人，從頭到尾都在害我，讓我陷入現在的困境。我不想管她了，我得先解決自己的問題。但是，我發現你在乎她，你看過錄影帶，相信她是掌握破案線索的重要關係人。於是我順勢聲稱，她跟真相有密切關係，這樣你才會願意跟我來這裡。」

「她真的與案件無關？」

「不必問我！有關也好，無關也好，我不知道，也沒有興趣知道。我要的只有這捲錄影帶。而且，接下來我們還有更重要的事情要做。」

「我不懂……？」

「警察先生，我說過，你必須陪我來四〇一室，因為我必須請你再幫我一個忙。」

夏詠昱的眼神，在手電筒的照耀下閃著詭異的光芒。

「你既然要我幫忙，為什麼把我綁住？」

「我需要你在場，扮演好你的角色。但我不希望你離開，或做出任何干擾。」

「你到底要做什麼？」

「我要做一件可能具有某種危險性的事。因此，做這件事的同時，必須要有一個資歷豐富的警察在場。我想，這個最佳的人選——就是你。」

「……你要我以警方的身分見證什麼事嗎？」

「見證？可以說是，也可以說不是。」

劍向面對著夏詠昱一連串怪異言行，在腦中反覆思索著要怎樣才能做出合理的解釋，但卻一無所獲，於是，他只能茫然地仰望對方，聽他繼續發表奇異的言論。

「請你仔細聽好。你是個優秀的刑警，一定有自己一套獨特的行事方式。同樣的我也是。我現在只希望能夠以我熟悉的方式，解決我的個人問題。我不在乎你相不相信，只要你暫時配合我一會兒就好……只要我的危機解除了，我願意坦然接受一切法律上的刑責。」

眼前的燈光顫動得益加劇烈，夏詠昱幾乎握不住手電筒。

「警察先生……相信對你來說，偵訊犯人絕不是一件難事吧？」

「偵訊？」

「你只要扮演好偵訊者的角色就好了。就像你平常的工作那樣。」

劍向聽到夏詠昱痛苦地喘了幾口氣，看見他以虛無的眼神直視著空氣，有如遙望遠方。

「不過，待會兒你要偵訊的不是犯人。」

房間裡的空氣彷彿在一瞬間凍結。

「死在這個房間裡的人、不管他是誰——我在此將召喚他的靈魂，附身在我的身上，由你來偵訊他——在他被殺的時候，到底發生了什麼事！」

4

——你瘋了嗎？

這是劍向下意識即將脫口而出的話，但他發現自己喉頭有一種窒息感。

「警察先生，你應該看看自己的表情，」夏詠昱的語氣透露一絲嘲諷。「你覺得很荒謬，完全不相信我，對吧？所以我才說，假使我一開始就告訴你實話，你根本不可能來。」

「確實不可能。」

「不過，你現在沒有選擇了。」

「……你到底是誰？」劍向感到口乾舌燥，「為什麼會相信靈魂可以召喚？」

「靈媒。」夏詠昱嚴肅地說：「因為我是個靈媒。」

劍向一時語塞。他曾經看過外國刑案偵搜的紀錄片，講述靈媒提供預言，包括兇手的身體特徵、被害者的棄屍處等等，成功協助警方破案的軼聞。因此，關於靈媒破案的真實性，劍向也認為確實存在。然而，當一個宣稱自己是靈媒的男人現身在眼前，還言之鑿鑿地說要召喚被害者的靈魂尋找真相，依然予人一股非常強烈的非現實感。

「這就是你所謂的——給警方的破案線索？」

「對。」

「這樣的線索，專案小組是無法採納的。」

「信或不信，是你們警方自己的事。」夏詠昱發出一聲慘笑。「可是，要是你以為我不懂，那你就錯了。如果這兩天新聞報導的說法是真的，那我相信，警方是絕對無法破案的。不過，若採用我提議的方法，或許還有一絲可能。」

「你別小看警方！」

「我說過，警方破不破案，都不關我的事！我只想解決我自己的問題。警方查案有警方的辦法，我是個靈媒，當然也會用靈媒的辦法。警察先生，只要你同意協助我，讓我得到我想要的，你當然也能得到你想要的。」

「……你要的，就只是一場交易，是嗎？」

「對。而且是非常公平的交易。」

「那麼，公平起見，請你先替我鬆綁。」

「不行。」夏詠昱欺近劍向，拉起劍向的頭髮，抬高他的臉，以手電筒燈光照著。「警察先生，很抱歉，你這種小把戲，對我是沒用的。只要你問完該問的問題，我得到我要的答案，我才會放了你。」

「我現在就可以大聲呼救。」

「你不會。」夏詠昱輕蔑地笑了，「你也想知道，被害者到底會講什麼。」

兩人對峙至此，劍向終於確認，沒有任何討價還價的空間了。

「……好吧。你要我問的問題是什麼？」

「我想要你問被害者——在他死前三天的時間裡，這個房間裡所發生的每一件事。」

「每一件事？」

「在這三天裡，在這個房間裡……或者應該說，在這個『空間』裡，他一定感覺到發生了什麼變化。我必須知道得一清二楚。」

「難道說……」劍向的頭皮突然一陣發麻：「你說你是下一個被害者，是因為你最近感覺到了什麼，所以想跟他死前所遭遇到的事進行比對？」

夏詠昱用力將劍向的臉壓在床板上，阻止他繼續說話。劍向感覺到臉上似乎黏上床板表面的細碎木屑，產生令人不快的刺痛。

「夠了。不需要再廢話了，你只要問他我想知道的事就好。問完我的，你還想問他什麼，都隨便你。」夏詠昱再次看錶。「時間已經到了，現在就開始吧！」

他站起身，將臥室房門關上。但臥室房門的鉸鍊已經扭曲變形，房門只能勉強掩著。四〇一室的窗戶，原本被木條封死，現在警方已拔去密集的鐵釘，將窗框清理乾淨了。夏詠昱將窗簾也拉上，此時，由窗外洩進的是月色與路燈燈光混濁一體的灰黃色黯芒，映在夏詠昱深沉肅穆的神情上，格外顯得神秘、恐怖。

接著，夏詠昱取出了預藏在房間內的背包。他從背包拿出一支粉筆，跪在地板上畫了一個直徑約一公尺的圓圈，在圓圈內畫了一個五芒星，星內又畫了幾個小型的三角形、正方形，並加上數個意義不明的符號。

然後，夏詠昱拿出五根白色蠟燭，逐一固定在五芒星的頂點處，點燃燭火。接著，一邊默念某種禱詞，一邊在圓圈的周圍撒上細碎的沙粒。他又拿出一柄水果刀，割破左手拇指，傷口開始流出鮮血，他將血液滴落在圓圈內側。

他把這些道具收到一旁，回到圓圈中央，盤腿正坐，雙手彎曲抱胸，閉上雙眼，不斷地重複吸氣與吐氣的動作，開始進入一種類似靜思冥想的狀態。

劍向在恐怖電影上看過，這大概就是類似魔法陣的東西吧。然而，親眼看著布陣的過程，竟有一種無可言喻的魔幻感。

夏詠昱平穩的氣息漸歇，全身僵直，宛如一尊石刻的雕像。在他四周的空間，時間的流動彷彿停滯了。劍向凝視著靜坐的夏詠昱，可以清楚地聽到自己的呼吸聲。鍾思造的亡魂，會真的被他召喚出來嗎？

也許夏詠昱說的沒錯。在劍向的心底，其實也很想知道招魂術是否真的存在。在偵查陷入瓶頸的此刻，鍾思造死前三天到底發生了什麼事，若能藉由招魂術揭露一二，則不必再耗時費力地去調查所謂的「三個基本方向」，案情必然會有跳躍性的進展。

——假使招魂術是真的。

與此同時，劍向將注意力拉回自己的處境。劍向並沒有屈服於被綑綁的窘境，他背後的雙手正使勁施力，試圖扭鬆粗糙的繩結，然而，手腳一旦試圖掙扎，脖子上的繩圈就會開始勒緊，令他無法呼吸。身上的汗水自胸口汨汨流瀉，逐漸沾濕上身的衣袖，但繩結卻文風不動。

房內的死寂持續著。劍向藉由不同方向的拉扯，在腦中勾勒繩結的樣式、繩索的走向，努力思考脫身對策。此時此刻，他無暇顧及夏詠昱的狀況。

時間在潛意識中流逝，不知經過多久，劍向聽見夏詠昱的喘息聲。

不同於方才平穩的勻氣節奏，他此時的呼吸急促，還伴隨著吸鼻、吞嚥口水的聲響，像是經過一場氣力用盡的劇烈運動。

「呼嗚……呼嗚……呼嗚……」

「……夏詠昱？」臥房裡有一股詭譎的異常氛圍，直衝劍向的感官。他不由得抬頭，往夏詠昱盤坐的方向望去。夏詠昱的目光正巧與他對上。他原本端正坐直的身子，此時正在顫抖。

「……你是誰？」夏詠昱的氣聲十分沙啞。「……夏詠昱又是誰？」

「夏詠昱？」劍向呼喚他的名字：「你怎麼了？」

「我不知道你在說什麼？好痛……」對方完全不理會劍向，一逕自顧自地顫動，發出奄奄一息的呻吟聲。「好痛……好痛……好痛……」

「夏詠昱！你到底怎麼了？」

「好痛……好痛……好痛……」夏詠昱以單調的短句呻吟著，聲音逐漸失控，他的身體也頹然倒地，蜷曲成一團不停抽搐。

——夏詠昱真的召喚出鍾思造的亡魂，成功地附身了嗎？

——抑或，這一切都是夏詠昱自導自演的把戲？

「好痛……好痛……」

「你是鍾思造？對不對？」

「對。」對方回答。「我是不是……已經死了？」

劍向全身一陣膽寒。對方說話的語調，與夏詠昱截然不同。

「嗚嗚嗚嗚……」鍾思造——或者說，這個說話方式彷彿另一個人的夏詠昱開始啜泣。

「對。三天前，我在這間臥室發現你的屍體。」

「可是我死了，怎麼還在這裡？」

「有個靈媒用招魂術把你找回來，要我向你問話。」

「你是誰？」

「我叫吳劍向，三民分局刑警。」

「我真的死了……我真的死了……我不想死……」他嚎哭得更大聲了。

「警方需要你的幫忙，破解你死亡的真相。」

眼下劍向仍然無法判斷眼前的男人究竟是誰，但他必須把握時間——如果招魂術的確存在，而且正在他面前真實發生，那他必須盡快進行偵訊——招魂術結束後，他才能獲釋，及時趕回醫院。他立即恢復冷靜，決定把對方當作鍾思造來應對。

「鍾思造，請你聽我說。請問你願意幫助警方嗎？」

「……好，我知道了。」

「在正式偵訊以前，我必須先問幾個問題，確認你的身分。」

「好。」

「請問你的老家在哪裡？」

「鳳山。」

「你的老家裡有哪些親人？」

「只有一個姑姑。」

劍向大感意外。對方幾乎沒有思索地立即回答了這些問題。

「那麼，我相信你確實是鍾思造。」劍向進入正題。「根據警方的調查——你的死亡時間，大約落在這個月的十九日至二十二日之間。請問你知道自己實際上的死亡時間嗎？」

「我不知道。」

「或者我應該問……你生前最後記住的時間是什麼時候？」

「我不知道。門窗都封死了，沒有陽光……我一直關在家裡，一直失眠。」

「那麼，殺害你的兇手是誰？」

「我不知道。」

「不知道？」——這到底是怎麼一回事？「你沒有看見兇手的長相嗎？」

「有。可是，他不是真的啊！」

——不是真的？

「我已經把門全都鎖起來了！結果他還是進來了。真的人怎麼可能進得來？」

他完全不明白鍾思造（或夏詠昱？）話中的意思是什麼。

「你說『不是真的』，到底是什麼意思？」

「意思就是……不是真的人。」

——不是真的人？那會是什麼？

「是……鬼嗎？」劍向口中提出的問題，連他自己都難以置信。

「對。」

劍向的心底，遽然升起一股毛骨悚然的寒意。他完全想不到，命案的真相竟是如此單純。一個人力不可能進出的密室，是鬼做的，那就毫無困難之處。一個超自然力量造成的靈異真相，遠比複雜而曲折的現實性答案，邏輯上要更契合多了。劍向再度想起福爾摩斯的那句名言：「當所有的不可能性都被排除，無論所剩下的是什麼，也不論它的可能性有多低，都一定是真相。」對照現在的情境，真是諷刺到極點了。

——那麼，倘若真相如此，這件命案還有需要繼續偵辦的必要嗎？

在現實世界中，警方是無法逮捕鬼、檢察官也無法對鬼起訴的。

一想到這裡，劍向陡然有一種虛脫的無力感。

知道了這樣的真相……他還能做什麼？

然而，劍向無法繼續糾結在超自然力量與現實的衝突。此時，他必須完成偵訊。

「你看到了鬼？」

「對。」

「這就是你製造密室把自己關起來的原因？」

「對。」

「雖然你製造了牢不可破的密室，仍然擋不住鬼衝進來。」

「原因……我不知道。」

這時，劍向終於恍然大悟。自始至終，夏詠昱都不肯明確表明行事目的的奇妙舉動，是因為他不認為警方會相信這些都是鬼做的。他認為，只有設法讓一名警察來到這裡，親眼目睹這一切，才有可能相信他的說詞，而劍向正是一名「眼見為憑」的警察。

很顯然，夏詠昱恐怕也遭遇到類似的困境了。所以，他才必須從鍾思造口中問出，在他死前三天的時間裡，在這裡所發生的每一件事。夏詠昱勢必認為，一定存在著某種方法，能夠阻擋鬼衝進來殺人。

「鍾思造。你把自己關起來的這三天，四〇一室裡到底發生過什麼事？」

「我一直躲著，什麼都不敢做。」

「鬼是怎麼出現的？」

「他們……會在門外徘徊……找機會衝進來……」

「他們怎麼知道你躲在裡面？」

「他們會仔細地聽著你的聲音，我連一點點的聲音都不能有。」

「你發出了什麼聲音？」

「嗚嗚嗚嗚……我……好可怕……好可怕……」

鍾思造沒有再回答他的問題，逕自愈哭愈烈。他整個身體縮緊在地上，摀住耳朵。

「回答我！」

劍向追問未果，接下來還有許多疑點必須澄清，心底開始焦急起來。但他並不知道，鍾思造的情緒突然崩潰，究竟是他問了不恰當的問題，或是夏詠昱的招魂術已經臨近尾聲。

「我在你的房間裡找到一捲DV錄影帶，裡面錄有一個女孩子在外國旅遊的影像。這名女子是誰？她和你是什麼關係？和你的命案有關嗎？」

「嗚哇……！嗚嗚……」他把身體縮成一團，手掌也絲毫沒有從耳際移開。

「到底發生了什麼事？為什麼你不回答我？」

鍾思造一邊低聲哭叫，身體不停扭動、顫抖著。很顯然，他的精神狀態開始變得狂亂，再也聽不到劍向提出的任何問題。

「來了！」

突然，鍾思造恐懼地叫了一聲。

「來了！來了！來了！來了！來了！來了！」

鍾思造驚駭地弓起身子，滾動著離開了粉筆繪成的圓形魔法陣。他邊爬邊跑，在臥室裡逃竄著，彷彿在躲避看不見的怪物，有兩根蠟燭被他踢倒在地，燭火瞬間熄滅。

「別過來……別過來……別靠近我！」

最後，鍾思造衝進了衣櫃裡，用力將櫃門關上。

這不就是鍾思造死前的反應嗎？——劍向心中遽然一凜。

夏詠昱以招魂術重現了鍾思造被殺前的一幕。不過，這並不是鍾思造的亡靈的刻意行為，而是他的身體在臨死前所殘存的記憶。

鍾思造躲進衣櫃後，他的恐懼並未停息下來。衣櫃仍然喀喀喀地不停搖晃，櫃內更不斷地傳出鍾思造的驚叫聲。

此時，櫃門突然又打開了。鍾思造的身軀彈墜出來，結實地壓在劍向的背部，劍向背後遭到重擊，痛得劇烈咳嗽。鍾思造則滾落床下，仰倒在地板上，與背臥的劍向上下顛倒地四目相望。

在劍向的眼前，鍾思造的雙眼瞪睜如銅鈴、瞳孔縮緊，嘴巴驚愕地大張，頸動脈盤根錯節地突布在喉部，猶如一具蠟化的屍體，凍結了自己死亡的最終瞬間。

5

在劍向接觸過的刑案中，曾有一件擄人勒贖案，當嫌犯落網時，他供稱已將肉票凌虐至死，但卻堅稱絲毫不記得埋屍的地點。沒想到被害人家屬卻在幾天後告訴警方，死者託夢告訴他們確實的位置，而且完全命中。

雖然局裡曾有人質疑，說不定被害人家屬也是撕票的共犯之一，所以才會知道藏屍處，但當時的各項證據都否定了這一點。於是，針對那位夢見死者的親屬徹查了不在場證明、其人際關係圈，都與嫌犯毫無交集，經過幾次搜查會議的討論，也確實找不到其他的可能性，只能將這種事情歸類於巧合了。

巧合。

現實世界的刑案偵查，與市面上流行的推理小說不同，在調查過程中，並不會時機恰好地找到作者苦心安插的線索，在精密的布局裡連續出現數次逆轉。然而，那僅是將不同層面的多重不利條件加諸於同一樁案件的戲劇化手法而已。

事實上，大部分屬於兩種極端——第一種是，在案發後的數日內鎖定兇手，立即破案。一樁案件會發生，不會歸咎於單一因素。這些促使事件發生的種種因素，其實正是警方賴以破案的線索。這些線索都會指向同一個方向，終點就是真相。

倘若這些線索的方向呈現分歧的狀態，經過反覆釐清線索、判讀證據也無法整合為同一個方向，案子就會陷入瓶頸，成為懸案。這是人力的極限。然而，經過多年後仍然沒有進展的案子，要能偵破，幾乎全憑巧合。

因此，在實際的偵查經驗中，一旦案情陷入困境，警方相信巧合、尋求巧合，是勢不可免的選擇。被害者家屬沒辦法等那麼久，正義也是。

——那麼，眼前所發生的這一切，全是巧合嗎？

靈媒的存在、招魂術的存在、亡魂的存在、鬼的存在……眼前的這一切，能夠予以合理說明的現實性解釋，除了巧合以外，還有其他可能嗎？

夏詠昱對四〇一腐屍案抱持了極端異常的興趣。首先，他從這兩天的報章雜誌上，看到負責偵辦的刑警因傷住院，接下來又有報導指出，死者曾經在視聽器材行短暫工作過，偷走了店內的ＤＶ攝影機，此外，有住戶目擊過一名與他同居的神秘女子，目前不知去向。

根據這些資訊，他在腦中幻想了一個情境——現場裡有一捲ＤＶ錄影帶，錄了神秘女子的影像，是案情的關鍵線索。於是，他決定用計綁架了受傷的刑警，用他脫離現實的空想，設計了一場舞台劇，誘使警方相信招魂術是真的、鬼殺人是真的。

這是合理的現實性解釋嗎？

不是。

劍向非常確定。依照警方的媒體處理方針，案情資訊的揭露有不同等級之分，報章雜誌所能取得的只有機密等級一的情報，例如不影響調查工作的被害人死亡時間、死亡原因。至於死亡過程，是警方根據當下證物而進行的推論，經常隨著案情的推進而動態調整，並不屬於此類。縱使媒體自行整理做出臆測，警方也不會主動澄清。也就是說，即使夏詠昱從報章雜誌上找到了案件的相關資訊，他也無法得知鍾思造原本是陳屍衣櫃，並在警方進入現場時彈落到床上。

夏詠昱的空想，真的是巧合嗎？或者，這只是一場戲？

夏詠昱到底有沒有說謊？他是靈媒？騙子？還是妄想症病患？

或者，他正是兇手？

儘管劍向並非完全不信鬼神之說，但他也從未有過與超自然力直接面對的經驗。他雖然努力試著平心靜氣思考，仍然徒勞無功。整個事件中的謎團，隨著事態的發展，反而一層一層地變得厚實。

然而，鍾思造的亡魂沒有提及他最後三天所發生的事。他的行為反應，與四樓監視器的紀錄相符，他對於某種東西——不是真的人，而是鬼，或是類似鬼的物體——恐懼至極，才自建密室避難。

魔法陣僅剩的三支燭火即將燃燒殆盡，室內的光源也逐漸轉弱。

夏詠昱僵直的身軀仍然沒有任何動靜，近在咫尺的劍向，僅能憑他微弱的呼吸聲來判斷他的身體狀況尚可。然而，劍向被反綁、固定在床上，無法伸手拍醒夏詠昱。

「夏詠昱！」劍向低聲叫他，但他毫無反應。

劍向不得不設法移動身體，讓自己距離夏詠昱更靠近一些。他恐懼而凝固的表情，此時也變得更形可怖。繩索拉緊劍向的喉嚨，令他呼吸困難。不過，劍向終究還是伸長了脖子，以額頭撞擊夏詠昱的臉頰，設法將他叫醒。

終於，夏詠昱有了反應。他臉孔上的恐懼逐漸消失，恢復血色。

劍向挪回原本的位置，以放鬆頸部被緊勒的窒息感。夏詠昱漸漸甦醒，他掙扎起身，撫摸著身體上用力碰撞過的部位，彷彿經歷一場惡夢。不過，關於剛才那些令人瞠目結舌的舉動，他似乎一無所悉。

「警察先生……你都看到了嗎？」夏詠昱的模樣與方才判若兩人。

「看到了。」

「這個房間的死者出現了，對不對？」

「對。」

「那麼，你總該相信我了吧。」

「不。」

「為什麼？死者說的話，跟警方的調查完全一致，對吧？」

「那又怎樣？我怎麼知道不是在演戲？」

「你一定做過身分確認，問了他一些只有他知道的問題。不是嗎？」

「如果你本來就是死者的朋友，那些問題並不困難。」

「沒關係，以後你可以再慢慢去查證，我也不期望你馬上相信。總之，我只要能解決自己的問題就好。」夏詠昱把手電筒湊近劍向的臉。「我要你問的問題——他死前所發生的每一件事，你問了嗎？」

劍向看著夏詠昱在背光中隱約閃爍的眼睛，不由得迷惑了。他不曾遇見能將如此虛幻之事說得如此誠摯的人。夏詠昱的行動無疑讓人難以理解，但他的說詞，從頭到尾則都很一致──召回死者靈魂，問出解決「問題」的方法。

「問了。」

「他說了什麼？」

「他說，他是被鬼殺的。」

「果然……」夏詠昱口氣中那虛無的顫抖聲又出現了。「鬼是怎麼殺的？」

「他沒說。」

「怎麼可能？」

「我才剛開始問，他就失控了，完全不回答我任何問題。」

「我不相信！我不相信！」夏詠昱滿是錯愕。「你一定知道了什麼，卻不願意告訴我！」

「我沒有。更何況，也沒有必要。」劍向反駁，「你要我問什麼，我就問。你得到你想要的答案，才會放我走。可是，他只是一直哭、摀住耳朵不放，一句話都沒說。」

夏詠昱沉默了。他的表情變得嚴峻。

「你能夠再執行一次招魂術嗎？」劍向提議，「我可以再問一次。」

「沒辦法。招魂術只有一次。不是你想做幾次就幾次。」

「你到底要解決什麼問題？」

「不關你的事！」

「你是不是……也開始被鬼追殺了？」

「我……」

「他告訴我了。鬼會在門外徘徊，找機會衝進來殺人。你連一點聲音都不能有。」

夏詠昱手上的手電筒，燈光又開始顫抖了。

「我可以幫你。」劍向抬頭，以鋒利的目光注視夏詠昱。

「……要怎麼幫？」夏詠昱的語氣混雜了不屑與懷疑，「警察先生，這個案子的兇手是鬼！警察能逮捕鬼嗎？」

「不能。」

「那就沒有意義。」

「不一定。逮捕兇手，只是警察的工作之一罷了。警察也必須保護人民的安全。我能做的，就是設法避免發生下一樁命案。我知道我必須這麼做，我也應該這麼做。」

「少唱高調！」

「鬼會對你們兩人展開追殺，一定是有原因的。或是說，一定有某個機制在運作。只要能找出那個機制，設法破壞它，那就可以保護你、阻止它再殺人。」

夏詠昱的情緒動搖了。

「你把我帶來這裡，無非就是希望我相信你，不是嗎？」

「我……」

「請你把你所知道的事情都告訴我。我會想辦法幫你。」

「我懂了。」夏詠昱雙肩垂下，嘆了一口氣：「好，警察先生，我告訴你。不過，我暫時還不能替你鬆綁，我還沒有完全信任你。你也看到了，死在這個房間的人，把這裡打造成一個銅牆鐵壁般的、無人能夠出入的密室，但他仍然逃不過死劫。一旦我放了你，你卻立刻逮捕我，那我必死無疑。警方的拘留室是不可能比這間密室更堅固的。」

「你不必替我鬆綁。」

「不過，我接下來要說的話，有一個重要的前提。」

「什麼前提？」

「世界上有鬼的存在——這項前提。」夏詠昱坐下來正對劍向，神情嚴正。「這與警方的認知是衝突的。但是，你必須先接受這個前提，我接下來所說的話才有意義。有一種人，就算聽到什麼靈異事件，或甚至就發生在自己的身邊，也會試圖用其他科學、偽科學的理論來解釋，或是用想盡辦法挑剔、質疑每一項細節，講得一副自己最理性、最有智慧。在這種人的世界裡，現實以外的解釋，他們都無法接受。我是個靈媒，我有我看待事情的觀點，我沒必要說服這種人，浪費時間在這種人身上。」

「……我接受這項前提。」劍向聽著夏詠昱古怪而偏激的長篇大論，感覺全身的肌膚湧起一陣雞皮疙瘩。他不得不承認，面對眼前這個信念虔誠又詭異的男子，他的心中依舊存在著一股強烈的懷疑，但仍然堅定地表明：「我相信鬼的存在。」

「好……如果、如果、我是說如果——今天我告訴你，有一個方法可以讓你看見鬼，你會想要去試試看嗎？」

「我不知道……那如果有的話，又會怎麼樣？」

「如果有的話，就會有人去試。」

劍向聽了不禁啞然，同時背脊迅速浮起一陣惡寒。深夜時分的此刻，在曾經發現過一具腐屍的陳屍現場，夏詠昱丟出這個不可思議的問題，使得房中的氣氛更形幽冥恐怖。

夏詠昱還想再開口，但忽然之間，他的身體僵硬，不再繼續說話了。

「怎麼了？」

「你……你有沒有聽到什麼聲音？」

「沒有啊。」

「聲音。」夏詠昱力求鎮定地說：「警察先生，你真的沒有聽到聲音？」

「你……我什麼都沒有聽到啊？」

「那絕對、絕對不是錯覺。鬼……果然來了！」

「到底是什麼聲音？我什麼都沒聽見，也什麼都沒看見啊！」

「嗚嗚……哇！聲音愈來愈近了！」夏詠昱的神情瞬間被驚恐填滿。「沒有時間了。我必須馬上離開這裡。」

「到底怎麼回事？」劍向焦慮地問。

「來了！來了！來了！來了！來了！來了！」

夏詠昱的情緒開始變得狂亂，懼怕地不斷重複著同一句話。他顫抖地站起身來，拾起了手電筒，迅速走向門外，隱身於闃黑之中。一瞬間，臥房裡只剩下劍向一人了。

「等一下！」劍向對外喊叫：「快放開我！你還不能走！」

然而，就在夏詠昱消失之際，事情在一剎那發生了。

劍向經歷了一場他生命中永遠無法相信、也永遠不願意再回憶起任何細節的夢魘。

他突然感覺到一股冷冽、噁心的氣流，倏地從門外襲入，同時間，夏詠昱整個身體從門外被甩進室內，猛然衝撞在臥房的牆壁上，摔落於地板上。他痛苦地咳嗽著，想要掙扎起身，但衝撞的力道太大，尚未完全爬起來，又不支倒地，最後，他只能靠著牆面慢慢撐起自己。透過地上手電筒的餘光，劍向看見鮮血從夏詠昱的額間流下。

「呼嗚……呼嗚……」夏詠昱不斷喘息，以驚駭的神情凝視著門外。

劍向朝他目光的方向看過去，卻只能看到一個黑暗的空洞。

「夏詠昱！」

「呼嗚……警察先生……呀啊！」

夏詠昱想要大聲尖叫，但可能他的胸口剛被猛力衝撞過，只能發出虛弱的哮喘聲。他表情痛苦地轉頭看著劍向，突如其來地，又被不知從何而來的力量壓倒在地。

劍向內心一陣膽寒，但他看著夏詠昱的周圍，仍然什麼都沒看到。

——難道是，鬼出現了嗎？

「警察先生……我……我沒有辦法解決自己的難題了……想不到，還是來不及……」

夏詠昱的口中，只剩下虛無的氣音。

此時，劍向忽然看見一個恐怖的景象。

在房間中央的半空中，出現了一件不該出現在此時此刻的東西——那是一個枕套。劍向想起來了，那是他第一次進入四〇一室臥房，在地板上看見的枕套。也許是因為鑑識組採證血跡選擇了沾染量更大的被單，因此沒有帶走而留在原處。然而，那塊枕套此刻正懸浮在半空中，開口朝下，自夏詠昱身體的正上方慢慢落下。

一瞬間，枕套套住了夏詠昱的頭部。

「嗚嗚嗚哇……」他開始掙扎，但整個人彷彿被強大的力量壓住，動彈不得。

接下來，原本放在床邊一角的枕心，內裡的棉花也一團一團地被這股看不見的力量掏出來，通過劍向的身邊，同樣地懸浮在半空中，再一團一團地塞進枕套的開口中，慢慢地填塞著枕套。枕套漸漸隆起，隨著夏詠昱顫抖的頭部而晃動。

「警察先生……現在，你總該相信我了吧……」

夏詠昱的聲音變得窒悶而混亂。劍向呆然望著眼前不可思議的情景，卻完全發不出聲音。

「你看到了嗎？我馬上就要被殺了……」從枕套傳出來的聲音，突然轉為一種異樣的平靜。「我剛剛才答應你的，要告訴你我所知道的一切。我也還想活下去。可惜沒機會了。」

「夏詠昱！」

劍向拚命掙扎，想擺脫身上緊綁的繩索，但繩結極為頑強，只略微釋出些許空間。他不願意眼睜睜看著枕套被棉花填飽，只得繼續使力。

此時，棉花暫時不再填塞枕套了，但劍向看到另一樣令人驚駭的物品。

那是夏詠昱為了進行招魂術、潑灑鮮血施法所帶來的水果刀。

那把水果刀懸空而來，刀刃逼近夏詠昱的身體。接著，劍向看見一道刀芒，水果刀往夏詠昱的右側急速下墜，砍中他的右手腕。一瞬間，遭到斬劈的關節處噴濺出黏稠的鮮血。然而，夏詠昱劇痛慘叫的聲音全被枕套掩蓋了。

夏詠昱右手握著的手電筒，掉落在地板上滾到牆邊，似乎因碰撞而發生電路接觸不良，手電筒的燈光開始忽明忽暗地閃動著，也使整個現場變得更為怪誕。在明滅不定的光影中，劍向彷彿有種真的能看到某種無形的物體現身殺人的錯覺。

刀刃一下又一下地砍著相同的部位，夏詠昱的身體不停地抽搐。鮮血不停灑落在臥室的地板上，以及劍向的臉上、頭髮上、衣服上。終於，夏詠昱的右手腕被斬斷了。

——難道說……這個看不見的鬼，就是洪澤晨嗎？

劍向這時才終於驚覺，他正在親眼目睹洪澤晨的殺人過程。

「警察先生。」夏詠昱透過枕套，發出了羸弱得幾乎聽不見的聲音。「我想請求你……請你想辦法，找一個靈媒來這裡……最好是一個……法力和我差不多的靈媒……嗚啊……」

就在夏詠昱說話的同時，水果刀又開始移動了。一股兇猛的力量使水果刀的刀尖急速下墜，刀刃刺入了夏詠昱的右側後背。

「請那個靈媒……召喚我的亡魂……到時候，我會告訴你……所有……所有……」

當刀刃緩慢往左滑動，橫切夏詠昱的整個背部之際，大量的鮮血頓時湧現，彷彿淹沒了劍向的視野。夏詠昱的聲音未中斷，但只剩下意義不明、拉長著聲調的單音。接著，刀刃的尖端從他的後頸處貫入，剜下他一塊右側頸肉，他的聲音才遽然消失，全身的抽搐也跟著停止。夏詠昱死亡了。然而，刀刃並未就此停止，它抽離身體，以垂直的方向再切割了一刀，留下了十字型的巨大傷口，使夏詠昱的背部變得血肉模糊。

接下來，演示在劍向的眼前的，是一連串技術精湛的刀工。

夏詠昱的屍體被純熟、俐落地肢解著。

Chapter 4

靈媒手記

A Medium's Note

1

劍向掙脫了緊綑在身上的繩索，已是夏詠昱遭到厲鬼分屍後一個小時的事了。

然而，他並不是完全靠蠻力掙脫的。劍向僅僅是利用了頸部的繩間空隙，在黑暗之中，設法讓自己的臉部湊近那一團支離破碎的血肉，以嘴巴銜住那把厲鬼用來分屍後棄置於地板的水果刀，再努力移動水果刀傳到被綁在背後的手上，反握刀柄，這才割斷繩索。

綳緊的繩索一斷裂，使劍向的身體在瞬間獲得解放。他的手腕、足踝因為長時間被繩索所綑綁、維持相同姿勢太久而麻木，但他卻迅速立即起身，彷彿身體不是由自己操控。他爬下床，迅速在黑暗中拾起了那支夏詠昱帶來的手電筒。在夏詠昱被殺之際，他一直緊緊牢記著手電筒滾落在牆角的位置。

劍向調整手電筒後重新點亮，臥室裡新近構成的犯罪現場，霎時出現在眼前。他不由得感到強烈的驚懼震撼——這就是洪澤晨的犯罪現場。不久前，在光影明滅之間，劍向親眼見到了整個分屍過程，目睹洪澤晨的殺人順序，與他過去曾經反覆閱讀的、那十二個殘虐至極的犯罪現場紀錄照片一一重合，解決了在現場所留下的、許多原本無法合理說明的疑點。那是一種由噁心感與愉悅感混雜的恍然大悟。

然而，此時此刻，劍向無法再待在這裡，繼續研究犯罪現場了。在手電筒燈光的照射下，劍向即刻沿著血肉模糊的地板上搜尋，在血泊與屍塊間找到了夏詠昱的長褲，在口袋中尋得了被他奪走的ＤＶ錄影帶。厲鬼在肢解夏詠昱下半身時，事先脫去了他的長褲，丟棄在屋內角落，長褲只染上些許血跡，ＤＶ錄影帶完好無恙。此外，劍向也將夏詠昱放在口袋裡的汽車鑰匙、自手腕上脫落的錶、曾經把自己牢牢綁住的幾條繩索，都收進夏詠昱的背包裡，一起從臥室帶走。

只要夏詠昱沒有前科，警方將很難鎖定他的身分。

接著，劍向迅速下了一樓，開鎖進了管理員室。管理員室的門鎖是極為尋常的喇叭鎖，使用立為教過的方法，不到十秒就打開了。他關閉了監視器錄影帶的電源，取出今天晚上的錄影帶，放入夏詠昱的背包裡。劍向從管理室唯一的辦公桌抽屜內，找到了準備洗掉、重複使用的備用錄影帶，接著將監視器電源打開，螢幕上顯示了大樓前後門、各樓層走廊的畫面，再放入備用錄影帶，但他沒有按下錄影鍵。管理員曾說，錄影設備偶爾會自動關機，他剛好可以利用這點，拖延警方調查進度，為自己爭取時間。

這一連串的行動，劍向毫無遲疑，他深知警方調查程序的細節，手法熟練得彷彿演練過數百遍。他謹慎地檢查現場沒有遺漏任何一樣可能會指向自己的證據，才離開公寓大樓。時值深夜，劍向與夏詠昱潛入此處、乃至於劍向離去，從頭到尾都沒有住戶目擊，或者更精確地說，劍向沒有發現任何一名住戶因為外頭的動靜而探頭張望。這恐怕是因為四〇一室腐屍案發生後，儘管案情的關鍵內幕並未曝光，但鄰近住民已經竊竊私語，暗傳周遭可能有兇惡殺人犯出沒，繪聲繪影，沒有人敢在這個時間出來查看外頭的異常聲響。

回到路燈黯淡的馬路上，劍向拿出夏詠昱的汽車鑰匙，開了車門，坐上駕駛座。這時候，劍向才感覺自己劇烈鼓動的心跳聲稍微逐漸和緩。當劍向恢復理智後，他心底浮現一股強烈的自我嫌惡感。身為一名執法人員，經歷了這一場如此慘絕人寰的謀殺案，他脫身以後居然沒有報警，卻選擇使用這種方法離開現場。

這一切，全是潛意識反射性行動。不，不對。劍向非常清楚，這絕非完全沒有自主意識的成分，但更重要的是，這是出於一種原始的生存本能，一種逃避生命危險的緊急應對手段。

冷靜地回頭思考，在夏詠昱遭到厲鬼殘殺而喪命的當下，事實上，劍向明顯有一個能夠確保自身安全的選擇——他可以不掙脫繩索，等待數個小時的天亮後，大聲呼救，叫喚清晨時分剛睡醒的住民前來救援。

沒錯，犯罪現場非常慘不忍睹，而他的警察身分，也勢必引發軒然大波，他更會因為在啟人疑竇的時間點、以啟人疑竇的方式留置現場，被警方視為重要關係人。接著，警方調閱了監視器錄影帶，將發現他與死者兩人在深夜偷偷進入四〇一室——地板上的粉筆灰、蠟燭等跡證，也理所當然地能夠證實他們準備在臥室裡舉行一個神秘的宗教儀式。是的，再怎樣荒唐無稽，他都可以依照真實狀況解釋，他是為了調查真相，才會受到夏詠昱的欺瞞來到這裡。

同時，警方將無法在錄影帶中找到神秘兇手殺人後離開現場的影像。對，他也可以坦白，他看到洪澤晨的亡魂出現，以其慣用的手法殺了夏詠昱。雖然他看不見厲鬼的形體，但他曾經參與過洪澤晨案的調查，可以從厲鬼操持兇器的手法加以判斷——不過，這番說詞，警方是不會相信的。警方將認為，他親眼目睹慘案的發生過程，引發了典型的創傷後壓力症狀，才會胡言亂語。他可能會被送醫治療。儘管他的說詞不可能為警方採信，但警方終究會判定，神秘兇手使用了某種詭計，才能在監視器無法拍到的情況下離開四〇一室。

然而，警方絕對不會認為他是殺人兇手。前來救援的住民，可以證實他被牢牢綑綁在床上，而這是無法自力製造的狀況。他不可能在殺了夏詠昱以後，再將自己反手綑綁，偽裝夏詠昱是第三者所殺。

綑綁他的繩索，是證實他清白的繩索。

但，劍向卻在第一時間將這條繩索割斷了。

甚而，他更進一步地，想要徹底抹除自己曾經返回四〇一室的所有痕跡。他明白，自己的所作所為，不再像是第一次進入四〇一室時私自夾藏ＤＶ錄影帶、隱匿現場證物那麼單純了。這一次，他私自接觸案件關係人，沒有向上級呈報，更破壞了犯罪現場，誤導警方辦案方針，嚴重逾越職權分際。他已經從此案的調查人，變成了此案的涉嫌人了。

其實，他心知肚明。涉案之後，所謂確保自身安全的選擇，根本只是一個幻象。他是警察組織體系的一分子，非常了解警方對於嫌犯的處置方式。警方進行調查，第一要務並不是真相，而是效率。原因是，台灣社會對真相有一種近乎狂熱的執迷，只要無法立即獲得真相，社會大眾就會陷入歇斯底里的恐懼，對警方安上「辦案不力」、「尸位素餐」等負面評判。於是，警方只能先迅速提交「看起來能合理解釋一切疑點」的真相，讓大眾暫時安心，爭取到足夠的餘裕來調查真相。為了調查真相而虛構真相——實在是無比諷刺的結果。

因此，為了追求效率，警方非常重視紀錄。一旦捲入犯罪事件，尤其是曾與兇手熟識、有過接觸的人，警方將會在他的身家紀錄中加上一個特別的備註——這表示，這些人與犯罪有關，無論原因為何、是否出於偶然。當未來發生類似案件，警方即會優先拿出這份名單，當成安定社會輿論、爭取辦案餘裕的擋土牆。

就像罹患傳染病一樣——縱使事後證實並未染疫、或是經過治療順利痊癒，仍被人在背後視為危害大眾健康的帶原者。

對於警方來說，身家紀錄的特別備註，是一件、兩件，還是更多並不重要，對於事件真相，社會大眾十分在乎，遺忘得也特別快。對他們而言，犯罪事件只是轉移注意力、發洩現實不滿的材料。唯一的差別是，寫上特別備註的人，從此就被放在「另一邊」了。劍向不能讓自己變成那樣。踏出了自保的那一步，刑警的職場生涯等於宣告結束。

然而，原因不止如此。

更重要的是，當劍向眼見夏詠昱喪生時，內心湧升的那股欲望僅僅一個，他必須將夏詠昱身上的ＤＶ帶搶回來。究竟是什麼原因，他無從解釋。總之，他知道ＤＶ帶是破案之鑰，影像中的神秘女子，是解開謎團的關鍵人物。他必須賭上刑警的身分，必須獨占這項證物。他現在做的事情，無非與犯罪組織一樣——抹消自己到過現場的證據，誤導警方，以爭取更多時間。

案情已經真相大白。兇手是洪澤晨的亡魂。

做為一個警察，已經沒有他能做的事了。兇手已經死刑殞命，既無法將他逮捕，也無法將他送審。然而，做為一個人，他還有未盡之責。他必須查明厲鬼殺人的原因，避免下一名無辜者遭到殺害。

劍向下了決心，他絕對不能被抓。警方不可能相信他的。一旦他被逮捕，厲鬼必定會繼續殺人，如同鍾思造、夏詠昱那樣死於非命。

他看了看夏詠昱的錶。三點零七分。

今夜尚未結束。他還有一點時間。

2

車廂裡的溫度很低，座椅傳來一股冷冽的涼意。

劍向打開了車頂小燈，開始對車廂內的物品進行調查。這輛車的擋風玻璃、車窗均貼了深色貼膜，予他一種夏詠昱神秘低調、平日行事作風遊走灰色地帶的印象。不過，深色玻璃在此時此刻卻產生了掩護作用，即使有人經過，縱使發現車內開著小燈，也不致看見車內的動靜。

很快地，劍向在副駕置物箱中找到了一個皮夾，裡面有身分證、駕照、健保卡，以及現金一萬三千多元。夏詠昱對他使用的是本名，並沒有說謊。置物箱裡，還有一本高雄市地圖。這本地圖是三年前出版的，頁緣均有捲曲，看來經常翻查，已經使用了一段時間，每一頁都有標記了意義不明的記號，從筆跡判斷，時間跨度頗長，直到最近也用過。

依夏詠昱的身分證所記載，他的戶籍地址在新興區復橫一路，無法確定是不是目前的住處。劍向拿起地址查閱地圖，確認過開車的最短距離後，隨即發動車子，驅車前往。在午夜車輛稀寥的高雄街道上，大約十分鐘內就可抵達。

眼前橙黃的車頭燈光暈，隨著馬路上的人孔蓋、柏油補丁的高低差而晃動，車窗兩側的黑綠色行道樹列，單調地向後飛移，令劍向突然感覺一陣疲憊。然而，他距離醫院查房時間還有兩個多小時，他必須把握時間，盡可能推進案情。

在劍向的腦海中，翻騰起事件的起點。他僅僅憑著一股無法言喻的直覺，親身拜訪報案者戈太太的家抓捕大老鼠，沒有選擇等候衛生局上班時間轉交此案，從而遭遇了一連串的怪事——兩頭全身沾滿血跡、浸潤在腐肉殘骨間的食屍巨鼠，以鐵櫃、石塊自內封鎖的四〇一室，從衣櫃裡遽然彈出、幾近被噬成骸骨的鍾思造屍首，在異國的浮光掠影之間、行蹤成謎的美麗女子，以及自稱是靈媒、遭洪澤晨亡魂所分屍的夏詠昱……

劍向的意識恍恍惚惚，這幾天歷歷在目的各個畫面有如一場難以覺醒的噩夢。不，這確實是一場噩夢，而且他預感這些事件只不過是噩夢的開端。

——事態發展至此，還會有誰相信自己？

劍向所屬的三民分局刑事組，有許多一同出生入死的好弟兄，但是，在他們之中能找出任何一個相信自己的同事嗎？立為學長。只對開鎖有興趣，對組內的人際關係總是保持疏離，很少參加聚餐、吃宵夜。警察這份工作，對他來說只是一個能夠自由研究開鎖技術的保障。其他弟兄，也只是需要他的技術，談不上信不信任。

紹德學弟。理智、冷靜、謙虛，刻意不露鋒芒，但對工作的自我要求極高，辦案時絕不放過任何蛛絲馬跡。他對年長一歲的自己懷有崇敬的學習心態，卻也難以掩飾內心伺機突破、青出於藍的渴望。在劍向私藏證物、破壞現場，刻意抹消個人痕跡之後，紹德還能夠給予信任嗎？不。劍向認為，最需要提防的人，恐怕就是紹德了。

然而，在高組長的安排下，他竟不得不與紹德搭檔辦案。這樣的安排絕對合理，組內兩名最優秀的探員聯手，顯示了高組長非破案不可的決心。但，這卻使劍向如坐針氈。

高欽福組長。

高組長對劍向而言，是亦師亦友的存在，更甚者，給予自己猶如慈父般精神上的縱容。相較之下，高組長對紹德的態度，卻是精神上的約束。多年前，高雄曾發生過一樁某富商遭砍頭的懸案，那時的紹德資歷尚淺，卻對案情的推進做出了極大的貢獻。

然而，在破案的慶功宴後，高組長趁著酒醉，卻也感嘆地對他說：「我擔心，總有一天，小鄭很可能會太堅持追尋真相，導致過度專注、執拗，由於妄圖猜疑，捨棄情感因素。」

「努力找出真兇，不就是刑警的天職嗎？」劍向問。

「小鄭跟以前的我太像了。我也是吃了很多苦頭，才慢慢變得圓融的。用比較難聽的說法，我變得沒那麼有原則了，呵呵……畢竟，這個世界上，邏輯不是暢行無阻的通行證。他啊，就像一匹沒有轠繩的野馬，沒錯，速度很快，能在最短時間內抵達終點，但是，他也可能會為了找出一條讓他奔馳的路，而踏錯了方向。」

「我知道，紹德必須更理智一點吧？」

「不。小鄭其實是一個很理智的人，但他的理智卻很難與情感相容。小鄭太聰明，所以反而容易一意孤行，所以我必須限制他的方向，告訴他應該往哪邊走比較有可能抵達終點，否則他將精疲力竭卻千瘡百孔——不像你，我不需要替你掌舵。」

言下之意，是希望劍向好好引領紹德，避免他誤入歧途。

沒想到，現在看來，誤入歧途的是劍向自己。

高組長會相信自己嗎？

——不。劍向認為不會。

高組長對他費心栽培、經常賦予重任，同時也抱著極高的期望。一旦他選擇與龐大的警察組織站在對立面，就等於是背叛了高組長。高組長再怎麼寬容、徇私，都不可能原諒他的。

一思及此，劍向禁不住冷汗涔涔。

憑他單獨一人，必然是無法從這個彷彿是撒旦設計好的圈套脫身的。由於他太渴望知道DV錄影帶的真相，對夏詠昱的疑心稍微鬆懈，竟然遭到暗算，甚而，他完全料想不到夏詠昱最後會慘死在四〇一室，令自己深陷泥淖。

——夏詠昱案的犯罪現場，不知道何時會被警方發現？

劍向所能想到最惡劣的情況是，當他一離開大樓，隨後就有住民被異聲吵醒，進入四〇一室查看，發現臥室屍塊，立刻報警，紹德接獲通知，立即到醫院來找他……不，應該不會這麼快。四〇一室外的封鎖布條仍然完好，入口的石塊尚未清除完畢，縱使有所疑慮，也不可能毫無顧忌地直接爬過洞穴入內勘探。

另一種情況是，昨夜的搜查會議上，決定了鑑識組同仁的後續工作——必須重回現場，進行更縝密的搜證，於是，他們在臥室發現散落一地的斷手殘肢，屬於同一名年輕男屍，死絕未久。這將造成案情另一波新的衝擊。

高組長、紹德都會在第一時間來到現場，但無法立即確認這名男子的身分，只能推斷兇手的犯案手法雷同。接著，他們迅速徹查公寓裡的人證及物證，請管理員交出大樓監視器的存檔錄影帶。很快地，就會發現案發關鍵時點的錄影帶已被帶走。這個部分，與鍾思造案的犯罪手法明顯有所不同，有可能導向「複數兇手」的猜測。

電視媒體最快會在午間新聞播報這起案件。

由於案情出現了令人措手不及的發展，刑事組必然會忙得天翻地覆。晚間的搜查會議，勢必會變成一場難以結束的馬拉松吧。因此，紹德定然無法趕在醫院會客時間結束以前到院探望，向他報告這個出人意料的轉折。很可能，得再經過一日，紹德才會現身醫院。

看來，他還有一天的餘裕可以獨力進行調查。

……這樣就能夠安心了嗎？

不。再冷靜想一想。

劍向反覆思索，推敲自己的行動是否有任何破綻。他必須確保言行舉止的合理性，否則將從案件調查人變成嫌疑人。

對了……

他不由得驚呼一聲。他差點忘了一個關鍵。

夏詠昱案的消息，最快在午間新聞就會公諸於世。因此，他必須佯裝是從媒體得知此事，主動聯繫紹德，表現出極為關心的態度，絕不能默不作聲。他不能以當天吃了藥、睡眠不足或身體狀況不佳當敷衍之詞，必須第一時間阻斷紹德的疑惑。

那傢伙，不會放過任何一絲細節。

劍向遽然有種腹背受敵的窒息感。他不由自主地踏緊油門。

——是因為她……是因為DV錄影帶的女子，對吧？

他必須找出那名神秘女子。

厲鬼已經造成了鍾思造、夏詠昱兩人死亡。而那名僅僅在DV帶中留下身影、疑似鍾思造女友的神秘女子，到底與案件有什麼關係？她是否已經遇害了？她在畫面中的模樣是如此天真、純潔，理應不會是指使惡鬼殺人的幕後黑手，但，劍向終究無法百分之百肯定——他必須確認她安然無恙，確認她與這些兇案毫無瓜葛。

這樣才能洗盡他胸口的懸念。

劍向逐漸陷入渾沌的沉思，直到他差點將車子撞進路口轉角一家便利商店的騎樓下，神智才遽然清醒。便利商店燈火通明，劍向的眼睛被成排的日光燈照射得有些暈眩。

定睛一看，這裡距離夏詠昱的住處，應該只有百步之遙。劍向於是順勢將車靠入騎樓內側，熄火下車準備以步行方式尋找他的目標。便利商店的店員探頭出來看了一下，但對劍向的出現完全不抱好奇。

他一面檢視周遭建築物的門牌及街口的標示，一面拿出夏詠昱的身分證，翻至背面依著路燈稀微的光線確認住址。儘管時值深夜，劍向的方向感仍維持著極高的敏銳度，他從未到過這個區域，但仍在三分鐘之內就找到了這幢獨棟樓房。

一排深灰色的四層樓房，大約有十戶，外觀呈現著一種方正、只重視住家機能的樣貌，夏詠昱的家是右手邊數過來的第二棟。這個時候，夏家的一列窗口全部透著漆黑。屋前沒有堆置任何物品。

劍向走近騎樓門柱設置的鐵製信箱，探查信箱內部，發現了一封昨日剛寄達的公文信函，來自高雄地檢署。劍向立即拆了信函。這是一封起訴通知書，指稱夏詠昱因寄送匿名黑函給某公司負責人，對方向地檢署控告，經調查後檢察官受理，依恐嚇罪予以起訴，求刑三個月。看來，夏詠昱並不是一個循規蹈矩的人。

然而，劍向仍無法確定夏詠昱是獨居此處，或是與家人同住。

如果夏詠昱與家人同住，那劍向此刻就無法進入屋內調查。劍向沉思了一陣，決定潛入這棟樓房，他必須冒險，才能獲得更多線索。於是，他迅速從口袋中掏出夏詠昱身上的鑰匙串，試了其中幾支，等到第三支鑰匙就把樓房的毛玻璃門打開了。玄關深處，洩出一絲暗黃色的燈光，那是樓梯口的照明燈。

為了不引人注目，劍向立即從杳無人蹤的街道上進入屋內，把大門關好。

循著這暗黃的夜燈，劍向漸次看清室內的布置。這裡完全沒有任何家具，只在右側牆上掛了一面淺藍色的時鐘，刻度顯示現在時間三點二十分。一樓應是充當車庫使用。

劍向不能直接進屋，必須先在門口停留，稍做檢查。玄關的牆邊有一個鞋櫃，劍向以手電筒湊近。裡頭有兩雙同一個品牌的球鞋、一雙皮鞋，三雙鞋尺寸一致。櫃內尚有雨傘、鞋拔、鞋布等雜物。劍向判斷，夏詠昱確實是獨居。

於是，劍向不再遲疑，在靜默中迅速踏上通往二樓的階梯。

從樓梯攀上，二樓完全沒有燈光。樓梯盡頭的牆面上，有一組電燈開關。然而，劍向並未直接打開開關，而是拿出手電筒，以手電筒的燈光照射室內，環顧屋內格局與擺設。面向對街的方位，是一整片的落地玻璃窗，一旦貿然打開燈光，也許會遭人目擊——縱使現在是三更半夜、縱使警方應該無法鎖定無名男屍即是夏詠昱，劍向的行事依然謹慎。

左側是客廳，幾張造型前衛的鐵椅靠在牆邊，居中的是一張橢圓形的三腳圓桌，木質桌面，桌腳亦是鐵製。一具深綠色的電扇立在桌旁，桌緣上有一盒抽取式面紙，以及兩支應該是電視機和錄放影機的遙控器。

電視機置於另一邊牆面的木櫃上。劍向走近以手電筒燈光確認，電視櫃內有兩台兩台錄放影機，顯示板的刻度均亮著ＡＭ３：２３。錄放影機上零散堆放了數十捲未貼標籤的ＶＨＳ帶，和一台迴帶機。此外，還有一台ＤＶ攝影機，看起來比劍向小弟所購買的更昂貴，機器上的影音接頭插了線，連接到電視上。

夏詠昱與鍾思造一樣，都擁有能夠播放ＤＶ錄影帶的設備。

這時，劍向注意到落地玻璃窗上似乎留有形狀詭異的紋路。起身探看，發現這幾扇玻璃窗的表面都散布著形狀不規則、像是蜘蛛網般的裂痕，似是曾受過猛烈撞擊。從外觀看來，玻璃本身相當厚實，表面都做了格狀紋飾的處理，兼具隱私與強化功能。

劍向張開手掌，撫摸玻璃破損最為嚴重的表面處，但卻感覺不到裂痕造成的凹凸。於是，他以手稍微遮住手電筒，以微光照射玻璃表面，裂痕處出現細碎的反光。原來，這些裂痕不是從室內撞擊而造成的，而是來自室外。然而，玻璃窗的另一邊是二樓陽台，透過格狀紋飾，模模糊糊看不清戶外的景象，只能隱約知道陽台欄杆邊擺了兩株盆栽。

……難道說，這也是厲鬼的怪力所導致的？

劍向思索著四〇一室現場。鍾思造在大門入口處堵上鐵櫃、堆滿石塊，還以木條將對外的窗戶全數封死，構成了一個密室，想必就是為了抵擋厲鬼的入侵。從落地窗的撞擊痕跡來看，夏詠昱顯然也開始遭受到厲鬼的攻擊了，因此，他才不得不利用劍向，召喚鍾思造的亡魂尋找一線生機。

然而，自外入侵的厲鬼，最終仍然殺死鍾思造，縱使他已經打造出一座堡壘。在大門、窗戶都未遭破壞的情況下，厲鬼依然進入了屋內，打破臥室房門，殺死藏身衣櫃的鍾思造。亦即，想要抵禦厲鬼入侵，絕不能僅憑牢固的密室。

此外，厲鬼又為什麼能夠穿過被害者所設置的銅牆鐵壁？

劍向沒有時間繼續思考，他決定往二樓的另一側查看。淺黃色的地磚反射著手電筒燈光的光暈，劍向穿過廚房、廁所，來到最內側的房間。

這個房間，門上掛了自門楣垂至腰際處的布製長簾，看起來像是儲藏室。劍向想打開門，但門鎖上了。他翻出夏詠昱的鑰匙串，試了其中幾支鑰匙，才將門鎖打開。

他推開門，以手電筒燈光照向房內。

這是一間暗房。似乎是由臥室改裝的。

除非是攝影從業人員、狂熱的攝影愛好者，很少人會在自家設置沖洗照片的暗房。一樓也不是相片沖印的店面。此外，二樓客廳沒有高級相機、鏡頭，甚至看不到半張大型照片。這是他的住家，他大可將相機等專業器材放在客廳，也沒有必要慎重地將這間暗房上鎖。更重要的是，夏詠昱為什麼要在家中設置一間暗房？

劍向走進暗房，點亮血紅色的燈泡。

房內的深處有一個沖洗底片的工作流理檯，十餘罐化學藥水隨意擱置，右方有一條繩子橫過劍向的眼頂，繩上有許多鐵夾，夾著幾排顯影的底片。另有一只鐵櫃，裡面有五、六台不同廠牌的單眼相機、長焦距鏡頭、閃光燈及折疊式腳架。

兩邊的牆面上貼滿 3×5 與 4×6 的照片，照片上的內容有的是街景、有的是室內，全部都不怎麼清晰，不過從鏡頭的對焦很容易得知，每張照片拍的都是一對男女，有的似乎是在逛街購物，有的則是用餐喝茶。男男女女全都不同。

還有一些……竟然是男女在床第間裸裎交纏的照片！

劍向終於明白了。

他聯想起門口信箱的恐嚇罪起訴通知書。

——夏詠昱的工作是勒索！

這些照片以各種不同的距離拍攝。以十幾張照片為一組，不但可以辨識出他們所在的位置，例如餐廳、停車場、百貨公司、旅館大廳，也有男女雙方各自的面貌特寫，以及兩人牽手、吃飯的互動。有些照片甚至拍了他們的身體特徵——胎記、痣、刺青，以及配件樣式——耳環、手錶、項鍊。想必，夏詠昱是為了確保在勒索時，這些照片具備實質的威嚇力。

這些人的衣著光鮮華麗，很顯然的都是一些上流社會人士。他們富有而落寞、擅權而孤寂，外表冷酷卻內心火熱、叱吒風雲卻害怕醜聞。

劍向甚至從照片中發現幾位政要的蹤影。

此時，在劍向的腦海中，勾勒出夏詠昱的生活模式。

夏詠昱是個貨真價實的靈媒，這是無庸置疑的——他確實召喚了鍾思造的亡魂，也死於洪澤晨的亡魂之手。不難想像，夏詠昱極可能利用了自身靈媒的專業，滿足政商名流們占卜、招魂之類的需求，成為他們的心靈寄託。既然他取得了他們的信任，因此，富人之間的八卦，想必他也聽了不少，知道這些八卦的價值不菲。於是，他私下根據這些傳聞、耳語的線索，進行跟蹤、偷拍，再寄出名人們的出軌證據，勒索獲利。

這份差事是見不得光的。這些底片太重要了，他不能送到一般沖印店，交由他人處理，所以才需要在家裡設置一個專屬暗房。

劍向又回想起，自己也是被夏詠昱的話術欺瞞，才會與他一起返回四〇一室，鑄下大錯。夏詠昱真是陰險、狡獪的人物。

劍向壓抑著內心的怒氣，甩了甩頭，走出暗房，並將紅燈關去。

他打開樓梯口的另一個開關，正準備踏上三樓。

此時，劍向察覺到暗室的房門無法順利闔上。他蹲下來以手電筒光源檢查，發現房門已經折損變形，外側的門板上，留著交錯縱橫的長條刮痕。

——這個地方，也有厲鬼攻擊的痕跡。

也就是說，夏詠昱在家裡至少曾遇過厲鬼兩次攻擊——一次是落地玻璃窗外，一次是暗房門外。厲鬼的攻擊愈來愈迫近，所以他才會說自己是下一個被害者。

然而，與鍾思造購買大量木工材料以構建強大防禦工事完全相反，夏詠昱居然主動出擊，外出前往上一個死者的公寓進行調查……一想到惡鬼隨時環伺的可能性，即使夏詠昱幹了勒索他人的壞事，劍向仍不得不佩服他的膽識。

一想到這裡，劍向內心那股找到神秘女子的衝動，就變得益發強烈。

然而，他不知道自己還有多少時間。

夏詠昱臨死前，曾要求他找一個靈媒到四〇一室去，召喚他的亡魂，屆時，他將會揭露他所知道的所有內幕。但，劍向對超自然、靈媒之類的事情一無所悉，他也不知道該到哪裡去找到另一個靈媒。

看來，關於靈媒的線索，應該是位於三樓了——劍向抬頭朝上望著通往三樓的深邃梯道。

3

劍向的腳步加快，上了三樓，開始進行初步的搜查。

三樓有兩個房間，分別是臥室及書房。樓梯繼續往上延伸，盡頭是一道鐵門。這間屋子有四層樓高，四樓應該是頂樓天台，做為晾晒衣物、種植花草之用。

主臥室的空間寬敞，裝潢相當豪奢，但是品味付之闕如。闃暗下，這些裝潢更顯得森冷。嵌入天花板的主燈、鋪上蠶絲被的雙人床，還有一台三十八吋全平面電視、一套環繞立體音響的家庭劇院、KTV點唱機、DVD播放器、LD播放機、衛星電視接收機——想必，頂樓天台也安裝了接收衛星訊號的小耳朵。此外，浴室裡也裝設了按摩浴缸、溫水免治馬桶等少見的高級品。然而，眼前的這一切，彷彿只是將現下所蒐集得到的最昂貴的電器用品，以毫無差別的方式擠壓在這個空間之中而已。劍向曾參與一次毒販集團的查緝行動，他也曾在那名毒販頭子的住家裡見過一部分品牌相同的外國家電。

看來，年紀輕輕的夏詠昱透過勒索，為自己賺進了豐厚的收入。

劍向不由得心生一股厭惡感。

對於夏詠昱的慘死，他內心的憐憫之情已經流失殆盡。

截至目前為止，劍向並沒有在這間房子裡發現任何一件與神秘女子有關的線索。他只看得到夏詠昱利用陰狠的手段掠奪而來的戰利品展示。或許，與鍾思造相同，夏詠昱與神秘女子的往來時間均極為短暫，都沒有在他們的住處裡留下明顯的痕跡。

最後的解答，勢必藏匿在書房裡了。

劍向轉入書房，視野所見，自入口處延伸了一整牆的書櫃。以手電筒湊近檢視，架上排滿了上千本的奇書異籍，眼前大多是蒐購自海外的英文精裝書，參差著少部分的中文書。夏詠昱彷彿在這裡打造了一間私人圖書館。

在手電筒的光影下，他勉強辨識出幾本中文書名——《超層次心理學》、《現代通靈術》、《巫魔會研究》、《尋訪靈媒》、《催眠與魔法》、《通靈術的物理現象》、《催眠醫學》、《心靈感應式幻覺：鬼魂新論》、《催眠技巧研究》……不過，這些中文書的裝訂大多都非常粗糙，看起來像是從舊書影印下來、在影印店便宜膠裝做成的。

這片書牆的盡頭，是一個擺滿古怪道具的玻璃櫃。

玻璃櫃的高度約達腰際，櫃上擺有水晶球、白綠相間的礦石碎片、老舊的外國錢幣、以同心圓方式繪有二十六的英文字母的占卜盤、像是用來磨碎什麼草藥的銅質金屬缽碗與搗錘。

劍向蹲身繼續查看，櫃內有塔羅牌、水晶擺錘、手相模型、短木杖、薰香，十餘個玻璃瓶內，裝有不同品種的乾燥植物、黑色與白色的長燭、布製的巫毒人偶，還有一些劍向辨識不出用途的物件。一把匕首，刀刃隨著手電筒的燈光閃爍，與夏詠昱背包裡的那把刀的樣式雷同。

櫃旁的角落裡，立著幾個捲著收起的塑膠墊布，劍向起身，將塑膠墊展開，墊布上繪有五芒星，以及一些非英語、疑似拉丁文的字樣，可能是用來冥想或招魂的道具。記得夏詠昱在四〇一室招魂前，也曾以粉筆在地上畫了五芒星的圖形。

眼前這些道具所象徵的，對劍向是全然陌生的世界。

劍向的內心陷入困頓，試圖想重新釐清自身的定位。以一名刑警來說，他自認思緒敏捷、能力幹練，然而，這僅僅局限在現實世界中遵從傳統警察辦案程序的範圍。可是，一旦跳離現實世界，踏入超自然界的領域，該怎樣進行搜查、推進案情，他便變得進退失據，無法確定應當如何著手了。然而，他深知必須盡速適應這個新領域的規則。

既然心意已決，劍向不再猶疑。

在書房裡唯一的書桌上，促狹的空間中疊滿了新舊不一的筆記本，約有二、三十多本。這些筆記本的頁數輕薄，但質感則非常講究，都是以硬皮書封裝訂，不易攜帶，在一般文具店恐怕也不常見，與夏詠昱愛買高價家電的習性相符。劍向又想到夏詠昱的用車，卻是品牌平價的日本國民車，顯然他有著外在低調、內在奢華的雙面性。夏詠昱已經不是學生了，仍然如此勤做筆記，也是相當少見。

一本活頁式筆記打開在桌面，格線上的筆跡密密麻麻，一支名牌鋼筆擱置一旁。劍向拾起最上頭的一本，翻了幾頁，內容看起來是占卜一類的工作日誌，充滿了不知所云的專有名詞，客戶全都使用化名。夏詠昱所寫的每一字都沒有省略筆畫，書寫時應不匆促，但字體稱不上工整，行文排列也不筆直，部分段落特別扭曲、緊縮，形成團塊的筆跡讀起來相當吃力，但又有一種詭異莫名的吸引力。

書桌右側有一張電腦桌，一台流線造型的黑色個人電腦處於待機狀態，螢幕保護程式顯示深海中的魚群。令人意外的是，電腦螢幕與鍵盤之間的空間，置放了一台ＶＨＳ錄放影機，機身相當厚重，機上放著的遙控器，排滿了功能複雜的按鈕，顯然與大賣場的廉價貨品不同，同樣是待機狀態，與個人電腦後方的介面卡連結了幾條線，不知道是何作用。

劍向印象中曾在局內資訊組見過這類設備，主要是拿來進行ＶＨＳ錄影帶內影像資料的數位化備份。沒想到，夏詠昱也擁有這樣的設備——不，完全不必驚訝。與夏詠昱主臥室內的電器設備相比，劍向知道這不算什麼。

劍向意識到，鍾思造與夏詠昱兩人的共同點愈來愈多。鍾思造曾在視聽器材店當銷售員，後來竊走了一批高價攝影機、錄放影機；夏詠昱以勒索名人為生，拍攝了很多名人偷情、召妓的私密照。他們家中都有拍攝、播放ＤＶ錄影帶的機器，也都曾先後與ＤＶ錄影帶中的神秘女子有過往來。

目前依照時序來看，那名神秘女子應該是先認識了夏詠昱，先讓夏詠昱檢查過ＤＶ錄影帶的內容，其後才遇見鍾思造，將錄影帶留在四〇一室並未帶走。不過，鍾思造被殺害的時間早於夏詠昱，原因可能是夏詠昱的靈媒知識，使他對「厲鬼殺人」一事的警覺度較高，提早掌握了某種規則，才敢外出進行調查，不像鍾思造極少出門，幾乎匿於密室之內。但若神秘女子是先認識了夏詠昱以後再認識鍾思造的話，那麼，記錄異國影像的ＤＶ錄影帶恐怕就不會是鍾思造所拍攝的了。

然而，令劍向不解的是，夏詠昱顯然並不認識鍾思造，除了都接觸過那名神秘女子之外，兩人根本毫無交集。那麼，他又是怎麼知道鍾思造的存在？這段時間，警方封鎖了腐屍案的重要線索，光從媒體所透露的消息，是不可能知道案件發生在四〇一室，更不可能知道負責的刑警住在哪裡的。

劍向只能相信，在這間書房中的某處，藏著可能的答案。

他在電腦桌前坐下，電腦螢幕是這個房間最顯眼、面積最大的光源。他伸手碰觸鍵盤旁的滑鼠，深海的魚群頓時變成Windows 98的畫面。除了熟悉「我的電腦」、「我的文件夾」與「資源回收筒」、「Office」等固定的程式以外，Active Desktop尚有三排滿滿的程式圖標，看起來是用來做影像處理、影片剪輯的工具。

桌面下方的工作列，有一個視窗最小化的執行程式尚未關閉，看起來似乎是夏詠昱正在進行的工作。工作列的顯示名稱，是一個拍攝影片用於非線性剪輯的執行程式。而這架連接在電腦上的VHS錄放影機，應該是做為影片的來源。

然而，劍向以滑鼠恢復這個執行程式的視窗大小，他不禁目瞪口呆。

視窗裡的畫面，是鍾思造所住那棟公寓一樓樓層的監視畫面……也就是說，這架攝影機內的錄影帶，是從公寓管理員室裡取得的。

——夏詠昱怎麼拿得到這個東西？

透過剪輯軟體視窗，可以看到監視器畫面的影像。畫面右上角顯示一排數字，標明了這捲帶子的影像錄製時間——2000.03.17.09:25。根據法醫的報告，鍾思造的死亡時間約為三月十九日至二十二日之間。也就是說，這捲錄影帶的存檔內容，正好就是鍾思造仍然存活著、躲在四〇一室足不出戶的時間範圍內。

遽然，劍向的腦內出現了一陣痛楚。那不是感官性的痛楚，而是理智性的。這是他從未有過的異常經驗。看到眼前的證據，劍向原本應該恍然大悟，因為他終於看穿了事件的真相——警方花費大量人力清查的大樓監視器錄影帶，事實上早就被夏詠昱所變造，他已然多次出入過那棟大樓，只為了觀察鍾思造生前的動向。此外，為了不引起警方懷疑，他潛入管理員室，竊走存檔的錄影帶後，抹除了所有自己曾經出入過大樓的紀錄，讓自己憑空消失。

但是，劍向之所以感覺痛楚，是因為他也做了與夏詠昱完全相同的選擇——竊走監視器錄影帶，讓自己憑空消失。

劍向忍受著內心的自我厭惡，繼續查找電腦內的資料。

這個影片檔的檔名是F1_2000」_03_17_09.mpg。劍向繼續打開「檔案」選單，選擇這個檔案的存檔位置，發現在同一個子目錄下，還存有十多個檔名開頭相同的影片檔，劍向逐一打開，稍做檢查，確認這些檔案所標示的不同尾部數字指的是時間，至於頭字母F1，意思則是一樓。

劍向操作滑鼠，進入子目錄的上一層，發現電腦裡所儲存的監視器影像畫面，是從三月十四日開始共十天，以MPEG檔案格式儲存於依照日期分類的子目錄下，等於持續到劍向接到戈美瑤的電話到大樓調查老鼠案的前兩日為止。

大樓管理員曾說，監視器錄影帶會儲存十天份。也就是說，案發前二日，夏詠昱曾經潛入過管理員室，並且一次竊走這十天份的錄影帶，儲存備份在這台電腦之中，再將錄影帶偷偷放回管理員室。

他這麼做的原因，很可能是為了調查鍾思造的生前活動——這恐怕是最善意的解釋了。以劍向對他的了解，他的動機必然不會那麼單純。劍向繼續搜索，發現電腦裡除了一樓監視器的影像紀錄，也有相同時間區間、F4為檔名字首MPEG檔，打開一看，果然是四樓監視器影像紀錄。除此之外，劍向並沒有再找到其他樓層。

這表示夏詠昱曾經入侵過管理員室，也可能上過四樓。所以，他必須在這兩個樓層的影像紀錄中抹消自己的痕跡。

才這麼想著，劍向在另一個相鄰的子目錄下，找到了一個相同架構的子目錄，所儲存的檔案數量也完全相同，但所有的檔案在名稱尾部都加了_h的MPEG檔。這些檔案的存檔時間都比較新，對應的檔案容量也稍大了些，夏詠昱顯然在其中動過什麼手腳。

——兩種檔案，到底有什麼不一樣？

調查鍾思造案時，劍向自己調查過大樓監視器紀錄，他記得自己當時一開始就檢查了三月十五日下午五點的錄影帶畫面，因為那是管理室裡最早的紀錄。於是，他啟動兩個Windows Media Player媒體播放程式，分別打開F1_2000_03_15_17.mpg與F1_2000_03_15_17_h.mpg。然而，來回檢查了四、五遍後，不但與自己的印象相同，兩份檔案之間也找不到差異處。

劍向迷惑了。他非常確信，檔尾附有_h的檔案必然曾經過影片剪輯軟體的處理，但卻不明白夏詠昱取得這些監視影片的目的為何，也感覺不出經過處理的影片有何改變。更重要的是，他無法判斷，自己在管理員室所檢查的影像，究竟是這兩份檔案的哪一個——不，他知道，警方手上擁有的影像證物，一定是被夏詠昱變更過的。

沉思了一會兒，劍向想到鍾思造曾在自家防堵厲鬼追殺期間短暫外出過一次。他記得，那應該是在三月十九日清晨的事……但記錄案情的筆記本現在不在身上，他怎麼想也想不起精確的時間。沒辦法，只得硬著頭皮，在那附近的時間區塊一小時、一小時進行比對了。

從劍向遇見夏詠昱之後，無論他如何欺騙自己，至少有一件事是確定的——夏詠昱不擇手段也必須取得那捲DV錄影帶，為此，他很可能會設法拖延警方調查。更何況，夏詠昱既然能變更監視器影像紀錄，抹消自己的出入紀錄，他當然也可以變更鍾思造的。

難道說，鍾思造真正外出的時間，並不是在十九日的凌晨，而是其他時間？更甚者，他外出的次數遠比警方所掌握的更多？劍向愈是深思，愈是認定這項猜測的可能性很大。於是，他立刻從 2000_03_19_05_h.mpg 開始檢查。

花了一番功夫查找，劍向終於在 F4_2000_03_19_06_h.mpg、F4_2000_03_19_07_h.mpg 兩個檔案中發現鍾思造的身影。鍾思造是在三月十九日清晨六點四十八分離開四〇一室，返家時間則是同一天的七點四十一分。這與劍向的記憶相符。

接著，劍向又打開 F4_2000_03_19_06.mpg、F4_2000_03_19_07.mpg，將時間軸拉到相同的時間，但，令人失望的是，這兩個原始檔案，無論是外出或返家，鍾思造驚慌倉皇的身影，結果卻與顯然變造過的檔案相同，分秒不差地出現四〇一室的門口前。

眼前的方向受挫，劍向立即改變思考路線。儘管無法鎖定夏詠昱入侵大樓的精確時間，但至少可以確定他應該是在三月二十三日左右行竊的。這表示，二十三日那天的原始影像，必然找得到他進入大樓一樓的畫面。

於是，劍向從最後一日的最後一個原始檔案—— F1_2000_03_24_02.mpg、凌晨二時的影像紀錄開始尋找。他並未浪費太多時間，在檔案裡的凌晨二時三十一分發現了夏詠昱的身影。在畫面中，他拿出一大串像是萬能鑰匙的鑰匙串，在管理室門外試開了十幾分鐘，終於將管理室的喇叭鎖打開。而在 F1_2000_03_24_02_h.mpg 中，這段影像果然消失了。

——賓果！這段影像，可以證明夏詠昱確實抹消了自己的痕跡。

夏詠昱既然可以以空無一人的廊道畫面，置換自己曾經出現在管理員室門口的影像，自然也可以偽造相同的影像於他將變更後的錄影帶送回的時間區段，掩飾自己的竊行。這個時間區段，位於管理員的上班時間之前，管理員很快地就會發現機器電源關閉，自然會再重新開啟，縮短錄影空白的可疑時間。

……原來如此。

難道，管理員曾說過，錄影機會偶爾自動關機，其實是夏詠昱做的嗎？

沒想到……自己利用了夏詠昱設置的這項詭計，迴避了被警方鎖定的嫌疑。

劍向內心湧起複雜的罪惡感。

此時，他的心中又浮現一個疑惑。

如果夏詠昱只是企圖抹消自己曾經出現在大樓內的影像，他根本不需要對每一份檔案中進行變更。在電腦裡儲存的原始影像，全都有相對應的變更檔。這表示，夏詠昱除了抹消自己的出入痕跡之外，他勢必也動了其他手腳。縱使他潛入大樓的次數非常頻繁，也不需要修改每個小時一份的所有檔案。

不，還有另外一種可能性。夏詠昱在現場——一樓及四樓，不慎留下了關於自己的跡證，這項跡證極為細微，大樓住戶可能沒有特別察覺，但對夏詠昱來說卻芒刺在背。於是，他非得將所有的影像畫面全都清理一遍不可。

然而，剛剛劍向已經針對最早的檔案做過初步檢查，從畫面上看不出任何差異。

——這是夏詠昱過度擔心自己涉嫌的一種偏執嗎？

面對著兩支監視器、十天份的影片檔，包括原始檔及變更檔，總數約莫九百六十小時的影片量，劍向不由得長嘆一聲。單憑靠他一人的力量進行過濾、比對，不知道要花多少時間。警方發現鍾思造案當天，劍向曾在局內幾位同事的協助下做過一次清查，那時，雖然是八支監視器，但只需要掌握出入者的身分即可，不需要進行細膩的比對。然而，縱使是使用高轉速邊看邊找，警方仍然動用了八台錄放影機同時運轉、花了八小時才全數看完。

劍向察覺，現在時刻已經接近五點——他得趕回醫院，無法繼續逗留此處了。

雖然這是一台用於影像剪輯的專業電腦，ＣＰＵ、影像處理性能勢必很強，電腦檔案的處理速度，也比錄影帶要迅速得多，但劍向盤算過時間，仍然不足以檢閱所有的影像檔。更何況，書桌上還有二、三十本筆記需要調查。他必須將這些筆記帶回醫院閱讀。

劍向打開夏詠昱的背包，放入所有的筆記本。在此之前，他也將染血的刀子、斷裂的繩索、招魂用的小道具取出，留置在書房的玻璃櫃上。這些東西無法帶進醫院。

他必須馬上離開了。

然而，就在劍向沿著書牆往出口走去之際，手電筒的燈光無意間照過幾本書，書名映入了他的視線……那是《催眠與魔法》、《催眠醫學》及《催眠技巧研究》。不，引起他注意的，並不是這幾本中文書，而是穿插在這些中文書之間的英文書，當中的一本精裝書。

《Hypnosis》。

頓時，劍向想起來了。hypnosis，是「催眠」的英文單字。

——難道說，_h.mpg 的意思，指的是加入了催眠效果的影片嗎？

夏詠昱的檔案名稱都取得簡潔易懂。至於檔案容量略微增加，很可能是他插入了某種具備催眠效果的特殊影像。一思及此，劍向立即轉身，回到電腦桌前檢查夏詠昱尚未關閉的影片剪輯程式。

這個程式相當專業，充滿專有名詞的全英文介面，劍向一時之間無法解讀。不過，他試著打開 Edit 選項，查看執行動作的歷史清單，仔細檢查過後，發現夏詠昱寫了一個批次檔，可以將設定好的圖片週期性地插入影片之中，另存新檔，範圍涵蓋了原始檔案的所有目錄。

劍向依照執行動作的訊息，找到了程式指定的圖片來源，那是一個名為 hypn_source

的子目錄——字母h的意義，果然極可能是hypnosis。他立即點選這個目錄，沒想到，此時卻跳出一個要求輸入密碼的視窗。劍向對夏詠昱可能會設定哪些密碼毫無頭緒，又擔心一旦任意試驗密碼，恐怕將導致子目錄被刪除，遲遲無法下手。

不過，劍向終於知道，夏詠昱對監視器錄影帶所動的手腳，即是在影片中插入具備催眠效果的內容。但是，他為什麼要這樣做？

人類的眼睛接受視訊影像，每秒鐘可達六十個連續畫面。在影片中週期性地插入催眠指令的畫面，就能讓人類在不知不覺中接受這些指令，深深地嵌入腦內的潛意識裡。直到特定的提示出現，潛意識下的催眠指令就會像電腦的常駐程式一樣，自動執行已經設定好的預定行為。

剎那間，劍向腦中爆出一團閃光。他完全想通了。

夏詠昱在監視器影帶暗藏了催眠效果，針對的目標其實是警方！

夏詠昱的目的是那捲ＤＶ錄影帶，但鍾思造打造了銅牆鐵壁般的密室，足不出戶，夏詠昱根本無法進入四〇一室。他知道，厲鬼作祟的次數、強度將會不斷加劇，終有一天，鍾思造會被厲鬼殘殺於密室。然而，一旦鍾思造死亡，他仍然無法進入現場，唯一能合理強行破壞大門的，只有發現案件的警方而已。只要警方破門而入，將會把現場所發現的所有東西列為證物。屆時，他就永遠拿不到那捲ＤＶ錄影帶了。

然而，面對這個難題，夏詠昱想出了一個解法。他知道，當警察發現鍾思造死於四〇一室，必定會調閱管理室的監視器錄影帶，徹查案發前後是否有可疑分子出入現場。於是，他盜竊了管理員室的監視器錄影帶存檔，加入具備催眠效果的特殊影像後再放回去，這麼一來，仔細檢查錄影帶的刑警，就會被他所催眠。

而這個被催眠的人——就是劍向自己。

受到夏詠昱的催眠所影響，劍向突破四〇一號房後，立刻進入了鍾思造的臥室，立刻伸手拉動床底的被單，發現了鍾思造右手握著的DV錄影帶，接著，他的記憶發生空白，同時將DV錄影帶藏入身上的暗袋……這一切違反搜查程序的所作所為，全都是因為他仔細檢查過那些被夏詠昱下過催眠指令的監視錄影帶！

在調查過程中，劍向連續工作了三十個小時，接下來又昏睡了兩天，其間數次失去意識、出現從未體驗過的惡夢，甚至嚴重到連現實與夢境都分不清楚……這種精神狀態與生理時鐘的極度混亂，必然也是受了催眠的影響。

夏詠昱的惡毒行徑，不僅如此。

劍向終於明白了。

夏詠昱之所以知道他在哪家醫院養傷，之所以知道他住在哪裡，其實都是他陷入催眠狀態之後，自己打電話告訴他的。

劍向的胸口迸發出一股難以壓抑的怒火。他徹底地成了夏詠昱的傀儡！

劍向拿出行動電話，開始檢查「通話紀錄」。在「已撥電話」的紀錄裡，他發現在昨天傍晚六點左右，曾經打過一通陌生號碼的電話，區域碼是07——這是室內電話，通話時間為一分鐘十七秒。

劍向接著按下「重撥」。

不到五秒鐘，在寂靜的屋內，傳來電話如鋼琴曲般輕柔的連續響鈴聲。

然而，劍向只感覺到極度刺耳。電話鈴聲來自主臥室，近在咫尺。劍向循著電話鈴聲的方向，找到床頭櫃上的無線電話機。這具電話的液晶螢幕有來電顯示功能，螢幕上顯示的，就是他的手機號碼。

完全沒錯。

全部的疑惑，都被證實了。

劍向慢慢走回書房，他感覺頭痛欲裂，只見窗外的天色逐漸白亮。

調查至此，深沉的無力感充斥著他的全身。他只是任憑夏詠昱操控的道具。關於錄影帶中的神秘女子、關於能夠召喚夏詠昱亡魂的另一個靈媒，依然一無所獲。

4

（無日期等相關註記）

最狂熱的執迷藏匿著最致命的陷阱。歷史上有太多的魔法師、煉金術師在生命彌留的最後一刻都做過類似的喟嘆，他們耗費一生試圖想見到惡魔現身，並與惡魔締結契約，永生不死，但惡魔最後卻毀棄契約，強奪了他們的生命。我自以為聰明、謹慎，萬萬沒想到這句話仍然在我身上應驗。恐怖的結局注定發生，出現在安全的選項裡。嚴正的警告如今彷彿殘酷的諷刺。可是倘若真的非追究不可的話，我一開始就不應該走進那家舊書店，走到最裡面的書櫃前，拿下最上層擠在角落的那本書：《The History of Magic and the Occult》。我決定鑽研魔法，變成現在這樣，就是因為這本書。不，真的要追究，我一開始就不該出生。卑劣、醜陋、不健全的基因為何遺留在我的體內，構成了我這樣的人，而沒有在物競天擇的過程中早早被消滅？我能想像得到的只剩下一種可能，我的出生就是為了在某一天被消滅，成為物競天擇的證據，讓未來的人類一談到基因或演化等主題時把我當作範例，說明劣者淘汰是真實存在的。

身材矮小、體質虛弱的我，記憶裡的童年，每天上演著嘲笑、排擠的戲碼，他們把我當作一種發育不良的異形，跟他們是不同類別的生物，我能做的就是離開那些人，去一個清靜的地方，一個沒有人的地方。如果逃不掉，那就努力忍耐，直到他們對我失去興趣為止。但他們即使失去興趣也只是一時之間而已，人類總是重複著惡毒的行為，他們無聊時就會再找上我。我根本無力改變現況，因為他們有一大群人，足以顛倒黑白，他們說只是找我玩玩，是我太把玩笑當真，到處說他們壞話的反而是我。我向母親哭訴真相，但她卻一個勁地安慰我說，她聽過醫生的說明，我的身體沒有問題，只不過稍微比平均值低了一些。說謊。我知道事實、知道數據，絕對不是差一些而已。儘管我後來知道世界上有一種罕見的精神疾病，叫作身體畸形恐懼症，但我知道我沒有那種病，我是真的有缺陷。

這大概就是我會走進那家舊書店的唯一理由了。我對抗不了那些人，只能躲在他們找不到的地方。那家舊書店是我的棲身之處，不但是肉體上的，更是精神上的。無意間，我在書架上找到這本書，才知道宇宙中存在著一股強大的神秘力量，渺小的人類永無止境地在探求它。我立刻知道，那正是我需要的，一個對抗敵意的絕對手段。現實中的我孤立無援，無法反擊、報復他們，但只要這股強大的力量能為我所用，他們將為自己的所作所為付出代價。他們必將後悔。於是以那本書為起點，我全心投入魔法的未知領域裡。

這個過程是緩慢、艱辛、殘酷的。我殺鳥、殺貓、殺蛇、偷竊醫療廢棄品，取得施行魔法儀式的道具，日益加劇的暴力、殺戮使我變得麻木，而這一切都是為了成就偉大的魔法。不知不覺間，他們沒有人敢靠近我了，取而代之的是他們站在遠處，對我投來目光中的深沉恐懼。這是魔法的力量嗎？我想不是。他們其實並不知道我做了什麼，但他們感應到了，他們本能地感應到我的身上散發出一股異常的氣質，令他們不得不臣服、迴避。我起初只是肉體上的怪物，終於連精神上也化為怪物了。原來如此。人類之所以本能地想要消滅怪物，是因為他們預見到怪物終將反噬。然而，那頭怪物卻是他們飼養出來的。

體內的怪物令我與眾不同。我注定無法平凡，也不可能平凡。魔法研究正是一條捷徑，以生命為籌碼，通往人類終極的渴求。我很快地察覺到，所有人的內心都充滿了渴求，各式各樣，而其中一部分的人為此捨棄平凡，化身怪物，但僅僅只有極少數的人願意以生命為籌碼去追尋內心的渴求。這就是我的價值，我的獨特之處。對那些人而言，他們獲取財富、權力的方法，完全不介意耗用他人的生命，但自己的生命卻極為寶貴，對於那些非用生命才能換取的物品，他們則非常樂意浪擲金錢，要別人以生命替他們取得。他們渴求幸運、渴求對手失敗、渴求他人聽命、渴求預知未來、渴求與已逝的親友對話以彌補遺憾、渴求消解罪惡感，這種種渴求，能夠操使魔法的我都做得到，於是，我便成了有錢人的白手套，替他們與惡魔談判。至於壽命折損、元神流失等副作用，那不關他們的事。甚至，他們以我受他們役使為樂，看到我為了金錢以生命交換他們的渴望，讓他們有了主宰者的愉悅。

嘲笑的聲音，仍然在我耳邊揮之不去，就像童年的遭遇一樣。我只是聽命於有錢人，玩他們想玩的遊戲。儘管學會了魔法，我一樣被霸凌，精神上的屈辱從不曾消失。我仍然找不到自我存在的意義。我再度渴求報復。我蒐集有錢人們的私密情報進行勒索，以為這樣便可平復內心的創傷。但這只能獲得短暫的快感。我是一隻必須躲在陰暗角落的蟲蚋，永遠見不得光。那些位高權重的社會名流，有太多的方式可以反制我了，法院、幫派、媒體，都是任憑他們操縱的工具。終究，我需要繼續鑽研更深奧的魔法，追求更超凡的力量，越過禁忌的界線也在所不惜。

想必正是受到這種渴求的驅使，才會引我一步步踏上自我毀滅的絕路吧。整件事的開端，是曾經接受過六次催眠療程的客戶F，突然約我到家裡吃飯。F正是個喜歡使喚我的人。他平常的興趣是蒐集野生動物的毛皮、標本，經常吹噓自己曾經到肯亞打過很多次獵，當時政府已經頒布法律禁獵好多年了，但他就是有管道能參加歐洲富豪秘密召集的私人獵隊，一趟行程得花兩百多萬。可是他與我的其他客戶不同，他的使喚不像是奴役，更像一種不外傳的分享，他要我做什麼事，其實是要我去感受他感受過的、經歷他經歷過的，那種種奇妙、異常的體驗。

那天，他帶我到他的收藏室，一邊喝酒、一邊說他最近收留一個女孩子，年紀很輕，長得又美，要我幫忙「照顧」。對。F喜歡酒、喜歡女人，這與我的其他客戶並沒什麼兩樣，但F這個人的癖好，是特別偏愛無家可歸的女人，他說，就像有些人愛狗，喜歡帶流浪狗回家。不過，從來不會告訴我，那些女人是從哪裡來的。他在市區有間別墅，是他找人頭戶買的，家人都不知道，很適合收留那些女人。但是，他並不把那些女人當成情婦，她們在別墅裡住著就好，什麼事都不必做。我曾經問他為什麼收留那些女人，他說他不知道，反正就高興。不過，我想他的目的，是享受她們的需要吧。而F所謂的「照顧」，也只是要我去別墅陪伴她們、替她們準備日常用品而已。

每當F長期出差前，若別墅裡剛好收留了女人，都會叫我幫忙照顧。不過，這次的狀況似乎不同於以往。他喪失了慣有的自信，語氣吞吞吐吐，視線在房內各個角落不斷地游移著，好似擔心有人隨時入侵屋內。或許他生意做得太大，踩到了什麼人的紅線，被對方盯上了。後來我才明白，事情根本沒有這麼單純。但當時我只覺得這不關我的事，甚至很高興看到他這副模樣，這表示他會付我更多錢。F勉強恢復鎮定的態度後，進入正題，從主臥室將那名女子帶出來。當她出現在我面前時，我竟然感覺到眼前一陣暈眩。我以前曾在F的別墅裡見過幾位他收留的女子，她們的眼中總會流露出一種避免與其他人眼神交會的恐懼，那是一種受過心理創傷的精神爪痕，是她們從現實中遁逃的理由。但這名女子的眼中卻完全看不到一絲陰霾，她的眼神澄澈，像是不曾被這個混濁的世界所污染。

她凝視著我，微笑地向我打了招呼，F告訴她，他未來幾天有重要的事情得處理，要將她交給我一陣子，她毫無遲疑地欣然接受，還開心地抱了我，流露著對我的全然信任，令我不由得迷惑了，眼睛不由得注視著她。我不相信這樣的女孩子真的存在。F發現我看得呆了，以凌厲的言詞將我拉回現實。我察覺F的神色有異，很顯然，他早已經迷戀上這名女子。但我的內心沒有譏笑他。因為我也是。她有一種令人想要保護她、擁她入懷的氣質。F告訴我，她失去了記憶，不知道自己是誰，來自何處。F要我為她施行深度催眠，探究她的來歷。其實我有些意外，連F居然也不知道她的來歷。但我立刻答應了，只因為我也對她充滿好奇，那時候，我並不知道自己已經鬆綁了鐘擺鐮刀的繫繩。

接下來，事態變得愈來愈不對勁了。F離開後，我繼續留在別墅確認她是否真的失去記憶，我問她記不記得自己發生過什麼事，她說她想不起來，一想就會頭痛。我帶了一些書、電影、音樂專輯去別墅，那是她那個年齡必定會接觸過的，她卻一點印象也沒有。然而，她的生活自理能力、語言能力則完全沒問題——中文、台語，以及尋常程度的英語。聽她的口音、用字遣詞，她一定是在台灣成長、讀書的，而且應該有高中畢業，可是，她不記得自己讀過的學校，也不記得任何一位親人、朋友。於是，我對她進行了兩次催眠。沒想到兩次都以失敗告終。她的潛意識竟然是一片空白。我太震驚了。從來沒有遇過這種事。潛意識是伴隨著人類成長的產物，時間愈久，潛意識累積得愈深，人怎能夠在毫無潛意識的情況下長大成人？經過好幾日的思考，我才終於察覺到，這名女子的記憶，以及她的潛意識，很可能全被某個人刻意地抹除了，只保留了她的語言、生活記憶。難怪她的言行舉止，完全像是個無涉世事的兒童。不，縱使是兒童，也無法像她那樣毫不設防。

我立即聯絡F，但F卻毫無回音。我與F的往來是秘密的，因此我不能直接聯繫他的家人、朋友。經過了兩個禮拜，我才在他公司的網站上看到他身亡的消息。那是他擔任負責人的公司所發表的官方訃聞，聲明中簡短地提到他溘然長逝，並列舉了他的產業貢獻。儘管我知道內容全屬虛構。然而，F是個精力充沛、體格強碩的壯年男子，僅六十出頭就死去，令我無法相信。幾日後，一家八卦雜誌追蹤報導，提到他的去世並非病故，而是跳樓死亡，疑似工作長期過勞，壓力過大而輕生。但我仍不相信。這絕不是F會做的事。我試著透過自己的人脈打聽消息，才得知社交圈內有謠言指出，F死前全身有不自然的外傷，但不是墜地所造成，而是生前曾遭到劇烈打擊，推測是因為與暴力集團發生金錢糾紛，遭人痛打後拋下高樓，偽裝自殺。F的家屬為了八卦雜誌探得真相，影響家族聲譽及公司經營，委請友人散布F工作過度而輕生的假內幕，轉移焦點，以維持他的名聲。那時，我還沒有聯想到F的死亡與這名女子有何關係，僅以為暴力集團正在回收債務，直覺那棟別墅不再安全，立刻帶著這名女子回家。

這時候，我終於陷入了愈來愈深的執迷。我花費愈來愈多的心神，去探究她藏在潛意識深處的秘密。F已經死了，沒有人知道她被我帶來這裡。她沒有姓名、沒有過去，是一個現實世界中不存在的女子。我的欲望逐漸令我喪失理智。我想占有她。有了她的相伴，我終於擁有不再被任何人役使的感受。深度催眠的療程，我依然持續進行。我漸漸發現，有人在她的心底設置了一個充滿惡意的心理枷鎖，封鎖了她的記憶，不准她想起任何事。彷彿有另一個人，一個同樣渴望占有她的人，要她完完全全地屬於自己。然而，無論出於什麼原因，那人失去了她。她現在是我的人。我很清楚我不需要解開這個心理枷鎖，但我被挑釁了，那份藏匿在我內心深處、遺忘許久的屈辱感復甦了。我知道，我有一套試驗流程，必然可以解鎖。

然後。

然後。

經過那場夢。

我看得見鬼了。

我看得見鬼了。

我看得見鬼鬼鬼了。

Chapter 5

現實的悖逆

Revolts against Reality

1

那是一整片的混沌。

劍向的意識彷彿不停地往下墜落，他不由自主地顫動著，試圖掙扎卻逃脫不出失重的恐慌。女子的臉孔在眼前彷彿融膠般溶解、崩落，朝他的眼前襲來。遽然，一把刀刃切開了那面具般的可憎笑容，並一刀一刀劈砍著他的身軀。接著，他發現自己躺在地板上，視野所及，他的同事們面無表情地在他身邊走動，其中一人戴著口罩，在他的身邊畫線、標示、拍照，將他的身體拖入屍袋當中，拉上拉鍊。

黏稠的液體間歇地滴落在劍向的臉龐，劍向周遭的景物，在屍袋裡透散著不應該出現的黯淡微光下逐漸變得清晰。屍袋裡裝滿了肉塊，他逐一辨識出那是洪澤晨刀下受害者們的斷肢殘臂，全都萎縮、腐敗了，然而，滿是皺褶的屍塊卻開始蠕動了起來，像是在攫奪生命的氣息，枯槁的屍首轉向劍向，紛紛以空洞的眼神注視著他，皮膚龜裂、不斷流淌著體液的手掌，伸向劍向將他撕成碎片。頓時，他的視線染成了血紅色。耳邊傳來夏詠昱狡獪的笑聲，化為鑿子，刺穿他的鼓膜。

劍向的神經倏地緊繃，他的眼睛睜開。

此時，眼前的血紅已然消失，但耳內的劇痛卻像殘影般遺留著。他的意識恢復清醒，感受著白色被單的重量，發現自己正躺在明亮、安靜的病房中。身上的皮肉傷既刺且癢，但那是屬於現實世界的疼痛，而非虛擬世界中誇張而歪曲、炸裂般的疼痛。

又是一場夢境。

事實上，劍向驚醒後，此刻縱使意識清楚，他仍無法確定自己是否能明確區分真實與幻想的差異。他懷疑，即便經過了三日，夏詠昱施作催眠的效力，至今仍在他的體內發揮作用，宛如詛咒一般。他很難以理智的思維解析這一連串怪事的因果關係。

床頭櫃上，擱置著一疊文件夾。那是學弟紹德日前夾帶給他的洪澤晨案搜查報告。然而，他幾乎沒有閱讀。當他事隔多年後重新打開檔案夾，他發現塵封已久的血腥記憶在一瞬間灌入他的腦中，那些曾經反覆閱讀的細節，毫不費力地自他的腦海底層復甦。

劍向確認了病房外的人聲如常，走廊上並未傳來有人走近的腳步聲，遂立即伸手取了文件夾最上層的一冊。然而，他打開這一冊，並非為了其中的內容——他將從夏詠昱書房裡竊走的其中一本筆記本，夾在文件夾中作為偽裝。

昨夜，他在清晨六點前返回醫院，在護理師婉純的接應下趕到病房。那時，婉純值了一整夜的夜班，在劍向的面前，看起來精神依然很好，不過，他從她眼神中知道，她已經沒有力氣留意自己身上的異狀。

婉純關心劍向的身體狀況，確認他回到病床上才離開。她的夜班已經結束了。但，劍向的夜班還沒有。他沒有立即入睡，卻又下了床，從夏詠昱的背包中取出所有的筆記本，在夜燈與晨曦混合的光線下開始翻閱。不知不覺之間，睡意襲向他，將他拉入意識的混沌地帶。而睡前是否將筆記本藏回背包，他已失去記憶。

文件夾裡，那本紙頁上寫滿了「鬼一」的筆記本仍在。

劍向陷入長考。

夏詠昱的筆記本裡，大致上可分為兩類。第一類是意義不明的手繪圖案。圖案的型態十分怪異，包括了幾何圖形、曲線與箭頭，好像是一種文字，也好像是一種符籙，每一種圖樣都畫滿整張頁面，彷彿夏詠昱是在用心地練習描繪它們。

在圖案的空白部分，有時會寫上一些數字、英文字或句子。劍向的英文程度還算相當不錯，他卻完全想不透這些文字究竟是什麼意思，只能確定在字典裡是不可能找到 zi、ninib 或 utuk 這些單字的。然而，從夏詠昱書房裡各類占卜、巫術的道具擺飾來推測，這些圖樣很可能與他悉心研究的魔法有關。

另一類，即是他的生財之道——社會名流的秘辛，包括出軌偷情、政商勾結、內線交易，無所不包，一篇篇活脫台灣社會的黑幕。這些名人，均以英文字母的化名代替，從描述中無法確認他們的真實身分。夏詠昱翔實地記錄了這些醜聞的消息來源、勒索目標的生活習慣，以及他的跟蹤行動、與對方的斡旋過程。多數名人都願意息事寧人，給予夏詠昱超乎想像的報酬。從筆記的字裡行間，可以清晰地感受到他混雜著得志、報復、恐懼的複雜心態，彷彿在支配一座龐大而脆弱的金錢帝國。

只有一篇除外。

那是關於夏詠昱友人 F 的記事，日期不詳。F 是某公司負責人，某日收留了一名來歷不明的女子，並在委託夏詠昱代為照顧後失去聯絡，兩週後自殺身亡，但身上疑似有不明外傷。夏詠昱提及，那名女子的記憶、潛意識無故消失了，而這可能與她的真正身分有關。

他試圖解開謎團，然後——

他看得見鬼了。

在劍向的印象中，「看得見鬼」屬於一種天生的靈異體質，或者透過作法而獲得，擁有這種能力的人，看得見亡者的鬼魂，也就是所謂的「陰陽眼」。佛教有「五眼」的說法，其中一種稱為「天眼」，也有人認為包含了陰陽眼的能力。他聽過學長講過，多年前發生過一樁兇手承認殺人，能鉅細靡遺地描述行兇細節，且與警方調查完全一致，但對殺人棄屍一推三不知的案件。在十多天的搜查後，警方仍然找不到被害者的屍體，家屬不願意放棄，便找來據說擁有陰陽眼的友人，警方也沒有其他辦法了，只得配合他們。

奇妙的是，這時冥冥中出現了一股隱隱約約的神秘力量，指引警方往廢棄產業道路的一座木造工寮而去，在寮內的儲物櫃裡，真的找到了一具屍體。儘管屍體已經腐爛不堪，但經過指紋、血型的比對，確認了屍體正是被害者本人。而那名擁有陰陽眼的人告訴警方，她只是看到了犯罪現場留有鬼魂的血跡，便沿著血跡的方向走去，才找到屍體的。

學長說，在法院上講求的是科學辦案，只有科學證據可以定兇手的罪。沒錯。可是，尋找被兇手藏匿的屍體，總沒有這種限制，不一定非仰賴科學不可吧？

但是，夏詠昱在筆記中並未詳述，他究竟是如何看見鬼的。夏詠昱說，他發現有一個方法可以看見鬼，而他試了那個方法。此外，若對照他在筆記中的描述，那是他為了破解那名神秘女子的心理枷鎖而進行的一套試驗流程。也就是說——那個方法，極可能即是解開厲鬼殺人之謎的關鍵。

謎團愈來愈多，劍向感覺到自己彷彿陷入愈來愈深的泥淖中。在夏詠昱的家中，他幾乎沒有留下那名神秘女子的線索，筆記本裡的Ｆ，他也沒有留下真實姓名，更何況，現在Ｆ已死亡。若是想破解這些謎團，唯一的突破口只剩下一個：依照夏詠昱臨死前要求的，去找來一名法力相當的靈媒，回到四〇一室召喚他的亡魂。然而，他並不知道去哪裡找得到這樣的人。

更重要的是，夏詠昱的屍體，隨時都可能被發現。

劍向反覆思索著昨夜離開四〇一室的過程，一邊說服自己，相信自己的行蹤並未曝光，絕不會被警方鎖定。但是，他仍無法百分之百確認。百分之百。這個世界上，倘若警察毫無失誤，百分之百的完全犯罪並不存在。

現在時刻，下午三點五十分。

身體疲倦的程度，超過自己的想像。

劍向拾起床頭櫃上的遙控器，打開電視，隨便轉到一個新聞台。午後的新聞，正在播放調性輕鬆的美食介紹，主播一邊品嘗蛋糕，一邊露出驚喜的笑容。他注視著螢幕上的跑馬燈，沒有看到四〇一室出現了第二具屍體的新聞。他又轉到其他新聞台，同樣沒有消息。但是，劍向並沒有鬆了一口氣的感覺。新聞沒有播報，也可能是警方向媒體要求延後公開。

此時此刻，必須沉著、必須冷靜。劍向如此告訴自己。他只能把握時間。

劍向起身，打開床側的置物櫃，取出夏詠昱的背包。他將筆記本收妥，拿出另一本書。

《尋訪靈媒》。

這本書，是在劍向離開夏詠昱家前，從書架上匆促取下的。必須找到另一名靈媒來召喚夏詠昱的亡魂——這個念頭，在他的腦中不斷盤旋著，於是帶走了書名與「尋找」有關的這本書。然而，這會是破解謎團的突破口嗎？劍向並不確定。

劍向坐回病床，開始翻閱《尋訪靈媒》，希望能找到另一名靈媒的相關線索。不過，才剛打開書頁，劍向頓時感到一陣失落。一看目錄，書中前幾個章節，談的都是歷史上著名的靈媒。原來這只是一本研究靈媒是否真的有通靈能力的訪查紀錄。此外，這些靈媒都是外國人，大部分恐怕已經作古多年，對眼前的難題顯然毫無助益。但，劍向決定耐著性子閱讀，終究，他不能放棄解開謎團的任何一絲機會。

一般咸認，美國最知名的女性靈媒，當屬活躍於十九世紀末期的蕾歐諾拉．派波（Leonora Piper），世人對她敬稱為「派波太太」。

一八五七年，她出生於新罕布夏州納舒厄市（Nashua），是家中第四個孩子。在她二十二歲時，嫁給了銷售員威廉．派波，移居波士頓。二十五歲那年，她生完第一個孩子，身體出現了反覆發作、無法治癒的病痛，疑似童年時期因滑雪受傷的後遺症，於是她四處求醫。某次，她求助一名心靈治療師，這名治療師是一個年老的盲人，治療過程中，她突然進入恍惚的出神狀態，看見了一種神秘光波，她回憶起童年滑雪受傷昏迷時，也曾看見過相同的光波。這種光波後來被認為是靈界召喚的訊息。

在光波的影響下，派波太太以自動書寫的方式，寫下了奇妙的訊息，是由一個自稱卡洛琳（Chlorine）的女孩所留下的，但派波太太完全不認識卡洛琳。後來，當地一名法官認為這是他死去的兒子透過卡洛琳傳遞給人世的訊息。此事在靈媒圈傳開，派波太太聲名鵲起，她也順勢成為職業靈媒，收費替人通靈。

派波太太的事蹟，很快地引起了美國心理研究協會、英國通靈探索協會的注意。對超心理學研究甚深、在哈佛任教的哲學家威廉．詹姆斯（William James），主動參加了派波太太的通靈活動，並進行調查，確認她是否真實擁有通靈能力。

派波太太的人格類型，是屬於衝動、感情用事的個性。她多愁善感，在日常生活中多以直覺或心血來潮行事。她說，自童年起，她常有模糊的預感和內心發出的警告，要求她處理一些手上難以解決的問題。起初，派波太太對自己的靈媒天賦，一開始抱持的態度是排斥與恐懼的，直到她發現自己進入恍惚狀態後所傳遞出來的訊息是真實、對人們有益的，她才願意認同自己與眾不同之處，積極地發起降靈會，也坦然接受她蜂擁而至的信徒們以純真無瑕的信仰愛戴著她。

在每次的降靈會中，派波太太總是能立即進入出神狀態，房內的幽靈隨即出現，支配她的身軀。這些幽靈大多是參與聚會者死去的親友，即使他們和派波太太素不相識，也可以正確地回答與會者所提出的問題。與會者和死去的親友交談，總能為聚會帶來哀戚、感人的戲劇性。僅有少數幾回，附在派波太太身上的是魔界的惡靈，她將不再親切有禮，變得狂躁暴怒，而且口出穢言，句句充滿邪淫的威脅，事態的後續發展便猶如電影《大法師》般難以收拾。事後，派波太太卻遺忘了在聚會上曾經發生過的事，包括從她自己口中所講的話。

創作名偵探福爾摩斯的作家亞瑟．柯南．道爾，晚年醉心於超自然學，也在一八九九年時參加過派波太太的降靈會。他轉述她在會中的預言：「世界各地將陷入可怕的戰亂。」日後被認為是影射了第一次世界大戰的發生。

由於當時非常流行以詐術偽裝成通靈藉此獲利，許多研究者的主要工作都是揭穿詐術，英國通靈探索協會裡的靈能學者也邀請了派波太太到英國去，設定極為嚴謹的環境條件，研究派波太太通靈能力的可信度。但二十多年間，都找不到她有詐欺行為的可能性，儘管她晚年的通靈能力已經大不如前。英國通靈探索協會為她出版許多紀錄文件，都昭示了她具備與靈界溝通的能力之確鑿證據。

這個章節的後續，列舉了這些靈能學者們的測試方法，包括邀集一群使用假名的陌生人，讓派波太太描述他們的生活背景、職業等細節。劍向難以想像，在如此嚴苛的條件下，要如何從簡短的對話中判斷對方的真實身分，只能認為她確實有能力與幽靈溝通，才能取得參與者的私密情報了。

一八八三年，珀爾．柯倫（Pearl Curran）出生於伊利諾州蒙德市（Mound），數月後，柯倫一家搬到德克薩斯州，珀爾在那裡度過了學生時代。她的學習能力不佳，高中一度輟學。後來，柯倫家又搬到密蘇里州的聖路易斯市（St. Louis），由於珀爾擁有音樂天賦，家人曾經送她進行專業訓練，她畢業後在芝加哥的一家音樂公司當銷售員，卻無法實現她成為歌手的心願，於是，她在二十四歲時結婚，回歸家庭，過著平凡無奇的婚姻生活。

珀爾的人生轉捩點發生在一九一二年。當時，鄰居介紹一名靈媒給她，她雖然不太情願，卻仍然同意了讓這名靈媒到家中進行降靈會。聚會期間，珀爾的行為舉止忽然出現變化，在占卜板的引導下，她表示自己名叫佩麗絲．華斯（Patience Worth），是一個十七世紀時，由英國多塞特移民美國，最後被印第安人殺害的女孩靈魂。她詳細敘述了自己是如何與家人從一個英格蘭地區的小農村出發，搭船橫渡大西洋，站在船頭成為第一個抵達岸邊的人之一。

珀爾的言論引起眾多靈能學者的興趣，但佩麗絲．華斯僅僅是一個鄉村姑娘，名不見經傳，經過研究，仍無法查證三百年前是否存在這麼一位真實人物，然而，透過珀爾之口，那些栩栩如生的描述，滿足了許多美國民眾對昔日英國庶民移居至新大陸拓荒的浪漫想像。珀爾的丈夫則在聚會中負責抄寫妻子連續數小時的口述內容。

接著，珀爾開始展現了自動書寫的特殊靈能。自一九一三年起，透過珀爾的筆，佩麗絲寫下品質精良的詩文、小說作品。珀爾曾在一次報紙的訪問中表示，在佩麗絲附身進行寫作時，她本人完全失去意識，在失去意識前，則經常出現不知由何而來癲狂感。「有如吸食古柯鹼，然後投身到海中遽然沉沒。」她說。這種癲狂感會刺激她的精神狀態亢奮昂揚，藉著這種有如通電的快感，珀爾的意識彷彿凌空升起，飛離體外，她的雙手猶似抽搐般地快速打字，寫下令人著迷的故事。

珀爾的歷史小說，展現她對古代社會生活細節的豐富知識。但大眾對這些作品趨之若鶩，最重要的原因，是作品極可能來自靈界的幽魂。在眾所矚目下，她的作品接受了歷史學者的考證，有一派懷疑論者認為，她的作品有時代錯亂的問題，與某些當代作品亦頗多類似之處，另一派則肯定她的靈能，在多方調查後，確知珀爾毫無私下求得相關歷史知識的可能性。

珀爾在一九三七年逝世。她生前發表了五部小說、數百首詩，總字數超過四百萬字，無人能解釋她如何在普通教育的背景下達成如此的創作實績，只有來自過去的幽靈將所見所聞如實告知，是唯一的合理解釋了。

在這個章節介紹的靈媒珀爾．柯倫，通靈能力與夏詠昱是十分類似的。已死的鍾思造能藉由他的身體與現實世界溝通，複述他死前所發生的一切。不過，書中說根據歷史記載，珀爾一生能通靈的亡魂僅止於佩麗絲一人。

接下來，《尋訪靈媒》談到靈媒的能力不只可以和死去的幽靈溝通，除了文字或藝術創作之外，也有能力與幽靈合作，完成一些人力所不能及的行為。

世界上最負盛名的物理靈媒，是出生於一八三三年的蘇格蘭人丹尼爾．道格拉斯．荷姆（Daniel Douglas Home）。他是家中的第三個孩子，由於體質較為虛弱，罹患肺結核，性格有明顯的神經質傾向。由於母親伊莉莎白的妹妹瑪麗．庫克沒有孩子，他便被過繼給瑪麗撫養。他的通靈能力在非常年幼的時候即出現徵兆，據說，他在一歲時就能自行搖晃搖籃，此外，他還以千里眼看見了鄰鎮的堂兄去世的景象。後來，他還預見了兄姊在未來發生意外而死亡。

一八三八年間，庫克一家決定移民美國，住在康乃狄克州諾威奇市（Norwich）近郊。十三歲那年，他預見了一位親密的兒時玩伴艾德溫即將死亡。不久，庫克一家移居紐約州，與艾德溫距離數百公里，兩人因此失去聯繫。直到某夜，荷姆看到艾德溫突然現身，在空中旋轉了三圈後消失，他知道艾德溫已死。數日後，荷姆家收到來信，說艾德溫死於急性痢疾，發生於荷姆看見艾德溫幽魂的三日以前。

到了一八五〇年，荷姆的生母伊莉莎白逝世，他的通靈能力也愈來愈強，於是決定離開庫克家，與友人同住，並開始舉辦降靈會。在降靈會中，他會召喚幽魂，搬動沉重的家具、敲打屋內的牆壁、進行樂器演奏，甚至讓自己飄浮在半空中，並能拉伸身體將近三十公分。

荷姆的奇術前所未見，引起了絕大的轟動，因此受邀到英國表演，連英國王室都蒞臨觀賞。一八七三年，他曾在某次倫敦的降靈會中，浮身在半空中長達五分鐘之久，多人目睹他從窗戶飄入繞了屋子一圈後，再飛出去。英國物理學家威廉．克魯克斯（William Crookes）證實他的降靈過程毫無欺詐成分。他的通靈能力與眾不同，並不是透過與特定的幽靈進行對話來呈現，而是在幽靈的協助下進行違反物理特性的表演。

這個段落，解釋了靈媒除了心靈聯繫的能力以外，也能透過幽靈來展現物理行為能力。靈體雖然不存在於現實，卻仍然能對現實世界造成實質的影響。他們能夠搬移桌椅、投擲物品、讓招魂者飄浮在半空中，甚至敲擊牆壁、搖撼屋子來製造聲音。

也就是說，已經死亡的洪澤晨，他的亡魂是能夠殺死鍾思造、夏詠昱的——這一點，在書中獲得了外國歷史事件的印證。既然，夏詠昱是在學會「看得見鬼」的方法後才被厲鬼所殺，就表示這個方法可能是一種物理的通靈術。那麼，既然洪澤晨厲鬼作祟的殺人手段屬於物理性質，就表示確實是能夠透過物理方法來進行阻隔。劍向心想，這必然就是鍾思造打造密室、封鎖所有門戶的原因了。

此外，若是更進一步地思考，就能夠得到一個嶄新的結論——顯然，鍾思造也學會了「看得見鬼」的方法。可是，鍾思造並非靈媒，與靈媒界也毫無關係，他為什麼要學習這個方法呢？劍向反覆思索，依然無法理解。

一九五五年，英國靈媒馬修．曼寧（Matthew Manning）出生於劍橋，根據其家人的紀錄，馬修在十一歲時，家中曾發生一連串的離奇事件。剛開始，自家屋內的一些擺飾無緣無故改變了放置的地點，比如說小桌几被移到幾公尺外，銀製酒杯從架上被移到地板上。曼寧的家人一度認為，這是小馬修的惡作劇，然而，後來怪事愈來愈多，也愈來愈難合理解釋。在曼寧家中，日夜各個角落都可聽到輕微的拍打聲、模糊的敲擊聲，以及刺耳的嘎嘎作響聲、低沉的談話聲等。經過仔細的觀察，他們確定小馬修並不在現場，也不可能獨力完成那些把戲。小馬修說，家中有幽靈想告訴他什麼，才會以這種方式引起他的注意力。

於是，曼寧的家人求助於靈能學者。此時，馬修開始展現了更奇特的天賦。他不但能在臥房牆上以自動書寫的方式寫下一連串十七世紀般的手稿，也能透過通靈進行自動繪畫，這些繪畫作品的風格形形色色，包括一些已逝世的藝術家，如畢卡索、莫內的作品。這項特殊能力引起靈媒圈、藝術圈人士的注意。馬修在《鏈結》（The Link，1974）一書中表明，他的自動繪畫是與畢卡索以及其他藝術家的靈魂進行接觸，讓他們的靈魂控制了自己的身體，才有辦法完成的創作。他說，他會拿著畫筆，全心全意想著某位畫家，很快地，就會立刻進入意識清醒、情緒飛躍的精神狀態。此時，他會感覺某位藝術家的意識與他愈來愈接近，終於進入他的體內，接管身體的控制權，接著，他手上的筆就會自己動了起來，不久與這位名家畫風極端相似的作品就出現了，最後並附上幾可亂真的簽名。自始至終，他只是個目睹作品完成的旁觀者。

有人質疑馬修的作品只是對藝術大師們既有作品的臨摹，並非大師透過馬修之手所完成的新作。不過，所有認識馬修的朋友都異口同聲的說他是個誠實、專注、熱情的人。沒錯，馬修對於那些過世名家是極為崇拜的，而他本人也的確擁有相當程度的藝術才華。對此，某些靈能研究學者認為，正是因為他的行為正直，對已故的傑出藝術家們懷有極深切的敬虔，所以他的腦波才能接近那些名家的頻率，使名家們的靈魂能控制曼寧的手，藉以重現畫作。

這些研究資料，包括訪談紀錄、大量的照片等等——有童年時在牆上書寫的筆跡、自動繪畫作品、錄音及影像檔案，目前都收藏於劍橋圖書館中。而馬修本人現在則在英國德文郡經營一家心靈治療診所，服務從世界各地遠道而來的客戶。

書上的各章內容，陸續介紹了世界各地許多歷史人物、奇異事蹟、調查證據，字裡行間信實可徵，再加上昨夜他所目睹的殘酷殺人案，使劍向不得不認真看待書頁上的段落。他深受吸引，專注地閱讀著，彷彿那些隱藏在紙頁的昔日幽魂，此時也現身在他的眼前，在他耳邊不斷呢喃著「這全部都是真的……」一樣，告訴他夏詠昱確實身懷通靈能力，能召喚鍾思造的魂魄，也能藉由另一個靈媒的協助重回人間。

然而，夏詠昱是個與任何人都毫無往來、猶如毒蛇藏匿於暗處等待狙擊機會的隱形人。從夏詠昱書房中所找到的筆記本來判斷，他的招魂術或催眠術，完全是靠自修學得的，他沒有朋友、沒有老師，更沒有一起討論、研習的夥伴。換句話說，夏詠昱必然也不知道該到哪裡去找另一個靈媒，縱使他在死前要劍向去尋找。

劍向再次拾起《尋訪靈媒》。翻開書末的版權頁，這本書出版於一九九六年，作者名為崇天居士，出版社是乾坤書局，社址在香港灣仔區莊士敦道。雖然這是幾年前出版的新書，但作者是以法名寫作，出版社不在台灣，書上也沒有附上聯絡電話，劍向目前仍在住院，一時之間，他無法馬上與出版社聯繫，也無從得知作者所引述的歷史資料是否過時。

不過，從馬修．曼寧的出生年份推算，想必他是還活在世上的靈媒吧？

這是他讀畢這本書以後，唯一查得到的人名。但劍向在調查過程中，藏匿證物、與案件關係人進入犯罪現場、隱匿案情不報……自身的行為，已然喪失了辦案的正當性。此外，鍾思造案與即將曝光的夏詠昱案，現實上與招魂術、通靈、厲鬼殺人並無關係，劍向也是絕無可能以台灣警方的官方名義去邀請對方協助刑案調查，到四〇一室進行招魂的。

以通靈、催眠術從事非法勾當的人，除了夏詠昱之外，劍向也想不到第二個人了。

劍向的思考陷入困境。他的內心焦灼，隨意翻閱著《尋訪靈媒》，只希望在思考時兩手能有點事做。然而，書頁停留在珀爾．柯倫的黑白照片，突然給了他電光石火般的啟發！

照片。

沒錯，就是照片——那些掛在二樓暗房裡的照片。

夏詠昱以勒索他人為業，他所勒索的對象，都是達官貴人。也就是說，劍向並非完全沒有他生前行動的線索。他既然勒索了別人，他和那些被勒索者之間，必然得存在一種以上互相聯絡的方式。

至少有一種，就是打勒索電話。不過，光是用電話聯繫，劍向當然無法得知夏詠昱的生前行動。還得繼續往下想——在勒索電話裡，一定會談到封口費的取款方式。有人願意選擇透過銀行直接轉帳，但有人不喜歡在戶頭的出入上留下任何不容易解釋原因的紀錄。

這種人，會選擇親手交易。

沒錯，夏詠昱沒有朋友。

但他有敵人。那些被勒索者，就是他的敵人。

暗房中，掛著夏詠昱跟蹤時大量的偷拍照，這些人全都是某個領域的知名人士，全都能鎖定身分。更重要的是，這些被偷拍者，一定都曾經是夏詠昱通靈、催眠的客戶——他們的秘密，全是在接受療程時透露的。在夏詠昱的筆記中，並未明確提及Ｆ收留神秘女子、死亡的時間點，所以，要從八卦雜誌下手，找出是哪一家在什麼時候做的追蹤報導，進而查出Ｆ的真實身分，是非常困難的事。但是，若是與照片上那些被勒索的人取得聯繫，則較有可能確認Ｆ到底是誰，畢竟，關於Ｆ的死因，曾造成那個社交圈議論紛紛。

查出Ｆ的真實身分後，繼續追查，就有可能查出Ｆ收留神秘女子的過程。接下來，再繼續追查神秘女子的來歷，就能找到抹除她記憶、潛意識的藏鏡人。最後，再解明這名藏鏡人施行厲鬼殺人的手法，就能阻止這一連串的惡鬼虐殺案。

也就是說，劍向根本不需要找到第二名靈媒，也不需要召喚夏詠昱的亡魂。

然而，就在劍向的思路突破瓶頸、精神大感振奮時，另一個想法從腦中竄出，徹底否定了這個偵查方向。

沒錯，劍向是可以從照片裡找出那些被夏詠昱勒索的社會名流。但是，這些照片牽涉到極秘密的個人隱私，他們又何嘗願意坦然承認？更可能發生的狀況是，他們會懷疑劍向的用心，誤認他是下一個企圖勒索的惡德刑警。

再者，一旦劍向與他們聯絡，他們定然會聯想到警方找上門來，原因是那些勒索照片，而知道劍向與夏詠昱相識。而在被勒索的人當中，有一部分是具有政商影響力的顯要，與警界高層幹部相識，他們勢必會向警界高層探詢內幕。那麼，警界高層會發現，他恰巧是鍾思造案的責任刑警之一，加上四〇一室又出現另一具無名男屍……

整件事情的全貌將會被看得一清二楚。

屆時，警方將發現無名男屍的真實身分正是夏詠昱。其後，劍向在住院期間秘密離開醫院，與夏詠昱進入四〇一室之事也會跟著曝光。

朝這個方向調查，劍向簡直是在替自己戴上手銬。

沒辦法。他不能用這種方式調查。那麼，除了大海撈針、翻閱最近這一年所有的報章雜誌，過濾可能是F的死者之外，難道說就沒有其他方法了嗎？

愈是深入追查，劍向愈是感受到一股沉重的巨大壓力。

……不對，還有、還有一個方法。

再次思考那些照片的價值。夏詠昱的筆記中提到，他也曾經替F做過六次催眠療程，後來還成為F的使喚對象。夏詠昱是個表面順服、內心不甘屈從的人。換句話說，對於F的個人隱私，他不但瞭若指掌，更很有可能成為他用來勒索的素材。F絕不會僅僅是他的客戶，也同時是他的獵物。

那麼，有極高的機率，在那些照片中藏匿著F的身影。

也就是說，只要劍向逐一過濾那些照片，找出其中是否有人已經死亡，再比對同一個時間點的報章雜誌，就能夠查出F的真實身分。

終於發現了案情的突破關鍵！

劍向思索至此，掩飾不住內心的雀躍，不由得立即放下那本《尋訪靈媒》而振臂。

此時，他甫一抬頭，卻發現此刻學弟紹德、高欽福組長兩人站在病房門口處。

2

「學長，你已經醒了？」

「嗯。」

劍向壓抑著極度緊繃的情緒，盡可能表現出鎮定的態度，緩緩地將洪澤晨案的文件夾闔上，放回床頭櫃上。所幸，他並沒有忘記以文件夾掩飾《尋訪靈媒》的書封。文件夾表面儘管有些隆起，但這是舊資料長期堆置在檔案櫃中的常見狀況。劍向需要做的，就只是自然地將文件夾的背部朝外、擋住兩人的視線而已。他瞥了一眼紹德，只見他帶著鬆了一口氣般的微笑，愉快地走近病床前。看樣子，紹德並未起疑。

「恢復的狀況怎樣？」高欽福組長跟在紹德身後，和善的眼神中暗藏一股銳氣。劍向雖然知道，這是在資深刑警身上經常可見的慣有氣質，依然感受到胸口出現一陣不平靜的鼓動。

「我等不及出院了。」

「很好。」高組長點點頭，卻馬上又嚴肅地搖搖頭。「……不。一點也不好。」

「怎麼了？」

劍向感覺到自己的語調過於謹慎，反而有些心焦。

他非常清楚，接下來會發生什麼事。

「組長，我來說吧！」紹德插嘴，「今天上午十點，分局接到報案電話，是四〇一室的房東打來的。他說，他約了清潔公司要來整理屋子——昨天鑑識工作告一段落以後，我們已經通知房東來處理了。事實上，他已經催了警方好幾次，大樓住戶都要他趕快清理，免得整個大樓的煞氣散不掉。沒想到，他帶著道士、工人一進四〇一室，擺了鮮花素果，準備上工前的祭拜，竟發現臥室裡有一具遭到分屍的男性死者。」

「在同一個地點發生分屍案？」劍向偽裝出驚訝的表情。

「對，是同一個地點……都在臥室，不過，精確地說，不算是同一個位置——死者陳屍在地板上，而鍾思造則是死在衣櫃內，還是稍微不太一樣。但死者的右手腕整個被截斷，這點倒是完全相同。」紹德一邊說著，一邊從口袋裡拿出筆記本。「再來是屍體的狀況。死者的後頸部遭到利刃的重複戳刺，幾乎呈現斬首的狀態，只剩一小塊頸肉與下巴相連。再來是背部。背部有兩道以利刃劃開的十字型傷口，死者的內臟、肌肉、脂肪被同樣的兇器從背部的傷口挖出來，散落在地板上。

「經過清點，死者的身體被分屍為六塊——頭部、右手腕、身軀，右大腿肉、右小腿肉。至於左腿，只有大腿肉被割斷，小腿肉雖然從腿部切開，但仍與腿骨相接。從屍體周遭的血液噴濺狀況來看，目前可以推測死者的右手腕先被斬斷，再來是背部的大型創傷，接著是後頸部，而他的心臟、肺臟、肝臟，以及胃部、大腸等臟器，則是在他死亡沒多久被兇手挖出來的。最後，兇手脫下死者的長褲，用刀將死者大腿、小腿的肌肉都割下來了，傷口深可見骨，然而，性器官並沒有遭到嚴重的破壞。

「從分屍現場來看，兇手的用刀技術十分純熟，推測整個作案時間不超過一小時。儘管鍾思造的屍體被發現時，他的肌肉、內臟已經被老鼠吃得差不多了，但我們有理由懷疑，鍾思造也是被類似的用刀手法所殺，他的右手腕被斬斷後，他掙開了兇手的壓制，接著他逃進衣櫃，以櫃門阻擋兇手，最終，他在裡頭失血過多而死——假使他來不及逃進去，下場應該會與這個無名男屍一樣。」

「紹德，你說……無名男屍？」

劍向不由得緊盯著紹德的眼睛。

「對。現場沒有找到這名男子的身分證件，他的褲子口袋裡也空無一物，沒有錢包、沒有鑰匙、沒有手錶、沒有手機，甚至沒有隨身攜帶的背包。也就是說，他身上除了衣服以外，什麼都沒有帶。」

「難道是被兇手帶走了？兇手不希望警方知道死者是誰。」

「沒錯。」紹德點點頭，接著說：「但這只是其中一種推測。還有另一種情況——他到現場的時候，身上什麼東西都沒帶。他是被兇手挾持到現場的。這名兇手，極可能對四〇一室有一種莫名的偏執，他非得要在同一個地點殺人不可，不管理由為何，他就是必須這麼做。但，現場已經被警方接管了，不再像是鍾思造一個人藏匿在密室那樣安全，他不能被警方逮捕。這就是為什麼他不能讓死者的身分曝光的原因。」

正如同以往兩人討論案情的默契，一人提出一項假設，另一人檢討這項假設的合理性，並試著提出與這項假設相左的其他推測。這是梳理案情最徹底、最有效率的方法。然而，此時劍向卻利用了這個互動，設法將紹德的思考路徑拉離，不讓他接近真相。

「那麼，換個角度思考。」劍向說：「兩名死者先後被雷同的手法殺害，除了兇手本身對四〇一室的異常偏執之外，鍾思造與無名男屍之間，是否也存在著某種地緣關係？比方說，鍾思造是現任房客，但剛搬來不久，而無名男屍則是前任房客？」

「關於這一點，我立刻就向房東求證了。他並不是。房東是個將近七十歲的老人，但記性很不錯。他說，這棟大樓屋齡有二十八年了，他在剛蓋好時他就已經買下了。他給了非常篤定的答案，說他從來沒有見過死者。」

「其他住戶呢？」

「還在調查中。但目前沒有聽說有人見過這名男子。」

劍向的神經稍感放鬆。警方暫時還找不到關於夏詠昱的線索。

「那麼，昨天晚上的監視器畫面呢？」劍向問。

紹德搖頭。「我們做了檢查。帶子裡的影像是十天前的。錄影設備停機，什麼都沒錄到。管理員說，最近發生過一兩次，原因不明。」

「會是兇手的詭計嗎？」

「無法判斷。」紹德的情緒有點低落。「我不知道。該怎麼說才好？學長，我有一種奇怪的感覺，這個案子彷彿存在著一股神秘的、非理性的力量，在阻止我們查明真相。當我們調查鍾思造，好不容易有了一些進展，現在卻又突然冒出一個身分不明的死者……」

「等等，鍾思造的事情有進展了？」

紹德的話，令劍向突然忐忑不安。劍向到夏詠昱的家做過調查，知道他在神秘女子失蹤後進行調查，查出她後來到了鍾思造的家。但是，劍向並不知道夏詠昱是如何查出鍾思造的。也許，他們兩人之間確實存在著某項交集。那麼，一旦警方找到了這項交集，就會揭開無名男屍的真實身分，進而查出夏詠昱的住處。警方將發現夏詠昱是一名靈媒，屋內有來歷不明的指紋，而那些指紋正是來自劍向。

「嗯。鍾思造在視聽器材店任職過，我們根據店長的資料，查到了鍾思造的銀行帳戶，那是他的薪資轉存帳戶。一開始有幾筆月薪進帳，他離職後，帳戶就不再使用了。我們清查過他的其他銀行帳戶。當兵時，他申辦過郵局帳戶，但退伍後也不使用了，戶頭只剩下一點零錢。他就這兩個帳戶，其他沒有了。沒有。而且，近幾個月全都沒有資金進出的紀錄。在另一方面，鍾思造支付房租，則都是以銀行臨櫃的方式，拿現金匯到房東帳戶的。」

「這表示……」

「這表示，鍾思造從視聽器材行離職後，他不管做的是什麼工作，都是領現金的。」

「而且，這些現金來源不明？」

「沒錯。」紹德收起筆記本，「鍾思造的收入，很可能來自偷竊。我調了那家視聽器材行竊案的調查紀錄。鍾思造的行竊手法並不是非常專業，但也絕不是生手——現場沒有他的指紋，也沒有留下監視器影像。負責這個案子的員警偵訊過他，他解釋是工作了一段時間覺得錢太少，突然想離職而已。換句話說，即使店長懷疑是他幹的，也沒有任何證據。我認為，鍾思造可能加入過某個偷竊集團，學會了基本的行竊技巧，沒被抓過，也沒有留下前科。」

「確實……很有可能。」

劍向同意紹德的意見。鍾思造的家中堆滿了過多的視聽器材商品，絕不可能自用。

「我們正在追查鍾思造的銷贓管道，但目前沒什麼斬獲。死在相同現場的這個男人，難道是銷贓管道的關鍵人物嗎？」

「只偷走幾台攝影機、錄放影機，會產生那麼強烈的恨意？」

「學長，假使他偷了什麼不該偷的東西呢？」

「例如說？」

「鍾思造使用過攝影機，但家裡連一捲錄影帶都找不到。錄影帶很可能存在過，裡面說不定錄過什麼秘密。大宗的毒品交易、強暴或殺人過程的錄影什麼的，牽涉到某個重要的人物。兇手將他殺死後，帶走或銷毀了錄影帶。」

「紹德，你電影是不是看太多了？」

「但你不能否認有這種可能性啊。」

「對。邏輯上是不能否認。只是，台灣從來沒有發生過這種案件。」

「洪澤晨。」

劍向從胸口生出一陣寒意。

說話的人，是久久沒有出聲的高組長。

「洪澤晨很可能做過。」

果然——劍向心想，高組長會特地來一趟醫院，正是為了洪澤晨。

高組長的聲音冷冽，「警方在他的犯案現場中曾經發現過類似腳架的痕跡，距離很接近死者的陳屍位置。但是，洪澤晨被逮捕後，否認在肢解屍體的過程中拍照或錄影。後來警方查了很多次，也沒有在他家中找到拍攝器材、底片或錄影帶。那時我們有一種推測，是他做完影像紀錄後，把器材都賣掉了。」

「那照片或錄影帶呢？」紹德問。

「藏在一個只有他自己知道的地方。」劍向代為回答：「那是他的『戰利品』。」

「當時還有另外一種推測。」高組長接著說：「他當過許多有錢老人的看護，那些老人，自然是列在他的獵物名單中，不過，認為那些老人全都是善良的，恐怕也是太過天真的想法。其中是不是有某個人擁有異常的收集癖？洪澤晨把那些影像紀錄都賣給了那人。」

紹德咋舌。「真想不到。比電影還扯。」

「推測只是推測。洪澤晨坦承犯行，與犯罪現場的跡證一致，這就足以結案了。他馬上被處了死刑，迅速從社會大眾的記憶裡消失。沒錯，後來也真的這樣了，符合大家的期望。至於照片或錄影帶什麼的，已經不重要了。」

劍向聽得出高組長微妙的語氣，有一種憤憤不平的諷刺含意。當年最想偵破洪澤晨案的，正是高組長吧。對他來說，洪澤晨案不只是逮捕真兇、令其伏法這麼單純的事。他希望完全解釋這個案子留下的謎團，那深不可測的人性闇面之謎。

「鍾思造的案子，要勉強說是個巧合，我也就認了。」高組長的神情嚴肅：「可是，在同樣的地點，出現了同樣死法的第二名受害者，那麼，洪澤晨案出現了模仿者，就變成一個必須謹慎檢討的調查方向了。」

劍向與高組長彼此互望。那是他們共同的記憶。

「陰魂不散啊。」高組長嘆了一口氣。

對高組長來說，鍾思造案不啻是一場夢魘。

洪澤晨「陰魂不散」的夢魘。

有人模仿洪澤晨、有人崇拜洪澤晨、有人取得了洪澤晨的戰利品……多年之後，高雄市是不是又出現了一個新的連續殺人魔、一個洪澤晨的繼承者？這正是高組長緊咬著這項猜測不放的理由。當年高組長沒有堅持查明戰利品的去向，此時的他，也許非常後悔。

「陰魂不散」——然而，在這個事件中，這個形容詞卻具備了截然不同的意義。

洪澤晨並沒有繼承者。這些案子是他親自下手的。他的亡靈是透過某個「看得見鬼」的方法回到人間的。真相是如此單純，但，劍向卻無法啟齒。

「劍向，你的出院日原本應該是三天後。但是，這名無名男屍的出現，讓局裡大家沒辦法再等你那麼久了。我希望你可以立刻歸隊。我跟主治醫生談過了，他說，你身體的各項指數都相當穩定，當然，他建議你每天回診……」

「我的身體沒問題，可以立即出院！」

劍向馬上答應。他不能被困在這裡。每晚設法靠取巧的方式離開醫院，曝光的風險極高。此外，婉純也不是每天都值大夜班，可以隨時掩護他的行動。他必須回到局裡，掌握組內的調查進度，確保自己沒有嫌疑，同時趁隙潛回夏詠昱家，查出F的真實身分。

「好極了。」高組長的語調彷彿鬆了一口氣。

「學長，我來幫你收拾。」

「不用了，你們先走。」

劍向警戒起來。不能讓紹德碰到檔案夾，發現《尋訪靈媒》這本書。

「沒關係啊，一起收拾比較快。」紹德說。

「你們先走啦。」

不得已，劍向只好刻意把視線投向門外，儘管走廊上其實沒人。婉純昨晚上了大夜，現在一定不在院內吧，否則，他的演技一定更有說服力。

紹德與高組長面面相覷，順著劍向的目光，往門口處看。

「哦哦哦……是這樣啊！」紹德笑了。「學長，你還真厲害耶！」

「還行啦。」

「劍向，那我跟紹德先走，在停車場等你囉。」

「好。」

三個人都笑了。暫時放下了洪澤晨的話題，病房的氣氛變得不再陰沉。

劍向謹慎地佯裝陪笑，目視兩人離開。

事實上，他沒辦法帶走《尋訪靈媒》，也不可能帶走夏詠昱的背包。他能做的僅是將《尋訪靈媒》藏回背包裡。背包必須留在這裡。他必須確保不引起高組長、紹德一絲懷疑。他只能以辦案緊急離院為藉口，請護理站暫時保管背包，晚上再折回來拿。

正當劍向準備起身，卻看到紹德突然折返，出現在病房門口。

劍向不由得一陣冷汗。所幸，他還沒有開始收拾。

「……怎麼了？」劍向鎮定地問。

「學長，我們等一下不會直接回局裡哦。」

「那要去哪？」

「四〇一室。事實上，現在現場根本一團亂，中午媒體聽到風聲，全殺過來了，逼得局裡長官不得不趕來現場指揮。我跟組長是偷偷溜出來的，不馬上回去不行啊。學長，你也一定很想去現場實地調查對吧？」

「嗯。」劍向答得有點勉強。

他不知道該以怎樣的心情，重新踏進自己曾經目睹過殺人過程的現場。

「這個案子查到現在，坦白說啦，我不同意組長的意見。」

「是嗎？」

「你知道組長的理論嘛——某個與洪澤晨關係密切、或者對洪澤晨的真面目非常熟悉的崇拜者，為了重現洪澤晨案的殺人手法，犯下了這兩樁案子。」

「你不這麼想？」

「我認為，警方當年已經徹底調查過洪澤晨案了。我也讀過檔案，結論很明確，不會有任何改變。洪澤晨是單獨作案，他的犯罪計畫，從頭到尾都是一個人設計的。他沒有透露給任何人，也沒有任何人幫他。」

「所以呢？」

「但是，無名男屍案的狀況，並不一樣。」

「……不一樣？」劍向從紹德的眼神中，看到了異樣的神采。

「無名男屍的身體並沒有綑綁的痕跡。也就是說，他是被兇手強力壓制在地板上殺死的。兇手置他於死後，也是在地板上肢解了他。從頭到尾，兇手都在地板上作案。但是，地板上卻出現奇怪的細屑。」

「什麼細屑？」

「床板的木屑。那些木屑浮在血跡的表面，整個臥房的地板上都有。學長，你知道這代表什麼意思嗎？」

「我不懂。」

「木屑非常輕，幾乎沒有重量。血跡有表面張力，使木屑能浮在血跡的表面。血跡乾涸後，木屑就附著在血跡的表面。」

「那又有什麼奇怪之處？」

「鑑識組把四〇一室臥房的床墊帶去實驗室化驗了——上頭都是鍾思造的血跡，所以現場的床鋪上只剩下一塊床板。其實，這張床板房東好幾年沒換過，已經有些腐朽了，床板表面的木屑很容易剝落。

「既然這些木屑浮在血跡的表面，很顯然的，時間的順序是，無名男屍先被肢解，隨後木屑才散落在地板上。順序無法顛倒。於是，我不禁思考，如果兇手作案過程都在地板上，那他是否在肢體屍體後坐在床板上稍微休息，接著站起身來，在房內走動，讓身上的木屑散落在地板上？不可能。兇手殺人、進行了肢解作業，他的身上必然沾滿鮮血。如果他坐在床板上，床板上一定會滲入血跡，床板的表面很脆弱，愈擦痕跡愈明顯，擦不乾淨的。我們在床板上找過了，並沒有擦拭的痕跡。」

劍向不禁背脊發涼。

他回想起自己被夏詠昱綑綁在臥房的床板上，設法掙脫綑綁，細碎的木屑自然是這時候沾黏在衣服上了。他離開臥室前檢查過，自己確實在床板上並未留下毛髮，但他沒有注意到身上的木屑。

「那麼，兇手殺人、肢解屍體後先換上乾淨的衣服，才坐在床板上呢？邏輯上成立，但行為缺乏合理性。兇手既然帶了乾淨的衣服，就表示他徹底思考過如何擺脫嫌疑。那麼，換了衣服後立即離開現場，不沾上現場任何微物，才是合理的行為。」

「紹德，你解釋了這麼多，究竟能導向什麼結論？」

「我認為，兇手不是單獨犯案。除了兇手之外，殺人現場還有第二個人存在。這個人坐在床板上，親眼目睹了肢解屍體的過程——他很可能才是這一連串殘殺案的主謀。他不是這兩樁命案的執行者，而是教唆者、指揮者。他熟悉洪澤晨案的作案手法，指示另外一個照著相同的手法殺人。警方一直認定洪澤晨是單獨作案，所以他知道只要這麼做，警方一定會被這麼類似的殘殺手法誤導，進而往單獨犯的方向調查。」

3

搜查會議結束時，已是晚上十點半了。

當天下午，劍向辦妥出院手續後，立即跟著高組長、紹德前往南台路。尚未抵達案件現場的大樓前，可以看見許多前來採訪案件的電視台、報紙媒體用車，隨意停靠在路邊。連續兩樁分屍殺人案，發生在同一個地點，已經成為全台矚目的焦點。他們穿過高聲探詢的記者、刺眼的攝影閃光燈，進入命案現場所在的大樓。

案情初期的推進完全歸功於劍向，因此，各家媒體的焦點都集中在他的出現。

這樣的夾道關注，使劍向的神色更顯凝重。在外人眼中，劍向是傷癒歸隊的英雄幹探，有了他的回歸，案情將有所突破，社會大眾是如此期待著。他們自然能理解，劍向必然自覺肩負了擒兇破案的重責大任，表情才會如此凝重。但，對劍向來說，實情則完全相反。此時此刻，他的心中正因為紹德的推理而激動。紹德直指有第二人在現場，讓他感覺自己是一名待審未決的嫌犯。但無論如何，兩者並無差異。

第三次進入四〇一室，劍向注意到現場的鐵門整個被拆卸了，方便人員進出。顯然局裡加派了更多的人力。臥房地板上擺置了數個號碼牌，標示著死者進入臥室後的行動軌跡。局裡幾名同事正在研究地板上殘留的白色蠟漬，討論著為何兇手或死者不帶手電筒，卻以蠟燭做為照明工具。有人在旁補充，靈堂上也會有蠟燭啊，無名男屍可能與鍾思造關係密切，深夜到這裡進行祭拜。他們當然想像不到，蠟燭的用途不是只有這兩種。

到過一趟現場，劍向這才終於明白自己在組裡所扮演的角色。他是組裡的大腦。一旦他暫未參與此案，其他同事就只能倚靠既有的辦案經驗，以標準作業流程做事了。尋常的案子便罷，但對這個案件絕對無效。那是難以掙脫的人類思考框架。就連高組長也是，設想此案與洪澤晨案有關，已經是他的極限。

劍向原以為他必須防範搜查小組逐漸推進案情，終將鎖定自己。看來這無須多慮。以往他認為自己只是配合任務，與同事合作，並未特別注意到自己是如此核心、重要的角色。然而，局裡同事都仰賴自己，那麼他只需要在案情關鍵處給予一些「意見」，就能扭轉案情調查走向。

只有一個人除外——紹德。

紹德的行為模式，與其他同事截然不同。他的資歷較淺，在過去大多數的案子裡，他通常被安排現場證物處理流程的工作，屬於第二線人員。但若是人力不足，他也會負責現場偵查。鍾思造案即是如此。高組長瞭解紹德，知道他的潛力，起初就想藉著這個案子加以培育，畢竟這不是個單純的小案子，但劍向因傷住院，案子遂由高組長接手主導，紹德輔佐。

原本劍向歸隊，將會由劍向、紹德搭檔，詎料再度發生分屍案，案情嚴峻，分局長決定下來親自指揮，處理媒體應對，而第一線實務仍由高組長負責。彷彿是殘酷的巧合，當年洪澤晨殺了第二個老人時，局裡也是做了相同的配置。

重新檢視自己到過的現場，劍向逐漸恢復了冷靜。除了木屑以外，他沒有留下任何疑點。而針對木屑的疑點，要設法找到其他解釋，也不是辦不到。他同時小心地觀察紹德的行動，知道他並未找到其他證據。

搜查會議安排在晚飯後，開了三個小時。今晚的重點是無名男屍的真實身分。專案小組比對了鍾思造的人際關係，也清查了住戶們的，兩者都找不到外貌條件與男屍的符合者。大樓周遭的地緣關係、昨晚是否有目擊者的過濾工作，是明後兩天的調查重點。

紹德在會議上也沒有提出「第二人」的推論。不知道是他自己否決了，或是尚待更多證據檢驗，或是單純僅是不想干擾會議進行。劍向也沒有替他發表這項推論。

只要警方找不到鍾思造與夏詠昱的接點，他就是安全的。

此時，劍向稍微感到放心。

他還有時間。

離開分局，劍向立刻去了一趟醫院，拿回夏詠昱的背包。婉純不在，隔天才有小夜班。他想好好謝謝她，但恐怕沒有餘裕再來了。

接著，劍向來到復橫一路。他將摩托車停在兩個街口外，確認附近鄰居都已經熄燈休息，無人注意到他的行蹤，才迅速閃入夏詠昱的住處。他上了二樓，再次踏進暗房。他得盡快找到F。

經過清查、分類，暗房裡總共有五百三十七張照片，是在二十一個不同的地點拍攝的，一共跟蹤了十九人。從拍攝方式來看，可以判斷全都是夏詠昱用來勒索的照片。沒有其他類型的照片。劍向根據記憶，很快地確認了十九人的其中七人的身分，都是政界人士。這七人都還在世，因此，不可能是F。

那麼，剩餘的十二人呢？

劍向將這十二人的照片從暗房帶到三樓，使用夏詠昱的電腦進行搜尋。劍向打開了

Internet Explorer，翻查瀏覽器的搜尋歷史紀錄。既然是跟蹤、勒索的對象，夏詠昱勢必曾經使用搜尋引擎調查過對方的背景。然而，結果卻使他大失所望。夏詠昱極端重視資料安全。在處理監視器錄影資料時，他會特別加密用於催眠的圖片檔案夾，同樣的，他也刪掉了瀏覽器的搜尋歷史紀錄。顯然，他這麼做的原因，是避免留下勒索他人的蛛絲馬跡。

考慮到夏詠昱勒索的對象可能是各界知名人士，劍向連上搜尋引擎，地毯式地尋找縣市政府官員名單、民意代表名單，以及企業家、醫師、律師等職業的公會名錄，再根據名錄查閱網路上的相片。然而，光是網路上所列稍具名號的高雄地方菁英人士就超過一千人，更何況，還不包括沒有列在名單中的。找了一個多小時，快速過濾了一百五十餘人，僅僅多確認了一個人。劍向備感疲倦。他根本想像不到，對一個人來說，這是如此龐大的艱鉅工程。

劍向拿出那捲ＤＶ錄影帶，使用夏詠昱家中的攝影機播放。液晶螢幕中，神秘女子的笑容出現了。錄影帶反覆播放著，劍向想辨識影片中她所身處的異國背景，但他的目光卻總是被她的笑容牽引，那謎樣的笑容，彷彿有一股無法言喻的魔力，悄悄地迷醉了劍向的感官。

──終於無路可走了嗎？

──難道說，除了找出另一個靈媒來召喚夏詠昱的亡魂，沒有其他辦法了嗎？

劍向回頭翻出《尋訪靈媒》。

馬修．曼寧。

這是書上所提及的，目前仍然在世的靈媒。

劍向上網查詢，發現馬修．曼寧設有個人網站，接受全世界的委託案。於是，劍向以蹩腳的英文勉強寫了一封信，然而，就在最後一刻，他將信件刪除了。劍向很明白，他終究承受不起成為案件嫌疑人的風險。他不可能對上級隱匿不報，私自找外國人來協助調查。那麼，退而求其次呢？假使……假使……劍向對馬修．曼寧隱瞞了四〇一室曾經發生過刑案的事實，以一般民眾的身分，單純要他跑一趟，單純地施展招魂術。這是否行得通？劍向搖頭，這不可行。中間有太多變數了，狀況一旦失控，他一定會被逮捕。

他必須找一個靈媒，能夠徹底保守案件的秘密。

這個靈媒，願意召喚夏詠昱，也答應不向警方報案。

不。這不可能。沒有這種人。

劍向沮喪地將《尋訪靈媒》放回書桌，書本隨意地攤開在桌上。此時，劍向不經意地瞥了攤開的書頁一眼。書頁上寫著——〈第十三章／靈媒自我修煉之初階技巧〉。

然而，僅僅是匆匆一瞬的目光，卻讓劍向的雙腳猶如生根在地上無法動彈。他全身上下湧起猛烈的戰慄感，久久不能平息。尋找靈媒，絕對不是徒勞無功的行為！

劍向立刻坐下，情緒極為激昂地仔細閱讀這個章節的內容。不到三十分鐘的時間，劍向做好準備，帶著《尋訪靈媒》迅速離開了夏詠昱的住處。他將夏詠昱的背包放進摩托車的置物箱中，發動引擎，高速馳去。

他必須重返四〇一室去。

只有這個方法了。劍向心想，縱使是孤注一擲，成功的機率如此渺茫，他也非得奮力一試不可。他有如槍膛上僅剩最後一顆子彈的士兵，必須在守城臨陷之前，將準星的尖端瞄向遙不可測的敵軍統帥射擊。

夏詠昱的背包中，放了夏詠昱的攝影機與配件。這台攝影機與劍向家小弟的那台樣式不同，但操作方式差異不大，為了爭取時效，他也沒有餘裕再回家去拿小弟那台了。

這是最後一次機會！

就在劍向看到〈靈媒自我修煉之初階技巧〉這個標題的一剎那，他昨晚任意翻閱，那些敘述歷代著名靈媒的故事內容，在電光石火間全都轟然重回他的腦海中。

——派波太太說，她自童年起，常有模糊的預感和內心發出的警告，要求她處理一些手上難以解決的問題。

——珀爾曾在一次報紙的訪問中表示，在佩麗絲附身進行寫作時，她本人完全失去意識，在失去意識前，則經常出現不知由何而來癲狂感。「有如吸食古柯鹼，然後投身到海中遽然沉沒。」

仔細閱讀〈靈媒自我修煉之初階技巧〉的說明，首先提到——

接下來，必須鍛鍊素質。

成為靈媒，必須擁有天賦的素質。

素質。

靈媒天生具備一種特殊的體質與敏感度，可以介於人間與鬼界成為翻譯人、傳話者一類的溝通管道，擔任兩個世界之間的聯絡橋梁。

這種體質通常屬陰，易於接受外來的暗示。而所謂的外來暗示，除了一般人所能理解的人際關係互動上的訊息外，尚包括天地、山海、木石，以及各類動植物所發射的無形頻率。

就像在發生大地震前，群集的老鼠大規模地遷離該地、豢養的家庭禽畜開始極度焦躁不安、天候出現異常（如暖冬、冷夏）或天象發生不可思議的景觀（白虹、藍月等），在中外的歷史上都屢見不鮮。這就是萬物間頻率互相牽引、干擾的外顯結果。

靈媒在先天上受到各種事物的隱性影響，其程度往往十分嚴重。因此，有些靈媒會在夜裡聽見鬼哭神號，有些會做著內容荒誕不經的奇異惡夢，有些則經常出現不知名的噁心、不快、震顫或抽搐症狀，甚至會引發精神失常或昏厥現象。據統計，許多靈媒在童年時期都曾經有過夢遊症的經驗，儘管並不是所有靈媒都記得小時候的事，但他們的家屬都做出了類似的證言。

劍向這才發現，自己居然具備靈媒的天賦素質。

從他有記憶以來，特別是童年時代的記憶，他的夢遊持續了很長一段時間，而直到現在，每當他面臨到危急的情境時，從胸口深處也經常會迸發戰慄感。尤其是這幾天著手偵辦這一連串事件起，次數變得更頻繁，也一次比一次劇烈。

既然沒辦法找到另外一個靈媒……那麼，僅存的方法，就是讓自己成為靈媒。

只要讓夏詠昱的魂魄，依附在自己的身體上，就可以獲取對方所知道的一切資訊。

沒錯。自己可以成為靈媒！

然而，先前在夏詠昱召喚鍾思造亡魂的時候，他找了劍向做為偵訊者。

但，劍向現在只有一個人。

靈媒的招魂術，見證人必須存在。孤身一人的靈媒，是無法確認招魂術是否成功的。鍾思造是被夏詠昱召喚出來的，因此需要有一名像劍向這樣的刑警對他偵訊，才能獲得關鍵的情報。然而，夏詠昱是主動要求招魂的，他不需要偵訊夏詠昱。但他仍然需要一個見證人。

他當然不可能找紹德或高組長，以及局裡的任何一名同事。

所以，他必須帶走夏詠昱家中的那台DV攝影機。

劍向的計畫是，先啟動攝影機錄下自己想問的問題，接著，開始執行招魂術，要求附身在自己身上的夏詠昱回答這些問題，並以攝影機錄下他的答覆。

雖然瘋狂，但絕對可行。

劍向還記得，《尋訪靈媒》有另一段描述，提及在派波太太附身的並非一般亡魂，而是來自魔界的惡靈，導致事態的後續發展難以收拾。書中沒有寫明到底是如何善後的，但大致可以想像得到，參加招魂會的眾人必須設法將她壓制吧。他獨自錄影、獨自招魂的風險即在於此，一旦狀況失控，沒有人可以救他。

然而，為了解決眼前的難題，他必須鼓起承擔冒險失敗的勇氣。

第四度來到四〇一室，與第二次的時間相同，卻令劍向首次感覺到屋內的陰冷可怖。這也許是因為他對整個事件的構成又有了更深一層的瞭解。洪澤晨親手肢解屍體的畫面，此刻也陡地躍然眼前。連續發生兩樁殘忍罪案的房間，而且真的是惡鬼所為——在媒體的大肆渲染下，這裡必然將成為一棟邪惡兇宅，逐漸嵌入社會大眾記憶的暗處。

穿過一樓走廊之際，劍向沒有忘記先進入管理員室，將事先備妥的空白錄影帶換入監視器錄影機中。他相信——或者，他希望，這裡不會再發生事件，但他必須設想最壞的情況。通往樓上的狹窄梯道，亦依然亮著幽微的黃光。

劍向踏入黑暗深邃的臥房，曾經在眼前死亡的夏詠昱屍體，此時化為以粉筆圈成的白色人形。不。精確地說，並不是一塊完整的白色人形，而是幾塊分割的部分人形。地板上新增了幾個識別現場概況的標籤，記錄了屍塊散落、血跡噴濺的位置，與下午來時的狀況並無不同。

劍向依著手電筒的微光，在地板的無血跡之處立起三腳架，架妥攝影機，將鏡頭朝向床鋪上方，再裝入空白的ＤＶ錄影帶，啟動攝影機電源，確認電池的電力充裕。

他將手電筒插在腳架中央的空隙中，讓光線的方向對著正前方。

接著，劍向面對鏡頭，在床板上坐下。

手電筒燈光直射眼睛，令劍向的意識有些迷失。他花了一點時間才適應。

他按下攝影機遙控器的錄影鍵，攝影機顯示錄影的紅色ＬＥＤ燈跟著點亮。

劍向的心裡早已擬好問題的腹稿。他靜待了十秒鐘，開始說話。

「我是吳劍向，現職偵查佐，目前隸屬三民分局刑事組。我不知道這捲錄影帶會被誰看見，但我希望是你，夏詠昱。夏詠昱──假使你真的是夏詠昱的話，如果，你能夠藉由我的身體、我的眼睛，看到這捲錄影帶，那麼，表示我的運氣非常好，第一次學習招魂術就成功了。不過，如果我召喚到的亡魂，不是夏詠昱你，那麼，我想請求你一件事，我正在調查一件非常重要的案件，請勿妨礙警察查案，立即離開我的身體──也希望你做得到。

「如果你是夏詠昱，請繼續聽我說。首先，我想表達我的歉意。你在臨死之前的委託，我沒有辦法達成。我找不到一個靈媒，可以幫助我召喚你的亡魂。於是，我只好拿自己當試驗品，自行實施招魂術了。」

劍向在夏詠昱臨死前的關係緊張，因此，劍向此時的用字遣詞，盡量避免使用警方慣用的偵訊方式，以免引起夏詠昱的反彈，進而影響他坦誠的程度。

「從你的書房裡，我找到了一本《尋訪靈媒》的參考書。我原本是希望能找到另一個法力與你相當的靈媒，但是，我發現書中所描述的各項靈媒天賦、條件，都和我過去的經驗有許多類似之處。這個辦法或許很笨，甚至十分危險，但卻是我唯一能想到的辦法。在你被殺以後，警方拉高了案件的層級，很快地，警方將會配置大量人力進行徹查。調查的時間所剩不多了。

「我檢查了你的筆記本，發現當中有一段記載，很可能與本案的真相有關。這段記載沒有寫明時間，提到了一名神秘女子，另一個關鍵人物，則以F代稱。關於神秘女子的來歷、F的真實身分，以及F是如何遇見神秘女子的過程，你必須明確地告訴我，我認為，這與『看得見鬼』的方法勢必有密切關聯。

「其次，請你將你和神秘女子相識、往來，替她深度催眠的過程一一告訴我。我希望能從中找出更多可以找到她的線索。雖然我翻遍了你的屋子，但卻找不到更多她的紀錄了。無論如何，只要你源源本本地告訴我所有的事，無論多瑣碎都沒關係，我有我的辦案方法，只要你提供更詳細的線索，我就有機會發現新方向。

「還有，你在那篇記事中，提到了一場夢，但只寫了一句話而已。請你告訴我，你究竟做了什麼樣的夢？而這個夢，到底與『能看見鬼』有什麼關係？請你詳細描述這場夢的內容，以及你所能記得的一切細節。

「最後，我想知道你是怎樣找到鍾思造的。我在調查過程中，必須確保自己的安全，因此，我不能讓警方查出你的真實身分，以免將我捲入殺人嫌疑之中。也就是說，我必須知道你與鍾思造之間的關聯性，絕不會被警方發現。

「這捲錄影帶的錄影時間有六十分鐘長。我相信一個小時的時間應該夠了，我希望你能好好把握時間。我們的聯繫只有這一次機會。另外，我並不了解招魂術在成功後，法力究竟能夠持續多久。我希望時間足夠。」

劍向是第一次面對攝影機鏡頭講這麼多話。他的聲音平板，表情木然，同時顯露出極為急迫的焦躁態度。他錄完這段話後，重新將錄好的部分迴帶，自己看了一遍。

在畫面中說話的自己，感覺好像不是自己。

畢竟，大多數的人不曾聽過自己在別人耳中的聲音。

確認所錄的畫面與聲音一切無誤後，劍向關掉攝影機的電源，準備進行下一步行動。

——招魂術。

劍向回想起上次夏詠昱在他面前施行招魂術的過程。

當時他被夏詠昱擊昏，意識才剛恢復不久，手腳、身體被繩索綑綁，親眼目睹對方進行了一場不可思議的儀式。記得，那時的夏詠昱先在地板上用粉筆花了一個圓圈，圓圈內畫了一個五芒星，以及其他的幾何圖形。在他的記憶中，兩者應無差異。劍向在夏詠昱的筆記本裡，找到了樣式非常近似的手繪圖形。其後，夏詠昱在五個星芒處點了蠟燭，又以鮮血、沙粒進行某種儀式，最後屈膝盤坐，閉目冥思，口中還反覆唸著奇妙的咒語。

他的姿態，猶如召喚惡魔的巫師。

劍向找不到筆記本裡記載了完全一致的儀式流程，因此，他只能憑藉印象來執行。

然而，臥房的地板上到處都是血漬，劍向無法在同樣的地點施術。他不能破壞現場，鑑識小組很可能會再來採取微物樣本。聽過了紹德的「第二人」推測，使他愈來愈沒有把握是否能絲毫不留痕跡。

劍向從腳架上取下手電筒，在黃橙色的光線下翻閱《尋訪靈媒》，找到了有關招魂術的施法描述。手電筒的圓形光暈在紙頁上微顫，印刷文字似也不停在其上飛躍跳動。

十七世紀的大魔法師摩西斯．隆恩（Moses Long），所撰著的手稿《以水晶球與燻煙法召喚天使論》中，曾提及「香」對招魂術絕大的重要性。這種儀式，基本上是為了從幽靈口中求得預言，因此在儀式前必須進行一個很重要的準備工作——就是砍下三根棕櫚樹的嫩枝——當然，這並非可由商店中隨意買到。每一根嫩枝都要裹上羊皮紙，上面寫好三個預言幽靈之名：達拉斯（Darus）、亞特思（Artus）與阿貝達爾（Aebedel）。然後連續三個晚上，對著每根樹枝唸出一段咒文，最後才召喚三位幽靈。

受召的幽靈並非來自天國，它們在地獄裡飽經煉火的焠灼。因此，它們被巫師要求以美麗動人的女子之形象現身。否則，其惡濁醜陋的真實外貌將使施法者無法正視。巫師可以命令她們：「對我的疑問和要求，都要照實回答，不得有絲毫偽稱、假造或推諉之詞。」

另外，手稿還出現如下語句：「就因為我現在已經知道它們是善還是惡，所以我奉勸各位不要跟它們有任何的接觸，就像我已經在……勸告其他人……」這段文字的筆跡與先前完全不同，而且像是突然被中斷，並沒有完全寫成。根據研究員卡登．修爾（Katon Shual）的猜測，隆恩可能是在召靈過程中，遭遇了十分不愉快的經驗，因此寫下這段對試法者的忠告。

然而，也有一種說法大膽指出：隆恩當時在召靈失敗後被惡魔附身，這是他喪失對自我軀體的控制力時，所留下的警告遺言。

當劍向讀到這一段時，派波太太遭惡靈作祟的敘述又浮現在腦海裡。

召喚死去親友靈魂的法術，與召喚預言幽靈的方法基本上並無太大差異。不過，在施行招魂術前，有一個前提必須先予以說明：所謂的招魂術，並非是令死者復活的法術。施法者所招來的魂魄，事實上只是死者於臨終前的最後意識。

此一臨死意識為死者之精神力量，它能重現死者在臨死前心中所思想、意志所專注，卻無法讓死者在人間恢復行動力或判斷力。亦即，魂魄僅是死者殘存於人間中意識的無形聚體，它可以回答招魂者一些簡單的問題，卻不能取代被附身者進行太複雜、太長久的活動。

燭火有助於穩定死者的精神力量，臨死意識將依附在燭火上。施術者在進行靈魂交流時，亦必須將精神力量集聚於燭火上。但是，燭火不可設置過多，死者的臨死意識將會過於分散，同時也會造成精神力量的干擾。

死者的魂魄會隨時光之逝去而逐漸散淡，因此如要施行具有一定效果的招魂術，則必須選擇逝者死亡之處，把握時間盡快進行，以召回死者最清晰之意識。死者意識的能量是有限的，招魂術將死者意識的能量集中，使之成為有溝通能力的靈體，靈體在互動過程中亦會耗損能量，對於至關重大的問答，耗損能量更大，從而使死者的魂魄迅速散逸，再也無法集聚。

讀完這一段，劍向才終於明白招魂術真正的內涵。

因此，夏詠昱才會說，招魂術的機會只有一次。

召喚了一次，魂魄的能量就會消逝。然而，洪澤晨的亡魂，似乎不受次數限制的影響，到現在已經殺了兩人。這背後很可能有不同的運作機制。此外，劍向無法確定，他問了那麼多問題，夏詠昱的魂魄是否有足夠的能量全部答完。

接下來的段落，是執行招魂術的注意事項。

如上所述，進行招魂的最佳時機，為安寧靜謐的子夜時分。死者的魂魄此時不會受明亮的光線干擾，而能較鮮明地與靈媒的腦波產生共鳴。於是，場所內不得有任何人造光芒，但如有月光照射則更佳，因為月亮適度的光輝，正能讓死者的靈魂相信其活動時間確為深夜，而易於接受召喚他的靈媒。

首先，在五芒星辰的守護下，施法者必須盤腿端坐，使軀體呈穩固的金字塔形。坐下來將左腳伸開，右腳的腳跟靠著會陰處；再將左腳彎曲，把左腳跟放在右腳之前，雙腳併攏。放鬆肩部的力量，腰部伸直，下顎收縮，胸部輕輕挺起，兩膝下壓，盡可能貼近地面。閉上雙眼，凝神集中於前額。前額藏有「第三隻眼」，也就是能通鬼神的眼睛。第三隻眼能洞見常人所看不見的事物。靈媒體質之所以具備敏銳的第六感、能感覺到鬼哭神號、經常為奇妙的不安感所支配，實則由於第三隻眼受萬物無形頻率所影響。

施法者必須運用呼氣與吸氣的律調，讓自身的腦波趨於平穩，方便死者魂魄之進入。開始時，以腹部慢慢地呼氣四秒，再慢慢地吸氣四秒……

劍向決定將圓圈、五芒星畫在門口，這是血跡較少之處。同樣地，他也仿照夏詠昱的做法，將白色蠟燭點燃，在圓圈的周圍撒上沙粒。他又取出小刀，割破左手拇指，將鮮血滴在圓圈內側。這些作法的道具，都是從夏詠昱的書房帶出來的。

接著，劍向唸著〈靈媒自我修煉之初階技巧〉內容的每一個細節，設法強記，開始進行無人傳授的靜坐。他關閉了手電筒，腦海中浮現書上的說明，一面回想著夏詠昱死亡前的畫面，一面讓身體調合於臥房的空間中。

根據書上的解釋，他口中反覆默唸的咒語，是希伯來巫師祈求已逝親友回答的誦辭。

如此進行了十分鐘，劍向逐漸感覺到意識模糊。然而，這並不是因為產生了睡意，事實上，他的精神變得更加亢奮，同時，他的心跳速度變得緩慢，導致他的意識進入一種清醒與昏迷的模糊狀態。他開始莫名預期將有的劇烈反應，一如暴風雨前的無聲。

就在劍向的知覺依舊清晰異常的前一秒鐘，狂奔而來的戰慄感朝他周身強襲猛擊。他的呼吸在霎時間無法繼續，聽覺出現轟轟的耳鳴，彷彿在專心於深海潛水間失去氧氣的供應，在巨大的水壓下慘遭溺斃的噩運。

他的意識被一團漆黑包圍，並且遽然吸入。

他想拯救自己迅即喪失的意識，卻沒有辦法再做什麼了。

4

嗚……

嗚嗚……

嗚嗚嗚嗚嗚嗚……

徹底的死寂，將使聽力產生一種虛無的幻覺，反而會導致耳鳴般的劇痛。

劍向的意識是被這股強烈的耳鳴所喚醒的。那並非一段緩慢甦醒的漸變，而是遽然爆裂的突變。他的頭部彷彿遭到電擊一樣，在震顫與驚惶中迅速恢復神智。他一下子張開了眼睛，眼前的視野是一片無光的空洞。直到雙眼漸漸習慣了闇弱的光線後，他才明白眼前的景象是四〇一室內臥房的天花板。

劍向的衣服被汗水浸濕，肌膚感覺火熱發燙，四肢疲軟無力。他知道自己必然在昏迷中有過激烈的活動，卻不知道到底做過什麼。這個過程，他完全失去意識，就連一絲細微的感覺、一回短暫的夢境也沒有。劍向很想馬上起身，身體卻無法立即出力。

從窗外透進來的微光，混雜著淡橙色的月光及蒼白的人工光線，使房間的輪廓慢慢成形。劍向看到筆型的手電筒滾落在地板的角落，光束已然熄滅。他撐起身子，發現自己臥在床板上。他立即抬頭尋找攝影機。

攝影機錄影ＬＥＤ燈未亮，仍然立在原處，像一把機槍對準自己，阻擋在他與房門之間。

——成功了嗎……？

劍向等不及力氣全部復原，隨即勉強起身，朝攝影機探去。然而，此時他的身體彷彿不受控制，無法精準行動，原應穩定的步伐變成支離破碎的跛行，有如肢體受過內傷。他踉蹌地靠近攝影機，手扶腳架才能使自己不致跌倒。

他將攝影機從雲台上解下，打開電源。暗黑的方形螢幕立刻亮起開機畫面。

這時劍向才發現自己喘息著，像是曾做過一場激烈的長時間運動。他沒有力氣到角落去拿手電筒了。液晶螢幕右上角亮著錄影時間，顯示錄影帶已經錄到盡頭。

這架攝影機，果然使用過了。

那麼，使用過攝影機的人……除了夏詠昱，不會再有別人了！

招魂術果然成功了？

劍向屏住呼吸，按下迴帶鍵。不多久，錄影帶發出低沉的高速運轉聲響，迴帶完畢，他立刻按下播放鍵。

液晶螢幕的畫面，開始不規則地跳動著。

幾秒鐘後，螢幕裡出現了坐在床板上的自己。

那是意識清楚的自己。

「警察先生，嗯……或許我應該加一句形容詞——絕頂聰明的警察先生，我真的沒想到，你竟會為了召喚我的靈魂，做出這麼危險的事情。事實上，我在臨死之前，根本不相信你真的能找到一個靈媒來召喚我。應該這麼說吧，我非常佩服你。」

一瞬間，劍向被震懾住了，他的腦中陷入一片空白，簡直無法思考。理智上，他看到畫面裡的男子確實是自己，然而，無論直視螢幕的眉目神情、說話的用字遣詞，甚至靜止的坐姿，都跟原來的自己完全不同。

那是一個別人。裝在自己身體裡的別人。

——沒錯。這是夏詠昱被召來的魂魄。

「你的事，我是從報紙上知道的……你一個人獨力破解了公寓腐屍案的謎團。你並不是一個聽命行事的警察，縱使你被催眠，依照我的指令帶走了現場的ＤＶ錄影帶……你很不好對付，是個非常棘手的存在……我布置了很久、費了很多心思，才將你引到四〇一室。」

「夏詠昱」的聲音空洞、咬字艱難，彷彿喉間承受著極大的痛楚。他被洪澤晨的幽魂以利刃破頸，這樣的死狀，似乎烙印在他的意識裡，以致無法像常人般順利說話。劍向看到自己被附了身，還用這種方式在說話，心中備感詭異及不快。

「不過，我現在明白了……我很高興，破了腐屍案的人是你。因此……我才能以現在這樣的模樣回到人間。我原本……原本是想要活下來的。我以為我可以的，結果還是來不及。而且我坦白告訴你，我沒有理由幫你。人死了，就什麼都沒了。沒錯，我不需要幫你，你的死活，對我毫無意義……但是，當我失去性命的時候，我的腦中浮現了一個人，那個人，就是Ｆ要我代為照顧的女孩子，就是你在ＤＶ錄影帶裡看到的女孩子。」

「夏詠昱」咳了幾聲，身體也跟著顫動、歪扭得更加厲害。

「警察先生，你去過我家了。我想，看到二樓暗房中的那些照片，身為警察的你應該不難想像，我的工作就是調查名人、有錢人的秘密，並且勒索他們。也許你……會認為勒索是一件很卑鄙……的行為，但我對你的看法沒有興趣，我只是很單純地認為，這是我所做過最刺激、最有挑戰性的工作。撇開超高的報酬率不談，剝下社會名流的假面具，有一種無與倫比的快感。

「這樣的工作做久了……使我不相信任何人，同時，我卻又感覺到極端孤獨。沒錯，我無法否認，我的內心終究存在著一股欲望，我渴望友情，渴望愛情。Ｆ就是我的朋友。對，他是我唯一的朋友。縱使他可能從來都不這麼想，我猜。既然你問了Ｆ的真實身分，那就表示，你曾經試著找出Ｆ。警察先生，或許你以為Ｆ也是我的勒索對象之一，對吧？你可能想從暗房裡的照片找出答案……你錯了。Ｆ自始至終都不在名單裡。我替Ｆ照顧他收留的女人，並不是因為我想勒索他，只因為我認定他是朋友。

「Ｆ找我去他的私人別墅，與她相遇，是去年十一月底的事。她的名字叫張織梅，Ｆ有她的護照，他給我看過，但坦白說，我也不知道護照是不是偽造的。總之，Ｆ叫她梅梅，我也跟著這樣叫了。我第一次見到她，立刻就被她吸引了。她對陌生人毫無戒備、毫無心防，根本是與我完全相反的人。很奇妙。我居然能遇見與我完全相反的人。我發現，她擁有我所需要的特質，我發現，我對她一見鍾情了。我愛上她了。沒錯……那正是我渴望已久的愛情。」

劍向不自覺點了點頭。

那捲DV錄影帶裡張織梅的身影，也同樣激起了他強烈的保護衝動。

「F託我照顧梅梅，不久便失蹤了……原本我以為他只是單純工作忙碌，沒想到，他居然自殺了。對於他的自殺，我抱持著極大的懷疑。我認為，絕對與債務無關。我回想起我們見的最後一面，當時他的態度倉皇不安，不斷確認房子內外的動靜，再比對我自己後來的遭遇，我有理由相信，他一定也被詛咒了。除了四〇一室的死者以外，再加上我，這個連鎖的詛咒，一共至少殺死了三個人。

「但是，當時我只感覺到有些不對勁，並未細想。我遵循F的交代，替梅梅施行催眠，設法恢復她的記憶。我想，F勢必也認定，若想解開惡靈的殺人詛咒，關鍵正是在梅梅遺失的記憶深處吧。很快地，經過了幾次深度催眠，我發現有人對梅梅設置了一個心理枷鎖，阻斷任何人挖掘她真正的記憶，讓她喪失記憶、喪失潛意識，壓制她的精神成長，使她成為一個心理狀態永遠維持幼齡的成年女性。我從來沒有見過如此邪惡的做法。

「我陷入了兩難……面對F的失蹤、死亡，我必須破解梅梅的心理枷鎖。同時，在我將梅梅帶回自己的住處安置後，我倆的關係愈來愈親密，她完全信任我、接納我。我第一次感受到真正的幸福。於是，我的內心浮現了沉重的恐懼，梅梅在原本的生活中，一定有家人，甚至有男友、有丈夫……一旦她恢復了記憶，她是否會離我遠去？更重要的是，我的好勝心太強了，梅梅的心理枷鎖對我來說是一種挑釁、一種鄙視，我絕不允許自己破不了。

「我開始研究梅梅的心理枷鎖。我發現，它混合了催眠術與魔法，是由一套極為精巧、繁複的流程所構成的。無論施法者到底是誰，此人的能力遠遠在我之上。我說服了梅梅，她同意配合我的實驗，願意承受這些實驗的副作用。那段時間，我耽溺在這些實驗中，全心全意地研究，而梅梅也因為實驗所帶來的副作用，導致她頻繁地出現失眠、多夢、意識混亂、記憶虛構的症狀。梅梅變得情緒陰鬱、精神萎靡、沒有原因地又哭又笑，令我痛心不已。施法者利用了人體以夢境自動修復意識、穩定精神的生物機制，保全了這個心理枷鎖，縱使有所損壞，也能迅速復原，這讓實驗的過程非常不順利。但實驗必須堅持到底。我知道，我就快突破最後的關卡了。

「實驗進行到第三週，我終於發現了破解心理枷鎖的方法。一共有三個階段。基本上，人類心理的修復機制，類似一種免疫系統，一旦發現外來的意識企圖入侵，就會發動攻擊，破壞這個外來意識，維持原有的心理穩態。但攻擊外來意識的力量，力道過強，往往也會造成反噬，導致暫時的心理失衡。人一旦遭遇心理失衡，就會開始抗拒外來的意識，這麼一來，治療也就宣告失效。

「因此，第一階段必須先騙過這個心理免疫系統，植入一個看似無害的暗示，成為表層心理的一部分，你可以想像這就像注射病毒到體內，接著，讓這個暗示自行生長、蔓延到潛意識中，改變免疫系統的判定，最後，這個暗示會逐漸長成一個特定型態，猶如一個鎖孔。第三階段，打造出一把與這個鎖孔相對應的鑰匙，就能解開這個心理枷鎖。

「一旦知道這個原理，我便開始著手進行具體的規劃。第一階段很順利，這個暗示真的躲過了心理免疫系統的防禦，進入梅梅的意識表層。然而，進行到第二階段，這項暗示開始生長、蔓延，改變了梅梅的潛意識，使她的精神狀態逐漸失控，她也開始有夢遊症狀。她曾經半夜獨自一人無意識地走出別墅，在三公里外的街道上徘徊。為了避免她發生危險，我追加了一個回報機制，這是一個定時裝置，讓她在夢遊離家一段時間後主動打電話給我。」

原來如此——劍向心想，相同的機制，夏詠昱也曾經透過大樓監視器錄影帶安裝在自己的潛意識裡了。因此，他才會在取得ＤＶ錄影帶後主動打電話通報。

「這個回報機制無法固著在梅梅的潛意識裡。心理枷鎖會將它視為入侵者，設法予以破壞。我必須定期強化它，否則回報機制會被她的潛意識毀壞，同時，也得設法減緩免疫系統反噬梅梅的力量。這非常困難，反噬的力量愈來愈強悍。終於，經過一段時間的等待，我設置的暗示穩定地植入於梅梅的潛意識內。原本以為，我可以讓梅梅擺脫長久害怕的陰影，卻沒想到真正的危險悄悄向我逼進。那是準備進入第三階段的前一晚，我做了一個怪夢。」

「夏詠昱」困難地深吸一口氣，目光變得陰森、膽怯。

「我夢見自己手持一根拐杖，走進位於荒野中一座破落的墓場裡。時間是子夜，皎潔的月光灑落大地，將雜草間頹圮倒塌的墓碑映射得耀眼奪目。難以解譯的拼音文字雕刻在各個墓石上，我不知道自己在墓群間尋找什麼。這樣的場景，讓我意識到自己並非身處台灣，而是在某個玄異國度的荒郊野嶺之中。

「走在四周碑石林立的小徑上，我聽見夜梟的鳴啼、陰風的吹吼及貓隻的哭喊。那是在我所研讀的魔法典籍之中才有的情境。頃刻之間，我來到一座古老、神秘的墓園。墓地門口的兩側，各站有一具高三公尺的馬可西亞斯石像，在月光下構成兩座闃黑的陰影，這是自地獄而來，從口中不斷噴出令人作嘔的死靈沼氣，鷲翼蛇尾的怪獸。

「我經過石像，信步穿梭在兩側墓石雜亂的泥道上。進入墓園深處，一塊斑駁不堪、長滿黴苔的巨大石碑矗立在我的面前。我想認清這塊墓碑上所寫的文字，湊近墓碑，發現它散發一股腥臭污濁的瘴煙，碑底的泥地下，還傳出痛苦慘酷的呻吟聲。突然，石碑發生一陣震動，碑石出現裂縫，從基部轟然斷成兩截。我急忙臥倒，閃避倒塌的墓石。此時，我感覺到自己的腳踝被人緊緊攫住。一隻枯枝般的怪手猛力自碑底的黑土間伸出，用力抓著我的腳，我極力想掙扎、甩脫，但怪手愈伸愈長，手臂的盡頭是一塊扁平的肩膀，接著，是枯黃的頭顱，在我的眼前，一個面黃肌瘦、衣衫襤褸的老人緩緩爬出。

「老人面如死灰，容貌乾似骷髏，以充滿眼白的雙目盯著我。他從地面的裂縫爬出，整個人站起來。我的雙腳動彈不得，只能任憑老人以佝僂的步伐向我靠近。

「我完全不瞭解他的意圖何在，內心充滿未知的恐懼。老人走到我身邊不到二十公分處，他乾癟的手掌抓著我的頭髮拉過去，並以毫無血色的嘴唇緊貼我的耳際。他呼吸的氣息吹在我的臉頰上，使我備感寒意慘慘。接著他開始說話，聲音有如海蠶蜥吮食著死屍。

「『你是誰？為什麼來到這裡？』老人問。我告訴他我的名字，並坦承我不知道自己為何來到這裡。老人則回答：『我們之所以會面，一定是神祇、是星辰、是命運之神的安排。因此，我準備送你一份無上的禮物。』我恐懼地無法答話。老人又說：『你知道嗎？我是考內里亞斯．阿格里帕。』我聽了十分吃驚，這個名字我非常熟悉，他是十五世紀歐洲最偉大的魔法師，精通鍊金術、猶太神秘哲學及通靈術。有種種證據指出，他為了學習魔法，早就將自己的靈魂出賣給撒旦，身旁並有小鬼隨侍，替他執行邪惡的意圖。

「『現在我告訴你，』阿格里帕說，『世界上存在一種最高級的魔法，可以讓你看見鬼魂、統御鬼魂，使所有的鬼魂臣服於你，你是否願意學習？』我研究西洋魔法多年，一直希望能繼承古代魔法師的秘法。老人的提議，確實是一份無上的禮物。雖然處在夢中，我發現自己仍然有自主的意志，於是，我幾乎不假思索地回答：『我願意。』

「待我答覆後，阿格里帕會心地微笑了。他展開雙臂，整個人朝我撲過來，將我擁抱。我感到一股窒息。這時，令我驚駭的是，阿格里帕的身軀開始變形，將我的整個身軀纏住，雙臂、雙腿附著在我的身體，脖子伸長，像繩索般環繞在我的頸部，讓他的頭顱立在我的左肩。他對著我的耳朵細語著：『不必怕，這只是我的靈體，我要將魔力灌注在你的周身，保護你的魂魄。』

「此時，我發現身體不再僵固，在阿格里帕的靈體牽引下，我可以開始活動。接著，阿格里帕的靈體帶領我跨過斷裂的石碑，進入石碑後方的墓穴。那是一個原本幽暗無光的隧道，但阿格里帕的靈體開始發出暗藍色的光芒，指引我踏入內室的路徑。進了內室，我見到角落處有一條通往地下室的石階梯道，梯道盡頭則是一個緊閉的紅色鐵門，看起來就像一座地牢。

「阿格里帕對我說：『這扇門的另一邊是通往鬼界的入口，我將在你的右手掌上畫上開啟鬼門的「破封之鑰」，能解除鬼門的封印。穿過鬼門以後，「破封之鑰」將施展絕高的魔力，吸收所有鬼魂的力量，屆時，所有的鬼魂將永遠追隨你，為你所奴役。』

「阿格里帕以靈體的左手抓住了我的右腕，右手以食指在我的手掌上畫圖。他的指尖猶如鷹鷙的銳爪，鋒利地劃破我的皮膚，我的掌心頓時滲出鮮血，但鮮血很快地凝結，只留下瘀血般的青色印痕。我看到他一共畫了四個同心圓，在各圓環的間隙寫上地獄裡諸位惡魔的稱號。最後，他又在中央的圓內畫下一個五芒星。

「待他畫完以後，青色的圖樣漸漸沉沒在我的掌心而消失。此時，阿格里帕的靈體也逐漸脫離我的身軀，恢復為一個矮小的老人。阿格里帕說：『現在去吧！去打開那扇門！只要你先敲門二十下，再以「破封之鑰」轉動門把，就能打開鬼門。』我聽從阿格里帕的指示，步下階梯，來到紅色鐵門前停住。鐵門後方的不遠處，傳來壓抑、難以辨識的私語聲。我稍有遲疑，阿格里帕又說：『敲吧，開啟你的魔力之門！』於是，開始敲門，並默數了二十下。

「敲過門後，我聽到一陣金屬的碰撞聲，門鎖似乎開啟了。於是，我握住門把，開始轉動。就在我轉動門把、將牢房般的紅色鐵門開啟一道狹縫之際，我聽到背後的阿格里帕突然發出刺耳的怪聲，猶如狂歡般的尖笑，我回頭一看，阿格里帕已經消失無蹤。接著，我再將目光移回鐵門，發現鐵門此時竟然變成了我家臥室的房門，它很快地被打開了，我聽見深不見底的門後，傳來喧譁吵鬧的恐怖呼喊聲，彷彿要將我吞噬……

「這時候，我從夢中驚醒了。一切好像都沒有改變。我仍在自家的臥室裡，梅梅仍安穩地睡在我身旁。但是，這場怪夢實在太逼真了，我不由得看看自己的手掌。你一定想像不到！我的手掌上，竟有幾道新近的細微血痕！好像才剛被人用刀尖劃過似的。

「我有點不安，就下床看看臥室的門把……你知道嗎？臥室的門真的被打開了，而我非常確定在睡前我曾將門關好過。而且，在門把上居然沾黏了一些血跡！我簡直不敢相信眼睛所看到的事實！門後一片黑暗，無聲無息。但即使是全然地靜悄悄，我也好像聽到了什麼聲音……

「梅梅醒來後，我將這場怪夢的內容告訴了她。當時，她的神情似乎閃過了一絲恐懼，我以為她是害怕怪夢裡的古代魔法師、鬼魂這類荒唐無稽的事情，當我意識到她對夢境的了解可能不止於此的時候，她已經離家出走、不知去向了。我失去了執行療程第三階段的機會。

「我只得開始尋找梅梅的下落。同時，自從做完那場怪夢後，我忽然開始害怕在深夜裡開門的感覺。我總感覺，在房門後好像有什麼東西在祟動。那些東西，在我看不見的門後發出低沉的私語、呻吟與笑鬧聲。我研習魔法這麼多年，原以為『破封之鑰』是統御鬼魂的高級魔法，但阿格里帕顯然欺騙了我。我感覺到鬼魂的存在，卻無法統御鬼魂。

「總之，我必須一個人面對身邊不知何時會突然冒出來的鬼怪。每到深夜，我就可以清楚地聽到它們近在咫尺的聲音，我也不時可以看到四處猶如錯覺的黑影閃過。我開始分不清楚現實與幻覺的差異。

「梅梅離家的一週後，發生了一件非常恐怖的事。那一天我在凌晨一點半醒來。因為尿急的緣故，到二樓上廁所。這時候，我聽到隔壁的廚房傳來輕微的碰撞聲。我心懷不安地打開廚房的門探頭入內，結果看到冰箱的門是打開著的。冰箱前蹲著一個人，他的衣著骯髒不堪，背對著我不知正吞食著什麼東西。他聽到我開門的聲音，回過頭來……我看到他的臉……他……」

「夏詠昱」說到這裡，聲音開始亂顫。劍向看著螢幕中的自己害怕得說不出話來，不禁也跟著發起抖來。臥房內安靜無聲，但劍向聽了「夏詠昱」對怪夢詳盡的描述，也無形中產生房內鬼影幢幢的幻覺。

「那個男人的腹部已被開膛破肚，體內的臟器流得滿地都是。他的臉就像乾涸的屍蠟般面無血色，部分的皮膚剝落，露出烏黑的爛肉。他喘著氣，正在大口吃噬自己的內臟，雙手全是破碎的爛肉及青黃的嘔液……

「他以混濁紅腫的雙眼盯著我看，齜牙咧嘴地對我哼哼地笑。這時我發覺他準備起身向我撲過來，於是在第一時間內奔回三樓臥室把門牢牢鎖上。我從門下的縫隙看出去，竟發生了讓我差點嚇昏的事——那具餓鬼從我背後跟上來，他……他居然也在門下的縫隙看著我！就在縫隙之間，暴露著一雙充滿血絲及黏稠物的眼睛！

「我嚇得趕緊退到床邊，接著，從門後又傳來餓鬼不斷以指甲刮搔著門面的噪音，並試圖轉動門把想把門打開，還一直呻吟著『你出來、你給我出來』……我直到天亮前都沒有離開房間，縮在棉被裡躲避那些恐怖的聲音，完全無法入睡。

「這是我在擁有了看見鬼的能力後，所遇到的頭一遭恐怖經歷。原本，我還以為看見那些黑影、聽見那些騷動，都是自己的錯覺，那時才終於確定，阿格里帕在夢中對我施加的魔法，都是千真萬確的。

「接下來的好幾個晚上，我總會聽到臥室外有毫不掩飾的吵雜腳步聲。門後的鬼怪愈來愈密集，它們放聲喧嚷，還不斷搜索、尋找我的位置。每當它們一發現我人在臥室裡，就開始用力撞擊房門……這種經驗我想你永遠無法體會，真的太可怕、太恐怖了！

「因為這個原因，我變得睡眠不足，作息開始日夜顛倒。我總是在意識清醒時一次又一次地承受鬼怪的騷亂，在日出後才昏沉睡去。我還記得有一天上午，我在客廳裡睡著，等醒來以後才發現黑夜早已降臨。

「我看見落地窗外的陽台上，站了一個手持剁肉大刀的中年婦人。她的頭髮只剩右半邊，另一半露出青白色的頭皮，身上從左肩部起有一道又深又長的裂傷，鮮血不停從裂口中噴出，濺得整面落地窗血跡斑斑。她看到我醒過來以後，就猛然以刀柄用力敲打玻璃窗面，格紋玻璃開始出現裂痕。

「我知道她想殺我！因為她的目光兇狠，並咬牙切齒地發出憎恨的嗚咽聲。我來不及走避三樓，馬上衝進暗室內將門關上。女鬼很快地打破其中一扇窗，我聽見玻璃碎片嘩啦落在地板上。她趿著沉重的木屐一拐一拐地走近暗室的房門，開始以刀尖劃割著門板。我趕緊奔到鐵櫃旁，想把鐵櫃推到門口將門堵住，沒想到……玻璃櫃內的架子上，出現了一顆人頭！

「這顆人頭好像曾被鐵絲刺網使勁綑過，臉上皮破肉綻的血痕交錯縱橫，有幾道傷口甚至深及骨骼。脖子的末端一片血肉模糊，還流出乳白色的黏液。它的眼睛著魔般地圓瞪著我，嘴巴大張呵呵喘著氣。

「它看到我，開始狂亂跳動，在櫃中卡卡地碰撞櫃壁。這時我才發現人頭自耳後的後腦勺早就沒有了，粉紅色的腦漿因人頭的跳躍而灑出。

「我嚇住了。沒想到連櫃門後面，都藏有如此恐怖的頭顱。那時忽然閃過我腦海的念頭是，從今以後我恐怕連一扇小門，或甚至連一盒紙箱都不能打開了！但我還是迅速恢復意識，將鐵櫃用力推到門口。於是，我就在暗房昏紅的燈光、鐵櫃的碰撞晃動聲，及門外兇暴的叫罵聲中度過惡夜；整個晚上，我必須神智保持清醒，不斷用力抵住鐵櫃，女鬼才無法破門而入。」

說到這裡，「夏詠昱」沉默了，他的手自然而然地扶住根本沒有傷口的喉嚨左側。劍向聽到從「自己」的口中敘述這樣一段遭厲鬼追殺的驚險過程，竟產生一如親身體驗的感覺。

劍向在這段靜默中陷入長考。夏詠昱——應該也包括鍾思造——為什麼會夢到情節這麼詭異的夢境？而若單純只是一種「能夠看見鬼」的魔法，最後怎會演變成「厲鬼追殺」的下場？

張織梅在此處又扮演了什麼樣的角色？

劍向對整樁靈異事件總算有了更深入的瞭解。然而，他和夏詠昱一樣無法解釋這些謎團。

「梅梅失蹤後的十天，我忽然接到了她的電話。令我意外的是，我設置的催眠回報機制發揮了作用。她告訴我，那天我不在家，有一名男子潛入家裡，發現了她，將她帶走。她因為恐懼而不敢反抗，只好跟著他走。原來，梅梅並沒有離開我，她是被竊賊綁走的。不，不對。她這麼說只是想讓我安心。當時，她必然是自願跟著對方離開的。她相信任何人，對任何人都沒有戒心。這也是F之所以將她藏在別墅裡，託我照顧她的原因。

「得知了梅梅的下落，我欣喜若狂。我要去帶她回家。我來到南台路尋找，但卻一直沒找到她躲藏的公寓。很顯然，綁走她的人非常小心。過了一陣子，她又給我第二通電話，但卻告訴我她要離開了。她說她沒有帶走DV錄影帶。

「當我終於找到那棟公寓大樓時，梅梅再度失蹤了。她沒有等我。此後，我再也沒有接到她的電話了。想必梅梅的心理枷鎖對回報機制造成了破壞。但我相信，四〇一室很可能藏著那捲DV錄影帶，那是她失去記憶前存在的證明。我必須拿回來，那將是我找回她的關鍵！」

「夏詠昱」的神情變得異常執迷。

然而，劍向卻分不清楚執迷的是他，或是自己。

「警察先生。無論如何，你一定要設法找出梅梅。我深愛著她。我請求你幫助她。我願意告訴你F的真實身分，以及他的別墅所在地。你已經展示了你做為刑警、做為靈媒的能力。我說過我非常佩服你。這是真的。能夠救梅梅的，除了你以外沒有其他人了。

「那天深夜，你親眼見到了我被惡鬼所殺的過程。不，也許我應該這麼說，你並沒有看見惡鬼，你只看見我被殺——當然，若沒有學會夢中的魔法，是看不見鬼的。然而，即使你看不見鬼，你也有足夠的判斷力，能夠檢視我說的話是真是假。我用我自己的性命，證實了厲鬼殺人是千真萬確之事。

「好。我剛剛已經解釋過……破解心理枷鎖的三個階段。我已經完成了前兩個階段，整個療程即將完成，第三個階段，所需要的就是一把鑰匙。這把鑰匙就像是啟動機器的按鈕，與埋藏在梅梅腦內潛意識中的鎖孔是相應的，只要一使用，就可以解開她的心理枷鎖。

「在你找到梅梅以後，讓她進入沉睡。她對陌生人沒有戒心，不需要太複雜的技巧，就可以將她催眠。我家四樓的陽台，有一間催眠專用的房間，你可以使用。

「這把鑰匙是一句長達五十個字的句子。當梅梅聽到句子的第十個字時，她的頭部會開始產生劇痛；到了第二十個字，她很有可能會痛得昏過去。但不管怎樣，你一定要在她耳邊說完這五十個字，縱使她幾近發狂地抗拒……我說過，設置這個心理枷鎖的人非常惡毒，一旦有人企圖破壞，就會反噬梅梅的潛意識……

「我……我講了太多的話，耗費了太多的能量。快沒時間了。我的魂魄就快消失了，恐怕也沒有力氣檢查錄影帶的內容了。讓我們把握最後的時間吧。這一句話，是一把效果很強、不容易控制的鑰匙，在開啟潛意識的過程中，如果你唸到第四十個字卻沒讓梅梅繼續聽到最後，我認為……有百分之八十的機率，她將會精神崩潰。」

魅影女子

Chapter 6

Phantom Lady

1

飛機抵達馬可波羅機場，剛過上午九點。

男友帶我一出海關，立刻搭乘火車前往威尼斯。這是兩週長假的起點。國鐵火車的窗外，是陌生而湛藍的天空。我們先在馬哥拉站下車，到下榻的旅館安放行李，馬上就去本島。一路上，男友拿著他為了這趟旅行買的ＤＶ攝影機到處拍，說這會是我們美好的回憶。

我開心大笑。

關於後來所發生的悲慘與殘酷，當時我仍一無所知。

那時，我的心情好愉悅，完全沒有時差的倦意。我與男友踏上聖馬可廣場時，已經接近中午了。我們走過中央拱門，觀賞了威尼斯翼獅、聖馬可雕像及天使像，在總督宮旁的一家露天咖啡館歇腳，點了兩杯熱拿鐵、巧巴達，翻閱剛拿到手的旅遊導覽小冊。男友檢查他剛拍好的街景，又拍拍我。

威尼斯與高雄不同，秋天的氣溫很低。我捧著咖啡杯，感受著杯身的溫度。我隨興地看著廣場上的遊客人來人往，多希望人生永遠停在這一瞬間。我嚮往歐洲、嚮往義大利，只有來到全是陌生人的國度，說著不熟悉的語言，我才能忘卻現實的苦悶。在飛機上，我曾經跟男友開玩笑，說想乾脆把回程的機票撕掉算了，他立刻阻止我。

現在下了飛機，這樣的念頭依然強烈。

午後時光，有一對姊弟在廣場的步道上玩耍，看起來像是住在附近。他們一前一後地彼此追逐，廣場上的鴿群跟著飛舞，令我看得入神。沒想到，這對可愛的姊弟發現我正在看著他們，友善地跑過來跟我說話，拉著我陪他們玩。不知不覺，那對姊弟玩累了，與我道別。人間的美好邂逅，莫過於此。男友見我開心，便說我們也來生兩個吧？欠揍。

此時，有個身材高大的歐洲男子走近，拉了鄰桌的椅子坐下，我不自覺抬頭看了看他，發現他也正看著我。於是，我對他微微笑，表示禮貌。

我想我是有一點心神蕩漾了。那名男子的長相俊美、眼睛深邃，簡直就像是太陽神阿波羅的現實版。過了一分鐘，我再次看了看他，發現他仍在看我，眼神變得更加專注，臉上的神情自信而欣喜。我忽然有一種莫名的直覺，他是不是對我一見鍾情了？我別過頭去，但有點開心。男友並沒有注意到我和別人四目相對，他正低頭研究著攝影機的功能，自得其樂。

我繼續喝咖啡，又偷偷看了一下對方。沒想到，他還在看我。我們再一次四目相對。我開始有點不好意思，又想表現是觀光客的友善，便再次對他微笑。

這時候，那名男子突然站了起來，來到我的桌前。

「妳好。我的名字是湯仕敬。請問妳的名字是？」

我不禁感到訝異。男子的中文非常流利。

男友發現有名外國人上前攀談，代替我回答：「不好意思，請問有什麼事嗎？」

「沒你的事！」

湯仕敬突然用力踹了男友的椅子一腳，讓他整個人撲倒在地，引起附近遊客紛紛側目。

「喂……」男友突然被攻擊，狼狽地爬起來，「你到底想怎樣？」

湯仕敬沒有看他，目光仍停在我的身上。

「我愛妳。」

這突如其來的表白，令我腦中一片混亂。

「你在開什麼玩笑？」

男友伸手拉住湯仕敬的衣領，卻被他揮拳擊中臉頰，不支倒地。

「我愛妳。」

「我……我們又不認識！」

我慌了，蹲下來扶起男友。男友稍微恢復清醒，但神情仍相當恍惚。

「馬上跟我走！」

湯仕敬的語氣強硬。他伸手拉著我的手臂。

「我怎麼可能跟你走……而且，我已經有男朋友了！」

「告訴我妳的名字，我就放過他！」

我咬緊嘴唇，沒有回答他。面對我的拒絕，湯仕敬的眼神裡燃起一股憤怒。

這時，圍觀的群眾愈來愈多。

湯仕敬見狀，冷笑一聲，放鬆了我的手，轉身離開廣場，不知去向。

發生了這場令人意外的衝突，我們的玩興盡失，下午的行程全部取消，直接回旅館休息。男友的臉頰也微微腫起，我替他擦了點藥，又擔心他有腦震盪，問他要不要去醫院，但他只說沒事。我知道他在逞強。他在五專時是籃球校隊，在球場上近身攻防是家常便飯，在女友面前被打倒，自尊心一定很受傷。我感到非常內疚，一直向他道歉，但男友卻說不是我的錯，他以為湯仕敬只是地痞流氓，看亞洲人好欺負，並不知道我們曾有過眉目傳情。

我們在威尼斯又住了一天。搭著貢多拉在街巷間穿梭的樂趣，漸漸消磨掉這個事件的記憶。男友的手臂有些扭傷，暫時沒有再拿起攝影機拍攝城市美景。但是，我卻變得膽怯，盡可能垂下目光，不敢再像頭一天那樣放心張望。

接著，我們按照計畫搭火車南下，遊歷佛羅倫斯、比薩、龐貝，男友的傷勢漸癒，他又開始拍攝影片了。在他的鏡頭前，我盡情展露笑顏，想讓他開心，也想減輕心中的內疚，然而，只要到了人潮洶湧的觀光地，陰霾就揮之不去。在陌生的人群中，湯仕敬彷彿隱身其中。

宿在羅馬的夜，我與男友正準備就寢。我的手腕感覺到懾人的惡寒——那是湯仕敬抓過的部位。從那天起，那股惡寒依然殘留著，從未散去，提醒我湯仕敬的存在。

熄燈前，我準備關上窗戶，卻看見窗口外有人影。

——湯仕敬。

他真的出現了。他披著黑色的長袍，僅有左半邊的臉孔露出，站立在對面樓房的屋頂上……不，那不是屋頂，而是塔頂！

我感到無法言喻的恐懼。

對面的建築物，屋頂是尖塔形的設計。我不知道他是如何攀上去的。

湯仕敬對我微笑，朝著我伸出手。我感受到一股宛如即將被拉出窗外的神秘力量。

我立即關窗，拉上窗簾，想說服自己方才的一切都是錯覺。

湯仕敬的現身，令我徹夜無眠。我的手臂感覺到愈來愈冰冷，像是湯仕敬正抓著我的手，奪走我的體溫。然而，我不敢告訴男友。

隔天，我們搭飛機到馬爾他島去，預計在島上住兩天。那是我期待已久的行程，因為我好喜歡達許．漢密特寫的《馬爾他之鷹》，或者說是亨佛萊．鮑嘉的《馬爾他之鷹》，雖然，我知道故事跟馬爾他島其實沒什麼關係，但我就是嚮往。男友喜歡的西西里島，就往後排啦。然而，等我們降落在馬爾他的首都瓦勒他，我發現我根本無心遊覽。

我感覺得到，手腕的惡寒竄起，湯仕敬就在我們的背後。

我們去參觀塔西安神殿遺址，據說這是建造於五千年前、祭祀豐饒女神的古建築。然而，男友並未拿出攝影機。他的手臂在顫抖。我這才注意到，他在羅馬時也什麼都沒拍。

我順著他目光的方向看去。

湯仕敬出現了。

他的模樣，不再像是我們第一次邂逅時那般俊美。他全身散發著邪惡的氣息。

「你為什麼……找得到我們？」

湯仕敬露出得意的神情，稍微舉起右手，我的手腕竄起一陣冰涼。

「告訴我妳的名字。」

「我不會告訴你的！」

男友想出手揍他，但不知為何，他卻跪倒在地上不停抽搐。

「一切都是妳的錯。」湯仕敬說，「他已經被詛咒了，很快就會死的。」

「怎麼可能……」

男友顫抖得更嚴重，開始劇烈嘔吐，未消化的食物、胃液，接著是鮮血，汩流不止。我嚇得大聲哭叫，附近有遊客幫忙通報，男友被緊急送醫。一小時後，他不治身亡了。我的腦袋一片空白。醫生說，從來沒有見過這麼迅速、這麼嚴重的猛爆性腸胃炎。

醫院替我聯繫駐義大利台北代表處，處理男友的後事。醫院說，警察會來問我一些問題，但令我想像不到的是，湯仕敬也來了。他告訴警方說他懂中文，願意幫忙口譯、填寫資料。湯仕敬說，當時他發現我男友全身不對勁，所以他才過來詢問是否需要幫忙。為此，警察也問過當時的其他目擊者，湯仕敬與我們的交談很簡短。警方相信了湯仕敬。

湯仕敬終於知道了我的名字。

以我男友的生命為代價。

2

在恐懼中，我被湯仕敬強暴了。背負男友在眼前死亡的心理創傷，我已經沒有力氣掙扎、沒有力氣流淚、沒有力氣逃跑了。在他貫穿我的時候，他的手再度握住我的手腕。那一刻，我的手腕才感受到一股溫熱，我知道，只要我願意順從，我可以獲得這股溫熱。反抗徒勞無功。

男友留給我的唯一一件遺物，是他在旅途上為我拍攝的ＤＶ錄影帶。

我反覆地播放錄影帶。裡頭只有我，他不曾入鏡、不曾說話，只是專心地拍我。影帶的後半段，鏡頭十分搖晃。原來，在旅程的最後幾天，他的健康狀況愈來愈糟，手臂的扭傷惡化，幾乎拿不穩攝影機了。這是湯仕敬的詛咒。我將錄影帶藏好，那是我最重要的寶物。

我在旅館裡哭睡了好幾天，在這段期間，湯仕敬每天都來陪我。

「你到底對他……做了什麼？」

「黑魔法。」

「黑魔法？」

「黑魔法。」

他以相同而簡短的回答重複了兩次，精確地解明了我內心的疑惑。那股在手腕上不曾褪去的惡寒、男友那令人措手不及的暴嘔……除了黑魔法以外，沒有其他更合理的答案了。

「為什麼你會黑魔法？」

「我想告訴妳一個故事。一個很久很久以前發生的故事。」

湯仕敬的語氣溫柔。那原是只有義大利男人才擁有的深情，此時卻令我感覺作嘔。

「我是農家小孩，但父親對我期望很高，他努力工作，讓我可以到鄰鎮上學。那是一個很美麗的修道院，路途很遠，我在那裡學習拉丁文、數學、神學。我的成績很優秀，老師們都很看好我將來一定可以成為優秀的僧侶，尤其是資助成立這家修道院學校的侯爵夫人——佩特芮絲夫人特別照顧我，她經常來看我，關心我的學習狀況。

「也許，這就是錯誤的開端。不，那不只是錯誤，而是墮落，可怕的墮落……我愛上了佩特芮絲夫人。佩特芮絲夫人對我同樣充滿情意。終於，我鼓起勇氣寫了一封信，請她的女僕轉達。沒想到那女僕居然將信件交給侯爵，我的秘戀就此曝光。侯爵非常憤怒，他原諒了佩特芮絲夫人——她已懷有侯爵的孩子——但卻將我驅逐出國境，永生不得歸返。佩特芮絲夫人曾答應我，願意與我私奔，然而，最後她卻背叛了我，否定我們的承諾。

「我懷著極深的恨意，在被流放的野地裡掙扎求生。我發誓我一定要復仇。我捨棄了對天神的信仰，將我的生命奉獻給惡魔。在蠻荒的原始山林之間，我不斷尋訪，終於找到了一位能夠召喚惡靈、殺人於無形的巫師。我向他跪下，懇求他收我為弟子，讓我繼承他偉大的魔力，繼承他服侍撒旦的義務。巫師答應了。他知道，我有服侍撒旦的資質，我的恨意足以毀滅世界。撒旦需要我這樣的門徒。

「經過了漫長的修煉，我如願獲得了強大的魔力，成了一名黑魔法師。十多年過去了，我的容貌變得大不相同，家鄉無人能認出我來。當地正在流行著致命的瘟疫，令我的家人、親友全部亡故，修道院學校也關閉多時，成了斷垣殘壁。我已經是一個徹底的陌生人。但侯爵、佩特芮絲夫人還在。他們彷彿吸食了子民的生命，風采如昔，孩子也長成一個俊俏的少年，時間在他們的身上宛如停止流動。唯一的問題是，侯爵必須解決瘟疫帶來的饑荒，而我正是能夠解決這項煩惱的最佳人選。

「這是復仇的大好機會。我假意輔佐侯爵，讓他在眾多子民面前施展奇蹟——我讓枯萎的牧草翠綠，讓乾涸的溪水回流。那只是一些小把戲。侯爵非常高興，讓我隨侍身旁。佩特芮絲夫人向我致謝，我卻更感痛苦，因為她已經不記得我了。然而，就在他們心安的同時，我也暗中讓瘟疫更為惡化。使他的子民們更偏執地向侯爵求助。這場戲，結局非常血腥，瘋狂的子民們認為侯爵的身上擁有神聖的力量，將侯爵切成千百段碎片，爭相分食而盡。

「在侯爵的屍塊消失的一瞬間，佩特芮絲夫人哭泣了。我向她揭露自己的身分，表明自己對她的愛從來沒有改變，但她卻拚命搖頭，說她根本從沒見過我，辱罵我是瘋子。我的胸口像是被狂暴的雷火擊中。最後，她跳下懸崖，墜入河流當中。我著急了，緊跟在她的身後跳水救她。強勁的水流一下子吞沒了我，在失去意識之前，我彷彿碰到了她的手腕……那是我這一生最後悔的時刻——我沒有辦法緊緊地抓住她的手腕。我的身體被沖上河間的沙洲，佩特芮絲夫人則不知去向。幾天後，她的屍體被打撈上岸，全身已經腫脹破損，面目全非。我的確復仇成功了，但我也失去了摯愛。」

湯仕敬說到這裡，聲音酸澀。

我對他的恐懼，不知為何竟混雜了一絲同情。

他以酷寒的抓握來追蹤我的行動，竟象徵他對佩特芮絲夫人的愛。

「我仍然深愛著她。我陪侍在佩特芮絲夫人的屍體旁，直到屍體完全腐爛。但我相信，她的肉體消失了，靈魂仍然存在。為此，我下定決心鑽研更艱深的長生不老之術，我必然能尋得她的靈魂，縱使要花費五百年，我也在所不惜。」

「……五百年？」頓時，我以為自己聽錯了。

故事裡的侯爵、瘟疫、修道院，原來都是五百年前的事？

「五百年。我到過許多國家、學會各種語言，我有十幾本護照——只為了找到佩特芮絲。」

我完全無法判斷湯仕敬所說的話是真是偽。

他的故事是多麼荒誕、瘋狂，但男友的死亡、我所經歷的一切卻又如此真實。

「佩特芮絲，我終於找到妳了。」湯仕敬從背後抱住我，溫柔地說：「我們在威尼斯目光交會的剎那，我知道那就是妳。」

劇烈的惡寒，從手腕蔓延到我的全身——我永遠都逃不掉了。

湯仕敬藏匿我的護照，將我幽禁，不讓我對外聯絡，也不讓我離開義大利。他讓我男友的遺體在當地殯儀館火化，草率地將骨灰打包寄回台灣。五專畢業後，我離家很多年了，從來沒跟家人聯絡過。我的觀光簽證過期，他也置之不理，於是，我成了滯留異國的幽靈人口。

不久，他向我求婚。我們舉辦了一場虛假的結婚典禮。

婚後，他帶著我搭乘火車，往偏僻至極的鄉間去，住進一棟木造平房。視野所及，見不到其他鄰居。他告訴我，這就是他的出生地。

房子很寬敞，但沒有電視機、收音機、電話，更不必說網路了。徹底與世隔絕。屋內的供電系統只有一台小型發電機，湯仕敬會定期開車出門購買柴油、煤油、報紙，以及其他日用品。這時，他會把我關進地下室。我無力抵抗，連叫喊的欲望都消失了。

入住初期，他經常帶我外出打獵，在我面前以殘虐的手段折磨、殺死獵物。他不會立刻逮住獵物，而會讓牠們認為有機會逃走，然後讓牠們受點輕傷，又讓牠們逃走，再抓住牠們，在這個反覆的過程中，獵物會慢慢失血，行動變得遲緩，最後，牠們會放棄逃走。放棄求生。他可以讓這個過程耗上一整天。

我想這是他給我的一種警告。這稱為習得性無助。不知不覺，我逐漸適應了這暗無天日的閉鎖生活。也許，我對他的順從，是想要彌補致男友於死的罪惡感。

打獵結束後，他會帶我進入打獵小屋——那是蓋在平房外的小倉庫，收納獵具、修理獵具、處理獵物的工作間。一進屋內，入口處是一個放置釣具的木架，有釣竿、釣魚線、漁網、魚鉤、釣魚剪、魚餌箱等物品。緊鄰著木架的是一個玻璃鐵櫃，魚槍、霰彈槍、手槍、彈藥盒就鎖在其中。屋內有一個隔間，他說，那是他將獵物剝皮、宰殺的房間。他收拾獵具後，會再次將我關進地下室。他喜歡獨自處理獵物。

時序進入深秋，天氣變得嚴寒，湯仕敬知道我無法逃走，放鬆了對我的戒心。我可以自由離家走動，不受限制。

事實上，我一直沒有放棄逃走。

某日，我注意到他的打獵小屋並未上鎖，當天晚上，我趁他睡著後，提著煤油燈潛入屋內尋找武器、車鑰匙或其他能用來逃脫的道具。

我想打開鐵櫃，但櫃門上鎖了。

我又檢查了釣具，也沒有適合當武器的東西。

小屋沒有窗戶，只有通風口，屋內飄散著揮之不去的腐臭氣味。那股氣味的來源，是屋內的隔間。湯仕敬說，義北的冬天很冷，他喜歡動物毛皮製成的地毯、牆飾，非常保暖。這些毛皮是從他獵得的動物身上剝下的。他確實需要一個工作檯來處理毛皮。那麼，工作檯勢必就在那個隔間了——裡頭一定有刀子。

我將沒有上鎖的木門推開。

我的心跳驟止，眼前所見的一切，是宛如煉獄的闇黑空間。

架上陳列的不是動物標本，而是十數顆女性人頭。

這些女性人頭，浸泡在玻璃罐內的福馬林中，表皮失去光澤，蒼白而發皺。部分的人頭看起來保存狀態不佳，頭顱已經萎縮、變形。

木製的工作檯上有幾個紙箱，箱內整齊地收著義大利《晚郵報》的舊報紙。這些報紙的出刊時間橫跨十年，我懂的義大利語單字很少，但從報紙上刊登的照片來看，很明顯地，這些記事全是謀殺案、失蹤案的報導。

湯仕敬是連續殺人魔。

3

「妳都看到了。」

我的背後傳來湯仕敬令人毛骨悚然的聲音。

我轉過身。湯仕敬站在獵屋的門口，他的身形在黯淡的月光下構成一個可怖的輪廓。

「妳在這裡多久了？」

「十分鐘。」

「我沒有刻意隱藏這個秘密。倒不如說，妳這麼晚才發現，反而讓我有些訝異。」

「這些女人……都是你殺的嗎？」

「不必擔心。妳不會變成她們的……」湯仕敬微笑：「況且，我不會使用『殺』這個字。她們是為了偉大的獻祭，獻出了自己的生命。與撒旦交易，獲得黑魔法的力量，可不是無償的。而撒旦想要的，只不過是人類的生命。一旦找不到人獻祭，自己就賠上生命了。」

「你不怕警方發現這裡？」

「哪來的警察？」湯仕敬冷笑。「別說是警察了，請問妳見過其他人嗎？不會有的。這裡非常隱密，是我特別選定的樂園。一個只有我們倆的天堂。在這裡，我們永生永世都只擁有彼此。我不會讓妳逃走。我會永遠用愛守護妳。」

「我不會逃走。」

「是嗎？」湯仕敬走近我，親吻著我的臉。「那麼，妳為什麼懷中藏著這把小刀？」

我的身體無法動彈。湯仕敬從我衣服下襬的皺褶處取出小刀，在我的眼前晃了晃。他果然沒有錯過我在他突然叫我時的輕微動作。

「我發現刀子很髒……只是想擦拭乾淨。」

「刀鋒很銳利。我擔心妳會受傷。下次別再做這麼危險的事了，知道嗎？」

他用刀身拍了拍我的臉頰。

我點點頭。

「她們到底是誰？我想知道……更多她們的事。」

「妳真是充滿好奇心。」他撫摸著我的頭髮，卻毫不介意我查探他的隱私。「好，我告訴妳吧。她們都是主動找我攀談的女人。第一個女人……儘管經過了好多年，我依然記憶猶新。那是我到華沙旅行，回到義大利途中的事。我搭乘火車，那女人恰好坐在鄰座。她向我自我介紹，瓦倫蒂娜——我還記得她的名字，那年她十九歲，第一次獨自出國旅行。一路上，我們聊了很多，她的聲音很悅耳，宛如琴弦。她在米蘭站下車，臨別時，她給了我地址，說如果有機會在此停留，一定要聯絡她。她的興趣是看戲，我們常到戲院約會。虛擬的、短暫的兩人世界。很快地，我們談到愛。她對我熱切地說，她愛我。

「那是她最美麗的時刻。除了佩特芮絲外，原來其他女人也擁有如此光彩奪目的瞬間。在這個世界活了那麼久，我只想要佩特芮絲，但在此時，我的心靈第一次被觸動了。我的胸口湧起一股強烈的渴望，我對瓦倫蒂娜並沒有愛，但我由衷地想透過她瞭解愛、擁有愛。

「愛。我希望這個字象徵高貴、無上的價值，而不是被廉價地濫用。愛是需要證明的。我能證明，別人也做得到。我告訴她我的想法，而她完全同意。這就是妳所看到的。她以生命來證明她的愛，將她的生命獻祭給撒旦，成就我的魔力。我不希望妳誤會——我並沒有強迫她，從頭到尾都是她自願的。她說過，她愛我。而這是需要以具體的行為來兌現的動詞。」

湯仕敬彷彿陷入回憶，憐愛地撫摸著木架最深處的玻璃圓罐。罐內的女性人頭，眼周浮腫肥大，看不見眼球，頭髮已經全數脫落，沉在罐底，隨著湯仕敬的觸碰而悄悄地游動著。他的說話聲音愈來愈低，著魔般地叨叨絮語，中文與義大利語混合著，不知道說了什麼。

——就是現在。

這是唯一的機會！

我稍稍退到門口，用盡力氣一拉，隱藏在牆邊的釣線，急遽牽引了安置玻璃罐的木架。木架霎時倒塌，所有的玻璃罐摔落在地上，化為無數的碎片，罐內的人頭隨著福馬林的潑濺而散落一地，有幾顆人頭墜地後瞬間裂成幾塊，露出泥狀的腦內組織。

湯仕敬發出了悲慟的怒吼，跪在地上顫抖。

那是我十分鐘前設置的機關。我知道，我一旦潛入打獵小屋，湯仕敬將很快發現，就不會讓我再進來了。因此，我必須把握這唯一的機會，在第一次進來時就可以進行反擊。我故意收起刀子，在屋內等待，讓他察覺我不在主屋，找出我藏匿的刀刃，削弱他的戒心。

「向她們懺悔，下地獄去吧！」

我打開煤油燈蓋，將火源往地面拋去。微小的火苗掉落在福馬林──甲醛溶劑，易燃、具腐蝕性──火焰一下子在隔間裡散布開來。在他進入隔間前，我已預先打開玻璃罐，在地板四周都潑灑了福馬林。

被火舌包圍的湯仕敬起身朝我衝來。我迅速逃出隔間，用釣竿把房門閂上。他猛擊房門，振振作響，我以背抵住房門。強韌的釣竿阻止了湯仕敬的攻勢，令我稍感放鬆。

「快開門。」他在門內瘋狂地吶喊著：「妳以為妳逃得掉？妳太天真了。這種程度的火焰，根本威脅不了我。」

「你完了。」

「即使妳逃離這裡，也逃不了我的詛咒。別忘了，無論妳逃到哪裡，我都能追蹤得到。妳的生命、妳的肉體、妳的心靈、妳的愛情、妳所擁有的一切，全是屬於我的！」

「我會向警察告發你！你將為自己的罪行付出代價！」

我憤怒地大叫。

「妳做不到的。」湯仕敬的語氣充滿嘲諷。

「我可以！」

「不，妳做不到。妳小看了詛咒的威力。妳一離開我，詛咒就會啟動。它會一輩子跟著妳，吞噬妳的意識，奪走妳的記憶，所有試圖接近妳的男人都將死亡。妳將失去愛、失去人格，精神徹底毀滅。」

「不可能！你騙我！你在說謊！」

「我不曾騙過妳……」

我聽到房門內有東西崩塌，濃煙竄出門縫。

「……我的妻子，請妳開門。」湯仕敬遽然轉為懇求的語氣，「我保證不傷害妳。我愛妳。」

「去死吧！」

離開打獵小屋前，我打破了鐵櫃玻璃，取出手槍、子彈，回到主屋。我進了湯仕敬的書房，開了三槍將保險箱破壞，拿出我的護照、他存放的兩萬多里拉、飛雅特車鑰匙。接著，我進了浴室，拿出藏在磁磚與牆壁縫隙間的ＤＶ錄影帶。

黑夜中，後照鏡映射著血紅色焰火逐漸將打獵小屋覆蓋的光影，我透過擋風玻璃望著毫無人跡的前方道路，踩了油門，遠離那座血腥而邪惡的平房。

我不知道前方道路通往哪裡。

但我仍全速前進，讓車子衝入黑暗。

這就是，我最後的記憶。

4

閃耀的陽光，在我的眼前渲染出一圈彩虹般的光暈。我搭乘叔叔的私人專機，降落在高雄小港機場。他握著我的手，說我們到老家了。離開義大利，飛行了十六個鐘頭，忘卻了白晝與黑夜的流逝，我終於來到這個陌生的國度。

幾週前，我在一個山間道路的滑坡下被人發現，當時我的額頭重創。這可能正是我失憶的成因。然而，我護照上的簽證早已過期，我在義大利為何滯留這麼久，原因不明。救我下山的，是一群年輕的登山客，他們帶我到附近的城鎮休養，再託給當地的友人。我問他們，為什麼不通報警察？他們說，他們只想做好事，不想惹麻煩。他們很快地離開了，我沒有再見過他們。

他們的當地友人對我很親切，借給了我睡覺的房間，帶我做很多好玩的事，又帶我認識了一些人，那些人，又將我託給另一群朋友，大家都人很好，只要我聽話。叔叔是這群朋友的其中一人，他一見到我，非常高興，說他也是台灣人，經常到義大利出差，答應帶我回家。儘管我並不清楚，家對我有什麼意義，但只要可以跟叔叔在一起，去台灣或其他什麼地方，都很好的。

叔叔答應我，他會想辦法恢復我的記憶。好的，我聽從他的指示。

失去記憶後，睡眠對我來說是一件令人恐懼的事。當疲倦包圍了我，我會意識清醒地陷入動彈不得的黑洞之中，有如一座靜默的沼澤，淤積的泥淖使我沉沒在深不見底的死水。那是毫無影像、聲響、色彩的夢境……不，在那個黑洞中，夢境根本不曾存在，又或者，那個黑洞本身就是夢境的全部。

叔叔總是悉心陪伴我、擁抱我、親吻我、進入我、陪我說話，稍稍減輕我睡眠前的恐懼。他在我的耳邊呢喃著，會永遠保護我。我好開心。我一度以為，那是永遠不會改變的。但，叔叔後來卻不再這麼做了。發生了什麼事，他並沒有明說。

不多久，他將我託付給一個朋友，說他能夠用催眠恢復我的記憶。我想我的確需要催眠，很高興認識他，催眠師也對我很好，唯一意外的事情是，叔叔離開家，再也沒有回來了。催眠師說，叔叔不在家，他的房子需要大掃除，得暫時帶我到他家住。我說好。

催眠師就像叔叔一樣關心我，他照顧我、擁抱我、親吻我、進入我。他說，他愛我。

可是，這句話觸動了我心底的某個什麼，令我頭痛欲裂。

催眠師說，有人在我的潛意識裡設置了一個不讓我恢復記憶的機關，任何能對潛意識造成影響的影像、聲音、言語，這個邪惡的機關都會加以反擊。這正是頭痛的根源。但他會治好我。我不太明白他的意思，我只要聽話就好。

他打開鐵門，帶我到頂樓房間。房間內有兩張並排的單人床。我躺在其中一張，他把另一張當作椅子，坐在我的身旁，為我催眠。他拿著遙控器將燈光轉暗。他靠著我，在我的耳邊問了我一些問題，我的身體在不知不覺間放鬆了，意識也漸漸變得模糊。我感覺到他仍然還在，我也還在，但我們的靈魂都離開了身體，飄浮在被白光包圍的天際間。

我背後長出了羽翼，欣喜地翱翔在天空中，催眠師也飛到我的身邊，與我雙手緊握。我感覺到從他手心傳來的溫熱，彷彿要將我融化。

然而，此刻我的手腕卻出現一股猛烈的惡寒，剎那間截斷了溫熱，惡寒兇狠地穿透了我的上臂，直攻我的心臟。我的心臟被惡寒凍住，瞬間停止跳動，翅膀喪失氣力，令我急速下墜，催眠師想抓住我，但惡寒撕裂了我的手腕，鮮血噴濺，將整片天空染紅。我墜入了一個扭曲的異度空間，繼續撕扯我的身體，我的皮膚、腳趾、五官不斷地被這個空間吞噬，超乎尋常的重力壓迫我的頭部，將頭部壓碎，散作玻璃破片般的塵埃。

在一連串的慘叫聲中，我驚醒了。

「別怕，那只是一場惡夢。」催眠師說：「告訴我，在夢中妳看到了什麼？」

「我不知道……」劇烈的頭痛令我無法思考。

「不必急，慢慢回想。這很重要。」

我努力回憶夢中支離破碎的影像片段。紅色的天空，並非鮮血造成的，而是火災。我曾經目睹過一場恐怖的火災。一座木造平房在熾焰中崩塌。

就這樣，催眠師逐一記錄了我的口述夢境。他還告訴我，下一次夢境時該怎麼做。

經歷了多次催眠治療，催眠師慢慢拼湊出我的身世。我在義大利獲救時，身上帶著一捲DV錄影帶，我一直帶著它，催眠師也看過這卷錄影帶許多次。反覆比對後，他認為我曾經到義大利旅遊或留學，在當地遭人綁架，被對方惡意施法，才會失去記憶。這顯然並非一般勒贖犯做得到的事。那座木造房屋，很可能正是我被拘禁的地點。他承諾，他已經找到了破解的辦法，我很快就能恢復全部的記憶。

某夜，催眠師尚未回家，有一名陌生的男人進了屋裡。他一見到我，立刻將我綁住。他說，他觀察催眠師的生活型態好幾週了，知道他這段時間不在，但沒想到家裡還有其他人。我告訴他，我會聽話的。他不希望我把他潛入這裡的事情說出去，考慮了很久，決定將我帶走。他說，他對我一見鍾情了，希望當我的男友。其實，我在失去記憶後，經常聽到「喜歡」、「迷戀」、「深愛」、「幸福」等關鍵詞，他們對我說這些話時，總是非常激動，彷彿那是一份神聖的恩典、一種崇高的人生價值，千百次追尋也難以獲得，然而，我卻無法產生任何感受，別說是喜悅了，甚至連焦躁、困惑都沒有。我會說的只有「好」。

臨走前，我帶走了護照，以及那捲ＤＶ錄影帶。

男友帶我到他住的地方，是一棟公寓大樓。這就是所謂的同居生活吧。

我感受不到愛情。但沒關係，我依然能夠享有愛情。

入睡後的黑暗夢境不曾消失，令我的頭痛日益嚴重。男友替我買頭痛藥，助我入眠。

我相信，這就是幸福。

我們的同居並未持續太久。那一天，男友交給我一個手提袋，袋內有四萬多元，是他所有的現金了。他替我找到一家旅社的短租套房，要我住進去。他說，他的住處變得非常危險，我們必須暫時分開，一旦問題解決了，他馬上來接我。他一邊哭泣一邊擁抱著我，說他好愛我，要我記得定時吃藥，好好照顧身體。我也擁抱著他，然而，我卻無法以淚水回應他。於是，我將ＤＶ錄影帶交給他做為信物，證明我也愛他。

這是我第一次必須獨自生活。我依照男友的指示，每日度過規律的生活——不與他聯絡、拒絕陌生人搭話、盡可能不外出、不走離旅館太遠、定時吃頭痛藥、把房內的門窗鎖好。還有，耐心地等待。

這段日子以來，我過著毫無干擾的平靜生活。唯一的恐懼只有無止境的惡夢。

我等待著，當我聽到敲門聲時，站在門後的是男友。

然而，我的期待卻落空了。

5

為了舒緩劇烈的頭痛，我得定期外出購買止痛藥，三天一次。

男友買了一本高雄市地圖給我，又拿了電話簿，替我以數字標示了所有的藥局。我的用藥量非常大，他要我不能每次都到同一家藥局買藥，以免引起注意。他要我依照數字的順序去買。他說，我們恐怕被盯上了，我一個人住的時候必須低調，行蹤盡可能不被發現。有些藥局很遠，我沒有交通工具，但他說沒辦法，我只能步行去。

中山一路／南星藥房、良安西藥房；河北二路／高合成藥房；建國二路／慈安藥局、信德西藥房、文欽藥局；自立一路／銘生藥局、忠正西藥房；九如一路／人人藥師藥局；九如二路／藥師藥局、大正西藥房、振東藥局；嫩江街／宏隆藥局、大生藥局；漢口街／漢良藥局；哈爾濱街／正仁藥房、坤生西藥房、啟生西藥房；吉林街／忠生藥局。遼寧二街／景田藥局；熱河一街／啟源藥局、信吉西藥房、崇良藥局、振源西藥房、嘉益藥局；二街／松源藥房；十全一路／吉田藥局、杏安藥局、建昌藥局；察哈爾二街／安成藥局；北平二街／忠瑋西藥房……

殘缺不全的記憶，仍然不時在夢境中出現。然而，除了烈火焚燒的房子之外，我再也拼湊不出任何往事了。

每日的旅館生活一成不變。三餐都在旅館的餐廳吃，其他時間待在房裡。男友不給我手機，也強調他不會定期跟我聯絡，他說，這段期間我們不能有任何聯繫，他不能讓任何人找到我。他要我只能在房裡看電視打發時間，而且，除了旅館服務人員以外，不可以跟任何人接觸——男友告訴旅館我生了一場大病，需要靜養，請他們別打擾我，讓我好好休息。

待在房裡的時間，感覺非常漫長。我想起催眠師。他為了讓我恢復記憶，給我看過各式各樣的房屋照片。一座木造平房在熾焰中崩塌。這是我們唯一的線索。每當我看了某張照片、開始感覺頭痛時，他就會記錄下來，作為下回蒐集照片的參考。他說，對我惡意施法的人，在我接觸關鍵事物時，這項法術會引起我強烈的頭痛，令我痛苦、退縮，停止深入追查。然而，反過來說，強烈的頭痛，很可能就是解明記憶的線索。

因此，我打開電視，尋找第四台的房屋裝潢、室內設計節目，尋找各種房屋的畫面，試著讓自己恢復記憶。一旦發生劇烈的頭痛，我便記錄下來，再尋找其他類似的影像。搜尋過程是如此盲目，然而，卻彷彿為我真實的來歷尋得了一線曙光。

我逐漸想起，我曾在那座木造平房住過一段時間，那間平房內總是非常陰暗，而我只有煤油燈能用。一道彎曲、狹窄的石階，通往一座地下室，我被幽禁在地下室裡，室內的光源只有一盞煤油燈，隨時都可能熄滅。我總是盯著煤油燈的火焰，那火焰在無風的密室裡仍然不停閃爍，像是在捕捉房中所剩不多的氧氣，在無聲地吸吮著我的生命，使我感覺呼吸困難。地下室似乎離河道很近，可以聽見低沉的水流聲，地下室像是一個放大迴音的空洞，水流聲在空洞中發生迴音，有時像嗚咽、有時像哄笑，甚至出現猶如嬰兒的放聲哭鬧聲。我曾經帶著一種抗拒的心理在室內喊叫，但嗚咽與哄笑混雜的聲響撕扯我的耳膜，掩蓋了我的喊叫，讓我連自己的聲音都聽不見。壁面不斷滴著水，潮濕的石塊長滿青苔，與散在地面的碎木屑混合，散發出腐敗的臭味，又彷彿即將滲出水來，將沙土融為一片泥濘，青苔開始爬行、沾黏上我的頭髮，我的頭髮因久未修剪而蓬亂，與青苔的根部纏繞成團。煤氣燈燃盡，房間霎時陷入黑暗，猶如墓穴，不知名的蟲隻逡巡我的衣服與肌膚之間，彷彿亡靈的觸手玷污著我的心靈。

夢中的黑洞，原來並不是夢，而是遭到抹消的真實。

那是我的親身經歷，我的真實。

但，愈是恐懼、愈是劇痛，也就愈接近真實。

惡夢愈是逼近真實，漸漸地，我無法規律作息。我必須在黑夜時分保持清醒。我害怕入睡後進入那座地下室，在黑洞中被囚禁一整夜。曾經，我在努力維持意識之際，冷不防地遽然陷入夢境，猶如自高樓墜下，而落地的瞬間，我又掉進同一個地下室、同一個黑洞、同一個真實。我經常在接近凌晨、天色漸白時才迷迷濛濛地昏睡過去，疲倦地甦醒時已是下午，時間不對，我也不再進餐廳用餐了，只能到便利商店買微波食物。

我清醒的時間愈來愈短暫，夢境與現實愈來愈模糊。曾經，我在夢醒後感到極為飢餓，隨便拿了便利商店買來的餅乾、零食果腹，吃著吃著，竟發現自己仍在夢中。有時候，我以為我尚未離開夢境，在白晝踏上川流不息的大馬路，忽然有路人拉住了我，我才驀然明白剛從身邊呼嘯而過的快車差點撞死我。

在記憶中，有個人硬拉著我，將我推入地下室。這個人，就是將我幽禁的人。是這個人關閉了地下室的門，將門上鎖。我努力回想他的真面目，卻僅獲得全然的虛無。這個人沒有聲音、沒有氣味，甚至沒有固定的形狀，像是不存在於現實世界似的，只是一個忽隱忽現的影子。不知過了多久，地下室外的階梯傳來腳步聲，門鎖開啟，這個人帶我離開，接下來發生什麼事，我一無所知，記憶在此處戛然而止。

我祈禱男友早日來接我，但隨著時間不斷流逝，他仍未如願現身。

某一晚，普拿疼已經見底，我離開旅館到藥局買藥。當時，夜空的雨勢不止，雨傘遮蔽了我的恍惚神情，路人並未注意到我的步伐虛浮不定。依照地圖的標示方向——高雄的道路規劃成棋盤狀，減少了我迷路的機率——旅館距離那家陌生的藥局有兩公里，不算遠，我想我的體力還撐得住。但我頭痛欲裂，恐怕撐不到回旅館再吃藥了。我帶了一瓶水出門。

走進這家新開的連鎖型藥局，已經過了半個多小時。距離打烊時間還剩二十分鐘。我收攏了傘，擱在店門外的傘架上。店內的空間寬敞，但日光燈過於明亮的光線，卻令我有些暈眩。我強裝鎮定地走進藥妝展示架之間，蹲下來讓自己稍作喘息。

此時，有個身材高大的男子走進藥局，在結帳櫃檯前停下腳步。

男友曾經叮嚀，外出行動時絕不能引人注目。因此，在買藥時盡可能與其他顧客錯開，不與店員目光對視，已成了我反射性的習慣。我躲在展示架後方，靜待男人離開。男人身材高大，背對著我，我看不見他的臉，他從手提公事包拿出幾張照片。

「警察。」他將照片陳列在櫃檯上。「請問這名女性是否來買過藥？」

女店員看了看男子，表情有些驚訝，連忙扶了扶眼鏡，湊近檢查照片。

「這個……我不確定……」她的語氣遲疑。「我們客人很多。」

「那麼，店裡有沒有監視器錄影帶？」

「有。」

「錄影資料保留幾天？」

「兩週。」

「警方偵辦重大刑案，需要這些錄影資料，麻煩請馬上調出來給我。」

「噢……好的。」女店員又問：「請問到底是什麼案件？」

「照片裡的女子，是本案的重要關係人。」

男子準備收起照片。一瞬間，我看到了其中一張。

照片裡的女子——是我！

難道……男友說，我們被人盯上了……意思是我們被警方盯上了嗎？他遲遲沒有現身，是因為捲進了重大刑案嗎？我的心底湧起一股恐懼。

此時，男子收拾了照片，跟著女店員離開櫃檯，進了店內員工專用門內。

這是我能夠逃走的機會！

我不再等待，屈身往店門快步走去。店門自動打開時，突然發出清脆的叮咚聲——我的頭皮發麻，全身顫抖，但已沒有餘裕回頭確認是否被男子發現了，抓了傘立刻奔入雨中。

我見到藥局外的街角處有一道窄巷，馬上閃身進入巷道。

這條巷道剛好位於路燈燈光外緣的死角處，男子即使追出來，也來不及看見我。儘管如此，我依然沒有回頭、沒有停下腳步，繼續向前奔跑。

然而，才跑了十餘秒，我不禁呆住了。

這是死巷！

低矮的樓房包圍了我的視野。在大雨中，樓房彷彿在蠕動著，即將朝我崩塌而來。

我不得不回頭。

在我的眼前，是那名身材高大的男子。他手提公事包，背著光，站在巷道入口。

「我找了妳……找了妳好久……好久……好久……」

他的聲音既溫柔又激動，混雜在雨聲裡，依然澄澈入耳。

「……你是誰？」

「織梅。」男子緩緩向我走近。然而，男子的臉孔、衣著，並未隨著他的走近而變得清晰。他自始至終是一團黑影。「我是湯仕敬，妳的愛人。」

聽到這個名字，我的腦袋發出轟然巨響。

「……你是警察？」

「不是。」

「那你為什麼……？」

「呵。台灣人一聽到我是警察，都會好好配合，有問必答。」男子的語氣輕鬆，「省了我不少事。偽造證件比較麻煩，但沒人會仔細確認。」

男子的黑影終於近在眼前。我舉起雨傘想要反抗，但黑影拉住了我的手腕，瞬間，一股兇狠的寒氣陡地從我的手腕竄起，那寒氣穿透骨髓，冰冷得令我麻痺。我的手鬆開傘柄，雨傘掉落在柏油路的水窪之中。他將我擁入懷中，力道愈來愈強，將我緊勒。

我想起來了。他就是把我幽禁在地下室的黑影。他就是惡夢的真相。

「我不要！」我想奮力掙脫他的擁抱。

「織梅，我不會再讓妳離開我了。我們回家吧。」

「我不要！」

「妳已經見識到了詛咒的力量。妳明白的，妳永遠逃不了的。」

「我不要！」

我拿出隨身攜帶的礦泉水瓶反抗，他猛力揮開了，水瓶滾落地面。我想繼續踢他、打他，但卻無法施不出力氣。

「妳永遠都是我的！」

習得性無助。那久違、熟悉的絕望感再次重生，占據了我的內心。

我的淚水不由自主地流著，與雨水混在一起。

然而，不可思議的事情發生了。

「放開她！」

男子的背後，出現了另一個男子——他的雙手持著手槍，槍口對準黑影的頭部。男子沒有回頭，勉強將我放手。我的雙腿無力，頹倒在地上。大雨淋濕了我的頭髮、衣服，我抬頭往上看，想看清楚他背後的男人是誰，但他的黑影擋住了男人的身形。

「……你是誰？」湯仕敬憤恨地問。

「警察，」他打開了手槍的保險，說：「隸屬三民分局。」

Chapter 7

黑魔法

Black Magic

1

「不要回頭，慢慢走到路邊的車子旁！」劍向握緊警用手槍，謹慎地命令眼前的男子。他的目光短暫投向倒臥地面的女子，但黯淡的路燈使女子的樣貌模糊不清。

「警察先生。」男子說，「沒事的，我跟我太太吵架而已。請別小題大作好嗎？」

「我看到不是這樣！」劍向態度嚴正，「把雙手放在引擎蓋上！」

「哼。」男子照做。

「站好！」

劍向右手持槍，左手伸向腰帶準備取出手銬。雨勢仍持續著，令手銬的金屬表面濕滑難抓。眼前的男子身材高大，稍微接近一看，才發現對方是西方人。更讓人意外的是，他的口音幾乎與台灣人無法區分。

劍向對眼前的男子湧起一股莫名的熟悉感，但是，他卻不記得自己曾在哪裡見過他。他略微轉頭面向女子，想確認她是否受傷：「小姐，妳還好嗎？」

女子全身顫抖著，微微抬頭但沒有回應。

劍向擔心女子的狀況，眼神在她身上稍作停留，忽然遭到迎頭痛擊。男子將公事包用力擲在劍向臉上，劍向下意識地舉起手銬阻擋，仍然閃避不及，堅硬的銬環打在顴骨臉上，令他一陣刺痛。昏眩之際，劍向屈身抱臂，護住手上的槍枝，防止被對方奪走——這是身為警察長年執勤的反射性習慣。警察遇襲，第一要務並非起身反抗，而是保護自身安全。當他終於回神，男子已經奔向巷外，他往前跨了幾步，試圖持槍瞄準，但準心已經失去了男子的蹤影。然而，劍向卻也知之甚明，警察遭遇歹徒，其實無法如此輕易開槍。

男子消失後，巷口不再有動靜。劍向等待了一陣，確認男子已經逃離現場，不再襲擊，才回身走近女子。他關上保險，收起警槍，將掉落在地上的雨傘拾起後展開，為女子遮擋雨勢，讓她在冰冷的雨水中能稍有喘息。

此時，女子發現有人為她撐傘，抬頭凝視劍向，兩人才終於能看清楚彼此的容貌。

張織梅。

真的是她！

她的身影，曾經在劍向的夢境中出現過好幾回，是他被捲入厲鬼連續殺人案、備受折磨下的唯一救贖。現在的她，已不再是液晶螢幕的電子像素，而是一個真實的、活生生的女人。然而，現在的她眼光渙散，眼周凹陷泛黑，完全喪失了DV錄影帶中清純、動人的神采，她的精氣彷彿即將流盡，劍向不禁懷疑，拍攝影帶的時間點距離現在僅一年多，居然將一個青春、美好的生命摧殘得猶如死灰？眼前的臉龐，令劍向感到痛心。

在劍向尋找織梅的過程中，她在錄影帶裡的影像，變成了劍向的興奮劑。他總是在經過一天的奔波後，回到夏詠昱的屋裡，一邊檢閱夏詠昱的筆記，一邊打開攝影機，重複播放那捲DV錄影帶。在虛像伸手可觸、實則遙不能及的液晶螢幕中，劍向不斷幻想著與織梅相遇的那一刻。

那麼……那個逃走的男人，又是誰？

那男人與案件有關嗎？

劍向低著頭，款款凝視著織梅仰望的臉，眼神中透露了無盡的迷惑與徵詢。她的右額有一塊小小的深色瘀痕，是剛剛跌倒時撞傷的。倏地，劍向忽然抱住了她濕濡的雙肩，那是一股無意識地從心底湧出的衝動，連劍向自己都感到不可思議，織梅對這突如其來的舉動嚇了一跳，但她沒有掙開。

「終於……我終於找到妳了。」劍向的語氣哽塞。

「你真的……」織梅的情緒尚未平復。「真的是警察？」

「妳是張織梅小姐，是嗎？」

「我是。」

「我叫吳劍向。」劍向拿出證件，「是三民分局的刑警。」

「謝謝你……救了我。」

經過漫長的找尋，劍向察覺身體已失去所有的力氣，不得不抓握織梅的肩頭才站得住腳。他內心蓄積多時的戀慕情潮，總算有機會得以化為千言萬語，然而，此時此刻，他卻一句客套的問候都說不出口，只是如同意識逐漸模糊般，不停在織梅耳邊重複喃喃細訴著這段既像呻吟又像夢囈的句子。他倆的臉頰輕輕碰觸，劍向清晰地接收到對方因手足無措而灼燙的體溫。

「……為什麼要找我？」

「我想保護妳。」

織梅聽到這句話，虛弱地倒進劍向的懷中，彷彿在回應他的答案。

「妳怎麼了？」

「我的頭好痛……好痛……」

這時，劍向感覺到，有一股微弱的熱流，無聲滑過臉頰，靜靜地落在他的衣領上，但他知道自己並沒有哭。掉眼淚的，原來是織梅。但他沒有聽到她的哭聲。一瞬間，劍向終於明瞭了織梅心靈的脆弱與無助。事實上，她一直在等待——等待一個有能力保護她的男人出現。

F被殺了。

鍾思造被殺了，夏詠昱也被殺了。

這些男人都想要保護織梅，成為她唯一的避風港。他們將她藏進無人知曉的房間，將她占為己有，自以為神不知鬼不覺。潛意識遭到封鎖、失去記憶的織梅，像孩童般付出真心，全然地相信他們。但殘酷的是，他們都保護不了她，所有人都陸續慘死在真相不明的惡鬼詛咒下。於是，她只好不停逃跑。

「你知道嗎？」織梅柔聲說：「我等你等了好久……」

「我？」

「嗯。」織梅的唇齒微動，氣息混亂，聲音漸低漸沉。「等了好久好久。」

劍向不確定她說的話是真的，抑或她已經陷入意識迷離，把自己跟其他人搞錯了。但是，他寧可相信她真的是在等待自己。他感覺到織梅抱他抱得更緊，柔軟的身軀在自己的胸口起伏。劍向無法否認，經歷過這一連串的怪事，他已經沒有能夠信任的友人，在這個世界上，唯一能與他有共同感受的人，只剩下眼前這名女子了。而他，恐怕也是她唯一能信任的人。他無法否認，自己早已愛上了織梅，儘管他更明白，自己愛上的只是錄影帶中的影像，而她，理所當然也一定會愛上自己。愛情，是她唯一擁有的籌碼，在這場充滿致命危機的賭局中只能盲目下注。倘若接下來出現的男人並非劍向，織梅必定仍舊會愛上那個不知是幸抑或不幸的男人。

劍向心中暗暗發誓，非將這個長久糾纏織梅的陰影掃去不可！

「妳的頭還痛嗎？」

「嗯。」

「我替妳買了普拿疼。」

「為什麼……你知道我……」

「替我拿著。」劍向將傘交給織梅，從身上取出一盒普拿疼。他打開藥盒，小心翼翼地剝開藥錠的包裝，拾起掉落在地上的礦泉水瓶，打開瓶蓋，餵她服藥。滂沱大雨下，織梅握著傘柄，閉上眼睛，和水吞下了兩顆普拿疼。

劍向見織梅服藥後心情似乎舒坦了一些，他奔波多時的疲憊感，也一下子湧上全身。

起初，對於織梅的下落，劍向是毫無頭緒的。他翻閱了無數次夏詠昱的筆記，渴望從中尋得可能的線索。然而，夏詠昱的筆記中，內容以他的魔法研究心得、勒索用的名人醜聞為主，幾乎不提及他催眠治療的對象，而織梅的紀錄更僅止一篇。當夏詠昱的亡魂回到人間後，他確實提供了F的真實身分、秘密別墅的地址。

劍向可以斷定，織梅必然是被鍾思造藏匿起來了。他們曾經同居，他也是最後與她有所接觸的人。依照夏詠昱的證詞，織梅受了心理枷鎖的影響，全然信任陌生人，猶如孩童，而且需要他人照顧，因此，織梅不可能主動離開鍾思造。亦即，她的失蹤，是鍾思造設計的。

那麼，鍾思造將她藏身何處？鍾思造並不富有，他無法長期將人藏在另一個地方，最有可能的情況是，織梅告訴他，她曾住在F的秘密別墅一段時間，於是，鍾思造找到那棟別墅，將她藏在那裡。

劍向立刻前去探詢，他原以為，織梅就躲在別墅內，畢竟，以她的現實處境來說，她失蹤了這麼久，恐怕也沒有其他去處了。結果，他失望了——織梅不在那裡，那裡也沒有留下任何線索，織梅曾住過的痕跡，都被夏詠昱在帶她離去前清除乾淨了。

直到劍向注意到筆記裡的這段描述，他才驚呼起來，想到了一個新的可能性——頭痛！

我問她記不記得自己發生過什麼事，她說她想不起來，一想就會頭痛。

——頭痛！

儘管夏詠昱在筆記中只提過一次，但是，織梅確實在催眠治療的過程中，開始出現嚴重的頭痛。劍向愈想愈激動，他明白自己已經碰觸到一個嶄新的出口了。更精確地說，夏詠昱之所以只提過一次這件事，是因為他完全忽略了這個線索的重要性。他一定未曾想過，這將會是找到織梅的正確方向！

若織梅的頭痛症狀持續發作，她定然必須頻繁地購買止痛藥。只要織梅還住在高雄市——她一定還在高雄市，鍾思造的生活圈一直在高雄市，他不可能將她藏得太遠——劍向就有把握能找到她。一思及此，劍向精神大振。他開始帶著織梅的照片，查訪市內各家藥房。

四〇一室連續殺人案的調查仍在持續進行。

警方投入了更多的人力，仍然無法查出第二名死者的真實身分。其間，專案小組獲得了一件情報，說發現屍體的前一夜，曾有人目擊一輛轎車停在現場附近，但次晨則不見蹤影。警方極為重視這條線索，深入調查，但沒發現更多有價值的證據，查不出車號，也沒有其他人目擊。劍向鬆了一口氣——這輛車，就是夏詠昱的車。

高組長要求劍向、紹德全力調查洪澤晨案與本案的連結。他們重新訪查了受害者的家屬、親友，確認這些年來人際關係是否有怪異的變化。然而，絕大多數的關係人都不願多談。那是他們亟欲遺忘的記憶。

劍向主動建議，既然紹德非常看重第二樁命案可能有兩名兇手，那麼，這就表示這兩名兇手一定都對洪澤晨有著極為狂熱的崇拜。問題是，現實生活中兩個人關係密切，而又同時崇拜洪澤晨，並且聯手付諸行動的機率有多高？當然很低。但是，假使兩人是在網路上認識的，機率就高得多了。於是，劍向讓紹德根據他的共犯理論，在網路上的各大ＢＢＳ的實案犯罪論壇尋找洪澤晨案的相關留言，也許可以發現互動密切的複數可疑人物。紹德完全同意。

然而，這是劍向的詭計。唯有如此，劍向也才有獨自外勤偵查的機會，把握有限的零碎時間尋訪市內各大小藥局。不過，他仍然必須非常小心，才不會引起紹德的疑惑。

劍向帶著織梅的照片，逐街逐巷地調查她的行蹤。以三民區為中心，擴及鄰近的新興區與前金區。他的高雄市地圖上以紅、藍筆圈畫了各式各樣的符號，記下他偵查過的區域、必須再度確認證詞的藥房，以及外貌相似、言行符合條件的女子出現的地點與時間等。此外，他也隨身攜帶了止痛藥，以做應急之用。也許，當他找到織梅時，她已經無力買藥了。

這並不是一件困難的工作，但細節之繁瑣，卻遠非劍向當初所能想像。搜查範圍雖然僅僅三個行政區，但劍向認為獨自一人尋找，與分局查案時必定動員一個專案小組，相比之下進展恐怕會緩慢太多。

令他出乎意外的是，很快地，陸續有幾間藥局回報曾有一名外型符合的女子來店。劍向調閱了監視器錄影帶，極有可能是織梅沒錯。奇妙的是，織梅都僅去過這些藥局一次。劍向這才恍然大悟——她是為了避人耳目，才刻意選擇不同的藥局購藥。很顯然，這是鍾思造教唆的，他不希望她被人找到。諷刺的是，織梅去過的藥局愈多，反而提高了劍向找到織梅的機率。甚而，劍向可以專心搜索那些她還沒去過的藥局。

今夜稍早，搜查會議結束，劍向離開分局，他繼續查訪藥局。雨勢自午後開始變大，對他的行動稍有影響，但這一區尚未查證的藥局已經不多，他必須把握最後的機會——他不知道鍾思造對她的指示為何，也不知道她為了買藥能跑多遠。

於是，他偶然遭遇冒充警察的男子，並在對方手中及時拯救了織梅。

「謝謝你……我好多了。」

「好。」劍向心中的塊壘略微消解。

「抱著我，」織梅小聲地說：「拜託，再一會兒就好。」

織梅突如其來的要求，使劍向的胸膛燃起融燒的熱火。同一個瞬間，他也感受到一股輕微的戰慄感，他立刻明白了——這是「測試」！

沒錯，不管是否有意，這是天生的本能，織梅想證明對方會愛她、守護她。無論方式為何，她一定也都對夏詠昱、鍾思造有過類似的動作。只有對方給予「正確」的回應，她才願意與對方建立起信任關係。

織梅並沒有偽稱頭痛，但她一定是藉著頭痛發作的機會，來判斷劍向對她是否一見鍾情。這是孩童般的、直覺的、本能的，一種她自我保護的方法。劍向在偵搜的工作上，具備了敏銳的第六感，同樣地，他知道織梅的第六感，必然也基於相同的機制。

孩童並不會親近每一個成人。孩童也會做選擇。她所選中的 F，將她帶回台灣；她所選擇的夏詠昱、鍾思造，為她犧牲性命。她一定拒絕過——或者，閃避過許多虛情假意、貪圖美色的男人，因為她知道，這樣的男人會在大難來臨前退卻脫逃。劍向當然不會是這樣的男人，但他也必須以織梅預想的方式來回應她，否則她將在下一秒中消逝遠走。

他必須以實際的行為，讓織梅相信她已獲得愛情的保證。

然而，就算劍向的直覺告訴他，兩人的關係明顯含藏著如此的詭詐，他還是無法抑制對織梅瘋狂的愛戀。縱使是夏娃，也曾受過蛇的勸惑，誘逼亞當吞下禁忌的果實——但這並無損於夏娃對亞當摯誠的忠貞。

他沒有些微猶豫，雙臂緊緊環圈在她的腰際，不發一語，讓她在擁擠、喧嚷的寡情城市中，能享受到一絲象徵安全感的體熱。

緊接著劍向閉上雙眼，毅然地用力吸一口氣，將配戴在身上的那把史密斯威森式M6904半自動手槍，默默地交到織梅纖弱的小手上。

2

織梅的住處是一間不到三坪大小的短租套房。

她所藏身的這家旅館，在二十年前理應曾經風華一時吧，從大門的樣式、迎賓廳的裝潢、櫃檯小姐的年紀……一切都像極了八〇年代的台灣電視劇，彷彿老相機啪嚓一聲的照片，為鹽埕區的發展留下蒼涼的紀念。

他們回到旅館時，已經接近十二點了。一路上，兩人一起撐著傘在雨街中緩慢地走著，路上行人稀少，織梅的膝蓋受傷，無法快步，而劍向則警戒著方才的襲擊者是否有跟蹤。兩人在傘下並肩，沒有交談，甚至極少對視，他們唯一的接觸，是織梅的肩膀不時碰著劍向的上臂，但他們也只需要這一點接觸，就能夠靈犀領會，循著相同的步速、朝著相同的方向前進。

推開旅館大門，穿過豔紅色的春聯，昏昏欲睡的櫃檯小姐甚至沒有抬頭，只是機械性地從抽屜裡拿出一把鑰匙，交給織梅——住的人是誰、帶了什麼人，她全都不關心、不過問。會來老旅館便宜租個房間住下來的，必定有什麼苦衷吧……以這個角度來看，對於希望隱私受到保護的顧客而言，這是最低廉、明智的選擇了。

搭乘僅容四人的舊型電梯，來到三樓，織梅的房間就在電梯出口右側第一間。織梅開了門，這是一間簡單的住房，房內只有一張單人床、一張梳妝檯、一座木製衣櫃，以及跟電話亭大小差不多的浴廁。梳妝檯的桌面擺了一台液晶電視，是房間裡少數稍有現代感的物品了。梳妝鏡立在其後，加倍了桌檯的面積，也將這些東西複製成雙份。

劍向將傘收好，靠在門邊。

織梅一進門立即倒在單人床上，然後才踢掉腳上那雙白色短跟涼鞋。劍向見到了她的腳底，白皙而沁濕，內心不禁生起一股欲望，立即將目光避開。房間裡沒有椅子，看來是必須坐在床上才能使用梳妝檯，劍向只好站著。

不多久，織梅才撐起身子坐著。

「不好意思，我剛剛頭好痛……」

「沒關係。」

「你坐下來吧。」織梅讓出了一部分的床面。

劍向緊繃的神經終於能鬆懈下來。他點了點頭，不自在地坐到織梅的身旁。這個房間現在只有他與織梅兩人，而織梅從未離開他伸手可及之處。空氣間一片靜默，沒有雨勢做為背景音，劍向甚至聽得見織梅的呼吸聲。

「我叫吳劍向，是三民分局的刑警。」劍向唇齒乾澀地開口：「啊，剛剛自我介紹過了。」

「我叫張織梅。」織梅也假裝客套地向他微笑點頭。

經過了適才在巷道內的擁抱，劍向一時還無法適應兩人微妙的關係。「欸，張小姐……」

「幹嘛啦！你說話的方式好悶喔，嘻。」織梅故意激他，但劍向聽得出來，她的語氣中隱藏著某種強顏歡笑。孩童疲倦又想表達友善的時候，反應應該也是這樣的。「大家叫我梅梅，你也這樣叫，好嗎？千萬不要叫我張小姐啦，這位大哥。」

「這……」

「我以為我們可以交朋友的呢！」

「當然，當然可以。」

「我可以叫你阿向嗎？」

「好啊。」

「我很喜歡你。那你喜歡我嗎？」

「我……」劍向沒有意識到會被織梅問到這樣單刀直入的問題，但他終於衝動地把內心的渴望說了出來，「我也很喜歡妳。」

「那太好啦！」

充滿孩子氣的對話，讓劍向不禁感受到陰鬱至極的案件中，仍舊存在著一線希望。在這段偵查的過程中，劍向遭遇了太多的陰險、太多的狡詐，織梅單純而真誠的情感，無疑是極為珍貴的事物。或許，貪圖金錢的F、專事勒索的夏詠昱、偷竊維生的鍾思造……包括渴望出類拔萃的自己在內，我們全是孤獨的，才會對織梅如此迷戀。我們終究需要一個對象，能夠彼此坦然暢所欲言，不涉及任何利害關係。

然而，劍向同時也遲疑著，接下來他準備要對她說的話，將戳破一切的美好。

但他是個刑警，終究必須恢復理智。

「梅梅，聽我說。」劍向設法維持聲音的柔和，「我會來找妳，是想調查一件案子。」

「案件？」織梅的表情泛起一絲困惑。

很顯然的，織梅並不知道一位刑警之所以費盡千辛萬苦尋找她的真正目的——她也不知道自己花了多少時間尋找她。此外，她恐怕根本沒有注意到，前陣子社會新聞版面上那則密室謀殺案和她有任何關係。

「妳知道最近發生在高雄市內的連續殺人案嗎？」

她搖頭。「不知道。」

「妳平常在房間裡，會看電視嗎？」

「會啊。」

「但妳卻不知道最近的兇殺案？」

「我不看新聞的。」

「那妳都看什麼？」

「看……」織梅有些猶豫，「能夠恢復我記憶的東西。」

「像是什麼？」

「房子、森林，還有……地下室……」織梅突然痙攣了起來，她的雙手抱頭，不讓劍向看到臉。「不要，我不想說了！」

劍向起身伸手過去扶住她。「妳的頭很痛，是嗎？」

「我不知道……我不知道為什麼會這樣……」織梅難過地呻吟，「我好害怕……」

「梅梅，是誰教妳這樣做的？」劍向必須繼續偵訊。他拿出夏詠昱的半身照。照片來自夏詠昱的車內找到的身分證。「是他嗎？」

織梅抬起頭來，怯怯地看著劍向手上的照片，張大了眼睛。

「阿昱……」

「他叫夏詠昱，對嗎？」

「對。」

「妳跟他住在一起一段時間，是嗎？」

「嗯。阿昱懂催眠術，他說這樣做可以讓我慢慢拼湊出……以前的記憶。但是，我也不知道為什麼，以前的記憶讓我感覺好害怕。還有，那個襲擊我的男人……他好像知道什麼。」

「妳知道那個男人是誰嗎？」

「不知道。」織梅的表情憂鬱，「他說了他的名字，但我……我沒有印象，也記不住……」

劍向心想，也許她不是沒有印象，而是被掩埋在記憶的底層了。

「那……阿昱他最近好嗎？」

很顯然，織梅並不明白當一名刑警拿出了一張照片要求指認，代表了什麼意義。

「梅梅，請聽我說，夏詠昱已經被殺了。他就是連續謀殺案的第二名死者。」

織梅張大眼睛，露出恐懼的表情。

「第二名死者？」

「嗯。」

「那……第一名死者……是誰？」

「鍾思造。」

「怎麼可能？……我不相信！」織梅僵硬地笑了出聲，彷彿認定劍向是在惡作劇。

「我說的是真的。」

劍向又拿出另外幾張照片，那是鍾思造身分證的翻拍照、他住在鳳山的姑姑提供給警方的生活照。

「為什麼……為什麼……阿造怎麼可能會死？他說他要我等他，他會來找我的！他會來找我的！」她的語氣哽咽，但並未落淚。夏詠昱曾說，織梅受惡意的心理枷鎖所壓迫，幾乎無法正常地表達負面情緒——她從來不哭，縱使掉了眼淚，她也哭不出聲來。「你不要騙我！」

「我沒有騙妳。」

劍向拿出了織梅的ＤＶ錄影帶。

「這是……我的ＤＶ錄影帶！」織梅激動地質問，「那是我給阿造的信物。阿向，你為什麼有這個？難道是阿造親手交給你的嗎？」

是。他確實是從鍾思造的「手上」拿到的——然而，這卻是一個殘虐的黑色幽默。

「警方在鍾思造的臥房裡，發現妳的ＤＶ錄影帶。」

織梅的雙眼圓睜。

「阿造、阿昱……他們到底發生了什麼事？」

劍向深深吸氣，他的鼻腔裡充滿織梅的髮香味，但他無心眷戀。

「上個月二十五日，在南台路的一棟舊大樓裡，警方發現了一具年輕男子的慘死屍體。他生前搬來了大量的石塊，將自己的住處打造成一間密室。這名男子就是鍾思造。經過偵查，警方發現男子生前曾經有過一個女朋友，而這個女孩子就是妳。

「經過了兩天，有一名陌生的男子來找我，他告訴我，他可以提供命案的關鍵線索。這個人就是夏詠昱。他曾要我帶他到鍾思造死亡的現場。後來，他的屍體在同樣的現場被警方發現。我根據他提供給我的線索，找到了他的家，在三樓書房裡發現了他的筆記本，上面寫到他為妳進行催眠、設法替妳恢復記憶的紀錄。

「因此，警方必須找到妳，因為妳是兩樁命案的共通點。」

在這段敘述中，劍向省略了兩樁命案的另一個共通點——殺害兩名死者的手法，都與已執行死刑的連續殺人魔洪澤晨如出一轍。他也刻意不提及自己對兇殺案的真相已經了然於胸，還搶先一步比警方更早找到織梅，目的不是為了破解命案，而是為了阻止某個不知名的詛咒繼續蔓延，不讓更多的無辜者喪命。劍向不得不認定，一定有其他人如同Ｆ那樣被這個詛咒所殺，卻未被警方判定為命案。

「但是……我……」織梅拚命搖頭，「我不知道！我什麼都不知道啊！」

「妳別擔心。我是來幫妳的。」

「阿向，你不是來帶我回警局的？」

「不是。」劍向伸出手，緊握織梅膝上顫抖的雙手，一瞬間，織梅反射性地想要抽離，但她終究忍住了。「我調查了很久，知道一部分的真相。我相信妳是無辜的。我認為，今晚襲擊妳的男子，很可能就是案件的關鍵。從他的言行舉止來看，他不是一般的歹徒。」

「可是我並不認識他！」

「妳和他一定是認識的。在妳喪失記憶以前。」劍向繼續追究，「妳剛剛說，在妳的記憶深處裡有房子、森林，以及地下室？」

「我不知道那個男人是誰……我也不知道那些影像，到底是不是我的記憶。我只知道那些東西會突然入侵我的腦子，讓我產生混亂。」

「這很重要。請妳好好想想。」

「拜託你不要再問我了……我說我真的不知道！」

他所獲得的答案，和夏詠昱曾問到的結果完全一樣。

——難道說，執行那個危險的強力催眠術是僅剩的解決途徑？看到織梅可憐的模樣，劍向實在不忍心再增加她的痛苦。但是，時間緊迫，他又無法再找到其他方法。

「我以為……你來找我……是要告訴我……」

「告訴妳什麼？」

「我害怕……警方認為……阿昱、阿造兩人是我殺的。」織梅的表情驚恐起來。

「不是——我認為不是。梅梅，別害怕，妳並沒有殺死他們。」

「可是，我什麼都不記得了。」

「但，妳的記憶中埋藏了關於命案的重要關鍵，我必須試著將它挖掘出來。」

「可是，為什麼我會失去記憶？」

「也許跟妳的頭痛有關。」

織梅腦海中被植入的心理枷鎖，長期壓抑她的記憶、潛意識，夏詠昱認為，這將導致她的生理機制出現反彈。

「我好害怕……我的過去，到底發生了什麼事？」

劍向總算明白了——是的，織梅等待的確實是一名保護者。然而，她之所以需要保護，是因為她希望能追尋自己已經遺失的過去，而她直覺地感受到在這個追尋過程中，很可能會發生無可預料的危險。

「我到底是誰？沒錯，我知道自己的名字，自己的生日——護照上寫的，以及身高體重。但是我不知道我到底有沒有親人？到底有沒有朋友？我談過幾次戀愛？我有沒有做過什麼瘋狂的事？還是曾做過什麼蠢事？我好想知道！好想知道！我每天都在做惡夢，在夢境中，我發現自己正在下沉，那是一座黑暗的沼澤，我的上方沒有光線，下方深不見底，我只知道自己不斷地往下沉，卻不知道自己為何會在沼澤裡……請你告訴我……請你告訴我……」

「……好，我來告訴妳，關於妳的過去。」

「阿向，你知道我的過去？」

「我也不知道。不過，只要妳願意信任我，我就會設法幫妳恢復記憶。」

此刻兩人眼神交會，彷彿各自在心中尋找確認的感覺。

「阿向，如果……如果我不信任你，我就不會帶你來這裡了。」

「好。」

「我好想知道自己的過去——告訴我，我應該怎麼做？」

劍向靜默了幾秒鐘，才毅然地說：「讓我替妳催眠。」

「我不要！」沒想到，織梅的反應竟是如此劇烈。「我不要接受催眠！」

「為什麼？」劍向開始慌了，「這是我唯一能恢復妳記憶的方法……」

「因為……因為……我不要入睡，也不要閉上眼睛！」織梅的情緒又開始歇斯底里：

「我睡著以後，我就會被惡夢所控制，我跟你說過了，我害怕那種沉入沼澤的感覺，那種一片漆黑、不知道自己身在何處的感覺……我一入睡，就會產生那種無法呼吸的壓迫感。我不要！」

劍向輕撫著織梅的臉頰，他第一次以這麼近的距離看著她的臉。「妳是不是很久沒有好好地睡過一覺了？」劍向發現織梅的臉憔悴不已，飽受失眠的折磨。

對於睡眠後發生惡夢的恐懼，夏詠昱也曾經說過類似的話。

在那場惡夢裡，他見到了古代的魔法師阿格里帕，在阿格里帕靈體的教導下，學會了「破封之鑰」。夢醒之後，他發生過了多次恐怖的經歷，才終於明白，那不是什麼統御眾鬼的秘法，而是一個引來惡鬼追殺的惡毒陷阱。

根據夏詠昱所述，劍向至少掌握住這個陷阱的進行過程。

首先是一場詭異、逼真的夢境，在夢中出現的巫師，會承諾滿足你的心願。接著，在取得你的同意之後，他會在你的掌心施法，並要你去打開一扇門。

那是一扇鬼門。

你完全按照巫師的指示敲門二十下，把門打開，那扇門卻變成你家的房門。

當你醒來後，會發現你的掌心確實被施過法，房門也真的被打開了。夢境成為現實。此後，你真的可以在夜裡看見鬼了，不過，這些鬼之所以出現，卻是為了要奪取你的性命……

如今，劍向的體力已經完全恢復，然而，他只要一回想起夏詠昱的口述歷程，劍向就會彷彿親身體驗般，不知是因為招魂附身所致，抑或是亡魂與靈媒間微妙的交感關係。

「警察先生，我要警告你。那不只是一種魔法，而且是一種魔咒。如果，你在追查魔法謎底的過程中，也做了這樣的夢……你千萬要拒絕阿格里帕賜予的魔法！你絕對不能答應他！你一定要說永遠不想見到鬼！」

劍向在夏詠昱反覆教他記住那句五十個字的鑰匙後，夏詠昱的精力盡喪，彷彿行屍走肉。他說起話來開始斷斷續續，也夾雜著嚴重的咳嗽聲。

「只有你知道事件的來龍去脈，所以只有你可以……可以破解這個恐怖的詛咒……拯救織梅、拯救更多的受害者……」

夏詠昱的最後一段話還沒說完，錄影帶即戛然終止。帶子已到末端。那時，劍向看著無聲閃著亮燈的攝影機電源開關，至今仍感覺螢幕中曾經出現過的一切恍如幻象。

聽了夏詠昱的自述，劍向非常了解，某人對織梅施行了極為狠毒的魔法陷阱，一旦有人嘗試解開她的心理枷鎖——這種人，往往對自己的能耐備感自信，對於魔法的追求充滿狂熱——這個魔法陷阱就會在夢境中啟動，讓對方遭到惡鬼追殺，至死方休。

劍向告訴自己，絕不能踏入這個陷阱。

「我……我好害怕……」

「相信我，好嗎？」

織梅的雙手緊緊抓住他凌亂的衣領，她的眼眶泛紅，考慮良久才顫抖地點點頭。

「那麼，我們馬上開始。」現在時值深夜，經過一整天的奔波、偵查，劍向的身體已經疲倦至極，但為了早一點讓織梅恢復，他必須撐下去。他的動作得快一點。

他一面回想著夏詠昱的亡魂在錄影帶中提到的催眠術做法，一面協助織梅將床墊張開鋪在地板上。織梅平躺上去以後，他要求她閉上雙眼，放鬆身體。

「梅梅，妳現在什麼都不要多想，我會一直待在妳的身邊。」劍向在織梅的耳畔輕聲地說：「妳只要閉上眼睛，專心聽我接下來要說的每一句話就可以了。現在，我真的要開始了。」

織梅柔嫩的右手用力纏住劍向的腕部，傳達她極端緊張的情緒。

然後，劍向按照夏詠昱教導的方式，以固定聲調的單音節，開始唸誦這段開啟織梅潛意識的「鑰匙」。織梅一面傾聽，一面發出悶哼聲，雪白的頸部也很快地滲出汗珠。

待劍向唸到第十個字時，織梅突然慘叫一聲，並且迅即起身。「好痛……」

「梅梅，對不起……可是，妳非得忍耐不可。」劍向的語氣堅決。

「我知道……但是，真的好難受……」

「我們再試一次。」織梅點點頭。

然而，第二次的催眠並沒有太多進展，在劍向唸到第十二個字時即斷然中止。織梅顯然承受了比剛才更大的痛苦，她的臉色呈現失血般的青白，情緒十分激動。

「你欺負我！你欺負我！」

縱使織梅已經開始抗拒，劍向仍不死心地強求織梅繼續接受第三次的催眠。正如同以性虐待為題材的色情電影情節一樣，織梅最後仍柔弱地應允，見到她被自己狠狠地弄得痛苦不堪，劍向心中竟湧起一股複雜的異常快感。

這是控制欲。劍向察覺到了，這就是控制欲的快感。織梅是一個唯命是從的女孩子，無論是多麼過分的要求，最終她都會同意。有如全然信任的天真孩童。難道說，這就是夏詠昱堅持反覆進行實驗、愈陷愈深的真正原因嗎？

「這一次一定可以成功，梅梅，我相信妳可以撐過去的。」

「好。」

結果第三次的催眠不但完全失敗，織梅還如一頭傷痕累累的小鹿般躲到房間的角落，抱腿痛苦地顫抖著。原本固定在耳上的透明髮夾，也離開散亂的長髮而掉落在地板上。

劍向面對這種情況也無計可施，他實在狠不下手將她拉回床墊繼續進行這場催眠術。然而，在他幽微的心底，則極度渴望得知這把「鑰匙」在唸到第二十個字、甚至唸到更後面，織梅會有什麼樣的反應。

「梅梅，再一次！再一次就好！」

不管劍向如何堅持，織梅只是一個勁地搖頭，完全不回應他的要求。

真的要放棄嗎？——劍向緊緊擁住織梅蜷縮的身軀，內心開始反覆交戰。她彎曲的雙臂護著自己的胸口，兩手抓著劍向的領子不放，襯衫第一顆鈕釦的線頭隨而鬆脫。

「對不起……我不是故意的……」抱著縮成一團的織梅，劍向只能輕拍她的背，不停地向她道歉。

或許，織梅的過去能以其他方法揭露，並不一定真的非使用這麼殘酷的手段不可。劍向開始思考另外一種可能性是否存在。然而，一個獨自藏身在高雄市區廉價旅館的失憶女孩，要找到她確實的來歷卻是一件非常棘手的工作，處於自身難保的境況下，劍向要能夠一面在分局裡維持往常的工作水準、一面尋找織梅的過去，實在是太困難了。

儘管兩人都迫切希望催眠能發揮揭露遺失記憶的功用，但實際的進行狀況卻毫無成效，只是徒增彼此的痛苦。

劍向的思緒混亂不堪，他充分感覺到織梅依偎在胸前冷汗如雨所帶來的潮濕。他也想不出更恰當的安慰語句，只好以沉默靜靜地等待織梅情緒平息。他內心則下好決定，已不再奢想夏詠昱的強力催眠術對案件會有任何正面影響了。

「劍向，拜託你……」
織梅忽然開口，這是她第一次這麼嚴肅地喚他的名字。
「唔？」
「繼續試驗那個催眠術。」她的語調細微而堅定。
劍向被織梅的回答嚇了一跳，因為他已經決定放棄了。「可是……」
「請你不要放棄……好嗎？」織梅說，「我會好好忍耐的，我不會再哭了，真的。因為我絕對不放棄，我一定要知道我到底是誰。」
「不行，我不忍心再讓妳痛苦。」
「我不怕痛！」
「我做不到。」
「現在好不容易有一個讓我恢復記憶的方法，就算再痛苦，我也不會死心的！求求你幫助我……」織梅抬起她淚痕未乾的臉龐，「你可以壓住我！這樣我就沒辦法逃走了！不然，我讓你綁起來好了！把我的手綁好，你就不會被我打傷了……還有，如果怕我大喊大叫的話，就拿一塊布把我的嘴巴塞住呀……這樣總可以了吧？」
想不到織梅竟如此執拗。她掙開劍向的臂膀，轉頭跪爬到房間玄關入口的衣櫃，打開櫃門，從櫃內的衣架上解開一條紅色皮帶，堅定地遞給劍向。
「妳真的要我這樣做？」
「真的。」
劍向定定地望著織梅的眉目，再度確認她眼神中的勇氣。他雙臂展開，拉直紅色皮帶，
「我該綁在哪裡？」

「雙腳，還有雙手……」織梅將背部轉向劍向面前，兩手握拳交叉貼在背後。

「一條皮帶似乎不夠長。」

「阿向，你也有皮帶，對吧？」

劍向點點頭，解開了自己褲子的黑色皮帶，背對織梅，開始綑綁她的手腕。

「你可以綁緊一點。」

不時注意著織梅是否被綁痛了，劍向綁好她的雙手。織梅隨即躺下，將雙腿併攏伸直，示意自己已做好被綁住雙腳的準備。

劍向微微抬高她雪白的左足，慢慢纏繞著紅色的皮帶。織梅露在及膝裙外的雙腿纖細有致，曲線性感誘人。他保持呼吸的均勻規律，不給自己心猿意馬的機會。

「好了。」

「還有我的嘴巴。我的手帕在外套的口袋裡，就掛在衣櫃裡。」

劍向依言將她的手帕拿來，他把手帕揉成團狀，小心翼翼地把手帕慢慢塞入她的口中。此刻織梅已完全喪失反抗能力。房間裡一片靜寂，雙方只聽得到彼此急促的呼吸聲。

織梅朝他點點頭，然後果斷地閉上眼睛。

3

直到次晨八時，織梅仍然沒有甦醒。

劍向縱然完成了夏詠昱交代的「鑰匙」，但他無法判斷心理枷鎖是否順利解開。過程中，織梅持續劇烈反抗，全身狂暴地掙扎，有如受困而待宰、死命怒吼的猛獸，劍向必須用盡力氣壓制她，才能在她的耳邊述誦鑰匙。在他唸完鑰匙的最後一個字時，織梅的全身仍然在抽搐著，但她的魂魄彷彿突然被抽離，即使劍向拿掉了她口中的手帕，不斷地搖著她、叫喊她的名字，她依然沒有反應，無法脫離昏迷狀態，然而，漸漸地，她的呼吸變得平穩，顫抖緩緩消失，安靜地陷入沉眠。劍向的憂慮稍解，將她手腳的皮帶鬆開，但他並沒有完全放心，他坐在地板上，倚著床邊，注視著織梅的睡臉——她的眉間尚且偶爾出現緊蹙，可能是做了並不可怕的夢，總之，她終於能像個嬰兒般地熟睡了。

劍向守護著她的睡臉，不知不覺間，意識也跟著模糊了。他再次醒來時，看了看錶，時間還不到七點。他只睡了四個多小時。他的身體依舊殘留著疲勞，但精神已經不再倦怠了，這是他熟悉而習慣的、一名刑警的日常狀態。

劍向心想，該回分局了。此時，織梅繼續安適地睡著。昨日的虐待彷彿不曾有過。劍向情不自禁地伸出手，碰觸了她的肩頭，但她沒有任何反應。劍向撫摸著她的頭髮，撫摸著她的臉，她仍然熟睡著。劍向知道她不會有任何反抗，但他決定停手了。

劍向又看著織梅許久，才離開旅館一會兒，到便利商店買了兩份早餐。他吃了其中一份，留下另一份。他又寫了一張紙條，要她待在房間裡，絕對不要出門。儘管昨夜襲擊她的那名男子並未跟蹤，她還是必須萬分小心。紙條的最後，他附上了自己的手機號碼。

回到分局，局裡的氣氛平靜得像是不曾偵辦過血腥的案件。終究，社會的矚目僅僅出於片刻的狂熱，一旦偵查進度無法推展、不再密集地出現新的被害者，大眾就會對案子漸漸失去興趣。這是案情的第二階段——穩健期。在這個階段，媒體報導的位置移出頭版、門口沒有記者或SNG車駐點、高層不會每天來進行視察、虛構的民眾報案電話變少；在這個階段，案發後的時日尚且不久，專案小組也尚未縮編，而下一件新的重大刑案還沒有發生，局裡能夠維持足夠的人力進行大規模調查，小組成員們仍有戰意，對破案抱以樂觀的態度……

這原本是警方重整旗鼓、梳理案情、銳意檢討的最佳時刻，也是案情在調整偵查方向後，最有可能出現突破口的最佳時刻，然而，對劍向來說，他卻由衷期盼警方調查受阻，讓自己獲得更充裕的時間。

「人都到齊了。」高組長說，「好，那我們開始晨會。有沒有事要報告的？」

高組長在專案小組前的態度，總是一貫的平靜，自始至終都不曾改變。他不是一個脾氣火爆的上司，一旦部屬辦案不力、或是搞錯方向，他也僅僅是提出簡短的糾正建議，從沒有疾言厲色的叱怒。在他所帶領的案子裡，在偵辦的起步期，同仁們的壓力比較容易舒緩，然而，現在已經到了穩健期，高組長同樣平靜的態度，對大家來說，反而變成了一種冷酷的折磨了。作為組內的資深刑警、又是案件的第一發現者，此外，劍向還必須暗中保護他秘密取得的證據，內心的壓力更是沉重。

「組長，我有事報告。」紹德舉手。

「說說看。」

「兩週前，從四〇一室裡找到的一批發票，一共六十三張，我們調查了鍾思造的行動——他在躲藏密室的期間，曾少數幾次到大賣場買了大量的肉類罐頭、泡麵、速食調理包，以及，他為了打造這個密室前，在更早的時間買了一些工具。

「除此之外，這些發票上面所列的購物明細都是一些生活用品，並沒有什麼可疑之處，在我們釐清他的行動後，就全都收進證物室了。不過，前天我又把那些發票調出來重新檢查了一遍，發現有一張發票不太尋常。」

「什麼樣的發票？」

「鍾思造開始打造密室的前一天，曾經在大賣場裡開設的藥局購買了止痛藥，是普通的十二錠包裝。」

「這有什麼奇怪之處嗎？」

「本來是不覺得奇怪。身體有點不舒服、家裡的藥用完了——甚至還沒有用完，反正，經過藥局時，一般人都會順便去買一些家常用藥，以備不時之需。其實，鍾思造在打造密室期間，也去過一次藥局，買了ＯＫ繃、繃帶、碘酒。這個很容易推測原因啦。打造那個密室，是一件非常繁重的勞力工作，在作業期間受點傷，也是很合理的事。」

「那麼，止痛藥不能用類似的方式來推論嗎？」高組長問。

「我的直覺告訴我，不能。」紹德站起身來，嚴肅地走到台前，令劍向不由得心生一股莫名的緊張。「剛剛說到的ＯＫ繃、繃帶、碘酒，這類藥品的一次購買量，是一兩次使用不完的。事實上，我查過四〇一室的物品清單，確實有拆封過的ＯＫ繃、繃帶和碘酒，剩下的量相當多，表示鍾思造並沒有頻繁使用，應該只是受了輕傷。另外，鍾思造丟棄垃圾的大型塑膠袋裡，也找得到用過丟棄的醫療用品。但是，裡頭並沒有止痛藥。

「止痛藥的一次購買量，也是一樣，不是一兩次就吃得完的。我想提出兩種情況：第一、假使鍾思造是突然頭痛、牙痛或感冒，又不想看醫生，所以才去買了止痛藥，那麼，止痛藥應該會剩下很多。第二，倘若鍾思造平常比較虛弱、身體病痛多，養成了吃止痛藥的習慣，那麼，他不可能只買一次，長時間住在密室裡，身心壓力一定很大，他既然因為輕傷而去了藥局，必然會同時購買止痛藥。但是，發票上並沒有這樣的紀錄。

「在鍾思造開始打造密室的前一天，他只買過一次止痛藥，然後剛好在他被殺前全部吃完，而且在垃圾袋裡沒有看到止痛藥的空藥盒——也就是說，他一天內就要吃完十二顆止痛藥。這有可能嗎？」

「可能性確實很低。紹德，那你的推論是？」

「我認為，這盒止痛藥，鍾思造並不是為了自己而買的。他是買給他的女朋友的——也就是那名失蹤的年輕女子。」

「原來如此。」高組長點點頭。

「止痛藥是鍾思造買給那名女子的，而女子在他打造密室前就離開了，因此，四〇一室裡才找不到空藥盒。」

專案小組的與會成員，底下一片低聲議論。

紹德將目光投向劍向，露出自信的微笑。當然，他是希望可以得到學長的肯定。然而，此時劍向卻感覺從對方那裡接捧了一塊冰塊在胸前。

「根據這張發票，我跑了一趟藥局，請店員幫忙調出了監視器紀錄。」

「監視器紀錄還在嗎？」

「嗯，一般都是十天，兩個禮拜就很多了。不過，我們非常幸運，這家大賣場更新了全數位的監控儲存設備，儲存的影像時間可以長達一個月。傳統監控儲存設備都是使用類比鏡頭、錄影帶，錄影帶的錄影時間短，需要準備大量的空白帶。改採數位儲存的話，則採用數位鏡頭，影像直接存到硬碟，檔案還經過壓縮，節省硬碟空間，所以能大幅提升錄影時間，也不必再使用電腦轉檔……」

「好了。」高組長溫和地打斷了紹德 3C 技術方面的話興。「那麼，你在監視器資料裡有什麼發現？」

「組長，店員很快地替我找到了開立發票時間前後的影像——數位儲存設備，可以進行高倍速的播放，查找時間軸也很有效率……監視器的鏡頭，就設置在櫃檯正上方，可以清楚地拍到每一個結帳的顧客。在畫面裡，除了鍾思造本人以外，也拍到了站在他身後的女子。我請資訊組幫忙放大了。」

紹德將監視器畫面的彩色列印紙，用磁鐵固定在白板上，展示在專案小組成員面前。

劍向不願意面對的現實，終於啟動了——那是織梅的臉。

數位儲存設備的影像，清晰地捕捉了織梅的容貌，比起錄影帶轉檔的影像品質好上太多。任何見過織梅的人，都可以輕易地辨識出她就是監視器畫面上的女子。也就是說，一旦警方開始散發這張列印紙，織梅的行蹤將會在短時間內曝光。

「我也帶了這名女子的照片，去四〇一室的周遭住戶問了一圈。其實住戶們都不曾跟這名女子打過照面，大家都說，感覺像是像，但無法百分之百確定。我只能這樣推測啦，鍾思造希望隱藏她的真實身分，不想讓太多人看見。」

劍向心想，織梅是鍾思造從夏詠昱那裡「偷」來的，他自然不想引人注目。

「紹德，接下來的偵查方向，你有沒有什麼建議？」

「組長，我的想法是，以那家大賣場為中心、購買的時間為基準，針對周遭街道進行地毯式的巡查，附近有餐廳、商街，他們既然去了大賣場，也可能曾在這些地方停留過。」

「很好。」

於是，高組長拉了高雄市街地圖架來，在地圖上標示了開立那張發票的大賣場位置，決定任務分組。這樣的安排，在警方人力調度上確實是正規做法，但也無疑讓劍向鬆了口氣。鍾思造為了藏匿織梅，刻意租在遠離生活圈之外的旅館。再者，紹德並不知道織梅罹患嚴重的頭痛，僅以為她購買止痛藥只是單一事件，暫且還不會針對藥局進行調查。

警力完成部署，劍向的工作是區域情報的彙整，不必外出巡查。會議結束後，小組成員各自行動，劍向離開會議室前，高組長叫住他，問了他紹德表現如何，他勉強給予幾句稱讚。高組長自然看得出來，劍向不是特別開心，但想必他會以為兩人開始產生瑜亮情結吧——他並不知道劍向滿腦子都是織梅。

值勤期間，劍向恍恍惚惚，昨日的場景影像歷歷在目。他並非不曾談過戀愛。他以前交過三個女友，一個是在警校時認識的，另兩位是開始服勤以後。三人都交往不超過一年。捫心自問，在織梅之前所遇見的三個女友，劍向都沒辦法從她們身上找到真正吸引人的特質。她們和織梅間的共通點是溫柔、和順，正足以激起劍向強烈的保護欲，然而，織梅的天真、主動，以及對自己由衷的信任——縱然是因為惡意的心理枷鎖——在其他三人的身上卻是完全找不到的。

也許，這才是他衷心追求的戀愛？

不知不覺間，劍向對於織梅的心態，已經從原本的保護欲，轉變為一種獨占欲了。那不只是情感的獨占，更是資訊的獨占。事實上，他大可以順著紹德提議的調查方向，佯裝就這樣發現了織梅的行蹤，並且在事先與織梅套好招，不洩漏兩人之間的關係。織梅仍然能夠以一名重要關係人的身分提供警方關鍵線索——例如，襲擊她的那名陌生男子——並接受警方的保護。

但，劍向卻做不到。他涉入了太多的風險、花費了太多的心神，才終於找到織梅。坦白說，在真相尚未水落石出前，他無法就這樣輕易放手。他必須完全查明真相，並設想出能讓自己毫無嫌疑、全身而退的方法以後，才會將織梅交給警方。

一整天，他無心工作，不時看著緊握在手上的手機。手機開著電源，沒有聲音。織梅沒有打電話給他。他不知道她是否已經甦醒、不知道她甦醒後是否恢復記憶、不知道她恢復記憶後是否忘了自己、不知道她會不會從旅館逃走……

他的心情起伏不定，卻只能等待她主動來電。

無法離開警局的時間，予人非常漫長的折磨感。傍晚時分，專案小組的外勤警員陸續返回局裡，一如過去偵辦重大刑案的慣例，搜查會議是邊吃便當邊開的。因此，法醫解剖簡報通常安排在晨會進行，以免大家反胃。

今天是調整偵查方向的第一天，從小組成員的報告音量聽來，眾人的士氣稍有提升，不過，並沒有特別顯著的進展。儘管鍾思造的女友外貌秀麗，但當天的穿著打扮並不花俏，目前問到的店家，都表示可能有模糊的印象，但無法想起明確的時間、地點。

劍向稍微鬆了一口氣。

分配完次日工作、敲定輪休名單後，搜查會議散會。劍向再也坐不住了，如同逃亡似地衝出警局。他已然按捺不住思念的煎熬，再也不願意繼續等待織梅的來電——他要馬上見到她，馬上知道到底是怎麼一回事。他快步走向玄關，向值班同事打過招呼，下了門口階梯左轉，走到分局外的機車停車棚。

這時，他見到了紹德站在眼前。紹德在等他。

「學長，現在有沒有空？」

「怎麼了？」

「有件事情我想找你幫個忙。」

「時間很晚了……」劍向努力壓抑內心的焦躁，「要不要明天再說？」

「不行。一定要今天——不，應該說，一定要現在。」

「到底是什麼事？」

「我想……我想……我想，我破解了密室詭計。」

4

劍向與紹德各自騎了機車，一前一後抵達南台路。

「紹德，你有先跟組長報備過了嗎？」

「還沒啊。」

「怎麼沒先告訴組長？」

「這個密室詭計的解法……只是我的初步構想而已。我想等到完全確定後再報告。要是在大家面前試驗失敗的話，那就太丟臉啦。哈哈。」

「好吧。」

「學長，我們在這裡稍微等個人。」

劍向表面裝得毫不在意，但腦中不自覺產生一種邏輯的錯亂感。在他的認知中，密室殺人的謎團早就已經破解了——鍾思造是遭到洪澤晨的亡靈所殺的。夏詠昱在他的面前被鬼分屍。既然鍾思造的死法雷同，自然可以直接做出同樣的判斷。紹德沒有經歷過這些超自然事件，他當然只能以現實的角度來思考。

不——劍向恍然大悟。這確實是他的思考盲點。

再怎麼類似的殺人手法，依然有可能是不同兇手所為。

正因為紹德只能以現實的角度來著眼，他才能專注思考如何破解密室詭計。有一種極端的情境是，有人在四〇一室設計了密室詭計殺了鍾思造，而這個人的殺人手法，恰好與洪澤晨的手法相同——或者應該說，這個人刻意選擇了洪澤晨的殺人手法來殺害鍾思造。那麼，此人必定也知道召鬼殺人的魔法機制。

夏詠昱是被鬼所殺。這點無庸置疑。但，這並不代表鍾思造也是被鬼所殺。亦即，有

——但，殺了人卻嫁禍給鬼，這合理嗎？

——兇手是那名襲擊織梅的男人嗎？

正當劍向反覆思索之際，他的眼前出現了一位意想不到的人。

「晚安。」

「不好意思，久等了。」

是醫院的護理師婉純——為什麼，她會來到這裡？

「吳大哥，好久不見囉。」

「……妳好。」

婉純已經換上一襲淺黃色系的便服，體態顯得相當纖細。她看起來稍微畫了薄妝，與醫院裡的模樣相比，增加了一份奇妙的媚惑感。她特意打扮過。立為學長則跟在婉純身後，舉起手來跟兩人打招呼。

「我去載她來的。」

「紹德，這是為什麼……」

「學長，我剛剛有說過啊，非得現在不可啦。因為婉純今晚休假。」

「不是……我是說，你們怎麼變熟的？」

「我每天都去醫院啊。哈哈。」

「而且，為什麼找她……」

「沒關係、沒關係，等一下就明白了。」紹德熱切地請婉純進了公寓大樓。

「有點緊張耶。」婉純說。

「喂，他在搞什麼鬼？」

「我哪知。」立為聳聳肩。「我也是被叫來幫忙的。」

四人行經一樓管理員室時，紹德說：「這棟公寓大樓雖然號稱有裝設監視器，但事實上根本沒用。管理室的門鎖是普通的喇叭鎖，很容易打開，網路上都找得到教學。或者，像鍾思造這種小偷也做得到。換句話說，要偷換錄影帶、停止錄影都很簡單。錄到的畫面根本不可信。所以，我們不用管四〇一室為何無人進出。那都可以作假。」

確實，這對紹德來說，這稱不上是什麼障礙。

電梯仍然故障。他們爬樓梯上了四樓，來到四〇一室前。

「這裡……就是命案現場？」

「嗯。」紹德問：「妳會害怕嗎？」

「不會。我又不是小女生了。」

「好。」紹德點點頭，「那我就直接開始了。今天請大家來，其實是希望大家一起來做一個實驗。也很感謝婉純願意特地來一趟——有點違反局裡的規定，但我太想破案了，就當作是個權宜之計吧。婉純，相信妳在新聞上看到過吧，四〇一室是個銅牆鐵壁般的密室。」

「我有讀過《高雄獨家第一手》的報導，醫院交誼廳買的——好難想像哦，死者會做出這種密室。」

「命案發生後，我花了很多時間研究四〇一室的構造。大門被房內裝滿石頭的鐵櫃堵住，鉸鍊被水泥固定住，屋內的窗戶全都從裡面用鐵釘釘上木條、牢牢封起來了。而且，死者陳屍在臥室的衣櫃裡，右手腕被刀子斬斷……無論如何，這都不可能是一個自殺者做得到的事。專案小組裡的默契也是暫時擱置，其他能做的先做，至於解不開的問題，只好先放著不管囉。

「所以，我沒辦法正式向組長提出申請，請他加派人手配合我做實驗。更何況，目前尋找鍾思造女友的偵查方向，也是我提出的，真的不好意思再麻煩大家了。」

「好啦好啦，到底密室要怎麼解？」立為的語氣不耐。他不是刻意的，平常說話就這樣。

「大家有讀過約翰·狄克森·卡爾的《三口棺材》嗎？書中的第十七章〈密室講義〉，談論了古往今來的密室詭計構成。所以在一開始我自己也是依照裡頭列出的項目，一條一條檢查，結果很可惜，沒一項符合的。」

「當然不會符合。小說裡的情節能當真嗎？」

「其實還是有點用處啦。〈密室講義〉依照被害者死亡時兇手所在的位置，將密室的構成分為兇手在房內，以及兇手在房外。以現場的狀況來看，鍾思造死時人在房內，以他的死狀來看，兇手絕不可能在房外——根據〈密室講義〉裡的理論，一旦兇手在房內，在殺人後勢必得想辦法離開現場。因此，這座密室的構成手法，必然是在門窗上動手腳。先說窗戶，窗戶上的木條都釘得很死，木條與木條之間是貼合的，幾乎沒有空隙，從外面無法施力釘牢。也就是說，大門是唯一可能構成密室的機關了。」

「可是，鐵櫃全部裝滿石頭，鉸鍊也被水泥固定了。這不可能吧？」立為說。

「要破解密室，要從密室的關鍵細節下手，而這個關鍵細節，不是靜態的，而是動態的。沒錯，鉸鍊是被水泥固定的。但，水泥硬化需要時間，這表示，鉸鍊在水泥尚未硬化以前，是能夠轉動的。」

「……也對。」立為想了一下，眼神出現了有興趣的神采。「但是，大門是向內開的。門後有沉重的鐵櫃堵住，鉸鍊就算能轉，門也還是打不開啊。」

「對。但至少我們知道，鉸鍊是能轉的。」

劍向不禁心想——知道這件事，又能怎麼樣呢？

「紹德，快點講啦。」婉純催促。

「好。從這個起點出發，我們可以思考下一個關鍵細節，也就是鉸鍊既然在混凝土硬化前可以轉動，那大門為何仍然打不開呢？剛剛立為學長也說，門後有沉重的鐵櫃，把大門堵住了。這是事實沒錯，不過，精確度不足。更精確的說法應當是，由於櫃面的橫幅比大門寬，鐵櫃是無法緊貼大門的。鐵櫃與大門之間，存在十二公分的空隙——那就是內側門把凸出的深度。」

劍向聽了紹德的話，胸口隱隱約約地湧起了恍惚感。

「我們在進入四〇一室的過程中，先破壞了外側門鎖，發現無法開門，再使用乙炔槍將門鎖整個燒穿，結果門依然打不開——因為，內側的鉸鍊被水泥固定住了。門縫太過狹窄，我們無法直接破壞鉸鍊，於是，我們使用電鋸破壞鐵門，才終於把入口製造出來。

「沒錯。門鎖已經壞了。因此，我們無法得知內側門把在燒穿前的狀態。從殘骸來判斷，內側門把確實還在，但已經不能判斷它在遭到破壞以前是否有牢牢地固定在門上。換句話說，假使內側門把並不存在，在水泥尚未凝固前，大門是可以開啟十二公分的。

「讓我來做一個犯罪流程的模擬吧！兇手X殺了鍾思造以後，他必須離開四〇一室。無論出於什麼原因——自保或誤導——X必須讓現場變成一個違反邏輯的密室，於是，X拆掉了大門門把，將空鐵櫃推到門口，但保留了內側門把深度的距離，讓X有空間足以開門。接著，X開始在鐵櫃裡裝填石塊，增加鐵櫃的重量。作業完成後，X在鉸鍊上加上水泥，才離開四〇一室。最後，X從外側安裝門把，偽裝成從屋內鎖住。」

立為瞪大了眼睛，以不可思議的表情看著紹德。

「這個流程……邏輯上是成立。可是，你也得考慮現實狀況吧。十二公分的門縫，恐怕只有貓狗或小孩才通得過去吧？」

「對。這樣的寬度，是不足以讓成人通過的。」紹德爽快地承認了這點：「十二公分，是其他住戶同型門把的深度，X若使用這種手法離開四〇一室，可能留了不只十二公分，讓自己能夠擠過去。再者，鐵櫃內的石塊很重，雖然正面一定推不動，但用力推側邊的話，說不定能夠讓鐵櫃略為旋轉，讓門縫這一側更寬一些……非常可惜的是，在打穿鐵櫃櫃壁、搬出石塊後，我們不斷忙進忙出，恐怕也改變了空鐵櫃的位置，無法確認原來的間隙能不能穿過一個人。」

「紹德，難不成……你找我們來，就是要陪你做這個實驗吧？」

「對啊。」

立為頓時垮下臉來，滿臉無奈。「現在都幾點了，你給我玩這招。」

「我覺得很有趣耶！我想試試看！」婉純倒是很開心，「可是……紹德，如果要做實驗，警方自己做就好了啊，為什麼會找我呢？」

「婉純，我解釋一下。四〇一室的第二椿兇殺案，死者是一個年輕男子，目前警方還查不出他的真實身分。與前一個案子狀況不同，現場並不是密室。不過，我在現場發現了一些跡證，推測在死者被殺時，很可能有兩人在場。」

「真的嗎？」

「再來，我調查了鍾思造家中的發票，發現他曾經替女友買止痛藥，抓住這個線索往下追，終於在一家大賣場的監視器錄影帶裡發現他女友的影像——她的身材很纖細，說不定，能夠通過四〇一室的門縫。也就是說，她可能是兇手X的共犯。婉純，妳可能不知道啦，我們局裡的學姊、阿姨，都沒有像妳的身材那麼接近她，沒辦法找她們幫忙。」

「這樣啊。要我負責通過門縫嗎？」

劍向不得不承認，紹德的聯想力、演繹力，實在非比尋常，遠遠超乎他的預期。不愧是高組長期待的最強新秀。

「劍向學長，你覺得如何？」

「紹德，推理很精采。實驗該怎麼進行？」

「我已經通報過房東了，請他再多借房子給我兩天。我們先進四〇一室。鐵櫃、大部分的石塊都還留在客廳。立為學長，我們先一起把鐵櫃推到門邊，再開始把石塊裝進櫃內。劍向學長，你是發現案件那天第一個進入四〇一室的人，請你憑記憶來判斷鐵櫃當時的位置。婉純，我們布置好了再請妳試試看。」

5

重回織梅所住的旅館，劍向再度穿過豔紅色的春聯。櫃檯小姐已經換人。這位年紀較輕，卻給人更不友善的感覺。

「請問找哪位？」

看來，白天的管制反而比較嚴格。

「三〇一號房。」

「名字？」

「我的？房客的？」

「都要。」

劍向只得在訪客登記本上寫下自己的名字。他內心暗自警戒，日後必須設想一個合理的理由來解釋這件事，否則就必須避免被同事發現。

櫃檯小姐放了人，劍向搭上電梯，身體頓時被一陣暈眩般的疲倦包圍。

昨夜的實驗做了六個多小時——沒想到，居然花了那麼多時間。

鐵櫃的櫃背已經開了一個大洞，是無法裝滿石塊的。他們拆了幾根封住窗戶的木條，把大洞封起來，但木條的長度超過櫃內的空間，也沒辦法直接釘在鐵櫃上，立為說他家裡有木工工具，跑回家一趟去拿，帶了鋸子來，而木條無法固定的問題，只好用膠帶暫代了。

接下來，是處理鐵櫃位置的問題。鐵櫃沒裝滿石塊、重量過輕，門縫一定擠得過去，但鐵櫃也會跟著移位。必須裝滿石塊，才能確認在鐵櫃移位較小的情況下能否通過門縫。整個作業，在調整鐵櫃位置、裝填石塊、卸載石塊的重勞力之間反覆進行。

理論的邏輯，必須經過現實的考驗。婉純的身材嬌小、纖細，衣服也很貼身，但小於二十公分的門縫，她無論如何也穿不過去，而這比劍向印象中門板與櫃壁的距離似乎要再更寬一些。

人類在充滿信心、極端專注的狀態下，睡意會徹底消失，一旦開始自我質疑，精神與體力就會瞬間潰散，一點力氣也使不上來了。劍向也記不清究竟進行到了第幾次實驗，立為低聲說了一句：「白費工夫。」這句話，讓大家突然停下手來。沉默了十數秒後，紹德才鄭重向大家道歉，宣布實驗失敗。接著，他們各自發了簡訊給高組長臨時補休——簡訊的時間很接近，高組長一定知道他們又一起搞了什麼鬼，但也無可奈何吧。

婉純由紹德送回家，立為跟劍向直接回家睡覺——但，劍向並沒有回家，他直奔纖梅住宿的旅館。經過了一整夜，纖梅仍然連一通電話都沒打。

電梯抵達三樓。他一站定在門口前，就心急地敲門。

——居然沒有回應？

——她出門了？還是……逃走了？還是……

不祥的第六感又一次降臨，使他的心頭一緊。

「開門！開門！開門……」

聽不到門後傳來纖梅的絲毫動靜，劍向開始出聲叫喚。然而，不論他如何出聲詢問、用力敲門，纖梅都沒有答話。他發現眼眶開始泛起淚水，出乎自己的意料。

劍向心急如焚，語調忍不住哽咽。在突然的衝動之下，他不再繼續拍打房門，卻一腳將門用力踢開。脆弱的木門在踢開後重重地撞擊牆壁，發出一聲爆裂的聲響，門框上的木條也跟著破碎變形。

他好像聽見房裡出現輕微的驚呼聲。

「梅梅？妳在裡面嗎？」劍向衝進房裡大叫。

房裡的各樣擺設並沒有任何變動，唯一不同的是女主人不見了。劍向看到幾瓶保養用品掉落在地板上，梳妝檯邊的電話話筒也沒有掛好。

「回答我好嗎？我是劍向，妳在哪裡？」

劍向感覺自己好像是在對著空氣說話，然而他十分確定耳朵沒有聽錯。他的目光投向入口處的木製衣櫃。「梅梅？妳躲在櫃子裡嗎？」

還是沒有答話。他決定走近櫃子，將櫃門打開。

——梅梅到底是怎麼了？奇怪……

劍向疑惑重重，想打開衣櫃櫃門，門把上卻傳來一股強烈的抗力。織梅果然在裡面。

「梅梅！妳為什麼不讓我把門打開？」

「嗚……唔……」櫃裡傳出用力的悶哼聲。

「梅梅，開門啊！」

雙方在僵持數秒鐘後，臂力壯碩的劍向很快地打開了櫃門。然而，讓他料想不到的是，櫃門一打開，史密斯威森式手槍的槍口突然牢牢地頂住他的額頭。

在這一瞬間，劍向舉起雙手不敢妄動，同時他看到織梅跪坐在櫃底，眼露兇狠目光。

霎時，劍向彷彿感覺到地球停止自轉。

織梅的頭髮散亂，神情恐懼，然而，她很快地發現槍口所指的是昨日才救了她的男人。

「阿向，真的是你！真的是你！我不是故意的……」織梅一邊說著，槍口跟著垂下，一邊哭了出來。

劍向的額頭被自己的配槍槍口指著，滋味既震驚又難受，他的腦中一片空白，對織梅莫名其妙的行為根本無法理解。他將頹倒在懷中顫抖的織梅抱出衣櫃，溫柔地放她靠在抱枕旁。這時，他遽然想起，織梅原本是無法這樣哭泣的。

「梅梅，妳還記得我，對嗎？」

「我沒忘記。」

「那麼，妳恢復記憶了？」

「嗯。」

劍向正想追問織梅的記憶，然而，一件詭譎怪異的往事如雷般轟進劍向的腦海裡。

——在夏詠昱召喚鍾思造的亡魂時，也曾經發生過類似的場景！

——他在召來鍾思造的鬼魂，成功地附身後，身體開始顫抖，不斷說著好痛、好痛，並且從飲泣轉而嚎啕大哭。起初他還能簡短回答一些問題，不久後，他的精神狀況出現異常，身體蜷縮成一團，摀住耳朵，什麼問題都不願意回答。

——接著，鍾思造遽然驚駭了起來，在臥室裡連爬帶滾地逃竄，再死命地逃進臥室盡頭的衣櫃裡。他在衣櫃劇烈地發抖，最後彈出櫃外，滾落床上，仰躺在地板。回想起來，他最後的表情，就像是被嚇死的……

關於這段過程，藉著招魂術暫時回到人間的夏詠昱也做了解釋——他習得了夢中的魔法，夢醒後，即獲得了見鬼的技能。但，這不是什麼有利的技能，而是一個死亡陷阱。夏詠昱根本無法統御鬼魂，反而將引來眾鬼的追殺。

換句話說，織梅之所以藏匿在衣櫃裡、之所以拔槍指向自己……原因沒有別的，織梅也做了同樣的夢，開啟了看得見鬼的能力，並且在夢醒後被鬼追殺！

無論是重回人間的鍾思造亡魂，或是仍活在眼前的織梅，都因為有過遇鬼的臨場經驗，而誤認為劍向是鬼。

所以，他們才會不肯回話，才會不肯打開房門。正如夏詠昱在筆記中所記錄的，惡鬼會不停搜索他們藏匿的位置，並伺機奪去他們的性命。鍾思造被斬斷右腕、夏詠昱被分屍，都是在最後慘遭惡鬼的殘殺所致。

但，織梅究竟是怎麼被這個恐怖的魔咒纏上的？

「梅梅！」劍向情緒激動地問：「昨晚到底發生了什麼事？」

「嗚嗚……」

「妳是不是——是不是做了一個奇怪的夢？」

聽到這個問題，織梅頓時止住悲鳴，「阿向，你……你怎麼知道？」

「因為鍾思造和夏詠昱在被殺之前，都做過奇怪的夢。」

「什麼？阿造跟阿昱也是？」

「對。」

「可是……為什麼你會知道……他們也做過相同的夢？」

「因為……因為……」劍向考慮了許多，決定將招魂術一事告訴織梅，但他仍然保留了關於自己的部分關鍵。「是夏詠昱告訴我的——他為了幫助警方破案，使用了招魂術讓鍾思造附身，告訴我們他生前的遭遇。可是，後來夏詠昱自己也做了相同的夢。總之，兩個人都見到了鬼……最後也都被鬼所殺……」

織梅既震驚又痛苦，遲遲說不出話來。

「夏詠昱說，那是一場有關古代魔法師的惡夢。在夢中，那名魔法師會向妳提議，讓妳學習能看見鬼的魔法。接著，只要妳應允了，就會落入魔法師的陷阱。在妳從睡夢中甦醒後，鬼就會出現在現實世界裡，伺機追殺妳。」

「怎會這樣……」

「妳真的做了一模一樣的夢？」

「嗯。」

「梅梅，妳為什麼要答應魔法師？」

「我……我也不知道……」織梅顫不成聲。

劍向無法再責備織梅，攤開她的右手，看到她的掌心淺淺地刻劃著五芒星圖形的血痕結痂。

劍向想詢問織梅的記憶，然而，比起遺失已久的記憶，厲鬼追殺的詛咒顯然更加迫切。他必須先知道昨天發生了什麼事。

「梅梅，告訴我，妳在催眠後到底夢到了什麼？在醒來後，到底看到了什麼？」

織梅的表情充滿恐懼。

「昨天晚上，你幫我做了催眠術，一開始好痛、好痛……但到了後來，我完全沒有印象了。我也不知道自己的意識是什麼時候變得清楚的，等我張開眼睛，我發現自己躺在一座墓園，眼前出現一名穿著黑色長袍的老人，是他把我喚醒的。

「那時，我以為他救了我，不斷向他道謝。他像是個待人敦厚的睿智長者一樣，對我大加讚賞，說我充滿勇氣，才克服了重重的艱難障礙。他恭喜我，說從此刻開始，我的黑暗旅程即將結束。我問他到底是誰，他說，他是我的記憶守護人。

「但是，我告訴他，我並沒有感覺到自己的記憶已經恢復了。老人說，他把我的記憶藏匿在墓室的棺材裡了。然後，他領著我往墓園的深處去，最後，我們來到一座巨大的墓碑。他的手一揮，墓碑的鐵門敞開，接著，他牽著我的手，帶我走進墓室。

「墓室的正中央，放了一具棺材。老人把棺材板蓋移開，裡面有一顆頭骨。老人說，妳的記憶就藏在這顆頭骨裡。他要我拾起這顆頭骨，只要我抱著頭骨開始回想，我就可以重新獲得遺失的記憶。

「我照做了。結果毫無用處。我仍然什麼事都想不起來。我焦急了。老人解釋，這顆頭骨已經沉睡了非常久了，因此，他必須在我的右手掌畫上開啟頭骨的『破封之鑰』，我才能將頭骨內的記憶釋放出來。我同意了。」

劍向感到一陣膽寒。

原來，每個人夢見魔法師的夢境並不全然相同。

然而，魔法師所詢問的問題，全都是做夢者內心最重要的渴望。對夏詠昱來說，他需要學會絕高的魔法；對織梅來說，她希望恢復記憶。

「這時候，我的記憶開始一點一滴地恢復……我記起了童年的瑣事、學生時代的朋友、我的家人、我的暗戀對象……但是，老人的臉色突然變了。他笑得好陰險。我不明白原因。他說，別以為拿回記憶不需要任何代價。他耐心地守護著我的記憶，不為別的，是為了換取我的生命。接著，我手上的頭骨開始碎裂了，頭骨裡散出朦朦朧朧的光芒，我的記憶……真的逐漸恢復了，我想起了好多好多事。但是，老人開始向我逼近，我感到非常害怕，丟下頭骨碎片想要逃走，但墓室的紅色鐵門關閉著，我握住門把，伸手去開門……我發現鐵門此時竟然變成了旅館的房門，我看見門後一片漆黑，還傳來喧譁吵鬧的恐怖呼喊聲……然後，我嚇醒了。」

「妳醒來的時候，是幾點的事？」

「傍晚了。」

沒想到，織梅竟然睡了那麼久。

「那個夢的過程好真實，我還發現手上有血……我感覺好害怕。這時候，我聽到門外有嬰兒哭泣的聲音。

「我不記得旅館裡哪一戶有嬰兒，而且，嬰兒好像是對著我在哭，彷彿是知道我人在房裡一樣。我感覺很不舒服，因為才做過一個和門有關的惡夢，不過我還是輕輕地打開房門。我把門打開一道細縫，讓我看得到走廊上的情況就好了。可是，我什麼都沒看到。

「然而，在我把門關上後，我又聽到了嬰兒的哭聲。我愈來愈害怕，但最後還是鼓起勇氣去開門。這一次為了確定走廊上沒有人，我把門完全打開了。

「結果……結果……就在我探出頭時，一個全身都是黏液的畸形嬰忽然抱住我的腳踝！他的頭顱像葫蘆一樣，只有眼白的眼睛長在頭頂。而且，他沒有鼻子……鼻孔都裂開了，和嘴巴連在一起，一直對我喊：『媽媽！媽媽！』他的臍帶拖在地板上，還不停地噴出鮮血。

「我害怕極了……我很想把他踢掉，可是他的力氣好大，要往我的身上爬。最後好不容易終於將畸形嬰踢開，就在他再度撲向我之前，我把門用力關上。嬰兒竟然開始撞擊門板，哭叫的聲音也變得更淒厲……」

織梅說話的速度愈來愈快，彷彿在利用這種方式將恐怖的事件驅離她的腦海中似的。

「我不知道怎麼辦才好，唯一能想到的就只有你。於是，我立刻撥電話給你……」

劍向頓時感到十分訝異——織梅打過電話？

「電話很快地接通了。但是……但是，卻聽到一陣的冷笑聲，然後……說話的人並不是你！話筒裡的聲音十分陰慘，它說：『妳以為妳打了電話，就能找到人來救妳嗎？那是不可能的。妳逃不掉，永遠都逃不掉、永遠都逃不掉的！』我真的沒想到……沒想到電話裡居然也有鬼……我真的哭了……我真的好害怕……」

織梅更無助地痛哭，她緊緊縮入劍向的懷中。

「我好怕畸形嬰會衝進來，所以我躲進衣櫃裡不敢出來。我也不敢睡著，只能握住你給我的槍……」

「梅梅，妳會使用手槍？」

「會，」織梅哽咽說：「我開了保險，子彈也上了膛。」

劍向不禁冒出一身冷汗。他把自己的手槍借她，原本只是希望能夠博取她的信任，所以並沒有告訴她使用的方法。倘若方才織梅緊張過度，很可能會打爛他的腦袋。

同時，在他腦中也浮現一個強烈的疑惑：為什麼織梅也做了這樣的怪夢？

從鍾思造與夏詠昱的遭遇來看，他們和織梅相戀，由於不知名的原因而做夢，但織梅本身並不曾做過夢。然而，在找回織梅的記憶後，當晚織梅就做了夢。

——難道與夏詠昱的催眠術有關？劍向實在不明白這究竟是為什麼。唯一的線索應該就是織梅的記憶了。儘管現在的情況並不適合立即詢問，但他已沒有時間等待她情緒平復了。

「妳是在哪裡學會使用手槍的？」

「義大利。」

「以前的事情，妳全都想得起來了？」

「嗯。」

「那個男人……到底是誰？」

「他叫湯仕敬。」織梅說，「是我的丈夫。」

「妳結婚了？」

「去年秋天，我和男友到義大利自助旅行。我們原本預定在旅行結束後就訂婚。我是在威尼斯偶然遇見湯仕敬的，我們只是互看了幾眼，根本素不相識，但他一見到我就立刻對我告白，還想當場強行帶走我。後來，他繼續跟蹤我們，還在馬爾他島上使用黑魔法，殺了我男友。」

「黑魔法？」

「我不知道他怎麼做到的。我男友開始劇烈嘔吐，立刻就猝死了。」

「這……怎麼可能？」

「湯仕敬告訴我，他是個已經活了五百年的黑魔法師。那是他下的詛咒。」

一瞬間，室內空氣的溫度彷彿降到冰點。如果說這一切都只是喜劇電影的情節，也許劍向聽了會笑出聲來。然而，目睹了鍾思造的腐屍、夏詠昱的肢解後，織梅的話卻使他頭髮直豎。

同時，劍向想起來了。他第一次見到湯仕敬，之所以心生一股莫名的熟悉感，是因為這個人曾經被拍進ＤＶ錄影帶中。他就是第二段影片裡的男人——那是市集廣場前的影像，織梅與兩個外國孩童正在遊玩，男子在稍遠處看著他們。

——原來，ＤＶ錄影帶真的拍到了關鍵畫面。

然而，必須在遇見織梅以後，才能明白那名男子在旁遠觀的真實意義。

「妳是說……湯仕敬是十五世紀的人？」

「嗯。他告訴我，五百年前他曾經愛上一位侯爵夫人，最後被侯爵驅逐出國境。於是，他憤下決心拜師學習黑魔法，就是為了要報仇，奪回他的愛人。後來，他終於回國殺了侯爵，但夫人卻由於喪夫之痛，最後也跟著投水自盡。湯仕敬為了找回侯爵夫人的靈魂，再度下定決心鑽研更高深的長生不老之術，開始了他永恆的追尋之旅。

「他在威尼斯見到我，相信我是那名侯爵夫人的轉生。我男友死後，他將我留在義大利，逼我結婚，把我囚禁在一個非常偏僻的山區裡。後來，我設法放火燒毀那座房子，逃了出來。」

「那就是妳夢裡的森林、房子？」

「嗯。可是，湯仕敬的詛咒沒有消失。我真的失去了記憶。他曾說，我只要離開他，他下的詛咒就會奪走我的記憶，而且，所有試圖接近我的男人都會死亡。我原本以為，只要他一死，詛咒就會失去作用。我沒想到……那場火災並沒有殺死他。

「在我失去記憶的期間，我忘記了過去所發生的事。你知道那是什麼感覺嗎？我沒有親人、朋友，那是徹底的無助，我能做的就是活下去。活下去，就是我心中唯一的念頭。我只能把我自己交出去，依附願意幫我的人……阿向，你知道那是什麼感覺嗎？那彷彿是墜入地獄，無盡煎熬的地獄……我不斷設法尋找願意帶我離開那座森林、離開義大利的人。就這樣，我輾轉逃回台灣，遇到了阿昱、阿造。沒想到湯仕敬的詛咒仍然如影隨形，他們都死了。」

「我不會死，妳也不會死。」劍向緊緊抱住織梅。「我一定會保護妳。」

「嗯。」

兩人不再說話，互相擁抱著。由於身體的親密接觸，帶給了彼此無盡的安全感，陰沉的氣氛逐漸散去，劍向累積了一整天的疲憊此刻也湧上全身。

「阿向，你累了嗎？」

「有一點。」

「是不是想睡覺了呢？」

「嗯。」

自然而然地，劍向閉上了眼睛。好疲倦。他的身體放鬆，貼緊著織梅，肌膚傳來一股溫熱的愉悅，令他意識變得游離。沒想到，織梅卻突然推開了他。

「……你好呆哦！」織梅促狹地扮了個鬼臉。

「才不，我很聰明。」

劍向低頭親吻織梅的唇齒，她的口舌甜潤潮濕。織梅雖沒有抵抗，但她的回應充滿倔強與不情願，令人難以捉摸。

「這樣不夠聰明……」長吻過後，織梅的語氣冷淡：「我最討厭軟弱的男人！」

劍向對她的回應沒有多加反駁，他的答覆則表現在具體的行為上——他的手指在她的及膝裙上無聲摸索，拇指與食指找到了在腰際的拉鍊，像是撕開吐司麵包一樣，脫去她臀部的第一層束縛，讓她纖細的大腿暴露在裙間的開口之內。接著，劍向撫摸她的肩頭，讓細肩帶背心兩邊的肩帶輕輕滑至肘間，露出色系同是淺藍的無肩帶內衣。

半罩杯的胸罩，露出織梅軟嫩而渾圓的半乳，紋理複雜細緻的蕾絲，微微與織梅白皙的肌膚相觸。劍向沒有遲疑，解下了她的胸罩背釦。她的身體微微顫抖著。此時此刻的織梅，已不再是液晶螢幕中的虛幻影像，而是擁有淚水、擁有心跳、擁有體熱的真實女性。

「劍向，你這個大笨蛋……」她的尾音已如同呻吟。

6

當劍向回神過來時，他發現自己站在一座黑暗的莽林。

他的意識清楚，卻對自身的處境茫然未知。森林中一片闃黑，耳邊只有夜風吹過樹木枝梢的間隙聲，以及遠近難辨的蟲鳴。信步走了一段，劍向才赫然想起這是怎麼一回事。

——為什麼我人會在這裡？

「我是在做夢！」他不自覺輕呼一聲。

沒錯，這個地方，必定與夏詠昱所描述的夢境一模一樣。他在此處遇見魔法師考內里亞斯·阿格里帕，並且自願學習統御眾鬼的魔法。織梅在夢中也進了這座森林，想要取回她的記憶。兩個人都成功了，但他們也都遭到了厲鬼的追殺。

——也就是說，我也會和他一樣，在這裡遇見阿格里帕了？

雖然很明確地知道自己身處夢中，但劍向卻無法使自己醒來。這場夢逼真得不像他過去曾經做過的夢，彷彿就像另一個現實世界。他動手擰一擰自己的臉頰，但沒有任何幫助。

他有一種強烈的感覺，其實這並不是夢境，而是一個實際上存在的異次元空間。

腳下的小徑只有一條，除此之外林葉密布毫無去路。他開始察覺到，這場夢境就像是早已設定好的電腦程式一樣，既已執行就沒有中斷的可能性。

——唯一能選擇的，應該就是阿格里帕的詢問。如果把夢境比喻成電腦遊戲，那麼這個問題就是決定結局的分歧點。只是，這個遊戲選擇「願意」的分歧線太殘酷、太致命了。

於是，劍向下定決心，他的步伐堅定，循著這條單行道快走向前。

小徑愈來愈曲折，樹林也愈來愈陰暗，慘白的月色在劍向的眼前只透射出僅能看見前方三步的模糊光線。

在頭上枝幹交錯之處，傳出禽類拍動翅膀的聲響，腳邊的草叢也因為步履的踐踏而發出窸窣聲，聽來就像有爬蟲類尾隨其後般。劍向並不懼怕，這場夢境是由某個主使者所設計，這樣的密林、這些聲響，純粹是為了製造驚慌與緊張。

——真是個惡毒的傢伙！

不久，廢棄的墓場出現了，月光果然皎潔地灑落大地，照耀著四周散立的碣石，整個墓地有如一座經戰亂破壞後無人居住的夜城。

墓園大門兩側，各有一具高聳的鷲翼蛇尾石像，長著一對龐大的翅膀，其姿態彷彿是在正欲臨風振翼之際，卻遭蛇髮妖女梅杜莎之眼所凍結。記得夏詠昱曾提及，這種怪物的名字叫馬可西亞斯。

劍向無暇細觀，他直接進到墓園盡頭，一座巨大、華麗的墓碑映入眼簾。這時他感到十分地不舒服——在這裡可以聞到濃重的腐屍味，同時還充斥著不絕於耳的悲苦呻吟聲。

接著，刻著不明文字的石碑如預期般開始震動，並崩現深邃的裂痕。一隻枯乾的怪手自碑底伸出，阿格里帕終於出現在劍向的面前。

劍向並不清楚這名巫師究竟是什麼來歷，但光是看見他的外貌，就可以輕易判斷他一定是邪惡的象徵。阿格里帕的衣著幾乎和印象中的死神一樣。

老人的步伐顛簸，靠近了劍向以後，所說的話與夏詠昱轉述的內容沒有太多差異，劍向自身面臨如此逼真的場景，仍然深覺膽寒。阿格里帕的容貌醜陋至極，就像一頭基因異常、遭到化學污染的海蠶蜥，而他的眼睛變得更碩大，彷彿可以洞穿人類的恐懼。

老人的聲調有如生鏽齒輪般運轉，聽起來非常尖銳，予人毛骨悚然的不快感，而且，隱藏在這種刺耳聲音背後的，更含有一種無可抵禦的威脅。接收這種聲音的刺激，很讓難人提出否定的答覆。

劍向的內心不斷告訴自己，一定要嚴厲地拒絕他的賜予。事實上，這樣的場景讓他愈來愈難以忍受，即使一切都在預想之中，他還是感覺到自己快被黑暗吞噬了。

「青年人，是什麼原因，將你帶來這裡？這裡不是人間、不是冥界，而是一個被眾神遺忘的曖昧地帶，就像是一個並非白晝、也非黑夜的黃昏時刻。你知道嗎？並不是任何人都擁有來到這裡的資格，能夠進到這裡來的人，必然是受了一種神聖的召喚而來。

「青年人，你是與眾不同的天選者。這是你的宿命，也是你的榮耀。不要看輕自己與生俱來的天賦、資質，好好地以智慧善用它們吧！它們將能帶領你破除日後的所有障礙。請你務必做好萬全準備、請你務必懷抱著堅毅的心志。在未來的人生裡，你將永遠無法獲得任何人的理解、任何人的認同，你將踏上只有孤身一人的旅途，獨自面臨所有的磨難。」

劍向極力抗拒老人的說詞，但這些話仍然銳利地貫入自己的耳中。老人彷彿完全能看透自己的內心，令他不由得動搖。

「啟程吧，孩子！」他說，「在你出發之前，我想為你餞行，贈送你一份臨別禮。你可以將它當作你前進時的羅盤針，它會為你指引正確的方向——這是一種世界上最高級的魔法，無論是多麼複雜難解的謎案，你都能夠看透真相。」

劍向在老人提出問題之前，答案早已在心中排演過數十遍。

然而，他卻從來未曾想過，老人所提出來的魔法，居然是他夢寐以求的能力。

「不知道你是否願意學習，接受我的這份薄禮？」

這是惡魔的誘惑。

不可能。世界上不可能有什麼魔法可以看透所有的真相。

一旦回答了願意，也許的確可以獲得一份對方的禮物——至少夏詠昱、織梅都獲得了他們渴望的事物。然而，這也代表他們將在深夜被厲鬼追殺，隨時都可能喪命。

他必須選擇放棄，才能逃脫厲鬼殺人的魔法。

但是……但是……面對「看透所有真相」的魔法，他卻猶豫了。

這確實是他由衷渴望的能力。劍向非常清楚，在這個案子裡他已經愈陷愈深，無法動彈了。他唯一能做的，就是把所有的賭注投在最終的真相——只要能立即看穿真相，也許他就能想出一個全身而退的辦法。他可以拯救織梅、可以逮捕湯仕敬，成為大眾所景仰的優秀警探。

那麼，是否存在一個特殊的解法，不但能夠獲得這項魔法，又能夠逃脫厲鬼的追殺？

不行。

他不能回答願意。

這一定是惡魔的誘惑。

只有一種答案，他必須回答不願意。

劍向的思慮百轉千折，實際上，僅在電光石火般的一瞬間而已。正當他已經做好決定，準備開口時，他卻聽見身體超前於腦中的思考，搶先咬字一清二楚地回答了。

「我當然願意。」

劍向這才發現，這個遊戲根本沒有所謂的分歧點，從頭到尾全都是程式設定好的。

Chapter 8

死神之網

The Net of Death

1

張開右手掌心，劍向怔怔地看見上面黏著乾涸的新近血痕。四個同心圓，以及環間的 LUCIFER、BELZEBUT、ASTAROT……這似乎就是惡魔的稱號？圓環內圈中央的五芒星形由於掌紋而歪斜扭曲，細碎的血痂浮貼在滲著汗水的膚表上，皮破處邊緣凸起些微紅腫。

——我確實答應了阿格里帕的提議，開啟了「破封之鑰」。

——老人指示我，跟著他進了一座暗黑的墓室。

——在墓室裡有一座通往地下、深鎖的紅色鐵門。老人說，案件的真相就在鐵門後面，他並在我的手上畫下符咒，說鐵門將臣服於我的魔力，才能順利開啟。於是，在老人的催促下，我走向鐵門，依照他的指示，確實地敲了二十下門，握緊門把，我的手掌傳來一陣陣刺痛，鮮血滲入門把的鐵鏽中。

——我轉動門把，開始感到一股迫近的壓力，自鐵門後方灌入強烈的陰風，混雜著無可名狀的哄鬧及泣喊聲，如人非人、如鬼非鬼。我想用力頂住門，不讓門被推開，卻在一轉眼，紅色鐵門變了。

——我倏地驚醒，發現自己正站在旅館房間的門前。

——不是夢。我真的這麼做了。

眼前的房門，木框在鎖舌處裂開，但仍能勉強關上。劍向直瞪著門上的喇叭鎖把，發現上面確實遺留著薄膜般的血跡。

劍向回頭朝房內望去，床上織梅的呼吸聲輕而均勻，胸部美妙的曲線在棉被的覆蓋下輕輕起伏，彷彿她曾經做過的惡夢不再出現。窗外交雜著不遠處街道上的微弱車流聲。不，不對……還有第三種聲音……自那扇鐵門後衝洩出來的鬼哭神號，還停留在鼓膜上，迴盪未絕。

劍向頹然地坐回床邊，以左手碰觸自己袒露的胸膛。他的心跳急遽。感覺身體還沒有脫離惡夢的糾纏。他抓起掉落在地板上的手錶，現在是下午一點零九分。

——我只睡了五個多小時。昨夜徹夜未眠，反覆地進行密室詭計實驗，直到天亮。接著，又匆忙趕到織梅的住處，發現她也徹夜未眠。兩人做了愛，不知不覺間，相擁著對方進入夢鄉。

和夏詠昱、鍾思造一樣。幫助過織梅的人、愛戀著織梅的人，他們都做了相似的惡夢。同樣的魔法師、同樣的賜予、同樣的回答……也就是說，劍向從今晚，或是明晚，或是之後的某一個夜晚起，可以見得到鬼，然後，這些惡鬼會開始攻擊他，設法奪去他的性命。

從心底、從身體，戰慄感持續地、反覆地湧現。原來，被邪惡的殺人魔法所詛咒，是如此膽寒的滋味。遠古時代在暗處抑制鼻息、躲藏著不知從何而來、一擊必殺的野獸巡獵，那股肉體隨時可能被撕裂、生命隨時消逝無蹤的恐懼，從基因的深處甦醒了。即使是白晝，也無法擺脫那股恐懼。

此時，門後彷彿傳來低沉的呼吸聲。

這是錯覺。然而，卻是極端逼真的錯覺。

F無時無刻地關注著房內是否有人入侵、鍾思造打造銅牆鐵壁般的密室、夏詠昱為了求生甘冒襲警的風險、織梅舉槍對準自己的額頭……他們的一切行為，現在全都說得通了。

理智的解釋是毫無效用的，這是唯有親身體驗才能品嘗的深層恐懼。

——我必須鎮定。必須鎮定。

劍向咬緊嘴唇，雙手用力交握成拳。

「阿向，你醒了？」

劍向身後傳來織梅的聲音。她才剛睡醒，但聲音很警戒。彷彿她不必正面看著他的臉，就能洞穿他不安的表情、不安的內心。他回了頭，織梅已坐起身來，胸前的棉被滑落，露出嬌嫩的乳尖。她沒有遮掩，目光透露著憂慮。

「梅梅。」

劍向只是呼喚織梅而已，她卻立刻從身後抱住了他。她的身軀十分溫暖。他不禁回擁，希望能藉著擁抱情人增加自己一點勇氣。

「怎麼了？」

「我也做了那個夢。」

「真的嗎？」織梅的身體發抖了。

「妳看，我的手上有『破封之鑰』，我也打開了屬於自己的『鬼門』。」

織梅無助地看著他的手心。「你答應了魔法師？」

「我沒有。不論我們的意願為何，」劍向力求平靜地說：「劇本早就安排好了，夢境的台詞一定是『我願意』，不會有另一種答覆。」

「所以，這場夢是一個陷阱？」

「是一個陷阱沒錯。」他的聲調平板。「像流沙一樣的陷阱。」

「劍向……」織梅潸然淚下，「這都是我害的！對不起……對不起……」

「梅梅，不是妳的錯。」劍向重重地吐一口氣，勉強自己振作，回過身將她抱入懷中。他知道，他身上的顫抖，也會跟著擁抱傳遞給她。「毋寧說，這是早可預料的結果，儘管我們還不明白詛咒的真正來源。」

織梅痛苦地閉上雙眼，她的頭埋進劍向胸口。

劍向想起，那天深夜他曾與湯仕敬近距離接觸。然而，他的印象非常深刻，他僅以槍口指向湯仕敬，兩人絕無直接衝撞。夏詠昱也從未提及他身邊出現過外國人。

「湯仕敬。一定是他。」

「他怎麼做到的？」

「不知道。」

「我們無論如何都必須找到他。」

「怎麼找？」

「我可以請外事科的朋友幫忙。不過，我需要知道他的全名。」劍向問：「梅梅，妳只有他的中文名字嗎？」

「我有他義大利文的本名。」織梅垂下頭，「他畢竟……是我的丈夫。」

「寫給我。」

劍向拿來旅館房內的紙筆，讓織梅寫下來。劍向不懂義大利文，但對找人來說並不構成嚴重的阻礙。劍向接過紙片，拿出手機，翻出外事科好友的手機號碼，立刻打去詢問。劍向與話筒中久違的友人一邊對話，一邊注意到織梅在身旁沉默地聆聽著，臉色變得慘白，彷彿一觸及與湯仕敬有關之事，即會使她陷入恐慌。

劍向掛掉電話。

「怎麼樣？」

「不行。不，並不是不行……應該說，目前在台灣居留的義大利人有三百多人，其中，登記在高雄市的有三十二人，男性二十九人，年齡接近的有二十六人，主要是傳教、工作派駐。裡面沒有人叫湯仕敬，用他的義大利名字也找不到相符的。他顯然使用了假名入境。可是，外事科要逐一過濾這二十六人，也需要一些時間，我不能確定今天日落前是否來得及。還有，湯仕敬也不一定是登記在高雄市。這樣人會更難找。」

織梅垂下肩頭，表情充滿沮喪的失落。

「梅梅，別難過。」劍向鼓勵她：「我可以去那條窄巷——妳被湯仕敬襲擊的地點——找找看有沒有線索。他逃走時，曾經以公事包攻擊我……或許，公事包裡有東西跟著掉出來了，我應該去搜查一下，說不定能發現什麼。

「還有，妳說他曾經冒充警察到巷口外的藥局找妳，要求店員調出櫃檯監視器錄影帶。那就表示，他自己也被藥局裡的監視器拍下來了。我到那家藥局去調畫面，把他的長相傳到外事科的朋友，也許可以加速找到他。」

「嗯。」

「妳待在這裡，等我回來。」

「我不要。」織梅握緊劍向的手臂，「我要跟你一起去！」

「我很快就回來。」

「阿向……我怕……我怕你不在的時候，湯仕敬會突然出現。」

「為什麼？」

「因為這個。」織梅將右手腕舉起，「當他第一次握住我的右手腕，好像施了什麼魔法，可以用來追蹤我——無論是在義大利，或是在台灣。他總能找得到我。」

織梅說的沒錯。有一種找到湯仕敬的方法，是守株待兔，靜待他的出現。終究，他會來帶走織梅，無論那是什麼魔法。同時，湯仕敬也必定知道，劍向一定會在織梅身邊保護她，於是，他可能會按兵不動，等待劍向暫時離去。當然，劍向也可以刻意暫時離去，藏身近處，在湯仕敬現身時將他逮住。但這必須以織梅作餌，實在太危險了。此外，他也無法判斷湯仕敬會在何時、以什麼方式出現。

但是，帶著織梅在身邊，也存在著另一個層面的風險。

警方開始調查藥局了。依照現行進度，鹽埕區的藥局目前雖然尚未納入調查範圍，但只要三民、前金、新興區都找遍了，搜查範圍勢必會繼續擴大。那麼，他帶著織梅一起到那家藥局去，也會被監視器拍到，總有一天會被發現，除非……除非能撐過監視器錄影帶保存期限——而這至少需要兩週時間。

劍向陷入沉思。

「帶我走……我想跟你在一起。」

「好。」劍向握住織梅的右手腕，「但是妳得答應我，我們得走路去，也必須保持距離。到了藥局以後，我一個人進去，妳在外面等我。」

「好。」

這是不得已的折衷方案。兩人必須一起行動，但不能被注意到。

「不過，妳一個人在外頭要特別小心，隨時留意四周狀況。湯仕敬或警方很可能會出現，妳得自己想辦法躲好，再不然就回旅館等我。」

「知道了。」

兩人談定後，便立即穿上衣服，離開房間。

走出旅館，織梅走在前面，劍向跟在她身後三十公尺處。他叮嚀她要保持鎮定，不要快走或腳步遲疑，無須保持警戒，也不要四處張望。行進路線只走主要道路，與其他行人保持距離，方便他掌握周遭的狀況。事實上，這是警員兩人一組進行誘捕時的典型模式。

經過三十分鐘，兩人抵達藥局門外。劍向示意要織梅躲進窄巷等待，獨自一人進入藥局。

「三民分局，有事情想請教。」

劍向出示警察證，請店員調出監視器畫面。店員帶劍向進了辦公室，依照他所給的時間，順利地找到湯仕敬的影像。他確實如同織梅所說的，拿著偽造的證件打算調查監視器畫面，與當時值班的店員一同離開櫃檯，不多久，他回身奔跑經過櫃檯，往門外方向去，顯然是發現織梅的行蹤。他又反覆檢查了這段影像的時間前後，確定織梅並未正臉入鏡，略感放心。

劍向向店員借了電腦，以網路信箱將湯仕敬的影像寄給外事科的好友，要對方找到人以後立即用簡訊通知。十五分鐘——他隨時注意著自己在藥房裡待了多久的時間，祈禱著等在巷內的織梅安然無恙。

寄出郵件後，劍向給了店員手機號碼，若是發現這名外籍男子，請她立刻打電話通報。一切搞定。

接下來，只能等待外事科好友的消息了。有了湯仕敬的照片，他相信很快就會有答案。

劍向迅速走出藥房，正準備往巷道去與織梅會合，但，眼前卻出現了一個不該出現的人。

那是劍向最不希望遇見的人。

特別是此時此刻。

——紹德。

2

「學長。」

「也太巧了。」劍向的表情力圖鎮定。「你怎麼會在這裡？」

「運氣？」紹德自顧自地說：「對，除了運氣以外，恐怕真的沒有別的原因了。」

「你到底在講什麼啊？」

「學長，你來這裡做什麼？這是一家藥局。我以為你在補休。」

紹德的態度冷淡。他將警用機車停好在藥房外的騎樓下。

劍向一面盯著紹德，一面留意騎樓外的馬路。織梅的身影已然不見。從紹德的神情，看不出他發現到她的行蹤。想必織梅安全閃躲了——劍向無法確認真實狀況，也只能這樣想了。

「我是補休沒錯啊。但剛剛睡醒後，腦袋實在閒不下來，才想說到處查查。」

「可是，這一區距離專案小組目前鎖定的搜查範圍有一段距離哦。」

「我知道。」劍向搬出盤算已久的說詞：「正因為如此，我才到這裡啊。我何必跟同事們一樣，調查同一個區域呢？」

「哦。學長是想……搶占先機？」

「要這麼說也行。」

刑警的工作是破案，專案小組自然是以團隊合作優先，然而，組員間彼此也會競爭、較勁。組織內並沒有硬性規定刑警不准利用自己的休假時間進行調查，畢竟，比起循規蹈矩地聽從長官指揮，誰能率先獲得破案關鍵、立下戰功，誰就能迅速晉升。這種事並不罕見。

「原來如此。」聽紹德的語氣，他顯然沒有被說服。

「倒是你，來這裡的原因……也是搶占先機？」

「不是。原本我只是來進行調查的。」

「什麼樣的調查？」

紹德沒有立即回答，只是沉默地注視著劍向。劍向感覺到一股莫名的兇險，他完全不知道紹德內心的想法。眼前的紹德，已非他過去所認識的學弟了。

「學長，你知道鍾思造是誰殺的嗎？」

「我不知道。」

紹德聽了劍向的回答，眼神變得更加銳利。

「沒別的事的話，我先走了。」

「不行！」

「為什麼？」

「學長，請你跟我回去一趟局裡。我有話想跟你說。」

「在這裡說不行嗎？」

「這件事很重要，所以我希望不要在這裡說。」

「那等我收假再說。」

紹德的臉色變了。他原本慣有的隨和態度，此刻已消失殆盡。

「學長，我再說一次。請你跟我回去一趟局裡。」

「我沒辦法。」

劍向從紹德的眼中，察覺到了他轉瞬即逝的猶豫。劍向知道，紹德一直是個思考細膩、行事謹慎的人，但紹德恐怕內心也很清楚，若錯過了這次機會，他再也無法把他想說的話說出口了。然而，他對自己想說的話，也許並沒有百分之百的把握。

無論如何，現在就是他最後的機會了。

「你知道。」

「知道什麼？」

「你知道兇手是誰。」

「為什麼？」

「因為就是你！」

劍向咬緊牙關，深深吸進一口氣。他完全想像不到紹德會講出這些話。然而，他不想立即辯駁紹德的指控，因為他知道紹德之所以這麼說，必然做好了周全的準備，此時此刻，他非努力保持冷靜、建構起自身的防禦工事不可，絕不能貿然接受挑釁。

「……我聽不懂你在說什麼。」

「學長，很抱歉，事到如今，我真的不知道該說什麼才好了。我只能說，我思考了很久，最後居然導出一個連我自己都非常訝異的答案——我發現你在本案中涉有重嫌。不，我應該更精確地說，你就是唯一的嫌疑犯。」

「你在開玩笑吧？」
「學長，我不想立刻告訴組長。我希望先聽聽你的解釋。」
「什麼解釋？」
「動機。殺害鍾思造，以及那個無名男子的動機。」
「我沒有動機。」劍向冷冷地說：「我根本不認識他們！」
「對，我知道你會這樣說。」紹德無奈地點點頭。「的確，你沒有承認的必要。」
「紹德，太荒謬了，我是這個案子的負責人，你為什麼會認為我涉嫌？」
「不，一點都不荒謬。學長，你知道為什麼我會出現在這裡嗎？」
「說說看。」
「你的機車里程。」
「里程？」
「我的機車，固定停在你的機車旁，對吧？其實我每次去牽車，都會瞄到你的里程數。我知道這很無聊，但這就是一個不自覺的習慣，改不掉。我發現自從開始調查這件案子以來，你的機車里程數異常地增加了。也就是說，搜查會議結束後，你並沒有馬上回家。
「我無法確定，你是在下班後都得去一個固定的地方，還是私下正在調查什麼。然而，自始至終，你從來都沒有提起過這件事。我想，我是出於一種好奇心吧，我在腦中開始進行換算，然後推測你可能去了哪些地方……」
「再加上藥局的新線索，是嗎？」
「對。學長，我不得不承認，我的內心確實有一種小小的……競爭意識。你的思考、你的行動，總是能夠超前其他人。你是我深深敬佩的前輩，也是我想要追上的目標。我知道，你非常想破這個案子，而且手上一定握有某項證據，你才會在會議結束後私下繼續進行調查。基於這些推論，再加上一點運氣，最後將我帶來這裡。」

「我不否認。我確實想私下調查某些線索。類似的事，局裡其他人多少也會做。這並不能構成我的嫌疑。」

「不只這點。」紹德步步進逼。

「還有，是嗎？」

「昨天晚上──今天凌晨，我送婉純回家。我們在車上聊了好久。我好久沒有跟女孩子聊這麼多了，要不是快睡著了，我好想一直聊下去。其實她滿崇拜你的，坦白說，讓我有點嫉妒呢。不過，也真的很遺憾，就是在這場很愉快的聊天中，我聽到了一件奇怪的事，她告訴我，你住院醒過來的晚上，曾經偷偷離開醫院一趟。你當時對她說，你要趕回局裡調查一項重要證據，請她讓你溜出去。

「但是，我查了那天晚上的值班表，問過全部的值班同事。沒有人看到你回來局裡。那麼，你必須進行調查而緊急離院，目的地如果不是局裡，又會是哪裡呢？那麼，你能去的地方，恐怕也只有犯罪現場了吧。同時，非常巧合的是，你離開醫院的那個晚上，正是無名男子死在四〇一室的晚上。」

「你想影射什麼？」

「不，不是影射。我是要指出，你去了四〇一室。」

此時，劍向感受到了邏輯的可怕──合理，卻非事實，徹底被扭曲的邏輯。

他不怪婉純的誠實。她本來就是個開朗、沒有心機的小女孩，紹德又是自己的同事，那就更沒有隱瞞的必要。所幸，她以為那捲ＤＶ錄影帶僅是劍向的私人隨身物品，並沒有意識它與案情密切相關，否則，事態將會更加嚴重。

「不，我回家了。」

「是嗎？」紹德質疑：「為什麼？」

「我在醫院裡昏睡了兩天。好不容易才醒過來，所以想回家一趟。」

「只是想回家，理由卻是『必須緊急調查』？」

「不這樣講，婉純會讓我走嗎？再怎麼討厭醫院，也不能對護理師直說吧。」

「好，學長，就當你說的是事實吧！」紹德繼續追問，「婉純告訴我，你在凌晨六點回到醫院。記得嗎？當天，四〇一室裡發現了無名男子的屍體，我跟組長去醫院找過你。那是下午四點半的事。我也請婉純幫我問了，她同事說，那天你睡到下午三點多。這中間有九個小時。可是，你既然回家了，為何徹夜不睡？你的行為模式，更像是做了什麼事一整夜，隔天才需要這麼長的睡眠。

「無名男子是被分屍的。這項作業，勢必得花上好幾個小時。再者，我先前就說過了，一樓管理室的門鎖根本沒用，監視器錄影設備隨便都可以被關機。對了，那天晚上，機器也是錄影中止，原因不明，但我不相信有這麼巧。立為學長也教過你如何打開簡單的喇叭鎖。此外，我記得你弟弟也很喜歡３Ｃ，如果你需要變造監視器錄影帶的內容，家裡一定有設備——這才是你回家的真正原因。」

紹德犀利的推論，攻得劍向差點啞口無言。

他必須設法扳回一城。

「我回家的晚上，恰好就是無名男子死亡的晚上——所以，無名男子是我殺的。紹德，你的推論居然這麼粗糙、牽強？我回家後做了什麼，是我的私事，除非有更確實的證據，否則我沒有必要詳細說明。當然，你可以提出你的懷疑，縱使我使用了不適當的理由離開醫院、縱使我離開醫院後整晚沒睡，那也不能認定我是去了四〇一室，更不能構成我是兇手的理由！」

紹德嘆了一口氣。然而，他的反應並不像被擊倒。

毋寧說，他早就料到劍向會這樣回答。

兩名優秀的刑警之間，正面交鋒絕不可能僅止於論理上的歧異。

「學長，你是對的。我剛剛所說的，頂多是情況證據罷了。我很清楚，沒有真憑實據，一切都沒有意義。不過，事實上也是這些情況證據，才使我對這個案子有了全新的觀點。接下來，我要展示更進一步的論述，證明你是本案唯一的嫌疑犯。」

劍向面無表情地對紹德點點頭，示意他繼續。

「讓我們回到本案最巨大的障礙，鍾思造案吧——一個銅牆鐵壁般的密室，裡面有一具被斬斷手腕的屍體。縱使除去『監視器畫面可以偽造』的因素，它依然是邏輯上矛盾、無法破解的謎團。然而，當我開始審視『你可能是兇手』這一個全新的觀點時，我發現，這個謎團居然是可以破解的。殺了鍾思造以後，沒有任何人能夠離開四〇一室……除了你以外！」

「除了我？」劍向極力克制內心的訝異。「紹德，你是想告訴我，其實我刻意隱瞞大門與鐵櫃之間的距離，告訴你兩者之間的距離更短，導致門縫無法通過一個人，讓你的密室理論無法成立？」

「不是。」紹德乾脆地承認錯誤。「那個理論，已經確定不成立了。打穿四〇一室時，破壞小組的全體成員都在場。我也問過他們了，雖然沒有實際進行測量，但大門與鐵櫃的距離，他們都記得確實很短。也就是說，即使大門內側沒有門把，也沒有人能夠通過門縫。」

「哦，是嗎？既然你的密室理論不成立，又怎麼能指控我是唯一的兇手？」

劍向儘管這麼說，卻感覺到自己背脊一陣冰涼。

他知道紹德會講這種話，絕非無的放矢。

「學長，打從一開始，我就認為你介入這個案子的方式很不尋常。警方能在四〇一室發現鍾思造的屍體，其實是基於你的理論。同一棟大樓的三〇一室，住戶戈美瑤在家裡發現了一隻大老鼠，身上沾了血液——後來經過鑑識，確定是人血沒錯。接著，你迅速指出，這隻大老鼠是來自四〇一室，裡頭一定有屍體。這些推論，完全符合後來所查出的事實。」

「你是想說，連一開始的大老鼠事件，也是我策劃的？」

「對。」

「怎麼可能？那天晚上，只是剛好碰上我值班。我要怎樣確保戈美瑤打報案電話給我？」

「事實上，你不需要確保。」

「不需要？」

「就算是其他同事接到這通電話，也不妨礙後續的發展。其他同事可能會覺得，戈美瑤精神異常，沒把這個案子放在心上。到時，你就可以跳出來，告訴大家你的推論。更何況，其他同事就算有心，也無法像你那樣指出正確解答。」

「那假使戈美瑤不打報案電話，找朋友或消防局處理呢？」

「鍾思造的屍體，終究會被發現的，無論是以什麼形式。而你是轄區分局裡的資深刑警，一定能夠介入。」

「你這番話，適用於所有資深刑警。他們都會變成轄區懸案的第一號嫌疑犯。」

「不對。只有你是。」紹德搖搖頭，「你顯然已經做好充分準備。我不相信一個刑警可以在沒有專業書籍輔助的情況下，隨口說出『夢遊正式的醫學名詞叫睡遊症』這種話來。」

劍向笑了。

「如果我告訴你，我童年也患過夢遊，你相信嗎？」

紹德愣住了。他沒有預料到劍向的反駁如此簡單俐落。

「學長，你的說詞很合理。因為你曾經夢遊，所以知道夢遊的定義。」

「因為這是事實。」

「絕對不是。這是你事先準備好的說詞。」

「你不能因為我迅速破案，就認定我是兇手！」

「好。沒關係！」紹德的態度變得氣勢凌人。他很少脫下謙遜的面具，這才是他的真面目。「第二項證據——兇手的行兇手法，完全模仿了『噬骨餓魔』洪澤晨。鍾思造案如此，無名男子的分屍案更是如此。但是，洪澤晨早就被判處死刑，他不可能回到人間再度犯案。」

聽到這句話時，劍向很想大聲反駁紹德的想法。

——這個案子確實存在著超自然力。

但，他卻發現自己口乾舌燥，喉頭疼痛。

現在不管他說什麼，紹德都一律認為是脫罪的遁詞。

「我交給學長的那些資料夾，我自己也全部讀過了。一九九四那年，由於老人連續分屍案造成了治安的巨大動盪，主導案件搜查方針的市警局高層，為了避免案件情報大量公開，導致兇手犯案手段愈來愈兇殘，利用媒體發聲——也就是要迴避『劇場型犯罪』的問題，於是採取了嚴厲拒絕媒體採訪的態度。事後來看，這當然不一定是最佳策略，媒體拿不到正確的資訊，自然就只能拿一些無中生有的傳言來進行虛構，反而造成社會大眾人心惶惶。

「總之，基於這樣的態度，使得許多洪澤晨肢解老人死屍的細節，至今依然沒有公布。比方說，洪澤晨固定的犯案手法，在殺人後經常會先砍斷死者的右手。他在進行長時間的肢體肢解作業時，會利用這隻斷腕來自慰，讓精神保持亢奮。在幾個死者被肢解得特別徹底的犯罪現場，都發現了死者的斷腕上黏滿了洪澤晨乾去的精液。然而，洪澤晨沒有前科。就算體液特徵被警方所掌握，也無法查出他的身分。

「這種變態、噁心到極點的作案方式，都被高層擋死了，一個字都不准公開，僅僅記錄在鑑識報告裡而已。所以，一個局外人要能夠完全仿效洪澤晨的手法，根本是不可能的事。然而，在鍾思造、無名男屍的死亡現場，都可以發現死者的斷手——只差沒有留下精液。那麼，兇手到底是如何得知這種殺人手法的？」

「再怎麼封鎖消息，也無法保證完全不洩漏出去。」

「學長，如果是你的話，那就非常簡單了。」

「你是什麼意思？」

「我問過組長。當然，我沒有透露我的目的，聽起來只是閒聊。他告訴我，案發時你才剛至分局報到，在專案小組裡分配到法醫解剖、現場鑑識資料的整理。這些資料，你整理得非常詳盡、完整，想必一定花了非常多的時間吧。」

「遇到這麼重大的刑案，這是應該的。」

「是嗎？」

「我剛到職，想力求表現。這並沒有錯。」

「組長介紹給我一位當年參與過這個案子、目前已經退休的高階長官。長官告訴我，你在遞交資料到市警局的時候，甚至主動表示除了目前被交付的任務外，更樂意幫忙罪犯側寫相關技術的人力支援。你認為兇手的犯案手法，與他的心理因素有密切關係。而且你還提到，希望能結識李敢當醫師。但市警局已經做好編組，各司其職，他們婉謝了你的善意。」

「我……」

那年，劍向剛到三民分局報到，內心懷抱著遠大的志向，而面對百年難得一見的重大刑案，他也自我惕勵要全心投入，設法嶄露頭角，更一度對「罪犯側寫」這項先進、新興的國外技術產生了極高的興趣，才會不知天高地厚地跑到市警局毛遂自薦。如今，他卻萬萬想不到，這段碰了軟釘子的細瑣往事，竟成為現在被指控的輔助證據！

「學長，你是這個世界上對洪澤晨的作案手法了解最深的人。甚至超越洪澤晨自己。同時，你對他懷有高度的興趣，也瞭解他的背景、他的心理狀態。關於刑事偵查、鑑識工作，那更是你的專業。你完全符合四〇一室兩樁殺人案的兇手特徵。更重要的是，你是在鍾思造死後，第一個進入四〇一室的人！第一個進入四〇一室的人，就是兇手！」

劍向迷惑了。

——第一個進入密室的人，為何會是兇手？

劍向的最後一道護身符，就是密室。

四〇一室，是一座沒有出入口、牢不可破的密室。沒有人能在殺人後離開密室。

紹德曾經設計出一項密室理論，但進行現地實驗後證明失敗了。

鍾思造在四〇一室被殺了——因為，殺他的並不是人類，而是洪澤晨的亡魂。終究，能夠出入密室的，僅有厲鬼而已。亦即，這座密室，將所有的「人類」排除在嫌疑犯名單之外。所有的「人類」，都因為這座密室的成立而清白、無辜。

忽然，劍向想起，他因為受了夏詠昱催眠，導致在不由自主的情況下破壞了犯罪現場的完整性。難道說，紹德打算利用這點來做為他作案的下一個輔助證據嗎？

「……為什麼？」

「學長，我破解了你設置的密室詭計。」

「我沒有設置什麼密室詭計！」

「我也許應該說得更誇張一點，在這個世界上，唯有你能在殺人後，實行逃脫這個密室的方法！」

「什麼？」

「四〇一室的密室結構，我們已經討論過很多次了。大門被鐵櫃從內部擋住，櫃子裡裝滿了石塊。由於大門是向內開啟，櫃背也朝外，所以要將門鎖上、把鐵櫃推到門後、並在櫃子裡放進石頭，當然只能從室內進行。

「至於窗戶，一共有三扇。其中，廚房和浴室各有一扇小窗，成人無法爬過，而臥室則有一扇大窗戶。這三扇對外的出口，除了上緊扣榫之外，還加釘了十幾塊木條。也就是說，上釘的作業，同樣也只能從室內進行。

「明眼人一看到現場狀況，不必多加解釋，很容易立即判斷這是一間密室。不過，兇手在室內的布置上，做了更細膩的安排──兇手在臥室裡面，故意設置了折裂變形的房門，倒塌在門旁地板上的電視機、書桌，讓場景看起來好像是有個神秘兇手強力入侵臥室……這所有的細節，都一再強化『臥房原本也是被死者自內密閉』的表象。

「也就是說，這座密室在設計上，除了這些表面上的、一看就懂的安排外，背後更設下一個暗示──力量。兇手在暗示我們，鐵櫃非常沉重、大門鉸鍊上了水泥、臥室曾被用力破壞。這樣的暗示，一再地誤導警方，朝『力量』這個方向思考。當然，最後是不會有答案的。」

「……所以呢？」

「看穿這一點以後，四〇一室就再也不是一座堅固的密室，變得不堪一擊了。」

「我不懂。」

「臥室窗戶上的木條。」

「可是，木條也是從裡面釘上的啊！」

「假使木條並沒有釘上呢？」

「這……」劍向腦中一片空白。

「假使木條沒釘上，臥室的窗戶就成為四〇一室的出口了。兇手可以從窗戶爬出去。儘管窗戶的位置在四樓，但絕對可以找到很多方法，能由四樓安然無恙地回到地面上。比方說，綁一條堅固、長度足夠的麻繩在臥室的門上，再將繩子丟到外面，就可以攀著繩索回到地面。

「沒錯，這個時候，兇手是殺了人，也離開四〇一室了，但繩索的另一端還綁在臥房，木條也尚未釘上去，還不是密室。不過，接下來只要兇手能夠再度進入四〇一室──這一次他進房的方式，是藉著同事的協助，從大門突破——那麼，他就能夠在第一時間內衝進臥房，馬上將繩子解下並丟出窗外，並釘上預先留置的木條，完成一座真正的密室！」

劍向聽到紹德這番話，思考能力完全喪失了。

紹德沒有因為第一個理論失敗而受挫。這次他真的破解了密室。

——聰明！你真是太聰明了！

原本，劍向認為四〇一室這座密室是絕對堅固、絲毫沒有破解之道的，沒想到，紹德居然聰明到設想出一套如此合情合理的方法。如果劍向不是嫌犯，他一定會對紹德的推理鼓掌稱好。

紹德以他的執著，超越了自己。

「由於臥室窗戶的方向背街，正下方是防火巷，沒有路人，不必擔心會被人找到。只要兇手以後再找機會拾回麻繩處理掉即可。而且，兇手曾在住院後偷溜出院，目的不明，我想他一定是回到這裡，回收這條麻繩。然而，就在回收麻繩的同時，若是恰巧出現一個局外人，偶然知道了兇手的詭計，兇手為了隱藏這個秘密，很可能再度痛下毒手。兇手殺人後必須棄屍，於是，他再度選擇四〇一室做為肢解屍體、誤導警方的場所。」

——不行！

——我不能讓自己就這樣被紹德定罪！

紹德的推論，確實充滿了說服力，但鍾思造之死根本就是恐怖的靈異事件。

——我根本沒有殺人。

一瞬間，劍向想對紹德吐實，但話到嘴邊，卻又遽然止住了。

他不願意被當作精神異常，變成「另一邊」的人。

「紹德……」劍向勉強從口中擠出幾句話：「我承認，你這次的密室破解理論非常精采，邏輯上完全成立。但是，我仍然認為，你並沒有考慮到現實狀況。」

「什麼意思？」

「我不可能在重回命案現場才釘上那些木條。首先，臥室裡沒有鐵鎚。再者，將木條釘入牆壁，必然會發出很大的聲響，那麼，在其他房間的同事們一定聽得到。但是，他們並沒有聽見這樣的聲音。」

「哦，技術上的細節，沒什麼好說的。」紹德輕笑了一聲：「你並不是拿起鐵鎚直接敲下去。將木條釘入牆壁前，你動了一些手腳，比方說，你可以事先使用鑽子，在木條及牆壁上預定釘入的位置鑽出小洞，並使用直徑比洞口稍大的鐵釘將木條釘在牆壁上。這樣可以讓噪音大幅降低。犯罪現場是一間臥室，釘木條的時候，你更可以墊著房內隨手可得的枕頭。」

「那……鐵鎚呢？」

「不需要鐵鎚。」

紹德的神態，彷彿變成了一位高坐法庭中央的主審官。

「你用來敲進鐵釘的工具，正是你用來打死怪鼠的武器——也就是你手上的警棍！」

劍向知道自己無罪，卻無力反駁這項推論。

紹德工作之餘最大的興趣，是閱讀推理小說。他的思考模式，與其他仰賴實務經驗的資深刑警大不相同。他喜歡先研究理論的可行性，再探討如何因應實際狀況進行調整。然而，其他同事完全仰賴實務經驗，僅是因為這樣做比較簡易、比較容易執行，畢竟，台灣的刑案、罪犯大多數都很平凡，不需要天馬行空的想像力。

推理小說家為了製造結局的意外性，有時候會設定警察為殺人真兇，不過，對閱讀經驗豐富的讀者而言，這並不是多麼了不起的難題。事實上，這樣的案件在現實世界中也的確發生過，只不過相當罕見，警方內部多把它當作不願多談的往事，而劍向又是一名局內的重要幹探，自然不會有人聯想到他與此案有關。

除了紹德以外。

劍向早就預料到了——能夠抓到他的，除了紹德以外，不會有別人了。

只不過，他萬萬沒想到，他居然是以這種方式被紹德告發。

「學長，跟我一起回局裡吧。」紹德謹慎地接近劍向，繼續說：「無論你發生什麼狀況，大家都是你的同事，一定會設法理解你、幫助你的。」

「不。你們不能理解，也幫不了忙。」

劍向一面凝視著紹德，一面腳步往後退。他有一種脖子漸漸被勒緊的窒息感。

「學長，到底發生了什麼事？」

「你無法理解的。」

「請你告訴我，我願意聽！」紹德說。

頓時，劍向心生動搖。縱使他此刻涉入此案已然太深，但他仍然是無辜的。起初，他只是為了搶著建功，才不自覺愈陷愈深。那麼，究竟是在哪個環節開始出錯的？是他率先進入四〇一室時？是他偷偷溜出醫院時？是他看完ＤＶ錄影帶，決定要保護影像裡的神秘女子時？還是他答應夏詠昱，重返四〇一室時？

——那猶如流沙般的陷阱，一寸、一毫地吞噬了自己。

然而，如今想追究根源，也不再有什麼意義了。

他只能憑著直覺，繼續前進。

「離阿向遠一點！」

織梅忽然出現在劍向的身後，她舉著手槍對準紹德。紹德不得不將雙手舉高，稍往後退。

「妳是……」紹德的表情恍然大悟：「妳是鍾思造的女友，對吧？」

「你不必管我是誰。」

「學長，原來你已經找到了鍾思造的女友……不，其實你們倆早就認識了，對吧？第二樁案件的犯罪現場有兩個人，應該也是你們倆吧？」

「閉嘴！你的案子與我們無關。」織梅冷酷地說。

「學長，你為什麼這麼做？」

「阿向所做的一切，只是為了保護我！」

劍向陷入兩難。他原本希望能對紹德解釋，讓他慢慢理解自己的困境。也許，這是他回頭的最後一次契機。但織梅一現身，雙方的認知產生歧異，誤解反而變得更深了。織梅的外貌看似柔弱，但行事作風亦有極端暴烈的一面，可能源自於她在義大利曾被綁架、幽禁的悲慘遭遇。

此時，劍向的手機傳出聲響。在織梅與紹德的對峙下，他戰戰兢兢地拿起手機。

那是外事組好友的訊息。

——找到湯仕敬了！

紹德以徵詢的目光望著劍向。

「紹德，非常對不起。我、或者我們倆，都不是這兩樁案子的兇手，但是，我現在沒有時間再解釋了。我們有非常重要的事得處理，必須立即離開。」

「學長！」

「請你把機車鑰匙丟在地上，然後退到二十公尺外。此外，請你再給我一個晚上的時間。請你答應我，一個晚上就好，暫時先別向組長報告。我向你保證，明天早上，我一定會帶著真相到分局報到。」

3

劍向騎機車載著織梅，往東向道路奔去。

時間接近日落。

「湯仕敬人在鳳山，」劍向轉述了外事組好友提供的情報：「他是以摩門教的傳教士身分來台的，目前暫住在教會裡。」

「阿向，不要去。湯仕敬曾對我男友施展黑魔法……你會被殺的。」

「不去找他，我們一樣會被殺。我們非得去找他不可。只有他能解除這個詛咒。我們必須在天黑前找到他。」

教會會館的地址在曹公路與光遠路的交口附近，和高雄縣警局相對。當他們騎著摩托車來到土地銀行樓上的耶穌基督末世聖徒教會會館時，橘紅色的夕陽耀眼，但溫和的亮光正昭示著落日正在下沉。

摩門教鳳山分會的弟兄告訴劍向，湯仕敬外出了，現在不在會館裡。劍向立刻表示希望能留在這裡等他回來。接待的弟兄是一個肥胖的年輕人，年紀看起來還不到二十歲，他的中文說得很古怪，只有自己的中文名字講得字正腔圓，並沒有提出太多問題，就安排他們到用來聚會或讀經的房間等待。

隨著時間一分一秒地流逝，劍向的神經愈來愈緊繃。織梅沉默地坐在身邊，兩人的肩頭相貼，似乎在傳遞著彼此的不安。

不知等了多久，劍向聽見玄關處一陣說話的聲音。織梅同時抬頭以眼神表達她的惶恐，他知道湯仕敬已經回來了。

「湯大哥，您的客人……就在會客室裡。」

門一打開，一名高大、英挺的外國人走進來，他見到織梅後深吸了一口氣，然後說：「把門關好，不要打擾到我說話。」

「是。」

方才接待他們的胖弟兄並沒有進來，留在走廊上把門關上。

湯仕敬果然活脫像是畫家筆下的男性神祇，劍向對自己的外貌及身材已經很具信心了，親眼看到他的正面，也不禁深覺相形失色。然而，他的第六感卻又發出另一種聲音——即便是神祇，也有作惡多端、滿手血腥的邪神。

湯仕敬不在乎劍向的存在，縱使他曾差點被劍向逮捕。那種目中無人、藐視至極的高傲，令劍向充滿憤怒。然而，織梅在路上不斷叮囑，他只得忍住不動。湯仕敬自顧自坐下來面向織梅，說：「想不到，妳會主動來找我。妳居然找得到我。」

「我恢復記憶了。」

湯仕敬聽了，嘴角不自然地抽動了一下。

恐怕，這才是他真正想不到的事。

「了不起。」湯仕敬立即恢復一貫的自傲，拍了拍手。「妳是怎麼做到的？」

「只不過是一把潛意識的鑰匙。」劍向刻意插嘴，無論如何，他希望挫挫湯仕敬的銳氣。

「哼，只不過？」湯仕敬自一進來，這時才開始正眼看著劍向。「我記得，你只不過是一個警察。」

「對。我只不過是個警察。」

很顯然地，湯仕敬動怒了，但他並未當場爆發。

「那麼，妳還好嗎？」湯仕敬深情地對織梅說，「要打開潛意識的那個鎖很難。我想，妳一定受了很多苦吧。」

「不用你管！」

「我保證，以後不會再這樣對待妳了。我們回義大利，好不好？」

「不，我不會和你走的。」

「妳是我的妻子。」

「那是你單方面的脅迫。」織梅的表情嫌惡，「我根本不愛你！」

「為什麼？為什麼？」湯仕敬遽然激動起來，他的模樣有如一頭暴躁的雄獅。「我為妳付出了那麼多，為什麼妳就是不願意愛我？」

「因為——因為你邪惡。你太邪惡了。」

湯仕敬不說話了，他顯然對織梅的話感到不悅。然而，劍向並沒有感覺到他對織梅表現出絲毫恨意。

「那妳為什麼要來見我？」

「我要你替我解開殺人的詛咒！」

湯仕敬的語氣充滿嘲諷。「誰被詛咒了？」

「就是他。」織梅看了劍向一眼，他霎時接收到她無限的溫柔。同時，他也發現她並未提及自己亦遭詛咒的事實。

「妳的新男友？」

「你……你沒有權利傷害我深愛的人！」織梅的眼眶中淚水開始氾濫。

「織梅，我做不到，」湯仕敬的嘴角依然笑意滿盈，「那個詛咒是解不開的。」

「……你說什麼？」

「織梅，我想妳還沒有完全瞭解——我樂意為妳做到一切妳吩咐我做的事。不過，就算妳答應和我回義大利，就算我有心幫妳解除詛咒，我也無能為力。妳的男友死定了。」

織梅的淚滴滑離眼眶，直落桌面。她無法繼續說下去了。

「湯仕敬，你究竟是怎麼設下詛咒的？」劍向按捺不住，終於開口發問：「梅梅和她男友到義大利旅遊，她男友突然死於猛爆性腸胃炎……真的是你下的黑魔法？」

「是啊。」

「你是怎麼做到的？」

「他不該碰到我的。我可以控制身體表面的毒素。」湯仕敬冷笑一聲，「你應該慶幸，那天晚上沒有碰到我。」

——果然如此。

「那其他人呢？他們不但跟你沒有肢體碰觸，甚至從來沒見過你。」

事實上，劍向此時關注的焦點與織梅完全不同。出於一名刑警的本能，他追蹤這些命案這麼久，就是為了要查明這個恐怖魔法的真相。他當然非常在乎自身安危，但他卻更想瞭解這項詛咒的運作機制。

湯仕敬睨視劍向，「你知道你快死了嗎？」

「我知道。」

「但你還是想瞭解我是怎樣設下詛咒的？」

「對。」

「有趣。或許，用『只不過』來形容你，太過小看你了。」

「或許吧。」

「好，那我就告訴你。我的恩師，大魔法師考內里亞斯．阿格里帕……」

「阿格里帕是你的老師？」

「沒錯，我是他的嫡傳弟子之一。」

——眼前的男子，真的活了五百年？

劍向不由得產生一股時空錯亂的虛妄感。

「在他生前，曾發明了一種當代最具殺傷力的黑魔法，名曰『猶大的獄門』——這是恩師替德國撒克遜省省長設計、用來對付政壇上的叛敵而製作的。凡受此一魔法詛咒，就會招來地獄的惡鬼獵殺。

「魔法的原理其實很簡單：只要在受詛者的手心刻上『破封之鑰』，受詛者其後若以手打開任何一扇門，就等於開啟了鬼門關。手心所刻下的『破封之鑰』是一個特殊標記，這是在受詛者的身上烙下一個印痕，象徵了他已經變成一個獵殺目標。黑夜來臨之際，來自地獄的惡鬼會尋找這個目標，予以狙擊獵殺。

「根據恩師的研究，就理論上而言，『猶大的獄門』可以說是巫術史上最卓越的發明之一。首先，受詛者根本無處可逃，只要一入夜，惡鬼隨時會環伺在他的身邊。惡鬼不會立即出擊，而是會緩慢地給予折磨。惡鬼會在受詛者看不見的地方，故意製造虛幻的聲響，引發他的恐懼，他將因精神緊繃而無法入睡，嚴重影響到他的生活，當然，也包括他在政治上的影響力。

「於是，他活下去的方法僅有一種：自我囚禁。他不再有機會通敵共謀或與他人聯繫，只能乖乖躲在密室中，等到某天惡鬼破門而入，終結他的性命。現形後的厲鬼，將化為物理性質的實體，能夠攻擊受詛者。不過，這樣的實體，一般人是看不見的，只有受詛者看得見，知道自己必死無疑。即使旁人在場也幫不了忙。徹徹底底地無能為力。很棒的魔法，不是嗎？」

劍向心想——就像洪澤晨的亡魂那樣。

「惡鬼是某個特定人士的亡魂嗎？」

「不是特定人士，惡鬼是無所不在的。地球這麼一個狹窄的空間，生命在此誕生、死亡，經過了數百萬年，到處都堆滿了亡魂。『猶大的獄門』能夠就地取材，源源不絕地吸收受詛者所在之處的邪念、惡意，召喚惡鬼現形。」

「殺死鍾思造、夏詠昱的惡鬼，是已經處決的連續殺人魔，洪澤晨。」

「沒錯。殺人魔的邪惡是一種絕對的存在，一種縱使他死後也不會消失的能量。」

「死後也不會消失？」

「呵呵，這就是最有趣的地方。事實上，這股能量的根源，來自人類的集體無意識——所有人共享一個潛意識心靈。」

「……潛意識，能夠共享？」劍向追問。

「人類這種生物，是以同一種DNA的原型所構成的，經過了千百萬年的演化，透過生活型態、社會文化的建立，累積出共有、共享的無潛意識，內化為個體的心靈基礎。這個集體潛意識，是人類面對未來的變化，賴以生存、繁衍的能量。好比說，道德，就是集體無意識的典型制約。人類與生俱來地擁有道德，講求公平，能關愛、同理他人。

「然而，與良善的一面相對，人類的集體無意識裡，也存在著邪惡，例如暴力、權術，同樣伴隨著人類的演化而持續累積，我稱之為『共享惡』。殺人魔就算被處決了，他生前的記憶、他的殺戮經驗，早就融入了人類的集體無意識裡，儘管只是海洋中的一滴水，但『共享惡』正是在人類的文明之海中，一點一滴地累積出來的。過去如此，未來也一樣。我們會繼續累積邪惡、共同擁有邪惡，永遠不會改變，因為這就是人類這種生物體內的DNA機能。『共享惡』既然屬於集體無意識的一部分，與人類的心靈原型密不可分，它的能量又怎麼可能會消失呢？」

劍向知道，湯仕敬正在闡述一個與人類善惡有關的玄異學說，而他的中文流利得令人驚訝。儘管如此，但他無法完全聽懂，這也並非他目前急迫需要的知識。

「那麼，打造一座密室，能夠阻擋惡鬼嗎？」

「暫時性的，當然可以。但那撐不了太久的。因為，『猶大的獄門』的效力會持續運用，它會不斷累積邪惡的能量，而在惡鬼受到召喚現形後，力量也會隨著邪惡能量的增強，變得愈來愈大，終究足以破壞你所打造的密室。」

「惡鬼出現的位置是怎麼決定的？」

「惡鬼會出現在受詛者的鄰近空間。好比說，門後。吸聚邪惡的能量、化為實體，是需要時間的，它們不會直接在你面前現形。時間點也是隨機的。因此，當你察覺到它們的時候，它們已經能夠攻擊你了。這樣才有更強的威嚇力。」

「那實現願望的事，是真的嗎？」

「不是。那只是一個陷阱。」

劍向追問詛咒的運作細節，並不是在浪費時間。

他反覆思考著這個機制有何漏洞，這可能就是活下來的關鍵。

「不必再問了。沒用的。這個魔法的設計目的，是在謀殺仇敵，恩師當然不可能去發明一種可以被祓除的殺人魔法。『猶大的獄門』必須有去無回，這樣才能確保仇敵必死無疑。」

一面聆聽的劍向，一面漸漸陷入絕望。

如果湯仕敬的話屬實，他和織梅根本沒辦法活命。

劍向相信，鍾思造及夏詠昱在受詛後，勢必都曾經想盡各種辦法讓自己存活下來，但是，他們終究都難逃一死。

「但是，『猶大的獄門』最後卻被恩師棄而不用。因為，它預設的前提有缺陷。並不是每個政敵都是貪婪的，也不是每個政敵會傻到相信仇家的鷹犬，讓對方在手心上畫下魔法圖樣，只為了一個空洞的願望。雖然它的破壞力是如此可怕，但要欺瞞仇敵受詛，卻是困難萬分的事。

「我在恩師死後好些年，才從他的遺稿中發現這個魔法的存在。在那個時候，我已漸漸領悟長生不老術的真義，並渴望繼續鑽研高深的魔法，有朝一日能超越恩師的成就，成為一位更偉大的魔法師。

「有了永恆的生命，我開始學習世界各國的語文，研究各種學問，與各地巫術的重要典籍。我一直試圖解決『猶大的獄門』的根本缺陷——我必須找到一種方法，讓這個魔法能夠不依賴受詛者意志即可執行。最後，我從人類的潛意識中，找到了『猶大的獄門』全新的使用方法！」

「人類的潛意識……？」

「就是催眠術、囈語，以及夢遊。」

劍向不禁語塞——他的戰慄感重新復甦！還未經由湯仕敬的說明，劍向就頭皮發寒地將他所提到的名詞予以充分聯想。

「你的意思是……你的意思是……」劍向說話時，不斷感覺到自己的身體在狂顫：「你先對梅梅下了催眠，要她在睡眠中以夢話向同樣處於熟睡狀態的枕邊人下咒，然後……然後……」他無法確定自己是否能把這句話說完：「聽見咒語的人就會開始夢遊，在睡眠中取刀替自己在手心刻下『破封之鑰』，並且開啟一扇門，無意識地自動完成殺死自己的魔法……」

「真沒想到你的領悟力這麼高，你果然不只是個警察。」湯仕敬平靜地說：「沒錯，我在織梅的潛意識中埋下了『猶大的獄門』之咒，當她入睡後，會無意識地對旁人施咒，將『猶大的獄門』的夢境傳給對方。我要織梅所愛的男人全部無一倖免，這樣織梅才會完全斷念，回到我的身邊。除了我以外，沒有人可以擁有織梅。」

織梅的表情難以置信，在一旁絕望地拚命搖頭。

「你不怕梅梅在回到你身邊時，也在睡夢中對你施下『猶大的獄門』？」

「我可以解開夢囈的催眠術。況且，我也不怕『猶大的獄門』。」湯仕敬顯得自信滿滿，

「我可是魔力高強的巫師。」
劍向終於完全理解這一連串恐怖命案的最後真相了。
然而，這個詛咒仍有尚未澄清之處。
如果織梅只是個施咒的代理人，她為何也會被這個詛咒所害？
而且，她的記憶確實恢復了。
「湯仕敬。如果你還深愛著梅梅，那麼，你就必須設法解開這個詛咒。」
「為什麼？」
「因為，梅梅她也被詛咒了！」
「……你說的是真的？」
一瞬間，湯仕敬驕傲自負的態勢蕩然無存。
「難道說……難道說……是那把潛意識的鑰匙，破壞了我的催眠術？」
「應該是。」
「我就知道！我就知道！我的催眠術，是不可能被解開的。一定是你的鑰匙，恢復了她的記憶，但同時也破壞了她潛意識的運作機制，讓那場夢境裡……『猶大的獄門』的執行程序，倒灌到她的睡眠過程中了……那場夢已經失控了……原本，這應該被封鎖在她的潛意識中，絕對不會外洩、傷害宿主的……可惡！你到底做了什麼好事？」
「我只是想替她找回記憶。」
「我要殺了你！」
湯仕敬兇狠地站起身來，準備朝劍向撲來。
此時，織梅突然掏出手槍，狠狠將槍口指向湯仕敬的額心。

「梅梅！」

劍向即使發出驚呼，也來不及阻止織梅的行動。

「這麼做是沒有用的。織梅，」湯仕敬面對致命的武器亦不為所動。「我並不是施咒者，妳自己才是。不過，就算妳殺了我，或者舉槍自盡，也都於事無補。我剛剛說過了，詛咒既然已經開始運作，就不可能會停止。這不會因為我們其中誰死亡了而有任何改變。」

織梅聽完立即開啟手槍保險。

「我恨你！」織梅噙著淚珠，「你奪走了我的一切……奪走了我所愛的人，我要殺了你。」

「你的魔法會害死梅梅的！快說，魔法到底要怎麼解咒？」

「我說過了……我說過了……『猶大的獄門』是絕對解不開的！」湯仕敬的語氣虛無：「無論是誰受到詛咒，都是一樣的……織梅，妳剛剛為什麼不告訴我？」

「有用嗎？」

湯仕敬沉默了。

「我的生命比起我所愛的人，真的有那麼重要嗎？」

「妳就是我唯一重視的人。」

「為什麼……為什麼你為了我……竟然殘酷地殺死了這麼多人？」

「我一直深愛著妳。」

「我永遠不可能愛上你的！我恨你！我恨你！我恨你——」

湯仕敬伸出雙手，握住織梅持著手槍的右手。

他的手腕從袖口露出，腕上的皮膚布滿了燒灼的傷痕。

「我永遠愛妳。」

「我應該在那個晚上就燒死你！」眼見情勢愈來愈緊張，劍向只能重複他的請求。「湯仕敬，你不是一個偉大的魔法師嗎？快把解法說出來！太陽就快下山了！」

「恩師的魔法是無解的……無解的……無解的……」湯仕敬彷彿開始無意識的呢喃，「織梅……織梅……妳想殺了我，是嗎？」

「對。我恨你。我要殺了你。」

「好，沒關係……假如我的死可以消弭妳的恨意，我非常願意捨棄我永恆的生命。只要妳願意愛我。我愛妳。」

「你為何如此執迷不悟？我不愛你，我根本不是佩特芮絲！」

「我愛妳，我好愛妳。」

兩人的雙手緊緊在手槍上交握，一瞬間，扳機突然擊發。房內頓時發出震耳欲聾的爆裂聲，湯仕敬的身子隨而向後仆倒，他背後乳白色的牆面濺滿鮮豔、濃稠的腦漿及血液。

4

劍向將機車急速煞止在夏詠昱住處門前，緊抱著他腰際的織梅仍在不斷喘息。赤赭色的血跡點染了她的手掌、手臂、細肩帶上衣前襟，以及她蒼白的臉頰。

感官中還殘留著爆音、硝煙味與湯仕敬腦袋開花的慘狀。劍向仍然無法確定，當時到底是湯仕敬自我了斷，抑或織梅在悲憤之餘槍殺了他。

大錯已經鑄成。

與紹德的約定，時限是在明天早上。但，如今湯仕敬已死，情勢完全不同。

劍向帶著驚魂未定的織梅，完全不在乎交通號誌的警告，他們衝馳過數十處驚險萬分的十字路口，在黑暗籠罩天幕以前抵達復橫一路的住宅區——已經沒有其他地方可以去了。他不可能帶她回到三民分局，同事們不會相信他們所說的一切；不可能回到苓雅區的家裡，因為父母親自始至終都完全不知情，不能害他們被捲入這樁案件；不可能回到織梅的旅館住處，因為他已經踢壞織梅的房門，他倆的處境光靠一扇關不住的門是保護不了的……只能回到夏詠昱的家，一間主人已遭殺害、尚未被警方找到的空屋。

——除此之外，還有別的理由。

——關乎生死存亡的理由。

織梅下車以後依然靜默，她並沒有詢問來到這裡的原因。也許是她心亂如麻，根本沒有力氣詢問吧。劍向掏出鑰匙開了門，讓織梅先入內，然後才跟著進去。他立即把門鎖好。關門前的長縫，透著深紫色的天光。

地板上堆疊著十幾封廣告信件及各類帳單。劍向心中默數，距離上次進來已相隔一週了。他看到織梅環顧周身空盪盪的四壁，猜想她是在溫習曾經失去的依戀。

雖然不想打斷她的思緒，他的理智還是勸他開口：「梅梅，快上樓吧。太陽快下山了，我們還有正事要做。」

織梅溫順地拉住劍向右手的小指，隨他登上階梯。

「阿向，為什麼帶我來這裡？」織梅在身後忽然開口：「你選擇阿昱家作為我們生命的終點站嗎？」

「不，」劍向並沒有回頭。「我希望我們都能活下去。」
「但是……殺人魔咒是解不開的。」
「我不相信湯仕敬的話。」
「他是一個活了五百年的魔法師，他證明了他可以用魔法殺死所有人……」
「無論如何，我會設法讓我們兩個人都活下來。相信我。」
「我相信你。」織梅由身後抱住他。
織梅的個性依然保有某種程度的溫順。劍向側著頸與她的臉頰來回摩挲，他們的鼻息相互交流。「梅梅，時間所剩不多。從現在開始，妳一定要聽我的話，好嗎？」
織梅的聲音輕輕碰觸他的耳根：「我會的。」
劍向帶她直接走上三樓書房。
「關緊每一扇窗，留在這裡等我。」
「好。」
接著，劍向隨即下至二樓客廳，將電視機的電源線自牆角的插座拔下，也摘下了連接錄放影機的 AV 線，小心翼翼地將笨重的電視機搬上三樓書房。
織梅坐在書桌上，雙足懸空輕輕踢著腿在等他。
「梅梅，」劍向說：「幫我把房門鎖上。」
她下了書桌，退開一點讓劍向將電視機搬到書桌桌面上，再走到門邊將門關好，按下喇叭鎖鈕。
「阿向，怎麼把電視搬上來了？」
「我要看湯仕敬被殺的新聞。」劍向蹲在電腦桌腳下，拉起電視機的電源線，至電腦專用的三孔插座延長線上插好。「確認警方的動向。」

書房沒有架設天線，電視訊號線是劍向從隔壁主臥室的全平面電視處拉來的。劍向選擇了一個費事的做法，但他寧可費事，也必須優先顧及兩人的安全。首先，他需要夏詠昱的書，裡頭極可能藏有破解魔法的情報，因此，他勢必待在書房。同時，他也必須緊盯電視新聞，掌握湯仕敬命案的動向。其實三樓主臥室也有電視，他們雖然可以去那邊看，但厲鬼不知何時會出現，他不希望突然被鬼困住，無法離開主臥室。然而，他一個人不可能將這台超過一百公斤的三十八吋全平面電視搬進書房。權衡之下，只好去搬二樓的電視了。

劍向打開電視電源，螢幕上的白點紛飛，逐漸穩定下來。電視機在沙沙的背景雜訊間傳出某部台語古裝劇的片尾曲音樂。

——快六點了。

劍向與織梅互望一眼，她走過來依偎在他身邊，一起收看六點的新聞快報。髮型知性俏麗的女主播坐在主播台後向觀眾點頭問好，電腦動畫背景寫著「今夜最新」的標題。

「高雄縣鳳山市的曹公路今晚五點多發生一起槍殺命案，死者是一名現年三十三歲，來台傳教的義大利人湯仕敬。由於命案現場就在高雄縣警局附近，所以死者的教友在案發後立即向警方報案處理。

「據湯仕敬的教友供稱，今天下午有一對年輕男女到教會裡拜訪死者，他們三人不知何事在會客室裡密商，最後發生言語衝突，導致發生慘劇。聽見槍聲後，涉嫌謀殺的年輕男女立刻逃離命案現場，共乘一輛機車揚長而去，在場目擊的教友們趕到後發現已經為時已晚，也來不及記下完整的車牌號碼。」

新聞快報中避開了現場腦漿四濺的血腥畫面，只有警方進出現場的忙碌奔走。接待他們的那個胖弟兄也出現在電視上，他的神情緊張困惑。

「承辦此案的縣警局刑事組表示，死者頭顱遭槍擊嚴重受創，當場死亡，初步鑑定傷口位於額頭中央，兇器應是小型手槍。根據警方目前所公布的資料指出，今年二月初，湯仕敬因為中文流利，來台協助教會處理據點拓展業務，平日不常進會所辦公室。涉嫌的這對男女，則是第一次來到這間教會會所，但似乎與湯仕敬彼此熟識，三人在會客室內談了二十多分鐘，不時出現零星爭吵，但聽到聲音的教友限於中文程度，無法得知他們的談話內容。

「案發後，教友們緊急將湯仕敬送醫，但救護車抵達時，湯仕敬已經傷重不治。屍體將盡速進行解剖，取出子彈調查來源。警方目前也全力調閱現場周邊的監視器畫面，並針對死者來台後的交友情形進行偵辦。進一步的詳細新聞內容，請鎖定七點鐘的晚間新聞……」

電視上的畫面轉到益智遊戲的攝影棚內，坐在台下的觀眾向自聚光燈下出場的主持人熱情鼓掌。劍向關掉電視。目前沒有明確的情報，將他倆與高雄市的四〇一室謀殺案連結起來。

「手槍呢？」

「在包包裡。」

「妳一定要收好。」劍向移身書櫃前，目光落在那些主題怪異的書籍上。「梅梅，妳對夏詠昱的瞭解有多少？知道他也懂魔法嗎？」

「不知道，」織梅垂下頭。「我只知道他是個攝影師，接案維生，平常生活很自由。」

「好，沒關係。」劍向的語氣中並沒有流露失望：「我現在要從他的書櫃裡，找出讓我們都能活下來的方法。」

「那我呢？」

「妳只要在這裡陪著我，就可以了。」劍向說：「我需要妳。」

織梅的笑意猶如即將臨終。「嗯。」

事實上，面對一整櫃各式各樣的奇書異籍，劍向完全茫然無緒。他知道從今天晚上起惡鬼就會開始獵殺他的性命，就像曾經獵殺過鍾思造與夏詠昱一樣……

劍向深深地吸進一口氣，讓頭腦恢復冷靜。他必須完全擺脫將遭獵殺的恐懼感，以冷酷無情的分析態度來進行思考，就像醫術高明的外科醫師為首開先例的艱難手術操刀一樣。

首先，考內里亞斯．阿格里帕既是夏詠昱十分熟悉的魔法師，在這個書櫃裡也許找得到他生平事蹟的各項記載。那麼，是不是能跟著找到阿格里帕的弱點呢？比方說，曾經有過哪些挫敗，或是，他最後是怎麼死亡的？

劍向查詢架上書名，翻了幾本書，最後他抽下一本《巫術史與經驗科學》。他翻開扉頁，瀏覽目錄，相當順利地找到一章〈歷代魔法師列傳〉。

考內里亞斯．阿格里帕（Henry Cornelius Agrippa von Nettesheim），一四八六—一五三五，當代科學家、哲學家、猶太神秘哲學家（cabalist）及外交官。他一生貢獻智慧與心力於科學觀察和巫術思維的知識整合上。另外，他曾是律師、大學的哲學及神學教授、以大使為名的間諜，也曾為麥次（Metz）市民的權益發表演說，亦致力研究過路德教派改革運動的神學理論。他結過三次婚，在歐洲可說遠近馳名。然而，德國、義大利、法國及荷蘭王室都不願付他薪俸，致使他貧困而終。

阿格里帕年輕時，即離開家鄉前往巴黎覲見法國皇帝馬科西米連（Maximilian）。為了施展抱負，他與一群年輕學者及當地貴族組成秘密集團，信奉神秘主義，準備改革世界，並立下互惠誓約，但這個團體卻在一次行動中失利而解散。

一五〇九年阿格里帕來到都爾（Dole），此地為馬科西米連之女瑪格莉特（Margaret）所統轄。透過朋友，他獲准在大學擔任教職，並講授勞伊克林（Reuchlin）的猶太神秘哲學思想。為得到瑪格莉特的資助，他撰寫《女性的高貴》與《女人的優越》二書。然而，他的猶太神秘哲學，主張除《舊約》以外的猶太教書籍應全數毀去，卻招致聖職人員的憤怒，所寫的書也遭禁止出版。他因而遷往英格蘭、義大利等國四處演說，尋求經濟上的支援。

一五一五年紅衣主教聖柯羅伊克斯（St. Croix）召阿格里帕至皮沙（Pisa），並代表該地出席天主教議會。這是他最後一次得到教皇里歐十世（Pope Leo X）歡心的機會，但最後議會解散，集會也無疾而終。

阿格里帕只好繼續在各地演講、教書。他開始有名，但仍然一貧如洗。一五二九年，幸運之神終於來到他的身邊，他得到各國王室的贊助，在此期間出版了他最重要的著作《藝術與科學的虛無》，主張人類的思想與行動皆毫無價值。他因這本書再度飽受抨擊，也在無力償還債務的情況下入獄，一年後獲釋。

其後，他出版了早年撰寫、但未能出版的作品《神秘哲學》，影響西方後世的神秘主義者極深極遠。《神秘哲學》與《藝術與科學的虛無》的觀點南轅北轍，內容闡述魔法的力量與奧秘，以及心靈、人體、世間萬物和巫術的交互關聯，並且相信魔法是探索宇宙真理的唯一方法。

聲名狼藉之下，他決定離開德國，搬到葛諾博（Grenoble）退隱，最後死於一五三五年。當時傳聞甚囂，與他形影不離的黑色巨犬——名叫「先生」——其實是惡魔的化身。

而在他死後，「先生」及牠的同伴「小姐」也隨即神秘失蹤，眾人才終於確信阿格里帕生前一直在研究黑魔法。

許多研究魔法的巫師都曾宣稱與阿格里帕有師承關係，他為數眾多的遺稿則成為他們搜集、鑽研的目標……

從資料上看來，阿格里帕的一生雖顛沛流離，但他的學術地位就像他設計的魔法「猶大的獄門」一樣，簡直無懈可擊。正如湯仕敬所述，阿格里帕精通當代的科學與哲學，並整合了醫學技術與魔法，堪稱神秘學的一代巨匠。如此奇人異士，又怎麼會設計出易於破解的殺人魔法？

沒錯，最初的「猶大的獄門」確實存在著缺陷，但它難以引人上鉤的預設前提，現已由殫盡數百年心力的弟子湯仕敬完全解決。一流心智接力的研究成果，絕非一個完全不懂魔法的刑警得以逆轉。

劍向對神秘學的瞭解十分貧乏。他唯一較具自信的，只有因長年接觸警務工作所訓練出來的罪案偵查能力而已。對於靈異鬼怪之事，只在好萊塢的電影裡看過一些。即便如此，那些東西可能也不過是編劇為製造效果而胡謅的。

無論如何——電影中的惡魔，會因其所懼怕的事物而遭消滅，這就是所謂的弱點。電影編劇說，鹽、白堊粉、甜酒、紅椒及受過神父祝禱的聖水有嚇阻殭屍的功效。再者，狼人則害怕銀器清亮的聲音；另外像吸血鬼，它害怕大蒜、十字架，並在最後粉身碎骨於初升朝陽的日光照射下，然後影片就此落幕散場。這就叫作「聖物理論」。

自地獄而來的惡鬼確實害怕陽光，但它們只是暫時離去。等到黑夜來臨，它們將再度傾巢而出。況且，阿格里帕身處基督教派林立的時代，仇敵既遭「猶大的獄門」所害，顯然惡鬼們絕對不會害怕十字架……

還有呢？

電影的第二種結局是，神父以死相殉，與惡魔同歸於盡。神職人員受有聖靈庇佑，他們的生命可以驅逐邪惡，譬如最著名的恐怖電影《大法師》。但劍向一點都不想和惡鬼同歸於盡，更何況他也不是神父。

劍向的脖頸發酸，他奮力思考其餘的可能性。

對了！還有一種結局：那就是「封印」！

在《養鬼吃人》裡，招來惡魔的魔術方塊能開啟地獄之門，也能關閉它。只要將魔術方塊轉回最初狀態，世界將恢復正常。同理可證，阿格里帕所設計的「破封之鑰」，其實也是關閉地獄之門的鑰匙！

就在這時，他無意間瞥見身旁織梅面無血色的蒼白臉蛋。她的眼睛充滿恐懼，右手緊緊摀住雙唇。

「樓下有……有……聲音。」織梅氣若游絲。

劍向翻動書頁的手指戛然停住，呼吸也隨之屏息。他也聽見了——從二樓的客廳，傳來桌椅的碰撞以及沉緩的腳步聲。

那聲音並不規律，有如一個跛足的胖子在四處踱步。縱使劍向早知道殺人魔法的成因始末，他仍舊禁不住感到毛骨悚然：惡鬼真的出現了！

劍向把書放下，將織梅深擁懷中。

他的手輕摀著她的嘴唇，手掌傳來她嘴唇的顫抖。

他聽見金屬摩擦的細微高音，明白二樓暗室的房門被打開然後關上。暗室房門在夏詠昱死前曾受厲鬼猛烈撞擊而變形，鉸鍊的開闔聲因此格外刺耳。

惡鬼開始行動了。

正如同湯仕敬所說的，惡鬼不直接現形於受詛者的面前、不直接進行狙殺，而是四處遊蕩，不停製造聲響，反而予人更可怖的精神壓力。

不多久，腳步聲踏上階梯，沉重的聲響開始逐漸逼近。

劍向的心跳跟著一次次慢慢接近的腳步聲失律狂躍。他也發現，織梅的顫抖甚至停止了。她極度地恐懼著，整個身體變得僵直。

明亮耀眼的日光燈這時突然閃了兩下，瞬間即逝的黑暗更增添了書房中詭譎難安的氣氛。

劍向直到門外的腳步聲踏出三個階梯後，神智才恢復清醒。他告訴自己絕對不能驚慌失措。既然已經知道封印應該是可能解救性命的唯一方法，那就不應該猶豫遲疑。他必須當機立斷，在第一時間內找出封印的方法。

——可是……難道阿格里帕沒有考慮過這一點嗎？

劍向稍微放開了織梅，他伸起手指放在自己的嘴上，示意她繼續噤聲。

半信半疑的矛盾念頭，自門外傳來逐漸迫近的聲響，令他無法鎮定地查閱魔法書籍中有關封印的章節。劍向壓低聲量地慢慢翻動書頁，找到一頁講述白魔法師如何架設魔法方陣以防止惡靈近身的作法。他一邊對照紙頁上的專用名詞，一邊檢查房中堆滿魔法道具的櫃子，然而，櫃內只找到白蠟燭，至於血石、野生榛樹枝是什麼，他根本沒有相關知識，也無從得知櫃子裡有沒有這兩樣東西。

書中還記載了其他幾個魔法方陣，但用途多為與神對話、祈福消災、淨化心靈之用，沒有抵禦惡鬼的功效。

——夏詠昱試過這幾個魔法陣嗎？這些方陣對惡鬼是否也不起效用？

劍向繼續尋找，而腳步聲已在三樓樓梯盡頭停住。

——惡鬼靠近了。

書房的門把被轉動了。

但由於喇叭鎖已鎖上，門把根本轉不開，只發出卡住的喀喀聲。不知形體為何的厲鬼在門後試了幾次均告失敗，然後便一點聲響也沒有了。

懷著忐忑不安的心緒，劍向無法確定厲鬼是否放棄搜尋書房內部，已轉向其他房間。

但，霎時間轟然一聲，惡鬼自門後開始衝撞，讓織梅忍耐不住地大聲尖叫起來。

「梅梅，快！」劍向再也不顧手上紙頁的內容，他迅速把書放下，要織梅和他合力將書櫃推到門後。書櫃並不笨重，他們很快地將書櫃推至定位，但這也表示，書櫃的重量並不足以擋住惡鬼的力量。

劍向的手心冷汗涔涔，房門的撞擊聲隨著書櫃的阻擋而減小，但書櫃的劇烈震晃，予人一種隨時都有可能倒塌的錯覺。這只能當作暫時性的防禦措施，無法使惡鬼的攻擊永遠停止。

「阿向，我們該怎麼辦？」

「跟我一起找！我們一定要找出有關『破封之鑰』的記載！」

他們不能將書櫃上的書全數取下來翻找，否則空櫃的重量將無法擋住厲鬼。這不單延緩了尋找的速度——自背有惡鬼衝撞、不斷震晃的書櫃中拿下書，更增加了他們的恐懼感。

魔法書籍一本一本取下，一本一本放回去，但他們對封印的方法仍然毫無頭緒。劍向在先前瀏覽《巫術史與經驗科學》時，曾看到「西方巫術學家相信，這個世界由善與惡兩種力量所操控、制衡；人類的歷史，就是神與惡魔之間永恆的角力賽……」這樣的句子。換句話說，開啟獄門的「破封之鑰」縱然無法直接關閉獄門，應該也存在一個相對的魔法構圖。

——只要找出相對的魔法構圖，將其以刀刻在手上，就能將地獄之門重新封印！

時間一分一秒地過去，書櫃裡所有的典籍快查遍了，就是沒有一本提到「破封之鑰」。書房門外的撞擊聲愈加強勁有力，猶如砲彈墜地般砰砰作響，房門隨時都有可能被撞開。劍向充滿焦慮，他發現織梅突然停止了翻書的動作。

「怎麼了？」

「阿向，沒有用的……」織梅哽咽地說：「我們找不到的！」

「不要這麼悲觀，我們一定可……」

「你忘了嗎？湯仕敬說，殺人魔法是從阿格里帕的遺稿中發現的！也就是說……沒有其他人看過這個魔法，也不可能會記載在書上！」

這句話重重地擊潰了劍向的求生意志。

沒錯，世界上只有阿格里帕與湯仕敬兩人研究過「猶大的獄門」，其中一人死於五百年前，另一人死於今天下午。湯仕敬看見阿格里帕的遺稿中寫到「猶大的獄門」沒有解法，而他則深信不疑。因此，「破封之鑰」的相對魔法構圖就算存在，也沒有人會知道。

一切都完了。

「劍向……劍向……我們都會被殺，對不對？可是，至少我死去時，你在我的身邊。」

織梅主動抱住劍向的腰身，彷彿迴光返照般充滿元氣。

劍向軟弱無力地回擁織梅，感覺她依然火燙的美好肉體。他回想起自己從三月底以來，與這名美麗女子的命運逐漸糾纏在一起，難分難解，直至今夜永不分離。為了織梅，他捨棄了前途光明的工作，涉有兩起謀殺案的嫌疑，造成一名傳教士死亡，並與她逃亡到這間空屋。

死亡的恐懼是如此真實。

事到如今，他還能做什麼呢？

他腦中的思緒，滿是懊悔的漩渦。他不認為自己做錯了什麼，只不過，命運的歧途通向了無法挽回的局面。其間，只要一個選擇不同，事態的的發展就不會如此致命。

——假如夏詠昱和鍾思造一樣，都採取自我囚禁的方式避難……

那麼，夏詠昱他會死在這間屋內。二樓暗房，或是三樓書房。他一樣會推書櫃堵住房門。現場又會變成一個密室。但，他就不會在大樓監視錄影帶動手腳，沒有任何一個刑警會被催眠，那捲ＤＶ錄影帶也不會被其中一人私藏。ＤＶ錄影帶將會正式歸檔於警方的案件證物之一，影像經過解析後，專案小組將會針對織梅的下落展開搜查。

——假如他沒有接到戈美瑤的報案電話……

當夜另一個值班的同事，是個性隨和爽朗的立為。他一定聽不出戈太太的恐懼，也不會認真看待她神經兮兮的言行舉止。或許他淹殺巨鼠後就結了案，鍾思造的屍體將由其他人在其他時間發現。

或許，正如紹德所說的，他終究還是會參與這個案子，但至少不會是主要負責人。他不會被催眠，不會偷藏ＤＶ錄影帶，進而對織梅產生情戀。也許他會變成紹德這樣的角色，逮捕與織梅發生關係的刑警。

——假如噬食鍾思造屍肉的老鼠只有一頭……

大巨鼠趕走小巨鼠的事情不會發生。屍肉的分量，足以餵飽一隻巨鼠，牠應該會吃到撐破肚皮，或者體型大到無法穿過排水孔水管。那麼，一旦體型過大的巨鼠飢餓了，牠可能會亟欲穿過水管，最後被卡在水管當中。那麼，戈美瑤就不會抓到巨鼠，更不可能緊張得鄭重報案了。

然而，與織梅相遇，劍向沒有後悔。在不斷的追尋過程中，他深信這是正確的選擇。劍向不單渴望愛情，更希望能拯救喪失記憶的織梅。從看完那捲ＤＶ錄影帶以後，他就已經決定了。

看到織梅甘願和自己一起死去，劍向其實一點都不快樂。他反而深覺自己如同涉過千驚萬險的騎士，在尋獲美麗的公主後卻無法將她送回王城的香閨中。

——如果只有一頭老鼠……

——如果夏詠昱不離開自家……

——如果大巨鼠不趕走小巨鼠……

在這一瞬間，劍向的腦中遽然如電光石火般一閃！

他溫柔地抬起織梅既幸福又悲傷的臉蛋，吻著她發顫的嘴唇。

「梅梅，我會讓我們都活下去的。」劍向的語調強作冷靜：「但是，我得立刻離開這裡。」

織梅瞪大雙眼，臉上充滿不可置信的絕望。

「我們要離開這裡了嗎？」

「不。我一個人。」

「阿向，你要離開我？」

劍向依然緊擁著她，「我們必須活下去。所以，我只能孤注一擲，賭命試驗那個方法。」

「還能有什麼方法？」

「時間不多，我沒有辦法詳細解釋……那個方法太危險了，我不能帶妳去。」

「我不要！」織梅的神情又悲又氣：「你們男人總是這樣！神秘兮兮又愛逞英雄！」

「我不想和妳一起死。」劍向溫言說，「我只想和妳一起活下去。」

「阿向……」

「對不起，我不能帶妳走。」

「我好愛你……」

「我也是。」

織梅不再反駁，她堅定地點了點頭。

兩人的身體輕輕分開。劍向站起來，他開始思考離開房間的方法——書房裡只有一扇窗，然而，這裡位於三樓，距離地面將近十公尺，如果沒有長繩的協助，就無法毫髮不傷地抵達地面。

這裡找不到繩子——除了書櫃外，房中僅有一部電腦，而所有電線的長度總和亦不夠。

「梅梅，聽我說。我沒辦法從窗戶離開。」劍向停頓了一下，「只能從門口出去。」

「什麼？但門外有……」

「我知道。」劍向回答，「聽我說。如果我打開門想出去，惡鬼就會衝進來，這樣我們倆都會被殺。但是，若是妳躲起來，我就能放心地一個人突破重圍。」

「不行，這樣太危險了！」

「我可是柔道五段、空手道四段的高手。」劍向安慰她：「我記得在前年年底，有一件街頭隨機挾持案，嫌犯是一個獸性大發的瘋子，他持水果刀，拉著一個幼稚園男童，情況十分危機，但我一出手他立即被打昏，前後不到三秒鐘。男童完全沒受傷。」

「真的嗎？」

「嗯。」其實是假的——劍向只是想安撫織梅。

「那，我該躲在哪裡？」織梅環顧四周，除了書桌以外，這裡只有一個裝滿魔法道具的小櫥櫃，空間並不足以躲人。

「我們把書全搬下來，在牆角堆成一面小牆，妳就躲在書牆後面。」

「你是說……」

「我會設法引開惡鬼，妳再趁機溜出來把門關上，重新堵好櫃子，把書放回去。我會盡可能多爭取一點時間。」

「我懂了。」

「妳一定要等我回來。」

「好。」

「我成功了以後，會馬上打電話給妳。用夏詠昱的電話。」

「好。」

兩人親吻後，不再沉浸於難分難捨的愛戀思緒中，劍向以背將書櫃抵住，由織梅取出成排書籍，積疊在書房一隅。織梅設法將這些厚薄不一的書籍堆成不規則狀，但卻不透出任何空隙。劍向希望，這樣可以製造一定程度的誤導。

隨著書櫃重量的減少，劍向感覺到房門逐漸增強的震撼。在門後力道兇狠地發動攻擊的，不知道是何種模樣的惡鬼？

織梅將書籍堆高成她可躲入的程度，點頭示意後隨即隱沒。劍向調勻氣息，接著就奮力將書櫃推開。門後的惡靈似乎察覺房內的動靜，它的衝撞也戛然停止。

「呼呼呼……你決定出來送死了是嗎？」

門後的厲鬼喘著氣沙啞地說。劍向突然有一種不知道在哪裡聽過這個聲音的錯覺。他握緊拳頭，準備與未知的惡鬼進行殊死鬥。

「我現在就出來！」劍向鼓氣揚聲大喊。

他無法繼續猶豫，憑恃一股血氣之勇打開了房門。在殘破欲碎的門後，很不可思議地出現了一個服儀端正、長相俊秀的青年，與原先設想的魔界惡靈完全不同。

然而，劍向反而充滿恐怖的戰慄！

——是他！

劍向在刑事局的檔案中看到他的照片不下數十次；劍向反覆謄寫過他的姓名；劍向從未與他見過面，卻熟悉他的家世背景、求學過程及曾經換過的工作；劍向記得他屋內的擺設、指紋的紋理、齒模的痕形和他的精神鑑定報告內容。劍向也曾守在電視機前盯著實況轉播，參與他接受槍決的過程。

噬骨餓魔洪澤晨。

5

洪澤晨的臉綻開笑意，渾濁不堪的眼球凸出，彷彿將掉出眼眶。他的嘴角輕撇，露出飽嚐人肉仍無法止飢的利齒，將碩大的黑色鐵鎚舉高。

劍向的腦海中，剎那間爆出老人連續分屍案的檔案照片畫面。十餘個犯罪現場，既像古代的屠宰場，又像瘋狂科學家的生物實驗室，不僅血灘處處，柔軟黏膩的人體各內臟任意棄留於地板上，殘散的肢體則如同尚未完成的木偶亂置成堆……

南台灣的法醫資源，那時全部投入這些案件了。在法醫解剖報告中，描述了這些屍塊、碎骨的特徵，透過顯微鏡，可以清楚辨識被害者們曾遭鈍器擊打，或者受銳物蹂躪——破案後，警方得知這些殘酷的作案工具，是洪澤晨至大賣場購買的各式木工器具，包括鐵鋸、鑽子、鋼釘、銼刀和鐵鎚。他每一件都用上了。他聲稱，那是他的品味，他的藝術創作實驗。

當年受害的無辜老人，現在的鍾思造、夏詠昱。

——以及接下來的自己。

劍向一點也不願這樣聯想。

在洪澤晨揮出鐵鎚之前，劍向往洪澤晨站立處直衝，想以肩頭將他撞倒。劍向希望能藉此引開他的注意力，使他沒機會察覺到書房裡還有別人，讓織梅可以免遭毒手。

但，洪澤晨迅捷的行動反而令劍向措手不及，他的左肩被鐵鎚狠狠擊中，肩胛骨發出刺耳的碎裂聲。劍向疼痛至極，幾乎使他咬破嘴唇，他不希望織梅聽見自己哀號的慘叫。洪澤晨無視於劍向痛苦的扭曲表情，繼續揮動鐵鎚，再次重擊他已然骨折的傷處。

這一回，劍向終於痛得悲鳴出聲了，他的眼眶也溢出淚水。劍向的肩頭頹然下垂，靠在洪澤晨的胸前，洪澤晨再次高舉鐵鎚，改變方向，正對他的頭顱，準備發出致命的進攻，此時，劍向總算撲倒了洪澤晨，一人一鬼同時滾墜樓梯。

劍向忍住肩痛，用力抱住洪澤晨，確保對方動彈不得。他的身體承受著階梯直角的碰撞，肌膚傳來顫牙的寒意——原來這就是鬼魅的體溫。劍向預期，他定然能夠以柔道技巧在滾下的過程中制伏洪澤晨，但洪澤晨的怪力卻抵住他的胸口，他幾乎無法施勁。

趁著滾到二樓地板之際，劍向打擊洪澤晨的手腕，令他鬆開鐵鎚，再順勢將他強壓在地。然而，洪澤晨鬆開鐵鎚的雙手，卻立刻朝上攻擊，他那纖細、如女人般的手掌，瞬間緊緊鎖住劍向的頸子，令他幾近窒息。

劍向無法呼吸，設法維持清醒，使盡全力，對洪澤晨強拳以報，可是洪澤晨無動於衷，彷彿無關痛癢，繼續施加纏掐劍向脖子的力道。劍向揮了幾拳，力氣逐漸發散，才終於想起，自己肉搏的對象是個瘋狂的惡鬼，拳打腳踢對它而言恐怕是一點感覺也沒有。

——好可怕的力量……這就是「猶大的獄門」的威力嗎？

劍向的腦部開始缺氧，他的意識逐漸模糊，壓制洪澤晨的力氣也開始流失。劍向一稍微失去力氣，洪澤晨立即翻身，反身把劍向壓倒，冰冷的重量壓住劍向的胸口，令他無法使勁。

——共享惡。

沒有人能抵擋人類的集體無意識。

不多久，劍向終於神智喪失。

洪澤晨將劍向勒倒後，仍然沒有鬆手，掐住劍向的喉嚨久久不放，長達五分鐘。最後，劍向真的不再動彈了，洪澤晨轉而步上樓梯，想尋找掉落在台階的那把鎚子。接下來，他準備進行屬於自己的血肉祭典。

就在此時，劍向突然起身，拔腿狂奔，直下一樓。洪澤晨察覺後轉身，已經來不及追上了，他趕緊拾起鐵鎚，跟隨在劍向背後，想一把攫住他。

劍向強忍左肩骨折與喉頭嚴重瘀青的疼痛，不顧一切地向前逃去。他搜索著模糊的印象，想起方才在剎那間突然發作的暫時性昏迷，是由於那發自周身、狂亂的戰慄感所致。而在震撼的戰慄感一結束，他隨即恢復清醒，並發現洪澤晨已放開了他。

——沒想到戰慄感竟救了我一命……

劍向恢復神智。他知道，他不能逃得太快，必須讓洪澤晨追著自己，離開這棟房子，才能保證織梅的安全。他注意著洪澤晨的動靜，迅速地打開一樓大門立即帶上，同時掏出車鑰匙，竄至機車停放處，跨上車背，發動引擎。

劍向在門口處稍作等待，見洪澤晨也打開了大門，欲追過來，劍向才催促油門向前飛馳——如此一來，織梅應該有充分的時間將書櫃堵牢房門，讓惡鬼無法入侵了吧……？

騎在奔騰如電的機車上，劍向終於能體會到夏詠昱夜間獨行的恐懼了。經過耗時費神的巫術資料查找，現下已近子夜。闃無人煙的馬路、幽黑矗立於兩旁張牙舞爪的行道樹群，在在都予人隨時可能冒出兇猛鬼魂的神秘感。

此時，劍向的左臂已經麻痺，一點力氣都使不上來，僅能將手腕扶在機車手把上。同時，在吞嚥口水之際，喉嚨就會發生劇痛，令他呼吸困難。肉體的痛楚，令他的淚水自眼中不斷溢出，使眼前的視線一片模糊。但他告訴自己，疼痛象徵著自己還活著，只要還活著，朝目的地繼續接近，未來就會有一線生機。

能否見到明天的太陽，取決於這一次的行動是否成功……

無論如何，這個方法必須成功。

除了封印之外，這是劍向所能想到的最後一個方法。

——將厲鬼驅離身邊。

無論如何，厲鬼是不會消失的。

湯仕敬曾說，厲鬼的能量來自人類集體無意識的「共享惡」。只要人類這個物種存在，「共享惡」會繼續吸納人類潛意識的邪惡，生生不息。劍向是一名刑警，縱使他對這個理論一知半解，他仍然可以用自己的工作找到某種對應關係。

警察不管多麼努力查緝案件，犯罪永遠不會消失。

犯罪既然永遠無法消失，那麼，就只能將犯罪驅離多數人的日常生活之外。

同樣的，厲鬼也是。既然厲鬼無法消失，那就只能設法驅離。

另外，夏詠昱也給了他另一個面向的啟示。

劍向設身處地，想像著夏詠昱受到詛咒後的行為模式。他幾乎無法相信，夏詠昱居然膽敢離開閉鎖的房間，在深夜的大街上跟蹤自己。這和織梅或自己遇鬼的情況完全不同。當魔法施加在自己身上不到一天，厲鬼就已發動致人於死的攻擊了。

為什麼夏詠昱可以在戶外空間活動許久，卻未馬上為惡鬼獵殺？

劍向曾經問過湯仕敬，難道他不怕「猶大的獄門」降臨在身上嗎？當時湯仕敬根本不當一回事，他不屑地回答自己是魔力高強的巫師，所以一點都不怕惡鬼纏身。

沒錯，他不怕鬼——因為他是具有魔力的巫師。

相同的道理，夏詠昱之所以遲遲才被殺害，是由於他也修煉了魔法，具有些微的魔力。

阿格里帕亦是個魔力深厚的巫師，他不僅發明了「猶大的獄門」的最初版本，身旁還有小鬼服侍，為他執行邪惡的任務。魔鬼不敢加害於他，甚至願意聽他使喚。

換句話說，只要身懷高強魔力，厲鬼就不敢近身。

這就是「大巨鼠能趕走小巨鼠」的原理。

厲鬼確是十分兇殘邪惡，但在黑魔法師面前，它們不是乖乖聽命就是遠遠逃逸。

劍向不曾學過巫術，自然沒有任何魔力。但沒有魔力的人，卻可以藉由內藏魔力之物來保護自己。正如同耶穌基督在最後的晚餐所使用的木杯、死而復生時包裹在身上的屍布，都具備神聖的靈力，足以驅妖剋邪。

因此，想要活下來就需要聖物，或是其他具備魔力的物品。

縱使無法令惡鬼從此消失，仍可以讓惡鬼遠離自己。

於是，眼下劍向唯一能夠取得的魔法物品——就是湯仕敬的屍骨！

湯仕敬的黑魔法功力已修煉五百餘年。

受其魔力的庇護，定能完全驅散來自地獄的惡鬼。

現在湯仕敬的屍體應該已經從曹公路的教會會館處移走了。由於這是一樁槍擊命案，依照警方的既定處理程序，他的遺體必然將送往停屍間，再等候法醫做進一步的解剖勘驗。

至於停屍間的所在位置，就在高雄市立殯儀館。

高雄市立殯儀館在三民區本館路上，地處高雄縣、市間交界處。距離澄清湖及金獅湖不遠，附近尚有民用火葬場、覆鼎金公墓、三民區第一公墓、鳥松鄉第四公墓、軍用火葬場、回教公墓以及為數甚多的喪葬禮儀社。

以民間信仰的觀點來看，這是高雄的極陰之地。

劍向並非不信鬼神，也知道在世界上冥冥之中必然存在著超自然力，然而，直到捲入這一連串的案件後，他才認知這股超自然力是如此強大，如此令人畏懼。午夜時分，劍向獨自一人騎著摩托車進入高雄境內墓地最集聚稠密的區域，身體本能地湧起了陣陣極為不舒服的生理抗拒感。但，為了取得湯仕敬的屍骨，劍向縱使硬著頭皮，也不得不深入這座廣大的墓域。

甚而，現在他已經看得到洪澤晨了。

這意味著，一旦進了殯儀館，他將會遭遇到更多的惡鬼。

更何況，他是眾鬼獵殺的首要目標。

從夏詠昱家出發，自復橫一路改道中正二路，再從大順三路左轉，可連接至建工路；而建工路則與本館路交叉，直通市立殯儀館。這是距離最短的捷徑。

正當劍向騎車轉入大順三路，他聽到了背後傳來高分貝的車胎摩擦聲。

他回頭一看，在車輛稀稀落落的道路上，一輛砂石車正對自己疾行而來。

那是一輛覆滿灰塵、高速行駛的舊型砂石車。劍向定神一看，砂石車前座的擋風玻璃全然破裂，邊框殘留尖銳的玻璃碎刃。駕駛座上坐了一個額骨凹陷的壯漢，他的兩眼由於額頭的凹陷向眉心靠攏相對，正發狂地朝他直衝而來！

——這是駕車的厲鬼！

砂石車的距離實在太過接近，縱使劍向旋即催動油門迅速閃避，但車尾側邊仍被結實地掃撞了一下，使他完全失去平衡，隨車體一起飛出，仆倒在地。砂石車在道路另一端煞車停止，並準備回車追撞劍向。劍向很快地從柏油路面爬起來，邊扶車身邊上車猛然加速。

就在方才跌倒之際，劍向又磨破了雙掌，左肩也愈益刺痛。他根本無暇回頭確認尾隨將至的砂石車究竟距離自己多遠，一心希望能遠遠拋開背後巨大的引擎爆發聲。

停靠在右側人行道上成行車輛，不停向後飛快位移。

成排黯然無光的車頭燈，彷彿在無情地欣賞人鬼之間的極速追逐。

道路前方數十公尺處的正上方有一座天橋，劍向看到了難以置信的景象——天橋的鐵欄杆頂處，有一個穿著暴露的長髮女鬼直立在上緣。女鬼的雙手並未扶著欄杆，垂在半空中，面貌、表情被長髮遮蔽成一片漆黑，只看得見黃綠色的頸部，她的身材極為細瘦，全身搖晃，如風中枯骨般靜靜地站立在天橋的邊緣。

就在劍向的機車逐漸接近天橋時，女鬼忽然平舉雙臂，突地縱身飛下。女鬼的身體急速往劍向逼來的一瞬間，他才醒悟原來女鬼想飛身撲殺自己，遂反射性地將機車的龍頭一偏，朝向快車道，車身頓時失去平衡，嚴重傾倒，重重地斜撞在馬路中央的安全島上。劍向隨車子跌落在車道另一面。

後方雷霆般馳來的砂石車，瞬間碾過女鬼的腰身，然後遽然煞止。

女鬼的身體被巨大的輪胎斬為兩截，但她的上半身竟又開始蠕動起來。女鬼匍匐離開巨大的輪胎底部，她的動作愈來愈迅速，飛快地靠近劍向倒臥的位置。

「我要殺了你……我要殺了你！」

女鬼的雙手突現利爪，猛然向他伸抓過來。

劍向不及反應，被女鬼抓住腳踝。他用力踢擊女鬼的頭部，沒想到一踢之下女鬼的半邊臉頰竟被踢了下來，漆黑長髮下露出淒白的頭骨。

眼見掙脫不開，劍向只好拖著女鬼的上半身，拉起機車，直接發動引擎，想利用加速的衝力拋出女鬼。但女鬼在這時以她的尖齒狠狠地啃掉劍向一塊小腿肉，讓他痛得幾欲失神。

機車輪胎隨即打滑，再度翻覆的車身壓折了女鬼的手腕，劍向如腳鐐般的死箍終於鬆脫。苦撐著遍體鱗傷的身軀，他再次拉起機車龍頭，疾馳飛去。

砂石車並未放棄追殺劍向，惡鬼駕駛緊貼安全島邊緣，不斷對他鳴放汽笛似的喇叭聲。

建工路與本館路交口附近的建築物上方，有一面某電信公司的巨幅燈箱廣告看板。看板發出深藍強光，周圍沐浴在一片泛紫呈青的詭譎色彩之中。

通過進入市立殯儀館的路口前，可看到中山高速公路自上橫錯而過。

來到建工路的道路末端，前方已經縮減為二線道，劍向若是繼續直線前進，只會使砂石車更方便加速，追上自己，於是，他不得不忽左忽右，以蛇行方式牽引砂石車的追逐，迫使砂石車不斷急煞，讓自己較容易閃躲其襲擊。

劍向身受重傷，而全身的疼痛，反而令他好不容易冷靜了下來。他想起前方路口有一個急轉彎，便立刻故意以直線行進，誘使砂石車開始加速，再用力扭動機車龍頭，強迫機車轉彎，機車立刻翻覆，將他甩到路邊，同時，砂石車龐大笨重的車頭衝破了岔路底的石板牆上，車體整個變形。

劍向發現額頂緩緩流下一條血河，積蓄在眉間並從眼尾處流落。

這是方才墜車的傷口。但，不知是否受腎上腺素所影響，劍向竟不覺得痛。

馬路兩側除了任意蔓生的雜草叢外，還亮著燈光的店家都是深夜尚未打烊的喪葬禮儀社。透過店面的落地窗，能看到製作精美的展示用棺木、滿櫃的骨灰罈、各項法事道具及老闆對外界漠不關心的臉孔。

劍向拉起機車。機車的外殼已被撞得殘破不堪，側板碎裂，雖然引擎仍能發動，但車身扭曲，已經無法順利加到最高速了。劍向沿著馬路，繼續驅車前進，道路右側是一道鐵皮牆，高過人身，不知後方圍了什麼工地。牆面以紅色、黑色噴漆寫上「你要工人嗎？」的潦草字樣，並附上聯絡用的室內電話；左側是一塊野草聚生地，則停放了幾輛報廢的卡車及怪手，數個車窗方格皆全然闇黑。此處一小角，是車的墳場。

順道右彎，經過「懷思堂」高聳大門，即是殯儀館停車場。

陰森的停車場上空無一物，旁邊不遠處供家屬做守夜靈堂用的一樓建築物，窗口皆掛上黃色緞布，緞布後透著橘色的搖晃燭光。

收納屍體的寄棺室位於靈堂之後的更深處，劍向尚未決定是否在此停車之前，就感覺到周遭的氣氛極端怪異。

毫無光亮的廣場前方，逐漸傳來低沉的說話聲。那並非單一的說話聲，而是滿山遍野的異口同聲，像是在誦經，也像是在禱告。

隨著聲音如波浪襲來，闃暗的前方終於有了動靜。在劍向的面前，出現了一排齊步走近的亡靈。不，並不只一排。在第一排的後面，還有第二排、第三排……這些亡魂有男有女、有老有少，如暴潮巨浪地自陰森的山頭、陡坡之間湧現，光是目測，完全無法判斷數量為何。它們身著顏色各異的喪服，全都目露兇光地瞪著劍向。

「你逃不掉了、你逃不掉了、你逃不掉了、你逃不掉了……」

劍向的寒毛直豎，這些幽魂開始往四周包圍，並伸出雙手開始上下舞動。它們還未將團團圈收攏，即猶如舉行慶典繞著他狂笑叫囂。

「你逃不掉了！逃不掉了！逃不掉了！逃不掉了！」

亡靈們的呼嘯愈來愈響亮。劍向無可避免地直視到這些死靈的長相，它們像電影中的食人殭屍那樣，頭皮髮膚殘缺不全，臉孔陰黑浮腫，枯萎的細舌舔舐著碎裂的雙唇，充血的眼睛裡散發出垂涎欲滴的貪婪神色。

劍向再也無法忍受，他大喊一聲，像二次大戰時日本神風敢死隊駕飛機俯衝美國船艦般，將機車油門催至最底處，企圖打穿惡鬼構築的城牆。

惡鬼見劍向意欲脫逃，也迅速聚集靠攏，要將他重重圍堵。

就在劍向所乘機車撞倒第一排厲鬼的瞬間，劍向屈身踏足自機車坐墊上縱身用力一跳，躍過惡鬼們圍起的牆垣，抱膝滾倒在地。他的身體出現一陣強烈的麻痺。他失去了痛覺，感受不到身上多處的骨折及嚴重擦撞傷，沒命地朝湯仕敬的停屍間狂奔。

劍向衝入冷凍寄棺大樓，在一樓大廳布告欄上找到了湯仕敬的屍體停放位置。刑事鑑識的屍體，雖然與一般殯葬的屍體都安置在同一間寄棺室裡，但分屬不同區域，應該並不難找。在劍向費力奔跑的同時，身後的惡鬼亦跟著蜂擁而來，湧至寄棺大樓內，它們狂亂而祟動的哄鬧聲，疾貼著劍向的耳背，逼襲而近，在無人的廊道間迴盪著，宛如一支閻王所指揮、為亡魂送終的死亡交響樂團。

劍向終於奔進了寄棺室後，背後的聲響陡地壓低了。他不由得回頭，望向門外，走廊上的亡魂並未跟著衝入，而是放慢了速度，在走廊上擁擠地來回逡巡、鼓譟著，以惡毒的眼神凝視著室內。他終於確定，聖物理論真的可行。

他感覺鬆了一口氣，但周身的痛楚，提醒他尚未完成此行的目的。

織梅還在夏詠昱家等他。他必須盡速回去救她。但，紹德的機車已經全毀了，他恐怕必須竊取停車場的車子才能返回。

循著暗灰色的日光燈，劍向查找眼前這一整面的冷凍櫃壁，很快地發現了冰藏湯仕敬屍體的冷凍櫃編號。他開啟了冷凍櫃門，拉出停屍床，櫃內的冷氣頓時散開，令他感覺到一陣徹骨的惡寒。今日以前，他絕對無法想像自己會在深夜時分一個人來到停屍間尋找屍體。

他打開屍袋。這確實是湯仕敬的屍體。湯仕敬的眉間殘留著彈孔，但僅做了簡單的處理，在袋底仍可見到後腦爆裂的傷痕。

此時，門外的惡鬼退得更開了些。湯仕敬的屍骨果然具有魔力，能夠驅離惡鬼。然而，他現在身上受傷多處，血流汩汩，已經沒有力氣將整具屍體搬出寄棺室了。他沒有思索太久，決定割下屍體的一段指節。

劍向抽出刀刃，這是從夏詠昱書房裡帶來的匕首。湯仕敬的屍體已經凍僵，手臂無法順利拉出屍袋。他以匕首割開屍袋，露出屍體的右臂。臂上燒灼的皮膚，此刻也變得異常蒼白。他將屍體的右手抬高，匕首的刀口極利，切下手指並不特別困難。指頭的裂口沒有流血，肉壁呈現出染白的粉紅色。

他手裡握住湯仕敬的右手食指指節，向前舉起，嘗試著走到寄棺室門口，門外的惡鬼彷彿受到威嚇，敬畏地與劍向保持距離。

好極了！僅僅是一段指節，仍然具備足夠的魔力。

劍向頓然放鬆，坐倒在地。他回想著這段時間以來，曾經遭遇過的種種磨難，一次次地化險為夷，不自覺笑了出聲。他看著門外的亡魂，開始大笑起來，身體也跟著笑聲產生了劇烈的疼痛，但他仍然無法停止地繼續笑著——終於，他克服了「猶大的獄門」！

他振奮精神，立刻拿出手機，撥了電話給織梅。

經過幾聲鈴響，電話接通。

「阿向……」話筒裡的聲音有些模糊。

「梅梅，成功了！我成功了！」劍向欣喜若狂地喊叫著：「我打敗了這個詛咒！」

「聽到了嗎？這是她臨死前的最後一句話。」

這次，劍向總算聽清楚了電話的聲音。

洪澤晨……

句點
A Full Stop

1

經過了三個多月的休養，我終於在五月初獲准出院。

自從聆聽吳劍向敘及此一靈異事件的始末起，我和他開始了一段奇妙的合作關係。每天清晨五點，我們準時在醫院中庭草坪邊碰面，一同坐在長椅上談，直到七點。我帶了紙筆，一面與他交談，一面記錄他的口述內容，在會面結束前的二十分鐘，我將當場完成的草稿交給他，請他檢查內容有無錯誤，或是遺漏任何細節。接著，他直接回房間就寢，我則先到餐廳用餐，飯後，再繼續將這份草稿整理成更完整的敘述。

這段時間，我彷彿成了一名傳記作家，記錄著一名優秀刑警所經歷到最不尋常的案件。隨著記錄的分量持續增加，我的稿件成了他回想往事的觸媒。人類的大腦擁有奇妙的記憶機制，原本以為已經徹底遺忘的小事，在反覆敘述的過程中，大量的細節會不斷地湧現，逐漸構成完整而詳盡的個人體驗史。最初，吳劍向只是簡單地概述他的親身遭遇，再針對我的發問進行說明，但就在這些互動的刺激下，他變得更主動、積極，有幾次我正在睡夢之中，會突然被他搖醒，他告訴我他想起了什麼，要我立刻寫下來，我只好拿來紙筆，坐在床邊補充新的記事。

然而，就在我完成故事最後一章的初稿，我們的密切互動卻遽然終止。每日清晨五點的長椅會面，變成無關緊要的短暫漫談。吳劍向的言行表現，忽然回到以往我們初識時的點頭之交，與我談起話來感覺既客套又生疏，與先前的熱烈態度截然不同。我想追問故事中描述模糊之處，他也僅僅虛應那不重要、自己記不清楚了。我不曉得這究竟為什麼——他說完了自己的故事後，彷彿完成了「與我為友」的任務似的？

某日清晨，吳劍向沒有出現在醫院中庭，聽院友說，他早了十分鐘離去，我知道，我們的每日晨間對話到此為止了。一方面，我感到些許失落，一方面又感到鬆了一口氣。我咀嚼著先前談過的種種，知道其實我手邊的寫作素材已然足夠，他恐怕也給不了更多了。若再詢問他更多的細節，只會得到重複的回答而已。

少掉了與吳劍向的固定會面，我發現自己無所事事，對醫院的閒靜生活開始厭惡起來。我知道，我體內的靈魂正蠢蠢欲動著，我應該朝下一個階段前進了。這時候，我的主治醫生向我恭喜，說我經過了這段時間的休養，憂鬱症已經獲得控制，無須繼續住院。他叮嚀我離院後自我照護的一些注意事項，以及後續追蹤回診的醫療支援訊息。

獲得出院許可，我打了一通電話給妻，說我近期即將出院，我沒有意願繼續留在高雄，想恢復日常工作，妻問了我在院內的作息狀況，我的答案——不，也許是我的語氣，給了她一些安全感，她在電話裡沉默了一陣子，同意我重回北部生活。

我收拾簡單行李、隨身攜帶的文具，以及關於那樁案件的兩大袋稿件離開了病房。在櫃檯填寫出院文件時，吳劍向還特地來送我。他對我報以微笑，祝我出院後一切順利。我想，這是我們最後一次見面了。

那時他手上還握著那塊黃黑色的固體。

那並非石頭，而是湯仕敬右手食指的指骨。

在寫稿過程中，我曾經提議讓我碰觸那段指骨，我希望能藉由更具體的感受，寫出更逼真、生動的描述。但，終究他沒有答應。他說，我只是個記錄者，與他身處的世界不同。他警告我，那是一個絕對不要出於好奇心而輕易踏入的世界。

「有了這個東西，我才能免遭厲鬼獵殺……不過，即使是現在，它們仍一直在我身邊偷偷窺待。」這是他說完故事後的結語。

聽完這句話，不知不覺，我也遽然產生一種惡鬼環伺的詭異感。

出院以後，我立即前往拜謝某位重要人士，是他特意安排我住進那家醫院的。事實上，我沒有對吳劍向說真話——我會遇見吳劍向，寫下他口述的故事，並非偶然。

話說從頭。

去年四月十二日清晨，市立殯儀館的員工在停屍間發現了吳劍向。當時他全身染滿血跡，坐倒在冷凍櫃前，雙眼圓睜，陷入失神狀態。寄棺室內唯一打開的冷凍櫃，屬於來台傳教、槍殺致死的義大利人湯仕敬，屍體的手臂處遭人以利刃破壞，而當時吳劍向的手上，正握著一柄樣式奇特的匕首。

鄰近的警局接獲通報，立即派人前來處理，面對大批警力，吳劍向沒有任何掙扎、沒有任何反應，安靜地接受警方的處置。警方發現吳劍向額頭受創、左肩有骨折現象，無法行走，便緊急將他送醫治療。同時，警方也查明了他的身分，是隸屬高雄市三民分局的刑警。

雖然警方一開始封鎖了相關消息，但由於此事件與現職刑警涉入外籍人士的槍殺案、毀損屍體有關，最終仍引來了大批媒體關注。為了平息各界疑慮，官方不得不公開一部分的搜查報告，但內容刻意輕描淡寫，隱匿了大半的關鍵資訊，反而造成社會大眾更多猜疑。

三民分局的刑事組長高欽福，是吳劍向的直屬長官。他表示，吳劍向是邏輯上唯一能殺害第一名被害者鍾思造的兇嫌。同一個犯罪現場在數日後又發生了第二樁命案，吳劍向在案件發生的當時，一度聲稱他人在住院，但警方後來查出他的不在場證明是偽造的，因此，他也被認定涉嫌重大。吳劍向很快地遭到羈押。

電視新聞整天追蹤案情，媒體圈的友人，也在第一時間告訴了我這樁怪案。當時，我深受這個案子吸引，立刻把記載此案的各種時事雜誌全部搜羅到手，我計畫再寫一本能引動衝擊性話題的罪案紀實小說。這些時事雜誌的專題報導內容，均是引述外圍人士的意見，再添加一些傳聞，繪聲繪影，似虛似實，呈現出一種怪誕的聳動效果。

《焦點鎖定》五月號的新聞標題，以「精神錯亂的警界新秀」來形容吳劍向，文中提到，吳劍向為了調查一樁情節怪異的密室謀殺案，由於案件遲遲無法取得具體的進展，對他造成了極大的壓力，勞累過度，最終出現精神異常的症狀。

我太想知道此案的內幕了，於是，我尋求某位醫界權威的大力協助——他曾在我學生時代治療過我的輕度憂鬱症。我希望他能透過關係，讓我能結識這位與怪案牽扯不清的年輕刑警，並製造各種交談機會。這個寫作計畫，甚至連妻子都被蒙在鼓裡。我打算利用南下就醫的機會，與吳劍向實際接觸，取得第一手消息，親筆寫下他個人對本案的主觀看法，而非各路情報全都湊在一起的大雜燴。

就在我著手規劃這項秘密寫作計畫的同時，幾家媒體也零星揭露了此案的後續進展。《漏網》六月號的追蹤報導指出，第二樁案件的無名男屍，在吳劍向被捕大約三週後確認了真實身分。有民眾發現一輛停靠路旁的房車遭竊賊搜刮，車窗全被打破。管區員警接獲報案，調查這輛車的車號，得知車主為住在復橫一路上的夏詠昱。

於是，警方通知他愛車內的財物遭竊，試圖與夏詠昱聯繫，才發現他已經失蹤多時。經查訪街坊鄰居後得知，夏詠昱獨居，職業是自由攝影師，平常接案維生，南北奔波，經常不在家，因此，鄰居見他長時間不在，倒也不以為意。然而，警方認為夏詠昱的失蹤並不單純，比對過失蹤日期後，聯想到他可能就是三月底連續命案的那具無名屍體——無論外型、特徵，兩人均極為酷似。在鄰居的指證下，突破性地確定了死者的真實身分。

緊接著，案情急轉之下，警方為了調查夏詠昱與鍾思造二人的關係，決定搜索夏詠昱的家，詎料，卻發現更匪夷所思之事——三樓的書房似乎曾經遭人破門而入，房內一片混亂，貌似發生過嚴重打鬥，地上俯躺一具橫死的年輕女子屍體，死亡時間可能有一個月之久。這具女屍生前並沒有遭強暴的跡象，但屍身慘遭開膛破肚外，各種臟器亦被拖出體外，散棄在書房各角落，殺人手段兇殘至極，與殺害夏詠昱的手法極為類似。

命案現場中留有一只女用皮包。警方在皮包裡找到女性死者的護照——姓名是張織梅，現年二十一歲。此外，警方更意外發現一把警用制式手槍。這把手槍的槍號證明了它就是吳劍向的佩槍，近期有開火的痕跡，而彈道分析報告顯示穿過湯仕敬頭顱、埋入牆中的子彈，也是從這把槍的槍口射出的。亦即，義大利籍摩門教徒湯仕敬槍擊命案，自鳳山市摩門教會會所連袂逃脫的一男一女，正是吳劍向與已死的張織梅。

再者，三樓書房有一個小櫃子，櫃中擺滿了夏詠昱的收集品，其中包含一把匕首，恰好與吳劍向在寄棺室被人發現時手中的匕首樣式相同。

搜查至此，警方宣布破案。

地院檢察官以涉嫌鍾思造、夏詠昱、湯仕敬及張織梅等四樁命案起訴吳劍向。不過，雖然檢方提出的殺人罪證歷歷可陳，卻仍無法將吳劍向定罪。

原因是，找不出合理的動機。

辯方律師指出，吳劍向與四名死者完全沒有交集。事實上，警方根本找不到吳劍向殺害鍾思造的理由。毫無證據顯示他們曾經認識。同樣的情況，也發生在他和其他三人身上。不，更正確地說，他們五人，無論任何一人皆與其他四人沒有交集。

不過，檢察官則認為，吳劍向身為一名刑警，勢必認識社會上三教九流之徒，更何況，警方也查得，張織梅在五專畢業後，一直在高雄九如路上的幾家酒店當陪酒小姐，男女關係也相當複雜，吳劍向可能因為辦案的關係認識了張織梅。然而，依據三民分局的同事們指出，吳劍向在涉入命案之前並無女友，更不曾聽說過他與酒店小姐有任何往來。

再者，辯方律師強調，吳劍向就捕後的自白，顯示他的精神狀態極為異常。他的證詞內容，充斥著黑魔法、催眠術、夢境、招魂術以及潛意識等無稽之談。他告訴警方，一九九八年秋季，張織梅曾與男友前往義大利旅遊，在當地與湯仕敬邂逅，接著，湯仕敬以黑魔法殺了她男友，將她幽禁在義大利的偏僻山區。經過約一年後，張織梅逃回台灣，受夏詠昱、鍾思造的保護，但他們也都陸續遭到湯仕敬的黑魔法所殺。吳劍向自述，他在調查此案的過程中，一直不斷尋找張織梅，並設法保護她，他絕沒有殺死當中的任何一人。

警方曾經根據吳劍向的自白進行調查。儘管他的某些說詞符合現實中的狀況，但卻找不到關鍵的物質性證據。吳劍向從鍾思造臥房中取得的那捲ＤＶ錄影帶，警方遍尋不著；夏詠昱那二十餘冊的手寫筆記本，警方遍尋不著；張織梅在一九九八年秋季去過義大利，屬實，但查不出同行男子的身分，聯絡義大利、馬爾他方面，因為時日已久，無法確認張織梅的男友送進哪家醫院，馬爾他島上是否有台灣遊客嚴重腹瀉而死，也沒有找到相關的醫療紀錄。警方推測，張織梅即使與男友一同出國，她男友可能另有婚姻，他們為了掩人耳目，當時並未搭乘同一班班機。

最後，是關於湯仕敬與此案的關係。警方在調查後判斷，湯仕敬只是個在鳳山市區裡隨處可見、總騎著腳踏車四處傳教的平凡教徒，沒有學習魔法，更沒有已經活了五百年。

然而，從張織梅與湯仕敬的簽證日期來看，兩人在義大利的時間有所重疊，他們確實有可能在義大利相遇。根據教友提供的資訊，湯仕敬出身於義大利鄉間的普通農家，加入摩門教後，過去曾受教會派遣到法國、英國傳教。他自學中文多年，一直希望到台灣或新加坡傳教。事實上，來台前後學習中文的摩門教徒很多，他並非特例。

由於檢方查不出吳劍向連續殺人的合理動機，在此前提下，辯方律師打算宣稱吳劍向已經罹患妄想型精神分裂症，所有的命案，都是在他發瘋失神之際、無意識間犯下的，準備向法庭爭取無罪判決。

台灣在過去已經有幾起類似案件，是殺人者由於心神喪失而獲判無罪。然而，連續殺了四人卻又爭取獲判無罪的案件，可說是前所未見。檢方更進一步地陳述，鍾思造案的犯罪現場是一座密室，吳劍向既然能夠設計出密室殺人詭計，即表示他並未心神喪失。

在判決未定即引起爭議不斷的軒然大波之時，地院同意醫學專業人員的建議，暫時將吳劍向送往醫院，接受精神治療。

換句話說，吳劍向的法庭自白，也就是他在病院裡告訴我的故事，極可能全是妄想——他腦海中自編自導的妄想。

2

時事雜誌《高雄獨家第一手》的主編謝海桐是小我兩屆的大學學弟，與我同是「潮聲社」的社員。我們在社團結識，許多想法頗為契合，因此畢業後也時有聯絡。

「潮聲社」並不是熱門音樂社，而是由新詩創作同好所組成的小社團，或者說，是現代詩社裡的邊緣人小團體。由於中山大學臨近西子灣，時時善變的潮汐升落就是學校校景的一部分，本社成員們經常坐在岸邊堤石，面朝水波洋流，吟唱長詞短句，與潮聲相合，故名。

我們七人，很少參加詩社舉辦的活動，也從來不在詩社裡發表作品。我們喜歡做的，就是在社團活動時間溜出來，去便利商店買啤酒、魷魚絲，到海邊聽浪，拿討厭的學長姊的新詩來胡亂改編，順便發洩幾句不爽，就這樣，「潮聲社」正式成立。

這樣的邊緣人團體，居然還有第二屆、第三屆……儘管人數一直很少。如今，都離開學校這麼久了，也不知道當時熱情投注的七人小社團還在不在？

謝海桐跟我不同系，但都是文學院，畢業後，我們的發展相當類似。其實，他是個土生土長的台北人，但退伍後卻留在高雄謀生，和我正巧相反。我進了一家新聞週刊，後來聽說他也在大報社幹地方記者，記得那時我們還通了兩次電話——其中一次是我邀他參加我的婚禮，另一次，是他邀我參加他的婚禮。幾年後，我升上主編的差不多時間，他轉戰雜誌圈，也當了編輯，我們做的雖說都是時事雜誌，他的可比我的色羶腥多了。

這回寫吳劍向案，我主動跟他聯繫。不為別的，只為他的特殊嗜好。

謝海桐在大學時代就喜歡西洋神秘學。他曾說，他自小時就愛看《瀛寰搜奇》、《世界之謎》那類的百科全書，考上大學時，填了外文系，也是為了研究神秘學——舉凡魔法、秘術、各地軼聞傳奇、古代宗教儀式及其他關乎超自然力的東西，他均稍有涉獵，新詩創作時甚至動不動就引用什麼卡巴拉哲學思想的譬喻。原本我們都以為他會出國留學，去追尋他的西洋古書店之夢，沒想到，這傢伙縮了，退伍後還留在台灣。

我在高雄住院休養期間，曾打了幾次電話給他，談的都是吳劍向案。他當然知道這個朋友。

案子，而且，他不但在高雄警界有人脈，又懂神秘學，是最佳的諮詢人選。就連中世紀大魔法師考內里亞斯．阿格里帕的資料，他也能找得到幾本英文書給我。不過，他特別叮嚀，如果我真的要把吳劍向案的內幕寫成書，書裡千萬不要提到他，他可不想得罪警界的朋友。

打包準備回家、離開高雄的前一日，我請謝海桐吃晚餐。他以為我真的因為工作壓力導致憂鬱症加重，才躲到高雄住院，還勸我回家後別光顧著寫書，再出國散散心一陣子都好。我只能坦白跟他說，這個案子的題材太罕見了，我不趕快寫，被人搶先一步就不好了。

不過，我知道他對我寫的東西也很感興趣，畢竟案子牽涉到招魂術、黑魔法嘛，這原本就是他的興趣，早就替他影印好一部分的草稿，全是跟神秘學有關的段落，他收下來，也很豪邁地答應，如果他找到什麼有幫助的資料，一定馬上寄給我。但謝海桐這個人其實有點健忘，我們道別之前，還不斷提醒他要記得找資料給我。

我回到台北。這座城市的步調，使我心跳加劇，我渴望立刻開始工作。為了專心寫書，我推辭了談話性節目的邀約，全心撰稿。我當然明白製作人的意思。他只是出於禮貌，隨口問問我而已，否則他無須強調代班來賓的表現不錯。確實，我離開螢光幕三個多月，觀眾早忘了我了，回不回節目，他都無所謂。不過，只要等我出了新書，我想他會再來找我的。

總之，沉寂一陣子也好，我需要一個不受干擾的寫作環境。台灣社會對新鮮感有一種病態的饑渴，要博得大眾的目光，就得不斷給出新東西，愈獵奇、愈誇張愈好，這是我在媒體圈的深刻體認。因此，我得盡快完成這本書。

吳劍向的私人陳述，與報章雜誌的記事差異極大。我必須好好利用這點。寫善人的陰暗、異常心理，寫惡人的俠義、正派行為，是我先前兩部作品的暢銷公式。顛覆正常認知、倒錯普世道德，已經是現代創作者的必備技法了，不這樣寫，根本沒人要看。那麼，一部以妄想型精神分裂症為主題的罪案紀實小說，就必須更進一步地翻轉、破壞正常人的價值觀。既然合理的犯罪動機在本案付之闕如，這正是我可以大加著墨之處。

決定好撰寫主軸，我很快地完稿了。我如實地採用了吳劍向的主述觀點，但花了更多篇幅刻劃他的膽識、他的深情、他的義無反顧，以及腐敗、濫權的警察組織對他的無情壓迫。他是一個孤獨的英雄，一個對抗社會現實的勇者。

出版社主編讀了，極為讚賞，直說這本書象徵了這個時代的「精神狀態」。他總是令人驚嘆，能想出那麼多精準、直指人心的廣告詞。出版日期決定後，他提議我應該在犯罪現場舉辦新書發表會，時間就選擇午夜零時。正合我意。他真是個行銷天才！

一如事前的沙盤推演，新書的消息一公布，立刻引發軒然大波。短短三天，網路上出現了數十篇聚焦在創作道德、出版倫理的議論，出版社所揭露的部分書摘，在各大網路社群、部落格大量轉載，指責我顛倒黑白、為惡徒擦脂抹粉的控訴，更是多不勝數。警方也態度嚴正地召開了一場記者會，聲明他們絕對沒有對我提供任何協助。

這股氣勢銳不可當，新書的預購數量遠遠超出想像。終究，人類對於「怪物」的好奇心，凌駕了嘴上的矜持。

新書發表會前一晚，我收到兩件包裹。一份是出版社寄給我的新作贈書二十冊，一份是謝海桐寄給我的包裹，裡頭全是神秘學的相關參考書籍，還附了一張「祝寫作順利，不再坐困風雨愁城／學弟海桐」的便條紙。可惜來得太慢，新書已經付梓，再也用不到了。

不過，令我有些訝異的是，裡頭居然有一本《尋訪靈媒》！

那晚我正在書房裡準備講稿，妻替我拆開包裹，把書交給我，並提醒我隔天得早起與出版社總編搭飛機一起南下高雄，於是，我帶著這些書進入臥室。

吳劍向曾說，他在夏詠昱書房裡讀過一本《尋訪靈媒》。他曾經使用那本書學會招魂術，並將夏詠昱的靈魂召回人間。眼前的這本書，也在香港出版，作者也是崇天居士，但書中沒有記載其經歷背景。我想，這不是書名恰好相同的巧合，而是同一部著作？

我翻開《尋訪靈媒》及自己的新作，兩相對照。時間已近子夜，妻對我就寢前卻把工作帶到床上來感到相當不滿，她沉默地轉過身去，將自己埋入被窩深處。

我沒有理會她的反應，逕自扭熄日光燈，在柔和的橙黃床頭燈燈光下繼續閱讀。一面比對，我逐漸確定，這本《尋訪靈媒》真的就是吳劍向讀過的同一本書。前面的章節，同樣都描述著世界各國歷史上著名的靈媒：派波太太、珀爾．柯倫、馬修．曼寧……而，書末的第十三章，亦確實是〈靈媒自我修煉之初階技巧〉。

自靈媒與生俱來的特殊體質之介紹始，〈靈媒自我修煉之初階技巧〉談到了世界萬物對靈媒生理和精神上的隱性影響、召喚預言幽靈與召喚死去親友在作法上的不同，以及冥想入定跟呼吸控制的方法……內容果然完全一樣。

不，不對。實際上，並不完全一樣。

我忽然發現，在我的新書裡所提及的一段敘述，在書中找不到相合的段落。

這令我大惑不解。難道說，《尋訪靈媒》曾經出版過兩次，內容稍有不同？

我的新書是這樣寫的——

召喚死去親友靈魂的法術，與召喚預言幽靈的方法基本上並無太大差異。不過，在施行招魂術前，有一個前提必須先予以說明：所謂的招魂術，並非是令死者復活的法術。施

> 法者所招來的魂魄，事實上只是死者於臨終前的最後意識。
>
> 此一臨死意識為死者之精神力量，它能重現死者在臨死前心中所思想、意志所專注，卻無法讓死者在人間恢復行動力或判斷力。亦即，魂魄僅是死者殘存於人間中意識的無形聚體，它可以回答招魂者一些簡單的問題，卻不能取代被附身者進行太複雜、太長久的活動。
>
> 死者的魂魄會隨時光之逝去而逐漸散淡，因此如要施行具有一定效果的招魂術，則必須選擇逝者死亡之處，把握時間盡快進行，以召回死者最清晰之意識。

但以上三個段落，我卻未能在第十三章找到。

也許是吳劍向在口述時記錯了吧？在別的章節看到的描述，卻以為是這個章節的內容，這種事並不罕有。畢竟，從他偵辦這個案件，一直到入院後告訴我，時間間隔了將近一年。

我一時興起，繼續翻找書中其他章節，但仍然沒有找到相關描述。

吳劍向是不是誤植了其他書上的內容？

我仔細回憶，卻開始覺得渾身不對勁——因為，我想起來了，我對這段內容印象深刻，是因為當時我記述這段內容的時間點，是吳劍向在某個深夜將我搖醒，要我立刻寫下來的補充。他說這段內容非常重要，務必要完整記錄，出書的時候，也絕對不能有任何刪改。我記得我寫好以後他還讀了兩次，確認沒問題才還我。

我的腦海中浮現他執拗的表情。他並沒有搞錯。

那，為什麼他急著要求我寫下這幾段在原書中根本不存在的內容？

我反覆細讀，仍然不得其解。這幾段內容，只不過是說明了「招魂術並不能讓死者復活。所招來的魂魄，事實上只是死者於臨終前的最後意識。」而已。

我愈想愈不明白。

陡地，我發現這幾段內容與吳劍向的敘述有不合邏輯之處。

假使這幾段內容提到的描述是正確的——「魂魄僅是死者殘存於人間中意識的無形聚體」，而且「在人間沒有行動力或判斷力」，但是，洪澤晨的亡魂在故事裡卻非僅如此。他不但曾出現在四〇一室殺死鍾思造、夏詠昱，也曾出現在夏詠昱家殺死張織梅。此外，他甚至與吳劍向談過話、通過電話。這完全不像是「在人間沒有行動力或判斷力」。

無論怎麼想，都會感覺它自相矛盾。

難道說……這段內容根本就子虛烏有，全是吳劍向捏造出來的？

但，為什麼他要這樣做？

我內心疑雲滿布，不自覺喃喃自語起來。這驚動了床畔倦容滿面的妻。

「鐵誠，你怎麼搞的？」

「沒事……我只是睡不著，在想事情。」結婚這幾年來，我和妻的感情逐漸疏離淡薄，只在兩個女兒面前維持最底限的親密。即便現在同床共枕，我們的話題也只剩寒暄。

縱然我在外界文名響亮、叱吒風雲，在妻的眼中我仍不過是個陰鬱畏縮的丈夫。她看穿了我在鎂光燈下的亮眼表現，充其量是在掩飾內心的卑屈與怯懦。我在她面前無所遁形，我真的是個需要靠掌聲來支撐內心自尊的可憐人，所以我才亟欲撰寫能廣激話題的爭議性作品。

「你最近好奇怪！晚上經常不睡覺，偷偷溜到客廳裡到底在幹什麼？」

「我沒有啊……」見妻疾言厲色，我囁嚅地低聲否認。

妻因無法入眠而態度強硬。「你就是有！」

妻平常對待我的方式，總是盛氣凌人。我不想繼續與她爭辯。

「我馬上睡覺，可以了吧。」

於是，我只得把書收好，熄了燈。但是，我沒有馬上入睡。在黑暗中，我仍然想著那幾段「不應該存在的敘述」。

令我意外的是，我還想起了阿格里帕之夢。

3

不知不覺，天色已亮。

新書發表會當日的行程很趕。我在早餐時間前離家，到松山機場與總編輯會合。

總編輯告訴我，他在前一天已經派了兩名員工先到高雄布置場地去了。南台路那棟公寓大樓的四〇一室，在連續發生兩起殺人案後，完全租不出去，房東不想晦氣，把房內的家具全丟了，重新裝了一扇門，閒置至今。坦白說，那並不是適合辦活動的場地，能容納的人數不多，但宣傳效果十足。今天晚上十點會有人在大樓外集結抗議，要求新書下架。總編輯透露，其實那是他偷偷雇人來做的活動，有衝突，才有新聞點嘛。

我聽了總編輯的安排，相當高興。不過，喜悅也只維持了一瞬間。我的腦海中仍盤旋著「不應該存在的敘述」，以及妻就寢前的謎樣指責。

——我真的在三更半夜離開過臥房？但我真的一點記憶也沒有啊！

飛機抵達小港機場，我與總編輯搭了計程車，到高雄車站附近的飯店下榻。新書發表會的開始時間是午夜零時到二時，活動結束後返回飯店，次日下午再搭機回台北。其間，我在飯店與幾位總編輯的友人用餐，他們都是文化界人士，談到我的書，倒是客客氣氣的。我也打了一通電話給謝海桐，謝謝他寄書給我。

晚餐後，總編輯的其中一位友人開車帶我們去愛河畔觀光。住院期間，我從未來過這裡。我的老家雖在高雄，但愛河與我大學時代的記憶已經大不相同。時間打發得差不多了，他送我們到南台路。大樓外確實聚集了一些人，也有幾名媒體記者在場，但秩序尚稱良好。我穿過人群進入大樓時，他們也只是猶如舞台劇般地喊了幾句簡短的口號而已。

大樓內部，與我的想像差異不大，看得出歲月的痕跡。電梯倒是已經修好了。上了四樓，來到四〇一室前，從外觀來看，雖說僅是一個普通的小公寓，門也換過了，但門框上仍殘留著警方破門而入的痕跡。

也許是我的錯覺，屋內有些陰冷、潮濕。客廳布置成座談會的前台，正面圓桌的展示架上陳列了我的新書，也搭了立式屏幕架、投影機，擺了二十幾張椅子，靠牆面的長桌也準備了茶水、點心。臥室設了貴賓休息區，備有沙發、茶几，活動開始前，我會待在這裡。地面上打掃得很乾淨，磁磚上什麼都沒留下。

這間臥室，就是兩名死者的陳屍處。

總編輯去招呼來採訪的記者了，讓我一個人在臥室休息。我完全感覺不到這個房間曾經死過兩個人。然而，「不應該存在的敘述」依舊纏繞在我的心裡。忽地，我想起吳劍向對我說過的一句話。

「人，終究會死於自己的信心。」

我還記得，那時我們談到了一個用鐵管把人活活打死的犯人，入獄後，他也被人用鐵管活活打死了。據說他經常吹噓自己到中國少林寺學過棍法。

其實這個案子也是。

夏詠昱對自己的魔法、催眠術也非常自豪。他卻死於湯仕敬的黑魔法。

湯仕敬外型俊美，在情場上無往不利，曾經斬殺了多名女子的頭顱。他被張織梅槍殺，五百年壽命畫下句點。

吳劍向聰明絕頂，最後分不清現實與幻想，被判定精神失常。

這個故事，彷彿命運的玩笑。

但在一瞬間，我感到一股恐怖的顫慄！

一切的謎團都解開了……我終於明白那段「不應該存在的敘述」意義為何了。

那段「不應該存在的敘述」，象徵了案件中的「鐵管」。

只不過，意義恰好是顛倒的。

「鐵管」造成了擁有者的「死亡」。

然而，「不應該存在的敘述」是為了隱藏某個人的「存在」。

從洪澤晨的活動能力來看，魂魄不只是死者殘存於人間中意識的無形聚體，而是同樣具備他死前的行動力與判斷力，能夠進行一場又一場的殺戮。

那段敘述確實不存在。因為，它是吳劍向偽造的。

不，不能稱呼那個人為「吳劍向」。

應該叫他——「夏詠昱」！

吳劍向的自述，來自於他的親身遭遇；警方的調查報告，來自於彙整到的人證物證。只有我是兩方說法都知道的人。甚而，我還取得了謝海桐的資料。亦即，關於這個案件，我是世界上瞭解得最徹底的人。我是唯一一個有機會觸及真相的人。

這個案件的真相，藏匿在現實與虛幻的模糊地帶之間。一味相信證據，或是完全相信魔法，都只會陷入兇手布置的迷宮。

若單純考慮實際存在、不可動搖的證據，可以明確判斷案件中的幾個主要人物，唯一真正研究過黑魔法的，並不是湯仕敬，而是夏詠昱。他書房裡的藏書，可以證實這點。而根據湯仕敬的教友作證，他是個對神虔敬有加的教徒，因此，不可能擁有修煉巫術的禁書。

也就是說，真正施下「猶大的獄門」魔咒的、真正讓張織梅感覺邪惡透頂的男人，不是湯仕敬，而是夏詠昱。

夏詠昱才是真正的主謀！

必須將事件發生順序重新組合，才是整個案件的真正樣貌。

沉迷巫術的夏詠昱，在某個機緣下，學會了「猶大的獄門」，並將它與催眠術、夢囈及夢遊結合，成為一個全新的黑魔法。他勒索為生，盯上了F的女伴張織梅，於是，他心生歹意，對張織梅下咒，以厲鬼之力殺害了F，將張織梅幽禁。沒想到，夏詠昱也作法自斃，被厲鬼纏上，性命即將不保。

同時，救了張織梅的竊賊鍾思造，後來被厲鬼殺死在四〇一室，張織梅也不知去向。不過，夏詠昱既然是「猶大的獄門」的始作俑者，他當然不需要召喚鍾思造的亡魂，才能知道四〇一室發生了什麼事。那麼，他召喚鍾思造的亡魂，又是為了什麼原因呢？

答案是，他是為了吳劍向。

在吳劍向涉入這一連串的事件，從戈美瑤家的巨鼠一直追查到四〇一室的鍾思造腐屍，並依照夏詠昱的催眠術指示從現場取出ＤＶ錄影帶時，夏詠昱發現吳劍向擁有特殊的靈媒體質。夏詠昱知道，只要經過訓練，吳劍向有能力召喚亡魂。因此，夏詠昱要吳劍向一起回四〇一室，目的並不是要請他偵訊鍾思造，而是要「示範」招魂術給他看——事實上，這是夏詠昱對吳劍向的第二次催眠——讓他自修招魂術。

夏詠昱知道自己終究會被厲鬼殺死。然而，只要吳劍向學會了招魂術，依他調查案件緊追不捨的個性來看，為了查明真相，他必然會使用招魂術讓夏詠昱能夠回到人間。

吳劍向召喚夏詠昱的魂魄後，夏詠昱終於「附身」在他體內。

夏詠昱想要的，是吳劍向的身體。

然而，與「不應該存在的敘述」完全相反，魂魄回到人間後，仍然具備了行動力、判斷力。魂魄絕不只是臨死意識，事實上它可以支配宿主，控制宿主的行動。夏詠昱需要吳劍向，因為他是一個理想的宿主。只要吳劍向找到張織梅，並依照夏詠昱提供的鑰匙解除她的魔咒，夏詠昱就可以永遠寄宿在吳劍向身上，與張織梅在一起了。

吳劍向當然不知道自己已經被附身了，他以為招魂術只是暫時狀態，努力地繼續尋找失蹤的張織梅，設法保護她。結果，「猶大的獄門」的威力超乎夏詠昱的預想，讓吳劍向、張織梅都受到詛咒。夏詠昱換了身體，但仍然再次被詛咒了。

張織梅與男友到義大利旅遊，在當地認識了湯仕敬，這確實是極有可能之事。然而，湯仕敬並沒有殺害她男友，相反地，身為虔誠教徒的湯仕敬，在張織梅的男友猝死後照顧她，很可能發展出一段感情，甚至，幫助張織梅回到台灣的人，就是湯仕敬。湯仕敬確實深愛著張織梅。

所以，張織梅受到詛咒後，才會決定帶著吳劍向前往教會，尋求湯仕敬的協助。然而，湯仕敬見了她的新男友，並不願意幫忙，結果，雙方發生爭吵，導致擦槍走火，湯仕敬中彈而死。當夜，惡鬼洪澤晨現身，先後殺害了吳劍向與張織梅。

是的——吳劍向已經死了。

惡鬼洪澤晨勒緊吳劍向的脖子長達五分鐘，那麼久的時間，他不可能受到戰慄感的保護，昏迷後又能恢復意識。他必然當場死亡。

而他生前所擁有的記憶，則全由夏詠昱接手。

這是夏詠昱的絕佳良機。他借屍還魂了，在吳劍向被掐死後重新復活。

但是，復活後的夏詠昱，魔力仍不足以與惡鬼相抗衡，他依然得繼續想辦法自救。他從吳劍向的記憶中繼承了「聖物理論」，立即依循吳劍向生前的行動前往市立殯儀館，切下湯仕敬的手指，做為護身寶物。

夏詠昱被逮捕後，他為了避免以吳劍向的身分鋃鐺入獄，遂編造了一連串的謊言，讓精神鑑識人員判定他罹患妄想病症，最終被送進醫院。法庭上的兩造爭論，至今仍未平息。

夏詠昱入院後，巧遇了我，他內心殘酷的惡意再次湧起。一個當紅的小說家不斷向他探詢可供創作的題材，令人煩不勝煩，所以他決定在我身上施與「猶大的獄門」。

他曾於深夜時分端坐在我的床緣，事實上是正在施法。而當他說完編造的故事以後，他的詛咒則同時完成，所以他無須再與我說話，只在我出院時對我報以最終的微笑。

正當我思索著這愈來愈真實的猜測，總編輯來叫我。

新書發表會開始了。

在掌聲中，我走進了客廳。客廳裡只亮著微弱的燈光，氣氛設計十分適合這本新書。總編輯請我就座，遞給我麥克風。

「讓我們歡迎作家王鐵誠先生，他帶來了我們期待已久的新書——」

總編輯開場後，我們依照飛機上的排練演出。

現場的人愈聚愈多，事先準備的椅子已不夠用。聽眾們站著聆聽我潛入醫院、與吳劍向相遇的小故事，然而，在昏暗的燈光下，我知道他們全都注視著我，但我看不清楚他們的面貌。我不禁聯想起吳劍向進了高雄市立殯儀館的寄棺室後，在門口窺看、刺探的惡鬼們。

但我未曾做過那個關於考內里亞斯·阿格里帕的惡夢。我的右手也不見那個繪有五芒星魔法構圖的血痕。也許夏詠昱又發明了新型態、更難纏、更無法察覺的「猶大的獄門」？在家的某天夜裡，也許我只是在睡夢迷濛間，意識模糊地上了幾次洗手間？

我必須冷靜一點。新書裡多了一段不該有的內容，我不應該妄加猜測。也許《尋訪靈媒》的作者為這本書前後寫了多種版本，這一段內文在這個版本存在，而在另一個版本被刪去。

妻是否也被我施咒了？我一直懷疑妻背著我外遇，所以才會那麼乾脆地答應讓我去高雄入院休養。那麼，這個魔咒是否會經由她傳給與她親密接觸過的不知名男人？

也許吳劍向根本就沒死，殺人魔法從頭到尾都不存在，其實他只是患有嚴重妄想，連續殺害多人後，空口捏造不可能發生的故事。

不過，我是否被有關魔法的妄想所傳染了呢？我發現自己早就無可理喻地相信魔法確實存在。沒錯，魔法必然滿布在我的身邊，以各種標語、圖案、聲音誘惑我，陷我進入瘋狂。我不知道復活之後的夏詠昱在我四周設下了哪些圈套，引我做出不由自主的怪異行為。

也許張織梅與所有男友在人海中相遇、相戀，並不是致命危機下保護者與被保護者的關係。她是酒店小姐，這些男人、包括信仰敬虔的湯仕敬在內，他們的相互殺戮，也許只是男歡女愛的爭風吃醋，與殺人魔法一點關係也沒有。

不，說不定「他」真的活了五百多年。阿格里帕的嫡傳弟子——他既然會借屍還魂，也許這五百年來他的魂魄就像寄居蟹不斷替換新殼一樣，在人間不斷尋找新的宿主……夏詠昱、吳劍向只是他暫時寄生的軀體而已。

他為何不直接殺了我，寄生到我的屍體上以逃脫刑責？也許他自認一定能得到減刑？也許他早已對我施下催眠，隨時都可以召喚我回到他面前以供使用？

——他是否透過我的新書，要將殺人魔法散布出去？

我在新書中的每一段敘述，是不是暗藏著夏詠昱的邪惡操弄，隱匿了殺人魔法的密碼？所有讀過這本書的讀者，將會被這本書催眠，變成夏詠昱的傀儡，或者是被植入殺人詛咒，在睡夢中遇見大魔法師阿格里帕，最終死於厲鬼之手。

但是，我的手上並沒有湯仕敬的指骨。若是我真的遭到「猶大的獄門」所詛咒，厲鬼必然將會在日落之後前來索命。雖然我很確定，我並沒有聽見門外曾傳來惡鬼的呼吸與喘息聲，但我只要一聽見廚房水龍頭的滴水聲、微風吹過百葉窗的輕響，或是其他我無從判斷的微音，我想我一定會害怕得睡不著覺吧。我的耳朵中好像不斷發出窸窣聲，既像耳鳴又像幻聽。

新書發表會正式開始。當我一談起這本書的創作過程，聽眾全安靜下來了。我是個發表過兩部重量級作品的知名作家，這本書同樣不能失敗。我得把吳劍向的妄想形容得逼真、現實。我非這麼做不可，唯有這樣，我的書才能繼續暢銷下去。我非得讓我的書被所有人